Onde o Amor se esconde

Veridiana Maenaka

Onde o Amor se esconde

1ª edição

Rio de Janeiro-RJ / Campinas-SP, 2015

VERUS EDITORA

Editora
Raïssa Castro

Coordenadora editorial
Ana Paula Gomes

Copidesque
Gabriela Lopes Adami

Revisão
Cleide Salme

Capa e projeto gráfico
André S. Tavares da Silva

Foto da capa
© Julia Shepeleva/Shutterstock (mulher)
Domínio público (rua da cidade de São Paulo no início do século XX)

Diagramação
Daiane Cristina Avelino

ISBN: 978-85-7686-451-6

Verus Editora Ltda.
Rua Benedicto Aristides Ribeiro, 41, Jd. Santa Genebra II, Campinas/SP, 13084-753
Fone/Fax: (19) 3249-0001 | www.veruseditora.com.br

CIP-BRASIL. CATALOGAÇÃO NA FONTE
SINDICATO NACIONAL DOS EDITORES DE LIVROS, RJ

M16o

Maenaka, Veridiana
Onde o amor se esconde / Veridiana Maenaka. - 1. ed. - Campinas, SP : Verus, 2015.
23 cm.

ISBN 978-85-7686-451-6

1. Romance brasileiro. I. Título.

15-23883 CDD: 869.93
CDU: 821.134.3(81)-3

Revisado conforme o novo acordo ortográfico

Impresso no Brasil pelo Sistema Cameron da Divisão Gráfica da
DISTRIBUIDORA RECORD DE SERVIÇOS DE IMPRENSA S.A.

Para Walter e Catarina

Parte 1

A Dor

1

A pele me atormenta.

Tenho asco da minha pele, como se eu estivesse presa no casulo de um inseto repulsivo.

Vencida, parece que desmorono um pouco mais a cada passo. Então já não ando, se puder evitar. Permaneço na cama, deitada, entregue à apatia. Ficou para trás a fase de caminhar frenética pelo quarto, esmurrar a porta, chutar a parede, esbravejar até ficar rouca.

Uma vez ao dia, antes do pôr do sol, ele me traz comida. É quando ainda me sinto viva, porque um frêmito de pavor sempre me acomete ao vê-lo. Não sei se ele vai apenas me torturar ou se ficará entediado e acabará com tudo. Isso não pode durar muito mais.

No início, apesar do medo, a chegada dele com o prato de comida me dava uma alegria animal, orgânica, nascida no estômago. Eu sentia muita fome, e a fome trazia o frio, apesar de ser verão. A única refeição diária não era suficiente, e cheguei a cogitar comer papel ou pano. Optei pela pele ao redor das unhas, deixando tudo em carne viva. Mas, um dia, a fome passou. Passei a só ficar na cama, concentrando-me em respirar com as forças que me restavam.

A sede demorou mais a passar. Bebia a própria saliva, e minha garganta ficou tão seca que já não podia falar. Um dia o desespero foi tanto que peguei o urinol, especulando se aguentaria beber urina. Desisti, porque estava misturada com fezes.

Ele costuma recolher o urinol na mesma viagem em que me traz a comida, trocando-o por um limpo. Mesmo assim, o cheiro de excremento permanece no quarto. A janela acanhada dá para o jardim, sem visão da rua ou dos vizinhos. Ele reduziu a abertura pregando duas tábuas que deixam uma fresta pequena, pela qual entra um pouco de luz natural. Por ela, vejo as árvores frondosas que bloqueiam a visão dos demais palacetes. Minha única chance de fugir seria sair correndo pela porta no momento em que ele a abrisse; contudo, além de passar por ele, eu teria de descer uma escadaria, correr pelo amplo saguão do andar de baixo, sair pela porta, vencer o caminho da alameda que vai dar na rua e... bem, gritar. Porque eu não poderia ir muito longe de camisola, descalça, sem dinheiro, sem forças.

Mas eu tentarei. A alternativa é morrer aqui, então tentarei.

Quando o sol está perto do horizonte, ouço a chave girar e vejo a porta se abrir. Ele está parado, com um prato de comida numa das mãos. Ainda usa os trajes com que foi trabalhar, mas sem colete e terno, somente mangas de camisa e calça cinza. Tem o cabelo escuro repartido de lado, e uma mecha rebelde lhe cai sobre a testa. A barba já não tem o aspecto bem cuidado de antes, parecendo ter sido abandonada à própria sorte.

Sei que ele vai pousar o prato na cômoda junto à porta, acender a lamparina, fechar a porta e passar a chave. Preciso sair correndo quando ele estiver acendendo a lamparina, o precioso instante em que a porta fica desguarnecida.

A excitação me dá energia, e no momento certo me jogo com determinação. Chego a passar pela porta, mas um puxão violento no meu cabelo me obriga a voltar e a encarar meu captor. Sua expressão é de surpresa e raiva. Nosso contato visual dura somente um segundo, pois um soco no olho me faz cair.

Ainda no chão, recebo um soco no outro olho, para garantir. Finalmente ele fecha a porta atrás de si. Ali deitada, olhando-o de baixo para cima, entendo o significado do termo *impotência*.

Vai começar. Rapidamente vem um chute nas costelas me atingindo do lado esquerdo, e a dor é tão grande que tenho certeza de que se estilhaçaram. Protejo a cabeça com os braços e fico de bruços, enquanto o ataque continua, o bico duro de seu sapato golpeando livremente meu corpo. A cada chute eu urro, encolhida. Enquanto ele toma fôlego, tento me arrastar alguns centímetros para longe, fincando as unhas no pequeno espaço entre uma lâmina e outra do piso de madeira. Um chute me acerta na lateral do seio, e mordo o lábio inferior com toda força, engolindo meu próprio sangue. Estou sufocando, sem ar, e ao mesmo tempo engasgada com sangue e saliva. Coxas, nádegas, costas, quase nada restou intacto. Sou toda dor.

O ataque cessa, e eu experimento algo parecido com alívio. Mas é um alívio medroso, cônscio de que a próxima etapa pode ser pior.

Ele me ergue pelos cabelos e me joga na cama. Sem se importar com meu cheiro, desce as calças e levanta minha camisola, enterrando-se em mim com três arremetidas, rasgando-me a cada estocada. Quase posso ouvir minha carne se rompendo.

— Não se mexa, estúpida, não vê que dói mais? — ele ralha, usando as mãos para manter minhas coxas abertas e imóveis.

A cópula é especialmente difícil, então ele retira o pênis, ajoelha-se sobre mim e o enfia na minha boca, socando-o ritmadamente, tão fundo que sinto seu membro duro empurrar minha garganta. Não consigo respirar, e uma ânsia violenta me domina. Vomito um jato fraco de bile, que escorre por meu queixo, pescoço e peito.

— Cadela porca! — vocifera ele. Dá-me um tapa violento, ainda assim melhor que um murro, e me sinto pateticamente agradecida.

Ele sobe as calças e se retira por alguns minutos, retornando com um pano úmido, rústico, usado para limpeza da casa, e uma camisola limpa.

— Limpe-se e troque esse trapo nojento — ordena, entregando-me o pano e jogando a peça de roupa na cama, ao meu lado.

— O pano úmido — murmuro, e minha voz sai rouca e baixa, quase inaudível —, se você pudesse trazer todos os dias... para eu me limpar um pouco... por favor.

— A dama da sociedade não aguenta um tantinho de sujeira? — ele zomba. — Vendo-a assim, ninguém reconheceria a bela Maria da Glória

Cerqueira Galvão. — Ele toma o pano da minha mão e começa a limpar bruscamente o vômito que me cobre. — É só uma vagabunda suja — continua, a voz excitada. — Gosto dessa versão sua. Só não posso com o vômito.

Quando se dá por satisfeito, joga o pano sujo no chão e torna a abrir as calças. Novamente está em minha boca, movendo-se com vigor, indiferente aos meus espasmos: a ânsia continua e minha garganta tenta expelir algo, porém o estômago está vazio. Ele goza rápido, e o gosto do sêmen mistura-se ao azedume que o vômito deixou. Finalmente deixa-me ali prostrada, todas as partes do corpo doendo em uníssono.

Tento me lembrar de como vim parar ali.

Ah, sim. Eu me casei.

Esse homem é meu marido.

Meus olhos mal abrem, inchados por causa dos socos, contudo eles não me fazem muita falta no cativeiro. Meu corpo dói como se os ossos estivessem esmigalhados. Ao levantar minha camisola, vejo, com dificuldade, os muitos hematomas, e é difícil dizer onde termina um e começa o outro. Respiro bem fundo de quando em quando, para me certificar de que nenhuma costela quebrou e vai perfurar algum órgão. O movimento dói, mas não de modo insuportável. Aparentemente, estou inteira.

No terceiro ou quarto dia após a surra, consigo enxergar melhor. Nada mudou. O quarto praticamente não tem mobília ou ornamentos. Além do leito, há uma mesinha de cabeceira com gavetas, a cômoda junto à porta e um armário com alguma roupa de cama.

Também há um espelho de corpo inteiro na parede, mas eu parei de me olhar quando deixei de me reconhecer no reflexo. Ainda é minha fisionomia, mas de algum modo pareço outra pessoa. Os grandes olhos castanho-claros, de cílios longos, dominam o rosto emaciado; o nariz, antes delicado, levemente arrebitado, parece proeminente demais, ossudo; a boca, que era cheia, agora tem os lábios murchos e rachados. O cabelo louro-mel, anteriormente sedoso e perfumado, agora é uma massa desgrenhada e oleosa. Estou magra como nunca na vida, encurvada, com uma expressão de medo e loucura no semblante.

Ainda não perdi o juízo de todo. Eu me chamava Glória. Agora não me chamo nada, exceto cadela, puta, vadia. Sou um corpo quebrado, preso no limbo da meia-vida. Ora morta para todas as sensações, ora desagradavelmente viva, sensível, mas ansiando pela morte. A esperança evadiu-se. Sei que são diminutas minhas chances de sair daqui com vida. Depois de tudo, parece-me impossível que voltemos ao que éramos. É ladeira abaixo, e lá no fim espera-me um caixão aberto.

Mas havia começado bem, três anos atrás. Erasmo Galvão não era o homem que eu escolheria, porém era aceitável, e me forcei a sentir entusiasmo. Meu pai fazia gosto em unir-me a um grande cafeicultor, ainda que ele não fosse instruído nem de família prestigiosa. O dinheiro era predicado suficiente.

Marisa, minha amiga de infância, dizia-me que eu casaria mal, que Erasmo não era do "meu nível". "Não lê, não conhece arte, nunca foi à Europa, é um bronco, um ignorante com as burras cheias de cobres", criticava ela com desdém. Não se indignava com meu casamento ruim, apenas lamentava. E jurava que se casaria melhor, com um homem sofisticado e singular. Marisa Proença não se importava com o dinheiro; queria um marido culto, fino, viajado, de ideias avançadas, um "cidadão do mundo". Ela era muito diferente das demais moças — e, consequentemente, de mim, mas talvez por isso mesmo eu a estimasse tanto. Marisa devorava livros "proibidos para senhoras", metia-se nos assuntos dos homens, discutia política... Não se importava com as repreensões que isso lhe rendia, parecia mesmo regozijar-se com o que chamava debochadamente de "repressão". Sentia-se importante com suas pequenas transgressões, e eu a admirava por sua coragem, sua irreverência, suas ideias que eu nem compreendia inteiramente. Ela dizia que se casaria com um homem que fosse como ela, e eu duvidava que fosse possível. Austeros — como meu pai — ou bem-humorados, nenhum dos homens que eu conhecia era "transgressor".

Erasmo Galvão muito menos. Criado por uma tia autoritária e pragmática, não se tornara médico nem advogado, mas aprendera a fazer dinheiro. A fazenda modesta da família tornara-se, nas mãos dele, uma propriedade extensa, extremamente lucrativa, e isso o credenciara a circular em nossa sociedade.

Aos trinta e sete anos, com um rosto de linhas fortes, ele era atraente, apesar das roupas antiquadas e do bigode farto demais. Seus modos severos intimidavam-me; contudo, era educado, tanto quanto lhe permitia sua falta de refinamento. Seu andar e sua postura transpareciam autoconfiança, e muitas vezes nos olhava de cima, como se sua trajetória, sua fortuna construída moeda a moeda, o tornassem mais valoroso que nós, os de famílias antigas, os herdeiros.

Apesar da insolência, Erasmo demonstrava admiração por alguns refinamentos da alta sociedade. Durante a corte, eu percebia seu interesse ao ver-me tocar piano e cantar, muito embora eu fosse uma pianista mediana e uma cantora de voz pequena.

Cônscia de que meu destino era inescapável, resignei-me rapidamente e tentei transformar meu noivo no herói das histórias de amor que eu consumia com avidez. A compleição física forte, a estatura, os cabelos negros e os pequenos olhos escuros de Erasmo sobrepuseram-se com relativo sucesso à imagem do homem dos meus sonhos, e eu estava satisfeita com a escolha de meu pai, Euclides. Sabendo que ele cogitara alguns velhos viúvos, eu considerava a opção por Erasmo amplamente vantajosa.

Em nossa primeira conversa, ele elogiou com entusiasmo meus dotes musicais, e eu me senti obrigada a discordar, com dissimulado acanhamento.

— Uma beldade modesta? — espantou-se Erasmo, divertido, torcendo a ponta do bigode.

— Nada de modéstia — respondi, afável, afofando o penteado. — Apenas não aprecio pedestais. Faz frio lá em cima e a altura dá-me vertigens.

— Então, deixe-me ajudá-la a descer. Ainda é uma deusa a meus olhos, mas faço gosto de que fique aqui perto de mim, e não nas alturas.

Trocamos um sorriso cúmplice, e especulei se nossos beijos seriam tão interessantes quanto nosso início de conversa. Não era ousada como

Marisa, porém, e não fiz o convite que certamente me diminuiria aos olhos dele. Minha amiga já estaria escondida com o pretendente em algum recanto longe de olhos curiosos, trocando as carícias de que ela tanto se gabava para mim — e que tanto escondia da mãe e do padrasto, receosa de ser internada num convento.

Com dezessete anos, eu tinha medo tanto do convento quanto de Erasmo, portanto nosso namoro desenrolou-se nos moldes tradicionais, sem beijos furtivos. Era à vista de todos, especialmente de meu pai.

Minha mãe, Hortênsia, não apreciava meu noivo, embora não se pudesse acusá-la de indelicadeza. De início, achei que se incomodasse com a ausência de sofisticação dele. Aos poucos entendi que não era só isso: ela parecia temê-lo. Cochichava muito com meu pai e parecia tentar convencê-lo de algo, sem nunca ter sucesso. Saía dessas conversas abatida, então me fitava com tristeza.

— Por que não tolera Erasmo, mamãe? — perguntei certa vez, decidida a compreender o que se passava.

Estávamos sentadas lado a lado num dos sofás da saleta íntima, bordando: eu, horrivelmente; mamãe, um pouquinho melhor. Eu usava um vestido simples de linho amarelo-claro, de mangas curtas, que mamãe detestava, alegando que meus cabelos ficavam "apagados" pela falta de contraste com a cor do traje. Eu, porém, gostava do modelo, que fazia minha cintura parecer bem mais fina do que de fato era. Já mamãe usava um vestido de renda cor de lavanda, com decote quadrado e mangas diáfanas que desciam suavemente pelos braços, cobrindo-os até os cotovelos.

Ela assustou-se com a pergunta, arregalando os olhos que todos diziam ser iguais aos meus: cor de mel, grandes, de cílios longos. Suas sobrancelhas eram espessas, mas não grossas, e arqueadas. Pele suave e firme como a de uma garota, nariz afilado e delicado, boca generosa — Hortênsia ainda era uma beldade aos quase quarenta anos, e não raro eu flagrava o olhar incrédulo de meu pai ao fitá-la, como se ele não pudesse crer, tantos anos depois, na sorte que tivera ao desposá-la.

— Não é que não o tolero — respondeu, na defensiva. — Só me parece um tanto... — ela hesitou, enrolando no dedo um cacho do cabelo louro, junto à orelha. — Ele é muito duro.

— Papai também é duro — lembrei, o bordado pousado sobre minhas pernas. — Deve ter sorrido pela última vez quando eu tinha uns treze anos.

A fisionomia dela iluminou-se.

— Seu pai é um fingidor — ela declarou, como se me revelasse um segredo. — Ele nos ama, mas tem vergonha de demonstrar. Diz que isso não é papel de homem.

— Talvez Erasmo seja assim também — argumentei. — Afetuoso debaixo da camada austera.

— Espero que sim — minha mãe redarguiu, mas a insegurança em sua voz não acalmou meu coração. Observei-a interromper seu trabalho para morder a lateral da unha do dedo indicador direito, puxando a pele. Justo ela, que de tanto ralhar comigo lograra tirar-me o hábito de roer unhas.

— Sabe de algo que não sei? — inquiri, inclinando-me em sua direção para tentar um contato olho no olho, o que foi impossível porque ela claramente evitava meu olhar. — Se sabe, tem de me dizer!

Mamãe soltou o bordado e levou a mão ao peito, suspirando.

— Obviamente que não sei de nada! — declarou, simulando muito mal sua ofensa.

Mamãe e as amigas eram as maiores mexeriqueiras da sociedade, sabiam tudo de todos. Ela já me dera a entender que estava ciente das "travessuras" de Marisa. Então, ela sabia algo de Erasmo, mas não queria dizer.

— Se ouviu alguma aventura galante de meu noivo, saiba que isso não me perturba — eu disse, achando que soava muito madura e *chic*. — Sei que os homens têm esses divertimentos, mas quando formos casados isso vai acaba...

— Eu não sei de nada! — mamãe exclamou, exasperada. Em seguida, baixou o tom, segurando-me a mão: — Querida, apenas escute sua mãe. Erasmo é o homem que seu pai designou para você, e isso não vai mudar. — Quase ouvi o "infelizmente" que minha mãe não chegou a dizer. Ela continuou, muito séria: — Então, meu anjo, siga o conselho de sua mãe:

seja sempre uma esposa doce e submissa. Seu marido é a lei suprema dentro de casa. Agrade-o o mais que puder. Nunca discuta, nunca o enfrente. Tenha em mente que após o casamento acaba a corte. Os homens têm coisas mais importantes em que pensar. Eles saem para a vida, nós ficamos no lar. Casa em ordem, conversas tranquilas, filhos: é isso que esperam de nós. Agindo assim, você viverá em paz com seu marido.

— Está bem — assenti, encerrando o assunto e retomando o bordado. O que quer que fosse, eu não teria sucesso em arrancar de minha mãe. Mas aquilo não me preocupava. Eu confiava que meu casamento seria feliz. Erasmo me olhava com desejo, cobiça, e isso só podia ser coisa de um homem apaixonado, como nos livros que eu lia.

A má vontade de Marisa perturbava-me mais que a de mamãe, porque ela não tinha pudores de revelar o que pensava.

— Você poderia ter um marido melhor — declarou ela quando indaguei por que odiava meu noivo.

— Melhor como? — irritei-me. Estávamos deitadas na minha cama, fitando o teto, e eu me sentei, empertigada. Ela continuou deitada, imperturbável, abanando-se com um leque roxo.

— Mais bonito, mais instruído, mais bem-nascido — respondeu ela com voz preguiçosa, meio entediada.

— Não devia se importar com essas coisas, Marisa — retruquei, tomando-lhe o leque para me abanar. — Você vive criticando as tradições, as convenções...

— Não nego. — Ela levou a mão ao pescoço e abriu alguns botões do vestido azul-escuro para se aliviar do calor. Sobre o travesseiro de fronha branca, seus belos cabelos escuros formavam cachos delicados. — Pelo meu gosto, muitas coisas seriam diferentes. Por exemplo: eu gostaria de me casar bem mais tarde, após viver intensamente tudo que me apetecesse. Gostaria de sair à noite, viajar sozinha, fumar. Mas o mundo não é assim, e não serei eu a mudá-lo. Portanto, se devo jogar o jogo que me oferecem, preciso ser especialista em suas regras. Pretendo me casar com um homem rico e sofisticado, simpático às minhas ideias. Quero ter alguma liberdade no cativeiro...

— Você está falando desses casamentos excêntricos que os europeus têm, em que o adultério é tolerado? — inquiri, olhando com apreensão as mãos de Marisa, que não paravam de abrir botões. Ela ia ficar desnuda ali na minha frente?

Ela fez que sim, fixando em mim os olhos matreiros, e finalmente parou de desabotoar o vestido. Seu espartilho estava à mostra. Eu também sentia calor, mas não iria abrir meu vestido na frente de Marisa. Quando éramos meninas, eu não me importava, mas agora, por algum motivo, tal intimidade incomodava-me.

— Parece-me racional. — Marisa sentou-se. — Ninguém se priva e ninguém se ofende.

— Doidivanas! — exclamei, rindo nervosamente. — Se meu pai a escuta, nunca mais você entra nesta casa.

— Perdoe-me. Sei que minhas ideias são chocantes, por isso as reservo para mim mesma. A hipocrisia é o preço da aceitação.

— Tome cuidado, amiga — pedi, um tanto apreensiva.

— Digo-lhe o mesmo — respondeu ela, arrebatando o leque de mim e erguendo-se. — Erasmo é um homem difícil, por mais que se apresente como um gatinho dengoso.

— Por que diz isso? — perguntei, vendo-a caminhar pelo quarto com sua costumeira suavidade, *flanando*, como dizia minha mãe a respeito de Marisa. Parou um instante diante do grande espelho sobre a cômoda e observou sua silhueta esguia no reflexo, fazendo um movimento aprovador com a cabeça. Abanando-se, parou diante da janela.

— Sei ler as pessoas, em especial os homens — gabou-se, fitando-me com os olhos sensuais, felinos. — Ele tem um olhar implacável.

Bufei, impaciente, e fui até a janela onde Marisa estava, cerrando as cortinas de organza branca. Meu quarto dava para o pomar e as casas vizinhas não eram visíveis em meio às árvores, mas podia haver um empregado lá embaixo.

— Parece que só eu vejo a essência dele! — resmunguei, emburrada, alisando a saia de meu vestido.

— Talvez seja o contrário — observou Marisa, solene. — Só você não vê.

Então ela se sentou na cama novamente e mudou de assunto, tagarelando a respeito de um rapaz que beijara dias antes, e que tinha mau hálito.

— Fiquei com tanto nojo! Eu nunca tinha beijado ninguém com bafo... homem ou mulher — disse ela, ao final.

— Marisa! — Fitei-a estupefata, ainda de pé junto à janela. — Mulheres?! Que horror! Está brincando, não é? Aceito uma amiga namoradeira, mas isso... É muita perversão!

Ela lambeu sutilmente o canto dos lábios, encarando-me e recostando-se na cabeceira da cama. Abanava o busto e creio que só não tirou o espartilho porque era demasiado trabalhoso.

— Não é perversão, é uma delícia — declarou. — É delicado. Um licor fino.

Queria mandá-la embora por falar de coisas tão inconvenientes, mas estava fascinada com o assunto e com a figura lânguida de minha amiga.

— Então você já... já beijou outra mulher? — indaguei, corando. Quando percebi, estava sentada na cama perto dela.

— Na verdade, ainda não. — Marisa inclinou-se e seu rosto ficou muito perto do meu. — Estou à espera. Gostaria que fosse especial.

Tornei a me afastar da cama, agitada.

— Esta vida acabará — comentei, nervosa, ajeitando um quadro que me pareceu desalinhado. Era uma paisagem bucólica, uma pintura a óleo. — Seremos esposas de homens importantes. Nada mais de flertes e leviandades.

— Fale por você! — Marisa riu, ainda se abanando luxuriosamente. Então prosseguiu, filosófica: — Que efêmera a felicidade das moças, não é? Tão logo se descobrem mulheres, sedentas de vida e emoções, têm de se encerrar na prisão do matrimônio. Se o marido é novo e ardente, tanto melhor, mas se não for nada disso...

— Sua vez não há de estar longe — lembrei, aborrecida com a piedade dela.

— Não está mesmo — reconheceu Marisa, largando o leque na cama e abotoando o vestido. — Mas minha vida não há de acabar, Glória. Não nasci para ser mãe de família.

Por mais que eu admirasse a rebeldia e as façanhas de Marisa, via suas palavras como bravatas. Quem de nós poderia escapar à rotina doméstica para a qual nos preparavam desde o nascimento?

2

Não sei quantos dias se passaram desde que Erasmo me trancou aqui. Perdi a conta depois do quinto dia — talvez sejam dez, quinze, no entanto o sofrimento estica o tempo, então não confio em minha percepção. De qualquer modo, com meus pais a passeio na Europa, não é tempo suficiente para que alguém sinta minha falta. Os criados devem saber o que se passa, todavia não farão nada. Ninguém desafia Erasmo.

Venço novamente minha aversão pelo espelho e paro diante dele. Não estou vendo a figura deplorável do outro lado, estou vendo um portal, uma passagem para a liberdade. Mas vai doer.

Posiciono-me ao lado do espelho e o empurro para o chão. Ele cai pesadamente, fazendo um forte barulho de vidro quebrado. Não tenho medo de que atraia alguém. O quarto de Erasmo fica distante, e os criados provavelmente têm ordens para não se aproximarem daqui.

O fundo do espelho, com sua moldura, jaz por cima da maior parte dos cacos, mas deve haver pedaços grandes o bastante.

Meus lábios se curvam num arremedo de sorriso.

Erasmo é cruel, mas não muito esperto.

Meu pai, Euclides Cerqueira, é um advogado de renome, e nós tínhamos uma vida totalmente urbana. Assim, a perspectiva de casar-me com um "barão do café" — barão sem título, é verdade — era uma novidade empolgante. Erasmo vivia em São Paulo, num palacete nos Campos Elísios — era praticamente nosso vizinho, já que morávamos em Higienópolis —, mas viajava uma vez ao mês para o interior, à região de Araras, onde ficava sua fazenda grandiosa, com plantações a perder de vista.

Não fazíamos quase nada juntos, somente alguns passeios, piqueniques, almoços e jantares — tudo em família, normalmente a minha, constituída por algumas dezenas de tias e tios, tias-avós, primas. O lado de minha mãe era especialmente numeroso. Já os familiares de Erasmo, órfão de pai e mãe, eram escassos: duas tias e alguns primos em Araras, uma tia e um primo em São Paulo. Os parentes de Araras eu só conheceria no dia do casamento. Os daqui, eu os encontrava às vezes. Eram Emília e Marcelo Prates, mãe e filho. Ela, viúva do tio paterno de Erasmo, amarga, dona de um senso de humor corrosivo; ele, médico, um cavalheiro elegante e cortês, da mesma idade do primo. Eu simpatizara com Marcelo desde que fôramos apresentados por Erasmo, e fiquei feliz quando ele aceitou ser nosso padrinho de casamento.

Erasmo e eu conversávamos pouco a sós, e, quando isso acontecia, sempre tinha a impressão de ser inadequada, inconveniente. Não conseguia impressioná-lo. Erasmo me dava a atenção benevolente que adultos dão a crianças. Quando eu o surpreendia com um comentário que lhe parecia inteligente demais para uma mocinha, ele ria com gosto e me afagava. Logo, porém, ia juntar-se aos outros homens, com quem fumava ou jogava. Era um amante do bilhar.

Ele e Marisa não se toleravam. Erasmo dizia-me que minha amiga tinha má fama, o que me espantou, pois eu supunha que quase ninguém soubesse das aventurazinhas dela. Todos a tratavam com deferência, e ela andava muito próxima de um rapaz chamado César Albuquerque, a quem considerava perfeito: rico, alto funcionário de uma casa bancária e, segundo ela, totalmente favorável à "emancipação das mulheres". Eu, que precisava empreender grandes esforços para ter a atenção de meu noivo, pus essa declaração de Marisa na conta de suas bravatas.

Casei-me na casa em que fui criada, numa cerimônia com a presença de cerca de cem pessoas. Após os cumprimentos de praxe, foi oferecida uma recepção com banquete, música e dança, meticulosamente organizada por mamãe.

O saguão de entrada da casa de meus pais era amplo o bastante para que se dessem bailes — eventos raros, porque, embora mamãe os amasse, papai os repelia. Contudo, uma família da importância da nossa não podia casar uma filha sem pompa e alarde. Eu nunca vira o salão tão bonito. Os lustres de prata que pendiam do teto haviam sido exaustivamente limpos, e eu mal tolerava olhar para eles, de tanto que brilhavam. Um aroma suave emanava dos castiçais de bronze sobre o mobiliário. Samambaias e outras espécies luxuriantes haviam sido estrategicamente colocadas pelo ambiente, e sofás para acomodar os mais idosos.

Havia músicos profissionais — um pianista e dois violinistas —, instruídos a começar com clássicos e posteriormente passar a canções mais alegres, populares.

Após dar atenção a conhecidos da alta sociedade e aos parentes de papai e mamãe, pude enfim me aproximar dos familiares de meu marido. Vieram de Araras as tias de Erasmo do ramo materno, ambas sem filhos. Uma delas, Otília, era a mãe postiça de meu marido. Estavam empolgadas com o casamento do sobrinho e apostavam entre si quando eu teria um bebê.

— Há anos não temos criança na família — suspirou Otília, de uns cinquenta anos, um coque firme puxando para trás o cabelo ralo, tão ralo que eu podia entrever seu couro cabeludo. Usava um vestido cinza austero, mais adequado a uma governanta do que à convidada de um casamento.

— Não vá nos decepcionar, menina! — disse a outra, Zélia, um pouco mais nova que a irmã e ligeiramente mais bem trajada, com seu vestido azul-escuro de listras brancas verticais. Estaria na moda dez anos atrás. Ela havia tido algum sucesso ao cachear o cabelo e prendê-lo no alto da cabeça.

— Mas Maria da Glória não vai nos desapontar! — redarguiu Otília, dando tapinhas em minha bochecha. — É uma moça forte e saudável, bem alimentada! — Pegou meu braço e o apertou por cima da manga do vestido de noiva. — Esta aqui come comida boa, com sustância!

— E é bonita de encher os olhos — Zélia avaliou-me de alto a baixo. — Parece uma estrangeira com esse vestido tão rico!

Meu vestido de noiva era, de fato, admirável, feito de tule de seda, bordado com pérolas. O decote era discreto, e uma fina renda recobria meu colo e braços. Eu já havia retirado a grinalda e o véu, mas para onde fosse precisava segurar a cauda de três metros.

— Existe uma simpatia para conceber logo... — começou Otília, com os olhos resplandecentes.

— E uma para gerar menino! — cortou Zélia. — Porque filha mulher... — Ela balançou a cabeça em desaprovação. — É bom para mulher pobre, porque é mais braço para a lida, mas para uma senhora fina não tem valia. Importante é o varão, o herdeiro...

Olhei ao redor, desamparada, buscando quem me resgatasse da situação esdrúxula. Duas mulheres sem filhos iam me ensinar a conceber. Onde estava Marisa nessa hora, com sua insolência? Ou mamãe, que elegantemente me afastaria dali?

— Posso juntar-me às senhoras? — disse uma voz grave e masculina ao meu lado, entre mim e Otília. Era Marcelo, primo de Erasmo e nosso padrinho de casamento. Cabelos escuros, olhos verdes que pareciam ainda mais claros sob as sobrancelhas grossas e negras. Seus traços eram fortes, com nariz aquilino e queixo duro, mas a expressão era jovial, e a impressão final era a de que se tratava de um homem bonito. A barba bem aparada ajudava a fazê-lo parecer mais severo, como convém a um médico. Eu às vezes me perguntava por que ele não se casara, já que não era de todo um mau partido: tinha uma renda regular, oriunda de seu trabalho, e seria um marido aceitável para uma moça cuja família não tivesse grandes ambições. Quando perguntei a Erasmo por que seu primo ainda estava solteiro, ele me respondeu com um dar de ombros desdenhoso.

Eu havia reparado que Emília, mãe de Marcelo, não se dava com aquele ramo da família de meu marido (os parentes de Araras), mas não entendia o motivo. Não que me interessasse muito.

Naquele momento, por exemplo, Emília estava nos olhando de longe, contrariada. De cabelos inteiramente grisalhos, presos num coque, ela se vestia de preto, o espartilho comprimindo violentamente seu tórax e projetando os seios fartos. Seus olhos, verdes como os do filho, subitamente pareceram negros de amargura.

Para meu espanto, as tias de Araras também não pareciam apreciar os parentes paulistanos de Erasmo. Otília levou a mão ao peito, como se tivesse recebido uma ofensa, e Zélia olhou para o chão, sem palavras.

— Como vão, dona Otília e dona Zélia? — indagou Marcelo, sorrindo e mostrando os belos dentes, embora eu jurasse que seu rosto estava tenso e duro.

— Não muito bem — respondeu Otília com rispidez, e, puxando Zélia pelo braço, acrescentou, apressada: — Vamos, vamos.

E deixaram-nos a sós. Voltei-me espantada para Marcelo e percebi que seu sorriso sumira. Ele olhava pensativo para as tias de Erasmo, que se afastavam.

— O que se passa? — indaguei, finalmente interessada em descobrir por que os dois lados da família de meu marido se evitavam. — As tias de Erasmo parecem ter aversão a você e a dona Emília...

Nós nos tratávamos por "você". Afora os parceiros de negócios, Marcelo era o homem mais próximo de Erasmo, e parecia haver alguma estima entre eles, apesar dos gênios tão diferentes. O médico era cortês e caloroso, enquanto Erasmo era mais taciturno e áspero.

— Questões do passado — respondeu Marcelo, com sua voz serena e grave. — Erasmo é quem deve contar-lhe — ajuntou, pousando em mim uns olhos tristes.

— Ele não fala do passado, da infância, nem da família — lamentei.

— Meu primo é um homem muito reservado. Mas ele há de se abrir. Vocês são marido e mulher agora.

— Sim — concordei, tentando ignorar a sutil falta de convicção na fala de Marcelo.

Mas ele tinha razão. Eu seria, agora, a pessoa mais importante da vida de Erasmo, sua esposa e confidente. Sua amada. Teríamos um casamento feliz.

Durante o trajeto para meu novo lar, minha euforia cedeu vez à ansiedade. Ria e tagarelava, comentando momentos da festa, trajes estapafúrdios, mas no fundo estava apreensiva.

Erasmo deixou-me nos aposentos de casal para que eu me preparasse, auxiliada por uma criada. Quando ele retornou, encontrou uma esposa sorridente, de camisola branca caprichosamente bordada, os cabelos louros ondulando sobre os ombros.

— Mais bonita do que com o vestido de noiva — elogiou, percorrendo-me de alto a baixo com olhos lúbricos.

— Obrigada — murmurei, lisonjeada e ao mesmo tempo acanhada com o olhar dele, que denotava fome, triunfo e uma alegria selvagem.

Ele pousou as mãos sobre meus ombros, a atenção fixa no decote da camisola, e então começou a abrir os botões. Minha respiração se acelerou, medo e curiosidade misturando-se em quantidades iguais.

— Ainda mais bela sem nada por cima — sussurrou ele, cobrindo-me os seios com mãos exigentes quando fiquei nua, a camisola caída ao redor de meus pés. Eu estava profundamente envergonhada, mas não podia negar-me a meu marido.

Sua carícia era rude e me confundia, dando-me a impressão de que algo estava errado. Seu toque me excitava, mas era... banal! Havia em seus lábios um sorriso aprovador, porém algo entediado, como se ele já tivesse feito aquilo centenas de vezes.

Fui carregada até a cama e, enquanto eu jazia ali, constrangida com minha nudez, ele ficou nu e deitou-se sobre mim, sem me olhar nos olhos. Percebi, aflita, que ele se tocava, verificando a ereção. Eu nunca tinha visto o sexo de um homem, então desviei o olhar, apavorada ante a ideia de que ele introduziria aquilo em mim. Marisa contara-me tudo, fazendo parecer que era algo delicioso, porém agora eu duvidava. Não era possível que não doesse.

Erasmo apalpou-me, alisou-me as coxas, sugou rapidamente meus seios, segurou-me pelos quadris e ergueu-me para a consumação do matrimônio. Eu queria lhe pedir que esperasse, embora nem mesmo soubesse *pelo que* ele deveria esperar, mas não tive coragem nem tempo. Ouvi sair de mim um gemido agoniado, sofrido, e apertei os seus ombros num pedido mudo para que se contivesse.

Erasmo imobilizou-se, surpreso. Vi em seus olhos que ele havia se esquecido de minha inexperiência. Esboçou um gesto de contrariedade, pronunciou metade de um palavrão, mas dominou-se, movendo-se bem devagar. Eu estremecia de dor a cada movimento, até que finalmente o desconforto se dissipou. Relaxei, e ele acelerou as investidas. Eu o imitava instintivamente, sentindo uma ânsia desconhecida e alucinada, um desejo de chegar a algum lugar, atingir um objetivo que não podia determinar. Empurrava a virilha de encontro à dele, na tentativa de intensificar a sensação prazerosa que me escapava, mas após alguns minutos Erasmo jorrou dentro de mim, e estava acabado.

O final brusco deixou-me perplexa, deitada de barriga para cima enquanto meu marido, sobre mim, suado, sorria orgulhoso.

— Nada mal, hein? — Erasmo gabou-se. — Eu havia me esquecido de como era uma donzela.

— E como é uma donzela? — indaguei, aborrecida por não ter encontrado alívio. Algo em mim choramingava.

— Ah, é bem... — ele se deteve, escolhendo as palavras. — É bem... *aconchegante*.

— Eu não entendo.

— Nem deve. É uma senhora casada.

Assim dizendo, deitou-se de costas e quase imediatamente começou a ressonar.

Observando-o na penumbra, dei-me conta de que não havíamos trocado um só beijo. Olhei para o teto, sentindo-me oca. Entre as pernas, uma dorzinha pulsante e ardida. Havia um filete de sangue sobre o lençol branco.

A estranheza acometeu-me na manhã seguinte ao despertar presa ao colchão por um braço forte que me envolvia a cintura. Estava deitada de lado, com Erasmo atrás de mim, respirando pesado em meu pescoço.

Recordei-me com desapontamento da noite anterior. Que coisa banal era o sexo, sobre o qual se criava tanto caso.

Erasmo emitiu um ruído abafado, semelhante a um grunhido, e começou a esfregar o nariz em meu braço. Esperançosa, imaginei que daquela vez poderia ser diferente, melhor, e virei-me para meu marido.

As mãos dele me acariciaram rapidamente, detendo-se nas coxas, que ele separou para se encaixar no meio.

— Valeu a pena esperar por você, menina — murmurou, rouco de desejo.

— Por quê? — eu quis saber, angustiada, com uma vontade imperiosa de que ele saísse de cima de mim.

— Por quê? — repetiu ele, confuso, mais concentrado em penetrar-me. Eu me contraía involuntariamente, dificultando a entrada dele. — Ora... Mulheres ricas, há muitas. Ricas e formosas, poucas. Eu consegui uma.

Assim dizendo, ele forçou a penetração, e gemeu aliviado quando enfim conseguiu. Eu sufoquei um grito, fechando os olhos com força.

Olhei para o lado durante todo o tempo, ressentida, mas ele não percebeu. Após o clímax, descansou por dois minutos, fitando o teto, e então se levantou.

— Boa menina — elogiou, dando-me um tapinha na coxa, e saiu assoviando para lavar-se.

Tentei ver tudo por um prisma diferente. Precisava esforçar-me por compreender meu marido. Certamente ele me estimava, apenas não sabia expressá-lo. Eu deveria ser paciente e, com calma, mostrar-lhe como gostaria de ser tratada.

Animada por essa resolução, apareci sorridente e afável à mesa do desjejum.

— Que faremos hoje, querido? — indaguei.

— Alguma sugestão? — devolveu ele, levemente interessado.

— Agora de manhã, uma caminhada. Depois... — Sentei-me no colo dele, surpreendendo-o. — Depois, namoro.

— Arre! — exclamou Erasmo, entre excitado e aturdido. — Sou totalmente favorável a seus planos, mas não acha que é pouco conveniente se entrar uma criada e nos vir assim?

— Só saio do seu colo se me der um longo beijo — sussurrei.

Ele me atendeu com alguma hesitação, talvez temendo que nos flagrassem. O ímpeto sensual com que o beijei, praticamente conduzindo a carícia, provocou nele uma imediata ereção, mas ele parecia desconfortável com a situação.

— Já sei! — disse ele, claramente aliviado. — Está louca para ter um nenê, não é? Faz bem, faz bem. Mas deixemos isso para mais tarde, como planejado, sim?

Desejei gritar que não queria um bebê, não ainda, que queria outra coisa, mas silenciei.

Fomos caminhar de braço dado, sob a proteção de minha sombrinha. As ruas dos Campos Elísios eram largas, umas mais arborizadas que outras, e dominadas por casarões cercados de jardins.

Ainda que a caminhada fosse agradável, não era meu ideal de lua de mel. Teria preferido ao menos uma curta viagem, algumas semanas no campo ou num balneário, mas Erasmo não queria se afastar dos negócios. Além dos despachos relativos à fazenda, ele tinha diversos investimentos no banco e adquirira recentemente uma grande loja atacadista.

Paramos diante da igreja do Sagrado Coração de Jesus, e eu retirei a mão que estava pousada em seu braço para me persignar, já que com a outra eu segurava a sombrinha. Erasmo observou meu ritual com um sorrisinho indecifrável.

— É bonito ver uma mulher religiosa — comentou, vendo meu olhar inquiridor. — Já conhecia o santuário? É novo. Muito mais grandioso que a antiga capela.

— Claro que conhecia — respondi com ar superior, brincando de girar entre os dedos a sombrinha aberta sobre nossa cabeça. — Pensa que sou alguma caipira que nunca sai de casa?

A ideia era provocá-lo, tripudiar sutilmente de sua condição de interiorano, mas Erasmo não pareceu perceber.

— Lá de onde venho, mulher quase não sai de casa mesmo — disse ele, recolocando minha mão sobre seu braço, para que voltássemos a caminhar. — Parece-me um bom costume.

Eu não sabia se ele estava caçoando ou se falava sério. Não era a primeira vez que louvava os hábitos do interior.

— Você veio da roça — retruquei, tentando soar brincalhona. — Aqui é a cidade grande, é São Paulo. Gostamos do progresso.

— Mulheres andando para cima e para baixo, trajadas de modo provocante, é progresso?

— Se lhe desagrada a mulher paulistana, deveria ter buscado esposa lá na sua região de Araras, da qual gosta tanto.

Eu começava a ficar irritada e tentei apertar o passo. Ele resistiu, refreando-me, e fui obrigada a continuar caminhando lentamente.

— Sou um homem de negócios, e os negócios se fazem aqui — justificou com voz indiferente. — Nada mais natural que viver em São Paulo e me casar com uma filha da terra.

— Bem, esta "filha da terra" está habituada a sair às compras e a passear, a ir ao teatro e aos saraus — declarei, minha voz soando mais alta e irritada do que eu previra. — Eram atividades que eu fazia com minha família e que devo realizar agora com meu marido.

Ele inclinou a cabeça, cedendo a contragosto, e chutou longe uma pedrinha, sem que eu pudesse saber se fora intencional ou não.

— Pessoas de nossa classe têm obrigações sociais — reconheceu, agastado — e delas não pretendo fugir. Mas há que ter comedimento.

Chegamos a nosso destino, o Jardim da Luz, e nos sentamos na grama, perto do lago, à sombra de uma árvore. Observamos as famílias e os caminhantes solitários. Alguns conhecidos acenaram para nós, e eu me senti orgulhosa de estar acompanhada de meu marido. Mas não ficamos nem uma hora no parque, pois Erasmo desejava trabalhar em casa, ocupando-se da papelada de seus empreendimentos.

Nos dias que se seguiram, recebemos visitas, fomos à confeitaria e ao teatro, tudo conforme a disponibilidade de meu marido, muito ocupado e pouco interessado em socialização.

Dei por mim frustrada com meu início de casamento. Imaginara dias de namoro, de idílio, e no entanto tinha de mendigar a atenção de Erasmo. Só era bem-sucedida à noite, quando ele queria manter relações, mas nosso contato continuava igual ao da noite de núpcias: rápido, objetivo, seco. Toda tentativa minha de participar da ação, de obter prazer, era ignorada ou mesmo rechaçada. Irritava-se quando eu insinuava precisar de mais carícias, mais tempo, mais namoro.

— Já não é donzela, não entendo essa manha — dizia, impaciente.

— É doloroso, não percebe? — eu respondia, agastada.

— Vou tentar me lembrar disso — ele prometia.

Mas nunca cumpria. Eu estava sempre seca e fria quando ele me usava.

— Devo aceitar que estou sepultada em vida? — indaguei a Marisa, que continuava a ser minha confidente. Visitávamo-nos a cada dez ou quinze dias, acompanhadas sempre de nossas mães ou de uma criada. Naquela tarde, estávamos sozinhas na biblioteca do casarão da família de Marisa, sentadas nas poltronas floridas, que davam vida ao ambiente austero.

— Que sepultada, nada! — Marisa sacudiu a mão no ar, achando graça na minha dramaticidade. — Está é muito viva, meu anjo, e há de ser feliz.

— Como? — ergui as sobrancelhas, intrigada. — Matando meu marido?

Ela fez que não com a cabeça.

— Não há necessidade. Basta que ele nunca descubra.

— Descubra o quê?

Marisa mordeu os lábios e sorriu preguiçosamente.

— Que você encontra em outras camas o que não encontra na dele.

Eu a encarei consternada, apertando os braços da poltrona.

— O que está sugerindo, sua tresloucada?

Marisa deu de ombros, erguendo a palma das mãos.

— Moça, linda e ardente, vai se conformar com o sepulcro em vida, como acabou de se queixar?

— Adultério é pecado! — exclamei, erguendo-me. — E Erasmo poderia me matar!

Marisa afundou na poltrona, cruzando as pernas.

— Por isso lhe disse que ele não pode descobrir.

— Não, não, não! — Eu sacudia o dedo indicador no ar, aflita. — Sei que sua intenção é me ver feliz, mas vou lhe pedir que não torne a falar tais coisas. Hei de me entender com meu marido. Se eu for *exatamente* como ele espera...

— Posso apostar como já tentou e falhou.

— Não aspiro mais ao amor de Erasmo — continuei, caminhando pelo recinto e ignorando Marisa. — Ele não ama ninguém, não é de sua natureza. Mas, se fôssemos amigos, nosso convívio seria mais agradável.

— Ah, um amor fraterno... — Marisa apoiou o cotovelo no braço da poltrona e o queixo na mão. — Costuma render uniões felizes, desde que acompanhado de relações extraconjugais prazerosas. E assim voltamos ao ponto que defendo.

— Não me ajuda com tais conselhos, acredite! — exasperei-me, parando diante dela.

— Cada um sabe de si. — Marisa tornou a dar de ombros, o queixo ainda pousado na mão. — Eu nunca poderia ser uma jovem matrona, vestida de cores escuras, carola, apática, velha antes da hora. — Ela se levantou e ficou parada diante de mim. — Porque é isso o que você vai ser, Glória, se insistir em ser uma esposa honesta para esse calhorda. Ele não vale sua alegria de viver.

Ela estava certa; em tão pouco tempo de casada eu me tornara uma jovem matrona, envergando vestidos discretos de cores pastel. Olhava-me no espelho e achava que estava criando uma corcunda.

— E o noivado, sai? — indaguei sem grande interesse, infeliz demais para empolgar-me com a felicidade alheia. Marisa ia casar-se com um homem jovem, bonito, sofisticado, e eu a invejava.

— Sai! — ela respondeu, animada. — Se sai! — suspirou. — César é formidável, Glória! Interessa-se por muitas coisas além de política e economia. Aprecia arte, filosofia...

— Vai casar-se com ele porque o homem aprecia arte e filosofia? — espantei-me, ciente de que a estava fitando como se ela fosse um animal exótico.

— Não é só por isso. Gosto dele e o considero atraente. Mas não dou a menor importância a essa exaltação que chamam de amor. — Ela fez um gesto desdenhoso com a mão, como se quisesse espantar um mosquito e estivesse cansada demais para isso. — Um casamento baseado nisso está fadado ao fracasso. São cobranças sem fim, altercações por questiúnculas infantis... O amor é uma ilusão pueril. Não lhe parece que a amizade é um sentimento mais equilibrado e razoável?

— Às vezes você fala como Erasmo; dá-me arrepios! — levei as mãos ao busto e ofeguei, embora não estivesse sem ar. — Amor não é ilusão; amor existe! Que graça tem casar-se com um *amigo*? É verdade que hoje eu preferiria ser ao menos amiga de Erasmo, mas não me casaria só por esse sentimento. Eu estava apaixonada... ou pensava estar.

— Você se casou com uma ilusão. — Ela me fitou com dó. — Eu não. Eu me casarei de olhos bem abertos.

—ஃ—

— *Filet au champignon*, guisado de frango com vegetais, vinho do Porto... — enumerou Emília, apontando a comida enquanto falava. Sentada ao lado de Marcelo, ela se servia de tudo com gosto. — Não deixa nada a dever a um bom restaurante, minha cara! — ela elogiou, dirigindo-se a mim. Seus olhos verdes eram o único toque de cor na figura grisalha e trajada de preto.

— Obrigada, dona Emília — respondi, forçando um sorriso.

— E é assim todos os dias, não só quando temos visita — gabou-se Erasmo, ainda mastigando. Em família, ele abandonava qualquer tentativa de refinamento.

— Vou jantar aqui com mais frequência! — continuou a tia de meu marido. — Vocês sabem que, como Marcelo optou por ser um "médico de pobres", não vivemos uma situação exatamente confortável. Já nem recordo a última vez em que fui a um restaurante fino!

— O primo tem nojo de gente rica — zombou Erasmo.

— Atendo pacientes da alta sociedade ocasionalmente — explicou Marcelo com tranquilidade. — Não recuso atendimento. Mas não são minha prioridade.

— Marcelo pensa que cuidar dos desvalidos lhe garantirá um lugar no céu — meu marido disse voltando-se para mim, que estava a seu lado. — Ele não sabe que basta presentear o padre com um bom vinho de quando em quando.

— Não blasfeme — ralhou Emília, mas deixou escapar um sorrisinho. Então, lançando um olhar ressentido ao filho, queixou-se: — Nossa sociedade tem senhoras que mantêm admiráveis obras de caridade. Se você fosse médico dessas damas, estaria auxiliando os pobres da mesma maneira, embora indiretamente. E ajudaria a *sua* família também, que sou *eu*.

— Indiretamente? — Marcelo riu com ar cansado, como se já tivesse escutado aquela argumentação outras vezes.

— Sim, sem *contato*. — Emília fez um muxoxo de asco. — Preocupa-me muito saber que põe as mãos em gente com todo tipo de enfermidade contagiosa...

— Ricos também têm doenças contagiosas — argumentei, sentindo um impulso irresistível de defender Marcelo, já que ele não parecia disposto a contra-argumentar, mexendo distraidamente na comida. — Dona Agripina Mendes não foi tratar sua tuberculose num sanatório suíço?

— Antes fosse só a tuberculose! — Emília riu com um misto de desdém e asco. — Marcelo atende uma ralé coberta de sarna e piolhos... E umas mulheres que...

— Tia... — murmurou Erasmo num tom gutural e ameaçador.

Emília mostrou a palma das mãos para o sobrinho, como a dizer que não prosseguiria.

Um silêncio incômodo baixou sobre todos, mas logo foi quebrado por Marcelo, que parecia alheio ao mal-estar:

— Está tudo soberbo, Glória — elogiou. — Um jantar perfeito como este merecia convidados melhores.

— Não diga isso — retruquei sem jeito, tocada por sua gentileza.

— Glória revelou-se uma excelente dona de casa — interveio Erasmo, após um gole de vinho. — Elabora um cardápio semanal variado, compra pessoalmente os ingredientes e orienta muito bem a cozinheira. Não era assim no começo, mas bastou adverti-la uma vez. Ela aprende rápido.

Tomei um gole de vinho na esperança de que auxiliasse a deglutição, mas a refeição parecia estacionada em algum ponto abaixo da minha garganta, ainda que eu tivesse comido tão pouco. Dei com os olhos de Marcelo fixos em mim, num misto de ternura, compaixão e admiração, o que me surpreendeu. Eu não havia me arrumado com capricho — perdera esse prazer ao perceber que Erasmo não reparava em brincos novos ou penteados diferentes. Assim, pusera um vestido azul-marinho simples, de seda, e prendera o cabelo num coque baixo, sem trançá-lo. Sentia-me tão sem-graça quanto a quase sexagenária Emília.

— É indelicado de sua parte falar assim, Erasmo — repreendeu Marcelo, com os olhos ainda postos em mim, os talheres imóveis em suas mãos.

— Por quê? — Erasmo esvaziou sua taça e rapidamente tornou a enchê-la. — Fiz um elogio.

— Como se se referisse a um cão amestrado! — O médico não conseguiu conter-se, largando os talheres com estrépito.

— Filho... — advertiu Emília, pousando a mão no ombro de Marcelo.

— São palavras suas, eu não disse nada sobre cães — retrucou Erasmo, fingindo-se ofendido. — Mas, se gosta da comparação, confesso que a obediência desperta o que há de melhor em mim. A um cãozinho obediente farei todos os mimos imagináveis.

— Infelizmente muitos pensam ter cães, quando na verdade têm gatos — declarei com voz trêmula de raiva, sem fitá-lo, o que seria difícil por estarmos lado a lado. — O senhor meu marido sabe que gatos não são adestráveis, não sabe?

— Nesse caso a gatinha pode ser castigada e até perder a casa — Erasmo dissimulou um tom de lamento. — O dono há de arranjar outro animalzinho.

— Basta desta conversa — exigiu Marcelo, irritado, mas contido.

— Sim, sim, é um agradável jantar de família — acudiu Emília, desconfortável.

— E de que falaremos, Marcelo? — perguntei, erguendo-me. — O senhor meu marido não é pessoa que aprecie conversações, sejam amenas, sejam profundas.

— Não com mulheres — atacou Erasmo, rindo. — O que há para falar com uma mulher, que não sejam vestidos e festas?

— Com licença — murmurei, de cabeça baixa, retirando-me.

Dirigi-me à cozinha para mandar que servissem a sobremesa, no que infelizmente fui seguida por Emília. Enquanto a cozinheira e sua ajudante levavam à sala de jantar o pudim de banana-da-terra, mais rabanadas e cocadas, a tia de meu marido encurralou-me num canto da ampla cozinha.

— Querida — ela começou num sussurro —, não deve discutir com seu marido! Erasmo tem de fato um gênio difícil; eu conheço meu sobrinho. É o temperamento do meu irmão, o pai dele... — ela pigarreou como se tivesse dito algo inadequado, levando a mão ao peito farto. — Enfim, seja cordata, finja que não entende as provocações...

— Tenho sangue nas veias, dona Emília — retruquei, aborrecida. Emília estava perto demais, era dessas pessoas que se aproximam paulatinamente do interlocutor enquanto falam.

— Não seja voluntariosa! — Os olhos verdes cresceram. — É de lamentar essas moças que respondem ao marido para mostrar que são fortes. A fortaleza da mulher é o silêncio, a tolerância. Se o casal esbraveja entre si, um querendo gritar mais alto que o outro, em que tipo de lar viverão as crianças? A mãe de Erasmo era insolente e respondia ao marido; os dois brigavam horrivelmente, e no fim... — Ela pigarreou de novo, embora sua garganta estivesse limpa. — Aceite meu conselho, menina. Cale-se. Sorria. Releve.

Eu sentia o rosto queimar de raiva e vergonha. Aquela mulher intrometida achava-se no direito de dar-me conselhos, como se a errada fosse eu, e não Erasmo, com seu deboche e autoritarismo.

— Vamos voltar para lá? — sugeriu Emília, abrindo um sorriso conciliador e enfiando o braço no meu para conduzir-me. — Sou louca por cocadas, sabia?

Retirei o braço bruscamente, fazendo-a arregalar os olhos ante tal grosseria.

— Preciso ir ao toalete — menti, e o sorriso que forcei fazia meu rosto doer. — Logo estarei com vocês.

— Sim, é bom serenar o espírito — respondeu a tia de meu marido, astuta. — Não demore, porém. Você é a anfitriã.

Não retornei à sala de jantar naquela noite. Já esvaziada da raiva e tomada pelo desânimo, busquei refúgio na biblioteca, ambiente que Erasmo nunca frequentava, pois detestava ler. Três das paredes eram cobertas por estantes repletas de livros, herança da viúva que residira ali antes de vender o casarão a Erasmo. A única parede livre era a da janela.

Foi ali que Marcelo me encontrou, dez minutos depois, sentada numa poltrona de frente para a janela, com um livro fechado sobre as pernas.

Ergui levemente os cantos dos lábios, num arremedo de sorriso. O médico sentou-se na poltrona ao lado da minha.

— Como soube que eu estava aqui? — indaguei, intimamente satisfeita por ter sua companhia.

— Você já me disse que é o único lugar da casa em que Erasmo não pisa — respondeu o médico. — Deixei-o na sala de jantar com minha mãe e os doces, mas devo voltar logo. — Marcelo avaliou-me com o mesmo olhar compassivo e preocupado que me dirigira durante o jantar. — Tem sido difícil, não é? Viver com meu primo.

Balancei a cabeça afirmativamente, com uma veemência que não pretendia.

— Marisa avisou-me — respondi, suspirando. — Já você...

Meu tom, embora acusatório, era ameno. Eu sabia que Marcelo era muito escrupuloso para me alertar contra Erasmo.

— Achei que Erasmo se abrandaria — murmurou ele, respirando fundo. — Mas meu primo não conhece nada sobre afeto. Ele sofreu muito...

— Sofreu como, Marcelo? — inquiri, agastada. — Sofreu o quê?

— Não cabe a mim dizer.

Fiz um gesto irritado e ele silenciou, olhando para as próprias mãos sobre as pernas.

— Um filho... — murmurei, olhando na direção da janela aberta, as cortinas de renda ondulando ao sabor da brisa. — Um menino. Acha que isso o abrandaria? Homens costumam ficar orgulhosos de um filho varão.

Marcelo fez que não com a cabeça, olhando para a janela também.

— Eu não apostaria nisso. Erasmo ficará orgulhoso, claro, mas dificilmente isso o tornará um bom marido ou um bom pai. Vive de aparências, porque dentro dele não há mais nada.

— Infelizmente já percebi isso. Sinto-me um troféu quando estamos em público, ou um cavalo de raça. Como não atentei para isso antes de nos casarmos?

— Não tinham muito tempo a sós para se conhecer. A maioria dos casamentos se dá entre gente que absolutamente não se conhece.

— E serão todos tão infelizes?

Os olhos de Marcelo iluminaram-se de um modo estranho, melancólico.

— Não, minha cara — respondeu com suavidade. — Há uniões felizes.

— O que você sabe disso? — retruquei, mais sardônica do que pretendia. — Um solteirão! Se casamento fosse bom, você teria o seu.

Ele sorriu sem ânimo, como alguém cansado de ouvir uma velha anedota.

— Que está lendo? — indagou, indicando o livro fechado sobre minhas pernas.

— Ah, isto? — reagi um pouco assustada. — Precisa guardar segredo — pedi, pegando o volume e mostrando a capa a Marcelo.

— *A falência*, de Júlia Lopes de Almeida — ele recitou. — De que se trata?

— Entre outras coisas, de um adultério — expliquei num sussurro, baixando os olhos. — Foi Marisa quem me emprestou. A esposa... a esposa é infiel.

Marcelo ergueu uma das sobrancelhas, sem saber o que dizer.

— Estou lendo com certa ligeireza — continuei, embaraçada. — Sem me deter muito, entende? Mas há um trecho... — Abri o livro na página marcada. — "Compreendia bem que o sentimento e a imaginação nas mulheres só servem para a dor. Colhem rosas as insensíveis, que vivem eternamente na doce paz; para as outras há pedras..." Há uma grande verdade aqui, Marcelo — suspirei, tornando a fechar o volume. — Se eu tivesse tido menos imaginação, se tivesse lido menos novelas de amor... Se eu soubesse o que é um casamento de verdade, meu amigo, eu estaria em paz hoje. Não esperaria do matrimônio outra coisa que não fosse essa convivência fria, marcada pelo dever...

Após brevíssima hesitação, Marcelo pôs a mão sobre a minha. Pisquei rápido algumas vezes, sem atinar com o que sentia. Era um toque agradável, quente, mas eu me retraí imperceptivelmente, tensa. A sensação de que Erasmo entraria a qualquer minuto e nos flagraria assim fazia com que a pele de Marcelo parecesse queimar a minha.

— Minha cara... — Ele se inclinou apenas alguns centímetros em minha direção e sorriu com benevolência. — Se antes do casamento as novelas sentimentais não a ajudaram, agora tampouco serão úteis essas obras perturbadoras. Um livro sobre adultério? Além do mais, se Erasmo descobre tais leituras...

— Eu sei! — exclamei, agitada. Minha mão, sob a de Marcelo, parecia um bloco de pedra, de tão rígida. — Que devo ler, então? A Bíblia? — provoquei, rindo tolamente.

Marcelo retirou a mão com vagar. Seu sorriso sumira; ele estava sério, talvez contrito. Devia ter se dado conta da inconveniência de seu gesto.

— Não recomendo — declarou, e seu sorriso pareceu-me quase triste. — Tem adultérios em certa quantidade. Agora, a contragosto, devo deixá-la. Erasmo há de criar caso por conversarmos a sós, e a última coisa que desejo é trazer-lhe aborrecimentos, Glória.

Assenti, embora lamentasse a saída do médico, cuja presença era sempre reconfortante e agradável.

Meus dezoito anos chegaram em outubro, sete meses após o casamento. A comemoração íntima, para poucas pessoas, não era do meu gosto — nem do de minha mãe —, mas tanto Erasmo quanto meu pai achavam que uma senhora casada não deveria dar bailes. Assim, lá estava eu num jantar formal, com mais gente velha do que da minha idade, ouvindo conversas maçantes e recusando convites para jogar cartas. Num momento em que emiti um longo suspiro, fitando o nada por uma das janelas do salão, mamãe abordou-me:

— Onde você está, filha? — indagou, sorrindo, porém percebi sua apreensão.

Pensei em inventar qualquer pretexto para minha melancolia, mas percebi que queria falar. Até então, apenas Marisa sabia dos meus sentimentos.

— Estava revisitando minha vida de solteira — confessei.

— E você queria estar lá? — minha mãe perguntou serenamente, sem reprovação.

Nesse momento, achei que choraria, mas apenas soltei outro suspiro.

— Queria.

Ela segurou-me a mão e conduziu-me a um canto mais isolado do salão, distante de suas amigas mexeriqueiras.

— Diga — pediu com suavidade, embora seu tom de voz fosse exigente.

Não precisei de mais incentivo. Derramei sobre ela minhas narrativas de solidão, decepção, vexame. Consegui fazê-lo sem chorar, a voz tremendo só um tantinho, e quem nos visse não poderia sair comentando a falta de compostura da esposa de Erasmo Galvão.

Mamãe ouviu em silêncio respeitoso, apenas um tremor sob o olho esquerdo traindo sua emoção. Ao final, inspirou profundamente e declarou:

— Ele não vai mudar, filha. É um homem seco, áspero. Você precisa aprender a lidar com isso, pois dele não receberá nenhum afeto. Há que buscar em outra fonte.

— Como assim? — estranhei, imaginando se minha mãe, *minha mãe*, iria defender o adultério como Marisa.

— Um filho. Uma criança será sua fonte de amor e talvez abrande seu marido.

— Ele de fato tem me cobrado um filho, mas não está em meu poder! — exclamei, baixando o tom de voz ao perceber que o elevara. — Na verdade, eu nem queria, repugna-me engravidar de um homem a quem... de quem não gosto muito. — Eu ia dizer *odeio*, mas tive vergonha. — No entanto — prossegui, encostando-me à parede, no espaço entre um quadro e outro —, por mais que eu não aprecie a ideia, não é minha culpa se a natureza não age! Ou talvez seja... Talvez eu seja defeituosa.

— Calma, são só sete meses de tentativas — retrucou minha mãe. — Eu levei mais de dois anos para engravidar de você, e depois tive três gestações malogradas. Queria ter dado um filho varão a seu pai, mas falhei — acrescentou ela, mais para si mesma.

— Desculpe-me por não ser um varão — respondi, sarcástica.

Ela ignorou minha malcriação.

— Glória, mantenha-se calma. Ajuda a engravidar.

— E engravidar vai me ajudar a não querer morrer? — ironizei, afastando-me.

Isso foi cruel de minha parte, porque saí deixando minha mãe com a expressão aflita.

3

Ajoelho-me no chão, ao lado do espelho quebrado. Levanto a moldura e escolho um pedaço grande, de quase um palmo, em meios aos cacos de vários tamanhos. Sento-me ali mesmo, aninhando junto ao peito o estilhaço.

Fico vários minutos assim, imóvel, visualizando o passo seguinte. Se meu corpo todo dói, imagino que não seja difícil encostar o vidro no punho, aplicar alguma força e rasgar fundo a pele, de um lado a outro. Calculo que deva ser difícil cortar os dois pulsos, já que, na vez do segundo, o primeiro estará ferido. Será que um pulso só é suficiente para morrer? Talvez demore mais.

Percebo que estou procrastinando e encosto o vidro no meu punho esquerdo. Respiro fundo e pressiono para romper a pele. Dói mais do que eu esperava, e não é tão fácil. Faço mais força e consigo uma gota de sangue, mas dói — dói tanto que interrompo o gesto, sem, contudo, largar o estilhaço.

Não posso com a dor e não posso com a morte. Talvez seja fácil para os realmente desesperançados, os que de fato desistiram. Descubro que não sou uma desistente. Quero viver.

Quero ser viúva.

O noivado de Marisa e César foi anunciado oficialmente num jantar no casarão da família Albuquerque, na Avenida Paulista. Era a primeira vez que eu pisava ali, e tudo me impressionou naquele palacete recém-construído, imponente e um tanto extravagante, cercado de jardins e árvores. Marisa comentou que o estilo arquitetônico era neobizantino, o que não significava nada para mim, e segredou-me que seria sua residência de casada. Os pais de César já viviam em outra casa, menor e mais antiga, num dos primeiros loteamentos da avenida.

Confesso que invejei Marisa, mas não pela casa, luxuosamente decorada. Também não foi pelo fato de os Albuquerque terem um automóvel, um dos poucos da cidade, com *chauffeur*. O que invejei foi a felicidade de minha amiga e sua evidente intimidade com o noivo. Espantava-me que ninguém parecesse notar o modo como se tocavam furtivamente, a fome com que se olhavam, os sorrisos cúmplices de quem roubara doces da despensa. Se nada ocorrera entre ambos ainda, era óbvio que estava na iminência de acontecer.

Eu conhecia o noivo e sua família apenas superficialmente. Por algum motivo, meu pai não se dava com eles, embora os respeitasse por sua tradição e prestígio. Mamãe cogitara César como meu pretendente, mas papai a cortara bruscamente, dizendo que não queria "esse tipo de genro". A decepção de minha mãe foi quase cômica; era visível sua admiração pelo rapaz. César, aos vinte e oito anos, era bonito como os heróis dos meus romances — alto, moreno, sorriso de perfeitos dentes brancos —, exceto por suas feições fortes demais e uma eterna expressão zombeteira. Eu teria algum medo dele, se fosse sua noiva, mas Marisa estava inteiramente à vontade.

Ele tinha um irmão caçula, Fernando, de vinte e dois anos, que nunca me chamara a atenção. Lembrava-me vagamente de sua figura alta, desajeitada, de braços e pernas longos demais. Nesse jantar, porém, surpreendi-me com sua aparência. Era agora um homem bem-acabado, uma versão mais harmoniosa do irmão, já que seus traços eram mais suaves e seus cabelos mais claros. Estava muito bem trajado e transparecia uma autoconfiança despojada, uma consciência aguda de sua beleza e posição social.

À mesa do jantar, Fernando flagrou-me observando-o e dirigiu-me um sorriso caloroso, como se eu fosse uma velha conhecida. Enrubesci e, ciente da presença de Erasmo ao meu lado, retribui acanhadamente. De repente, meu marido era um estorvo para mim, mais que antes, e fiquei me perguntando quanto tempo, após o jantar, ele levaria para ir fumar numa sala privada com os outros homens.

Tão logo isso aconteceu, Fernando abordou-me. Eu acabara de retornar ao salão, voltando do gabinete destinado às mulheres para que recompusessem faces, penteados, adornos e trajes.

— Uma palavra de encorajamento a um jovem estudante que amanhã terá de retornar aos livros carcomidos e mestres rabugentos da Academia de Direito — disse ele, sedutor. Assim de perto, comprovei que de fato sua aparência melhorara. Nada de adolescente restara nele, era agora um rapaz bem bonito. Havia uma sombra sutil de barba em seu rosto, que emprestava um ar viril às feições bem feitas.

— Ora, mas esse é o preço a pagar para tornar-se advogado — respondi sorrindo. — Não fuma com os demais?

Ele riu, fazendo que não com a cabeça. Reparei em seu maxilar forte, primoroso.

— Apartar-me das belas senhoras para ficar respirando a fumaça fétida expelida por brutamontes? — ele indagou, como se fosse a coisa mais inusitada.

— Oh, um galanteador — murmurei, decepcionada. Eu não era nada especial; ele provavelmente plantava suas lisonjas ao longo de todo o salão, esperando para ver qual brotaria primeiro.

— Distribuo elogios inofensivos, eis tudo — garantiu Fernando, com falsa inocência, os olhos refletindo o brilho das luzes do salão. — Palavras agradáveis são o alimento das mulheres. Estúpido é o homem que ainda não percebeu isso. E a senhora é casada com um estúpido, estou errado?

Arregalei os olhos, incrédula ante o atrevimento do moço.

— Só uma mulher fútil necessita de elogios constantes — minha resposta foi fria.

Eu não precisava dos elogios de Erasmo. Ansiava tão somente por respeito e consideração, já que amor era impossível.

— Longe de considerá-la fútil, apenas não entendo como um homem pode viver com a senhora e não louvar cada respiração sua — insistiu Fernando, aproximando-se um pouco mais. Atrás de sua expressão jocosa, percebi um vivo interesse.

— Sou bem casada, senhor Fernando — garanti, e, por algum motivo, fiquei sem jeito ao pronunciar seu nome. Parecia que eu fazia algo errado.

Ele ergueu uma das sobrancelhas grossas, cético. Quantas mulheres antes de mim tinham mentido assim, no fundo desesperadas por alguém que as salvasse de uma união sem sentido? Ele, um conquistador, devia ter ouvido isso diversas vezes antes da capitulação da presa.

— Sei reconhecer uma mulher feliz, bem amada, plena, e não é o que tenho diante de mim — declarou ele, mais sério do que eu esperaria.

— Não temos intimidade para uma conversa com esse teor — repreendi, presa entre a necessidade de sair dali e o desejo de ficar. Ele havia percebido minha infelicidade e estava mais que disposto a amenizá-la. Eu sabia o que viria depois, e não poderia, para o meu bem, deixar aquilo prosseguir. No entanto, subitamente, era o que eu mais queria: o convite.

— Minha cara... — ele começou, e eu o cortei com um gesto imperioso.

— Por que gasta seu flerte com um alvo impossível? — inquiri, sorrindo, mas minha voz soou torturada. — Agora mesmo sinto olhinhos rancorosos sobre nós. Há moças lindas ansiando por sua atenção.

O olhar que ele pousou em mim fez-me prender a respiração. Suas sobrancelhas eram cheias, os olhos castanho-claros tão bonitos quanto podem ser os olhos de um homem. Estavam ainda mais bonitos porque um brilho de vida, de desejo os animava, e esse brilho era para mim.

— A mais especial está aqui, ao alcance dos meus braços — sussurrou.

— Especial por ser inalcançável — rebati, no mesmo volume, hipnotizada por seu olhar.

— Só se a senhora assim quiser. Sou um homem disposto a *tudo*.

Eu ri nervosamente.

— Volte para junto de seus companheiros. Quando meu marido retornar, você sairá correndo a fim de não afrontá-lo, então é melhor que se afaste agora, com dignidade. Assim poderei ficar na dúvida quanto a sua coragem, em vez de constatar que é pura pavonice.

Ele simulou ter sido atingido no peito.

— Que palavras cruéis de lábios tão mimosos! Não tornarei a perturbá-la, mas espero que sua consciência a acuse.

Aproveitando que o laço invisível entre nós afrouxara, afastei-me sem responder. Se ele tivesse insistido, eu teria cedido.

Não pude manter-me à distância, como pretendia, porque pouco depois Marisa e César vieram falar-me e trouxeram Fernando consigo. Os quatro conversamos por alguns minutos, falando da vida alheia, e impressionou-me a sintonia entre os três, a afinidade, os diálogos ágeis, pois um parecia adivinhar o que o outro ia dizer. Marisa já era praticamente da família, provocando Fernando como se ele fosse seu irmão mais novo. Ou como um flerte. De todo modo, César não demonstrava se incomodar. Só eu destoava deles, perturbada demais para pilhérias. Nunca fora uma especialista em chistes e maledicências, mas agora estava ainda mais dispersa, porque a cada instante Fernando me parecia mais bonito, mais interessante, mais adorável. Por que, meu Deus, por que meu pai não o escolhera para mim? Casada com ele, eu seria uma estrela dos salões, não a jovem matrona em que Erasmo me transformara.

— Você é tão bela — disse-me César, assustando-me, pois eu divagava —, mas tem um olhar triste. Se sorrisse mais, saísse mais, seria a rainha da sociedade paulistana. Não é uma carola, espero?

— Carola? — repeti tolamente, como se não conhecesse o termo. — Não... Eu... eu sou devota, por certo, fui criada na religião. Mas não... não sou carola.

— Ufa! — riu o noivo de Marisa. — O pior pecado do mundo é o recato de uma mulher bonita. Se Deus existe, certamente fez a mulher para o sexo. Qual é o sentido de criar um ser tão belo, tão voluptuoso, para a castidade?

Meu rosto queimou, pois, ao dizer *voluptuoso*, ele ostensivamente avaliou meu corpo — e pareceu gostar. Meu desnorteio aumentou ao perceber, com o canto do olho, que Erasmo voltara ao salão, após o intervalo para fumar, e olhava diretamente para mim.

— Vá com calma, meu querido! — riu Marisa, pousando uma das mãos no braço do noivo. — Glória é moça de família *mesmo*. Você a assusta com essas conversas.

— Perdão — ele disse prontamente, dirigindo-se a mim. — Frequentemente me esqueço de que São Paulo é uma grande cidade interiorana, a despeito das suntuosas construções que vemos subir na Avenida Paulista, da chegada do bonde elétrico e de um punhado de automóveis. Afinal, nossa elite — ele indicou com a mão os convidados espalhados pelo salão — é caipira. Um bando de agricultores que enriqueceram e mandaram construir palacetes na cidade grande. Mas continuam deseducados, com a mentalidade da roça, onde a vida girava em torno da igreja.

— Meu irmão, não continue! — implorou Fernando, divertido. — Glória não vai suportar ouvir suas longas teses a respeito do provincianismo de São Paulo. Nem eu aguento. Se tiver de escutar mais uma vez que os franceses isso, os ingleses aquilo, acho que cometerei um fratricídio.

— Bem, eu gosto dessas teses — declarou Marisa. — Adoraria passar a noite ouvindo-as, enquanto... — Ela terminou a frase no ouvido de César, que riu deliciosamente.

— Acho que a lua de mel precedeu o casamento — Fernando comentou comigo, maroto, e eu novamente corei como uma virgem.

Num canto do salão, sozinho e soturno, Erasmo continuava a me olhar.

No caminho de volta, na carruagem, meu marido censurou-me por eu não permanecer em companhia apenas de mulheres, como ele já orientara.

— Quero vê-la sempre ao lado de senhoras respeitáveis — reforçou. — E mantenha distância de Marisa. Ela é uma cadela no cio.

— Não fale dela nesses termos chulos! — exclamei, chocada. — Ela está *noiva*!

— Marisa engana a todos, mas não a mim. — Erasmo torceu uma das pontas do bigode. — Pare de confraternizar com ela. Não digo que rompa relações, pois ela é de boa família e fará um ótimo casamento, mas restrinja o contato.

Meneei a cabeça em negação.

— Não farei isso. É minha amiga de infância!

— Você fará o que mando, por bem ou por mal — ele declarou, articulando bem as palavras.

— Isso significa o quê? Que você vai me bater se eu desobedecer?

— Se for preciso.

Aquilo me deixou sem palavras, tamanha minha indignação.

Eu sabia que era verdade.

Mesmo assim, teimei.

Como meu marido passava o dia fora e ainda se ausentava por quase uma semana todo mês, mantive inalteradas minhas relações com Marisa, que continuei a receber e a visitar. Íamos também ao centro, a lojas de sapatos e sombrinhas, a sorveterias e confeitarias, e eu estava com ela quando escolheu o modelo do vestido de noiva e fez as primeiras provas.

Também foi em companhia dela que encontramos Fernando numa confeitaria e aceitamos o convite para partilhar de sua mesa, embora eu tivesse a forte sensação de estar em pecado. Era quase uma infidelidade, porque eu desejava aquele homem.

Era uma confeitaria elegante, com doces sofisticados expostos, muitos espelhos, mesas e cadeiras de jacarandá e bancadas de mármore italiano. Os talheres eram de prata e as louças, portuguesas. O aroma de café dominava o ambiente, e as conversas dos demais clientes criavam um burburinho agradável, acariciante, rompido aqui e ali por uma gargalhada mais alta.

— Caras senhoras! — cumprimentou Fernando, puxando as cadeiras para que nos sentássemos. — Iluminaram minha tarde vazia! Eu estava aqui, abandonado, sem sequer um amigo, colega, conhecido, um mendigo que fosse para me fazer companhia. Então aparecem essas duas beldades, e eu mal posso acreditar em minha sorte. Certamente pisarei em bosta de cavalo quando sair daqui, porque a vida tem um equilíbrio próprio, ela dá e toma, entendem?

Diante da menção ao excremento do cavalo, sufoquei uma risadinha, mas Fernando bateu na testa e fez uma careta, como se tivesse cometido uma gafe imperdoável.

— Perdão, perdão, mil perdões! — Fernando suplicou-me, e num gesto rápido, que não pude antecipar, pegou-me a mão. Um arrepio percorreu-me. — Mil perdões — ele repetiu, sem parecer sinceramente arrependido. — Estou acostumado a não me policiar na frente dessa daí — ele indicou Marisa com o queixo. — Não há nada, absolutamente nada que choque minha futura cunhada.

— Há de haver algo que me choque, mas ainda não encontrei — comentou Marisa, atenta ao fato de que eu e Fernando estávamos de mãos dadas. Isso certamente não a escandalizava, pois ela sorria de leve.

— Eu... eu não me ofendi — balbuciei, perturbada. Um calor morno irradiava da mão dele. Senti gotas de suor brotarem acima do meu lábio.

Uma fração de mim ainda era racional, ou simplesmente medrosa, e me fez retirar a mão vagarosamente. Nosso olhar se cruzou, e eu me surpreendi com a intensidade da expressão dele. Tive um vislumbre de nós dois juntos, *sem roupas*, e senti as faces incandescentes. Era uma fantasia ou um presságio?

— Bosta de cavalo — eu disse, alto demais, a julgar pelos outros clientes, que pararam de conversar para me olhar. Fernando e Marisa fitaram-me, espantados. — *Bosta* — continuei, ainda sem controle da voz — não é realmente um palavrão, é? *Todo mundo* faz isso... É natural, não pecaminoso. Apenas é... fedido.

Meus companheiros de mesa me observavam como se eu fosse uma codorna falante. Eu só sabia que precisava discorrer sobre alguma coisa que me fizesse parar de pensar em Fernando nu por cima de mim.

— Tem toda razão — disse ele, vindo em meu socorro. — Na verdade, não acredito no conceito de palavrão. São termos que exprimem um sentimento vivo a respeito de alguma coisa, e não pode haver nada de errado em estarmos vivos.

Sorriu só para mim, ignorando Marisa, e eu soube que ele também recorria a algum expediente mental para não empurrar a mesa e me beijar. Seus olhos estavam fixos em minha boca.

— Marisa, não íamos àquela loja de chapéus da Rua Direita? — indaguei, virando-me para ela, e a tensão dissipou-se lentamente.

— Mas não comemos nada — queixou-se minha amiga. — Eu queria tanto aquela torta de...

— Bem, não posso demorar-me muito na rua, pois *tenho marido* — afirmei, levantando-me. Olhei de soslaio para Fernando, a fim de ver se ele tomara para si o final da sentença.

— A senhora tem marido — ele me disse, tristonho —, e seu marido tem sorte.

— Não que ele saiba disso — ironizou Marisa, e eu a detestei naquele momento. Não queria que Fernando, nem ninguém, soubesse da minha condição de malcasada.

— Até mais ver, senhoras — despediu-se Fernando, porque eu já estava cruzando a porta, irritada.

Eu sabia que não era pela indiscrição de Marisa, e sim pela frustração. O corpo, quando acorda, não volta a dormir facilmente.

Era uma questão de tempo até Erasmo tomar conhecimento das minhas saídas, pois encontrávamos conhecidos na rua. Eu vivia à espera do dia em que ele irromperia casa adentro vociferando. Então, numa tarde de março — véspera de nosso primeiro aniversário de casamento —, quando eu estava a uma das janelas da saleta íntima observando o céu escuro iluminado por relâmpagos, ele entrou em casa exatamente do modo como eu previra.

— Eu não lhe *pedi* que evitasse Marisa, eu *ordenei*! — rugiu Erasmo, vindo para cima de mim como uma carruagem sem condutor. — E você está louca se pensa que pode passear sozinha com ela por aí, como fazia quando era solteira e ninguém a vigiava. Seu pai e sua mãe a criaram errado, com uma liberdade que não condiz com a mulher, mas agora você tem marido, tem *dono*, e vai me obedecer!

— Acha mesmo? — retruquei, rindo, mas a voz trêmula e aguda traía meu medo.

— A mulher deve obediência ao marido! — bradou ele, sacudindo-me pelos ombros.

— Vai bater-me? — gritei, feito alucinada. — Bata! Mas não no rosto, ou todos saberão que você bate na esposa!

Em resposta, ele ergueu o joelho e me atingiu no abdome com toda força. Eu pulei para trás com o impacto, encurvada, e caí de bruços ao pé da cristaleira. O ar me fugiu, como se fosse sugado pelo estômago, e senti uma bola quente subir pela garganta. Cuspi pensando que fosse sangue, mas nada saiu, só saliva.

— Olhe que na cara dói menos, hein? — Erasmo riu, puxando-me para cima pelo coque, até me pôr de joelhos. — E é bom, porque você fica reclusa até o rosto voltar ao normal. O que acha, hã?

Era uma pergunta retórica, claro, e ele desferiu um soco que me atingiu bem na maçã do rosto, do lado esquerdo, pegando um pouco do olho. Como ele havia soltado meu cabelo, fui ao chão novamente.

— E então? — Erasmo perguntou, acima de mim. — Quando vai ver sua amiga cadela novamente?

Entendi que, dessa vez, não era uma questão retórica.

— Não vou — murmurei, meu nariz quase encostado no chão, o cabelo se soltando do penteado e me protegendo da visão dos sapatos de Erasmo.

— Ah, vocês brigaram? — ele zombou, rindo com gosto. — As gatinhas brigaram por uma sardinha e ficaram de mal? Vamos, diga, quando é que ela virá aqui?

— Ela não virá! — tentei falar um pouco mais alto, e minha saliva pingou no chão.

— Nunca mais?

— Nunca mais! — gritei, embora a garganta raspasse e o volume da minha voz parecesse muito baixo.

— Ótimo. — Ele parou de rir, e eu o ouvi se afastar um pouco. — Fico satisfeito. Daqui em diante, seja mais esperta, Maria da Glória. Quando eu disser "dance", dance. Quando eu disser "pule", pule. Não precisa tomar uma surra para entender isso. E bati pouco, porque você é fraquinha, não aguenta. Eu poderia passar a noite fazendo isso, meu bem, e ainda usar você. Mas eu sou um bom católico e vou lhe dar a noite de folga. Amanhã *namoramos*. — Ele pronunciou o verbo com deboche.

Um alívio descomunal inundou-me quando o ouvi retirar-se, subindo para os dormitórios. Levantei-me devagarinho, em etapas, ficando primeiro de quatro, depois de joelhos e enfim de pé, apoiando-me na parede. Trovões ribombavam agora muito perto, e a chuva desabava.

Meu estômago doía mais que meu rosto, como se eu tivesse rompido algum órgão, porém foi a visão de meu semblante no espelho redondo da parede que mais me assustou. Minha face ainda ia ficar escura e inchar, mas de alguma forma já estava deformada, devastada. Então percebi que era o medo. Era o rosto de uma mulher apavorada.

Os soluços rasgaram minha garganta sem que eu pudesse contê-los, como um jorro violento que, acompanhado da dor, cortava-me a respiração. Escorreguei pela parede e sentei-me encolhida no chão, chorando como uma criança travessa que tivesse levado uma surra. Mas eu nunca fora castigada na infância, e o choque de sê-lo agora, adulta e casada, era indizível.

Eu não chorava de perplexidade, porém, e sim de receio.

Porque algo me dizia que não fora um evento isolado. Aconteceria de novo.

Eu realmente fiquei reclusa por vários dias, enquanto esperava meu rosto voltar ao normal, mas não pude evitar que minha mãe viesse me visitar. Nesse dia, eu ainda estava com uma grande mancha escura na face, e não tentei escondê-la. Ela recuou horrorizada, tampando a boca, e seus olhos imediatamente encheram-se de água.

— Minha filha! — exclamou, com voz sufocada. — O que aquele monstro lhe fez?

Meus olhos também marejaram, de gratidão por ela. Minha mãe sabia que eu fora agredida. Nem lhe passara pela cabeça que eu tivesse caído com a cara na quina do degrau da escada, como Erasmo dizia aos criados quando os flagrava fitando meu rosto. A reação dela, reconhecendo em voz alta o que me acontecera, era estranhamente reconfortante.

— O que aconteceu, Glória? — insistiu mamãe, conduzindo-me ao sofá da sala íntima. — Conte-me tudo, por favor!

Sentamo-nos e eu contei; ao final, ela ergueu-se, pensativa, apertando as mãos.

— Eu sabia, meu Deus, eu sabia! — gemeu, fechando os olhos. Então os abriu novamente, e tinha neles um brilho feroz. — Se uma mulher, como nós duas, dá cabo de um canalha como esse, é certamente condenada pela justiça. Mas um homem pode matar uma mulher e sair impune, sendo até congratulado pelos amigos — acrescentou ela, quase cuspindo as palavras.

Fiz que sim com a cabeça, enfática. Minha mãe — loira, rosada, olhos brilhantes, faces coradas — parecia agora uma deusa vingadora, ela que sempre se mostrara alegre e conciliadora.

— Bem, embora imaginar Erasmo picadinho por cutelo de açougueiro seja um divertimento e tanto, isso não vai nos levar a nada — suspirou ela, encarando-me. Eu ainda estava sentada no sofá, sem energia. — Você certamente não insistirá na amizade com Marisa, mas também não tem de se tornar uma dessas mulheres que não põem nem o nariz na rua. Eu não posso acompanhá-la o tempo todo, tenho meus afazeres. Portanto, vou conversar com esse pulha que é seu marido e persuadi-lo a aceitar uma dama de companhia para você. Uma senhora idosa, de respeito, mas agradável o bastante para que vocês sejam amigas.

— Não quero uma dama de companhia — retruquei, pouco disposta a ser seguida dia e noite por uma velhota rabugenta.

— Confie em mim — pediu mamãe, piscando um olho. A raiva dera lugar à determinação, e eu fiquei feliz por alguém tentar assumir o controle da situação. — Além de facilitar seu ir e vir, isso inibirá Erasmo. Dificilmente ele irá agredi-la se houver uma estranha por perto.

— Há meia dúzia de criadas trabalhando aqui dentro, e ele não se inibiu — lembrei, cética.

— Uma dama de companhia é diferente, é uma pessoa de certo nível.

Bem, fazia sentido. E a situação não podia ficar pior do que já estava, podia?

— Só uma coisa, mamãe — disse eu. — Não fale diretamente com Erasmo. Ele despreza todas as mulheres. Convença papai, e deixe que ele fale a meu marido.

— Assim será — minha mãe decretou.

O fato é que papai tomou parte na batalha após ver meu rosto. Mamãe contou-lhe tudo, descrevendo vivamente o que ouvira de mim, e no dia seguinte ele aportou em minha casa no meio da manhã, indignado. Acreditei que me censuraria, o que ele de fato fez, mas tão rapidamente que eu mal assimilei a bronca.

— A mulher deve respeitar o marido, menina sem juízo, mas Erasmo exagerou — declarou Euclides Cerqueira, célebre advogado, em cujos cabelos o grisalho vencia o preto por apertada vantagem. Tinha o bigode fino, de pontas retorcidas, sobrancelhas que se uniam, formando uma só, e boca sempre meio voltada para baixo, como se ele estivesse permanentemente bravo. Muito bravo.

— A ideia de ter uma dama de companhia, como sugerido por mamãe, o senhor aprova? — indaguei.

— Será salutar para você a companhia de uma senhora madura — respondeu papai, firme. — Erasmo aceitará.

— Vai repreendê-lo? — animei-me como uma criança. — Vai dizer a ele que cometeu uma indizível covardia...

— Não é de sua conta o que vou dizer a Erasmo — cortou meu pai, já repondo o chapéu para ir embora. A visita durara cinco minutos.

Contudo, vi em seus olhos uma raiva muito mais perigosa que a de minha mãe, e isso me causou uma alegria perversa. Papai ia colocar Erasmo em seu lugar.

Eu nunca soube o que ele disse a Erasmo, porém foi efetivo. Meu marido não chegou a me pedir desculpas, mas trouxe-me flores e falou da dama de companhia, enaltecendo a ideia. Já tinha alguém em mente, explicou. Uma senhora simpática e comunicativa, que traria para me conhecer no dia seguinte.

Entendi que ele não permitiria que minha mãe indicasse alguém, mas achei melhor não discutir a respeito. Dava-me por satisfeita de vê-lo mais afável e disposto a arranjar-me uma companhia para passeios.

No dia seguinte a mulher apareceu, sozinha.

Dona Isidora Sampaio apresentou-se como mãe de uma senhora conhecida de Erasmo, mas não falou em nomes ou famílias. Logo entendi por quê: era pobre. Cuidara de idosas doentes quase a vida inteira, e recentemente acompanhara até o último momento uma baronesa velhíssima de família decadente. Não era de fato uma dama de companhia tal como eu imaginava, uma senhora elegante que os revezes da vida obrigavam a exercer uma atividade remunerada. Era somente uma coitada que servia de enfermeira para famílias que não podiam contratar alguém mais qualificado.

Intrigava-me que Erasmo tivesse arranjado tal criatura para me fazer companhia. O desnível social entre nós era grande. Do que falaríamos?

— Disseram-me que a menina precisa de uma velha para bater perna pela cidade — disse ela, sentando-se no sofá da sala de visitas a um gesto meu. — Cá estou! Bater perna e bater papo é com a velha Isidora, pode acreditar.

— Estou feliz que tenha aceitado — declarei com falsidade, acomodando-me na poltrona diante dela.

— Como recusaria? O pagamento é muito bom e você é uma menina nova e, bem se vê, meiga. Nunca trabalhei para uma mocinha, deve ser um sonho! Faz ideia do quanto me amofinava aquela baronesa do tempo de Moisés? Implicante e carola, além de doente. Eu, que amo andar pela cidade, passear de bonde, ver as lojas, conversar com o povo, ouvir os sotaques dos estrangeiros e suas histórias de viagem, tive de me contentar em ir à igreja *duas vezes por dia*, com sol ou chuva. E tinha de acompanhar a criatura nas penitências, rezar o terço com ela, fazer prendas para as quermesses... Pela barra puída do manto de Jesus! Se a proximidade da morte nos transforma em papa-hóstias, eu devo estar bem longe do túmulo, porque se pudesse nunca mais entrava numa igreja!

Ri com gosto das queixas de dona Isidora. Eu, que nos primeiros minutos estava inclinada a dispensar a mulher e a me justificar com Erasmo, agora repensava. Talvez dona Isidora fosse uma companhia agradável, de um modo pitoresco.

Sem cerimônia, pediu para ver a casa, e eu lhe mostrei, divertindo-me com as exclamações de espanto dela diante das dimensões, das obras de arte, dos bibelôs.

Enquanto ela observava o casarão, eu a estudava. Tinha o cabelo todo branco, era magra, serelepe e pequenina — não passava do meu ombro, e não sou uma mulher alta. Quando calada, parecia mal-humorada, ranheta, porém tudo mudava quando abria a boca. Sorria com dentes tortos e amarelos, e sua voz era um pouco rouca, talvez em razão da idade, mas eu desconfiava que fosse fumo, porque o perfume barato que usava fartamente não disfarçava de todo o cheiro de fumaça.

Vestia-se mal, mas isso poderia ser remediado. Seu vestido cor de vinho estava bem gasto, desbotado, e ela pintara de preto o contorno dos olhos e de vermelho os lábios, num resultado meio escandaloso. Tomei isso como um início de senilidade.

De volta ao sofá da sala de visitas, dona Isidora tagarelou animadamente, contando-me de suas andanças pela cidade. Gabou-se de conhecer tudo: o centro, os bairros elegantes, os bairros operários. Tinha parentes em toda parte.

— A senhora vive neste mundinho aqui — comentou, girando o dedo indicador no ar —, nesta bolha. Pouco sabe do mundo lá fora, das lutas, das injustiças, dos festejos, das conquistas. Sei que a senhora sofre. — Ao dizer isso, fixou o olhar em meu rosto ainda marcado. — Todos sofrem, mas alguns mais que outros. Lá na vila operária, agora mesmo, uma mulher está apanhando feito cachorro do marido bêbado. A diferença é que ela vive numa casa insalubre e trabalha duro o dia todo numa fábrica por um salário de fome. Então, minha querida, erga a cabeça. Está melhor que muita gente.

Empertiguei-me na poltrona, ofendida pelo sermão. Então eu fora submetida a uma agressão, uma horrenda humilhação, e não podia sofrer? Não podia reclamar? Só porque eu tinha dinheiro?

— Seu sofrimento é legítimo — explicou ela, vendo minha expressão —, mas não é o maior do mundo nem o único. Vejo uma moça linda de dezoito anos mergulhando na melancolia, no desgosto de viver, e não posso deixar que isso aconteça. Resista.

Fiz que sim com a cabeça, compreendendo.

Ela estendia a mão para que eu saísse do poço no qual estava presa. Eu não iria muito longe, estaria sempre na beirada, mas podia não cair. Eu podia *não cair*.

4

Eu teria preferido esconder o estilhaço e planejar cuidadosamente o ataque a meu marido, mas isso seria impossível. Tão logo entre no cativeiro, ele verá o espelho quebrado e desconfiará. Por isso, devo agir rápido.

Ao ouvir seus passos no corredor, colo meu corpo à parede ao lado da porta, a fim de ficar oculta quando ela se abrir. Seguro com mais força o estilhaço, a ponto de me cortar. Ouço a chave girar na maçaneta e prendo a respiração ao ver a porta abrir-se na minha direção. Erasmo entra, de costas para mim, com o prato em mãos, procurando-me. O sol não se escondeu ainda, portanto ele vê a parede vazia onde deveria estar o espelho e se aproxima para examinar. Ainda segura o prato numa das mãos, coberto com um pano. É a melhor oportunidade que jamais terei: ele está de costas e não tem as mãos livres.

Avanço rapidamente, o mais que consigo em minhas condições precárias de saúde, e cravo o pedaço de vidro no pescoço de Erasmo, na junção com o ombro direito. Ele grita e se volta num movimento ágil; golpeia-me no rosto, e vou ao chão. O prato, que saiu voando, cai do outro lado do quarto, cerâmica e comida espalhando-se.

Com notável sangue frio, Erasmo agarra o pedaço de vidro enterrado em seu pescoço e o tira devagar, com cuidado. Lança-me um olhar incrédulo, estupefato. Recuo para a parede, arrastando-me sentada. Estou convicta de que ele irá usar o mesmo fragmento de espelho para cortar-me a garganta, mas ele não se move, como se estivesse decidindo o que fazer.

Para meu espanto, Erasmo retira-se, uma das mãos apertando o ferimento e a outra fechada sobre o pedaço de vidro. Ao sair, tranca a porta.

Encosto a cabeça na parede e fecho os olhos, consciente de que talvez seja minha última noite. Não o feri com gravidade, desperdiçando minha única chance de abater meu carcereiro e ganhar a liberdade.

A chegada de Isidora deu início a um período de tranquilidade doméstica. Ela passou a morar conosco, mas fez questão de ocupar um dos dormitórios de empregados, na edícula. Erasmo a tratava com gentileza, o que me espantava, já que ele mal se dirigia aos demais criados. Quando lhe perguntei de onde conhecia a idosa, ele respondeu vagamente que ela já trabalhara para uma conhecida sua. Não insisti, pois não estava tão curiosa. Importava-me que dona Isidora era alegre, animada e um tanto sardônica. Era também muito grata, só faltando beijar-me os pés quando eu lhe comprava chapéus, sapatos, peças de roupa, perfumes bons. Em poucas semanas consegui compor para ela um novo guarda-roupa, simples e elegante. Também a dissuadi de se maquiar, permitindo somente o uso de pó para clarear e uniformizar a pele. Ela reclamou um pouquinho da "sem-gracice" de sua nova aparência, mas aceitou tudo. Muitas vezes eu a pegava alisando as próprias vestes, ou as penas de um chapéu, admirada da qualidade. "É coisa fina demais, nunca pensei que fosse usar algo assim", murmurava, emocionada.

Mamãe era cismada com a velha; não se conformava de não ter podido indicar para a posição alguma mulher mais instruída. Mas, como eu, acabou se rendendo à espontaneidade de dona Isidora, que lhe dissera que ela era muito bonita para ser "apenas a esposa de alguém". "A senhora deveria ser atriz e viajar o país todo", arrematara, e mamãe se encantou.

Quando nos visitou, Marcelo demonstrou viva surpresa ao encontrar dona Isidora. Foi caloroso com ela, mas parecia achar extremamente inusitada sua presença. E a idosa, normalmente muito expansiva e conversadeira, fez questão de escapulir o quanto antes, deixando-nos a sós.

— Conhecem-se de onde? — eu quis saber, enquanto tomávamos café.

Ele claramente hesitou, depois abriu seu sorriso encantador e deu de ombros.

— Sou médico, conheço todo mundo. Mas foi você quem escolheu dona Isidora como dama de companhia?

— Não, foi o próprio Erasmo — respondi, empurrando-lhe a travessa de quindins, e Marcelo fitou-me com espanto renovado.

— O que há de errado, meu amigo? — perguntei, intrigada.

— Nada — ele garantiu, servindo-se do doce. — É apenas curioso que um homem como meu primo tome para si uma tarefa, digamos, tão feminina. Selecionar uma dama de companhia.

— Bem, ele quis alguém que fosse mais próximo dele do que de mim. Para vigiar-me, entende? Mas não me aborreço. Dona Isidora conquistou-me, e tudo melhorou depois que ela chegou.

A presença da idosa parecia, de fato, inibir o temperamento explosivo de Erasmo. Ele estava mais cortês, quase cerimonioso, e decididamente frio. Eu não era a dama modesta e submissa que ele idealizara. Ainda que eu estivesse mais comedida, sendo menos calorosa nas ocasiões sociais e fugindo de conversas com homens, ele continuava insatisfeito. Sentia seu olhar sobre mim o tempo todo, avaliando, vigiando. Talvez ele preferisse que eu fosse feia e acanhada. As mulheres que ele admirava e que me indicava como modelos eram todas mais velhas, vestidas de preto, destituídas de atrativos, mal-humoradas, reservadas. As belas, as falantes, as simpáticas, as felizes — essas, ele abominava. E eu costumava ser desse tipo, até desposá-lo.

Marisa ainda era tudo quanto Erasmo desprezava, mas ele teve de engolir sua aversão e me levar ao casamento dela com César. O noivo, apesar da idade, já era um homem importante — fosse pela família rica e tradicional, fosse por sua trajetória ascendente na casa bancária da qual Erasmo era cliente.

A cerimônia e a festa foram o evento mais luxuoso a que já compareci, e eu estava deslumbrada, observando todos os detalhes. O palacete, que me impressionara quando do jantar de noivado, estava ainda mais imponente com a decoração festiva e a profusão de flores. As mulheres haviam se esmerado na toalete, com muitos brilhos e cores, e eu me senti um tanto diminuída com meu vestido cinzento acinturado, de mangas longas e justas. Era muito bonito, mas bastante austero, de modo que eu parecia pronta para uma ocasião solene, não para uma festa. Contudo, era como Erasmo permitia que eu me vestisse.

Marisa, que nunca fora especialmente bonita, tornara-se uma noiva esplêndida. Suas feições talvez fossem fortes demais para um rosto feminino — nariz grande e sutilmente adunco, boca larga e sensual —, mas, naquela noite, ela era a mulher mais bonita do salão. Seus cachos escuros estavam impecavelmente ajeitados no alto da cabeça, e o pescoço totalmente à mostra era delgado, longo e bem feito. O vestido de noiva estava à altura de uma princesa europeia: brilhante, de cetim encorpado, branco puxado para o creme, com laivos de dourado. Tinha aplicação de pérolas na parte de cima e fios de ouro e prata na ampla saia. A cauda era longa, arrastando no chão por bons três metros. Marisa o ostentava com desembaraço e segurança, o véu diáfano jogado para trás, e César a conduzia com orgulho.

— Um vestido tão caro para uma mulher tão barata — desdenhou Erasmo, de pé a meu lado no salão, enquanto serviam bebidas e quitutes. Eu o ignorei. Apesar disso, ele continuou: — César é um reconhecido libertino, mas isso, num homem, não é defeito. O que espanta é ele escolher como esposa uma criatura como essa... Não é mulher para um homem de importância. Na verdade, não é mulher para homem nenhum, exceto para aspirantes a corno.

— Erasmo, modere a linguagem! — ralhei, olhando ao redor para ver se alguém estava escutando. — Que desconsideração maldizer a noiva no casamento dela! A boa conduta manda que sejamos minimamente bem-educados e agradecidos a alguém que nos convida para um momento tão importante...

— Cale a boca! — ele ordenou, tomando o cuidado de não erguer a voz. — A cada palavra você comete mais pecados contra seu marido. Primeiro, o de não acatar meu julgamento. Segundo, o de defender uma meretriz. Terceiro, o de me repreender em público.

Extremamente irritada, não me intimidei:

— Será que eu posso ao menos cumprimentar os noivos antes de irmos embora ou você dirá que isso também é um desrespeito à sua condição de meu marido?

— Agora está sendo sarcástica — ele acrescentou outra falta à lista anterior.

— Era mais simples não termos vindo — resmunguei.

— Você morreria de desgosto ou me mataria de chateação — debochou Erasmo, afinando a ponta do bigode.

— Um desfecho interessante. Pelo menos ficaríamos livres um do outro.

Eu sabia que fora longe demais, por isso me afastei rapidamente de Erasmo, sentindo o peso de seu olhar em minha nuca.

Ele estava lá, claro. O irmão do noivo. Com roupa escura de gala, cabelos bem penteados, rosto barbeado. Sempre no meio de uma roda de conversa, sempre requisitado, e no entanto ele me observava. Eu sabia disso porque também o procurava com os olhos a todo momento. Não queria me aproximar, não queria que ele me abordasse, porém meus olhos eram teimosos, inconsequentes.

Fernando começou a se aproximar inexoravelmente, vencendo com paciência cada grupo de conhecidos que o retinha por alguns momentos. Eu me afastava, ia para o outro lado do salão, mas isso não o despistava. De grupo em grupo, de conversa em conversa, em minutos ele estava a poucos metros de novo, dividindo sua atenção entre mim e um interlocutor.

Quando ele enfim parou à minha frente, fiz algo que o divertiu: dei dois passos para trás a fim de que uma roda de pessoas bloqueasse a visão de meu marido. Fernando imitou-me, olhando na direção de Erasmo e compreendendo meu movimento.

— Você tem um marido ou um carcereiro? — indagou com suavidade.

— Receio que de carcereiro passe a carrasco, caso eu cometa alguma tolice — respondi, sorrindo nervosamente.

O rosto dele iluminou-se num sorriso amplo, que o tornava uma mistura desconcertante de homem e menino. *Não faça isso*, pensei. *Não faça isso*.

— E você pretende cometer alguma tolice? — Fernando provocou.

— Sejamos sensatos — eu praticamente supliquei.

— No leito de morte, a gente não se orgulha de ter sido sensato.

Sua voz — cheia, aveludada, enrouquecida — completava o apelo dos olhos, e o conjunto era muito efetivo. Eu iria com ele para qualquer lugar, apesar do medo.

Dei três passos para o lado, a fim de não entrar no ângulo de visão de Erasmo, e Fernando me acompanhou. Era quase uma dança.

— Não aprecio cenas sangrentas — murmurei. — Meu marido não é homem com quem se mexa, Fernando.

— Ele não precisa saber.

— É muito arriscado. Lamento.

— Também lamento. — Ele se aproximou mais um pouco, e ficou à distância de um beijo. — Lamento com meu coração e com meu corpo.

— Coração? — ri baixinho, cética. — O que nos atraiu um ao outro não teve tempo de chegar ao coração; nem terá, porque não vai acontecer.

— Erra duas vezes, Glória. — Pela primeira vez ele me chamava pelo nome, e isso disparou um estremecimento da ponta dos meus pés ao topo da cabeça. — A admiração de um homem pela beleza de uma mulher não é só luxúria, pode ser também um sentimento. Eu o sinto, Glória. Quanto a "não acontecer", é ingenuidade sua acreditar que pode impedir a chuva de cair.

— Isso foi bem lugar-comum — zombei, mas estava num estado deplorável de perturbação.

— A paixão é o maior lugar-comum do universo, e tem feito sucesso.

Não soube o que responder, nem tive tempo de atinar com algo, pois a movimentação dos convidados novamente ia nos deixar no campo de visão de Erasmo.

— Como eu disse, lamento — encerrei, dando uma brusca meia-volta e deixando Fernando sozinho. Sua solidão não durou cinco segundos: quando olhei para trás, um amigo já lhe falava.

Fiquei algum tempo com mamãe e suas amigas, mas as conversas me aborreciam. Passei uns quinze minutos no gabinete das moças, ouvindo-as mexericar tanto quanto as mais velhas, com a diferença de que eram protagonistas das fofocas, não observadoras. Enfim, cansada disso e sem mais nada para recompor em minha aparência, voltei para o salão.

Conhecidas chamavam-me, mas eu já esgotara minha cota de paciência com as moças casadouras e as mães de bebezinhos. Ficar ao lado de Erasmo também não era opção. Parecia-me que só de olhar para mim ele saberia que eu estivera flertando com outro homem.

Eu estava parada no meio do salão, indecisa, quando o vestido de princesa europeia encheu meus olhos, trazendo consigo Marisa.

— Tem algum alfinete me espetando — reclamou ela, com a mão nas costas, pouco acima do quadril. — Vamos lá em cima comigo, para me ajudar com isso.

Subimos a escadaria de mármore, coberta com uma passadeira de veludo vermelho-sangue, rumo ao dormitório do casal. O quarto era claro, com cortinas brancas, móveis de mesma cor, papel de parede florido com detalhes lavanda. Marisa dissera-me, certa vez, que aquilo era "provençal". Era um ambiente tranquilizante, que convidava ao repouso. Os diversos vasos de rosas vermelhas luxuriantes, porém, indicavam que os ocupantes não iriam descansar nas próximas horas.

— Eu abro os botões nas suas costas — ofereci-me assim que Marisa fechou a porta atrás de nós.

— Em outra ocasião eu até deixaria — respondeu minha amiga, maliciosa —, mas não há necessidade. Eu a trouxe aqui por outro motivo.

As brincadeiras insinuantes de Marisa me confundiam e vinham aumentando de frequência. Eu nunca respondia, porque não sabia o que pensar nem como lidar com aquilo.

— Então, de que se trata? — indaguei com uma paciência fatigada.

— Você precisa de privacidade para conversar com meu cunhado.

Arregalei os olhos, em choque.

— O quê?

— Fernando me pediu que lhes providenciasse um cantinho seguro, e não há lugar mais seguro que meu quarto — explicou Marisa, indiferente à minha reação. Estendeu-me uma chave, dizendo: — É uma cópia. Use-a para sair depois... depois que conversarem. Só vou trancar para que ninguém entre. Sabe como é... alguma criada querendo arrematar a decoração da noite de núpcias... Não se acanhe, viu? Faça o que achar que deve fazer. Não terei ciúme de saber que um casal apaixonado usou minha cama antes de mim. Pelo contrário, vai me inspirar.

Como eu não peguei a chave, Marisa enfiou-a na minha mão esquerda e retirou-se rapidamente para o corredor, trancando a porta por fora. Antes que eu entendesse o que ela fizera, uma porta interna do aposento abriu-se, dando passagem a Fernando. Alto, de ombros largos, cabelos sedosos e olhos penetrantes, porém doces, ele era uma visão que me deixava a um só tempo excitada e apreensiva.

— O que é isso? — inquiri, furiosa.

— Uma oportunidade de nos entendermos, só isso — respondeu ele, aproximando-se. — Não vamos chegar a lugar nenhum conversando no meio daquela gente toda, fugindo de seu marido.

— Você tem razão, *não vamos* chegar a lugar nenhum, porque eu vou embora!

— Bem, você está com a chave.

Sim, eu estava. E ia usá-la.

Em algum momento.

Fernando olhava-me, expectante. Dava-me total liberdade para destrancar a porta e fugir. Era o que eu queria fazer. Na verdade, o que eu *queria querer* fazer.

Minha hesitação me perdeu. Ele parou diante de mim e delicadamente tirou a chave de minha mão, depositando-a sobre uma cômoda perto de nós. Eu poderia pegá-la a qualquer momento. Poderia.

A mão quente dele envolveu-me o pescoço, o polegar alojando-se entre a curva do meu maxilar e o lóbulo da minha orelha. O rosto de Fernando estava a centímetros do meu, e o cheiro dele era bom. Eu via os pontinhos pretos da barba nascendo em seu rosto, e quando percebi estava passando os dedos ali.

— Não adianta falar nada, Glória — ele comentou, os olhos vasculhando cada traço meu. — A linguagem das palavras não vai nos ajudar.

— Você é um sedutor... um mulherengo — ainda tentei resistir, mas meu corpo não acompanhava a objeção da mente.

— E você é uma mulher que odeia o próprio marido, mas é jovem demais para desistir da paixão. Parece-me que eu posso ajudá-la.

Aquilo foi tão cafajeste que eu ri, mas nem assim o clima se dissipou. Ele ria comigo, parecendo consciente do quanto soara mal. Sua mão continuava em meu pescoço.

— Eu falei que palavras iam nos atrapalhar — defendeu-se, fitando-me sonhadoramente. — Deixe-me dizer de outro modo.

O toque dos lábios dele nos meus foi como abrir uma janela num quarto escuro, inundando-o da luz cálida de uma manhã de verão. Tudo dentro de mim acendeu.

Sua boca era doce e atrevida; a língua, macia e firme. Nos primeiros instantes, não soube como retribuir, pois, de certa forma, era meu primeiro beijo: meu primeiro beijo sensual, exploratório, prazeroso. De súbito, entendi que estava sendo tirada para dançar: ele me desafiava, provocando-me com a língua, atiçando-me. Compreendi, enfim, a coreografia, e passei a imitá-lo, roçando a língua na dele, girando a cabeça de um lado a outro no encaixe caótico, mas perfeito das bocas, atacando e recuando. Quando percebi, estávamos nos lambendo, gemendo, encostados numa parede. Eu me agarrava nele, porque meus joelhos eram de geleia. A mão que ele pusera no meu pescoço subiu para a nuca, desarrumando meu cabelo; depois desceu para juntar-se à outra na exploração do meu corpo por cima do vestido. Seio, barriga, cintura, nádegas e novamente seios: as mãos dele iam a toda parte e a cada carícia eu me desfazia mais e mais.

Também me peguei esfregando Fernando por cima de suas vestes, encantando-me com a firmeza de seu corpo. Ele conduziu minha mão para baixo e eu senti sua ereção empurrando a calça. Isso me alarmou e, com grande dificuldade, fui retornando à superfície, buscando respirar um pouco de racionalidade. Era difícil, pois ele não cessava de me beijar, tampouco eu queria que parasse, mas algo parecido com pânico começou a me dominar.

— Fernando! — exclamei com voz sufocada.

Achei que fora um grito débil e que não lhe chamaria a atenção, mas ele parou no mesmo instante, alerta e intrigado. Não me soltou nem eu o soltei, porém o torvelinho cedera.

— Eu... eu não posso...

Eu não conseguia articular um pensamento, então só fiquei fazendo "não" com a cabeça, sem convicção.

— Tudo bem — respondeu ele, e senti a frustração em sua voz. — É para ser prazeroso, não uma violação.

Não me soltava, porém sua prisão era segura. Tive certeza de que ele não me pressionaria. Sem entender por que, afundei em seus braços, desfrutando do aconchego. Ele me acariciou o cabelo, e isso me encheu os olhos de água.

— É um passo grande para uma mulher honesta, criada na religião — consegui murmurar, o rosto encostado no peito dele.

— Eu sei — Fernando respondeu. — O homem é livre; para nós tudo é simples.

Fiz que sim com a cabeça, aliviada com sua compreensão, sua gentileza. Era um homem, inegavelmente um homem, que eu sentira rígido de desejo instantes atrás, e no entanto aceitava minha recusa e ainda me oferecia consolo. Erasmo nunca respeitara uma negativa minha.

— É o fim ou teremos continuação algum dia? — perguntou Fernando, erguendo minha cabeça para fitá-lo. Ele tinha uma expressão afável, levemente divertida, mas com um brilho ansioso nos olhos.

Minha vontade era combinar, imediatamente, dia e hora para um encontro. Desejava descobrir Fernando, desbravar aquele terreno que ele conhecia tão bem, fazê-lo com calma e em segurança. Não conseguia, porém, dar esse passo. Era muito cedo para mim.

— Quisera ter coragem — lamentei, fechando os olhos e respirando fundo.

Ele me acariciou os lábios com os dedos gentis.

— Posso esperar — assegurou, e eu abri os olhos para fitar os dele. Estava sério, mas não bravo. — Não quero, mas posso — acrescentou. — Você mandará me avisar quando quiser ver-me. Agora, sente-se ao toucador, ali no outro quarto, o que Marisa chama de *boudoir*. Vou arrumar seu cabelo. Não pode voltar lá para baixo assim.

— Não brinque! — exclamei, perplexa. — É mentira que saiba arrumar um cabelo de mulher!

— Tenho muitas habilidades manuais — gabou-se.

Eu ri, mas, enquanto íamos ao quarto contíguo, ocorreu-me que sua habilidade provinha da experiência. Já devia ter ajudado inúmeras amantes cujo penteado era elaborado demais para que elas se arrumassem sozinhas.

Ele de fato recompôs meu penteado, enquanto trocávamos olhares pelo espelho. Era curioso ver um homem másculo desempenhar tal tarefa com tamanho desembaraço. Teria terminado rápido se ele não parasse a todo instante para cheirar meu cabelo e beijar-me as laterais do pescoço e as orelhas. Eu dava risadinhas tolas, fingindo que achava a brincadeira engraçada, quando na verdade tinha ímpetos de agarrá-lo e transformar o jogo em algo mais sério. Flagrava vislumbres do mesmo desejo nos olhos de Fernando, porém nenhum de nós cruzou o limite que eu havia imposto, e do qual estava a ponto de me arrepender.

— Prontinho, *madame* — disse ele, afastando-se para admirar o próprio trabalho. — Ficou bem apresentável, embora eu preferisse ver esse cabelo descer-lhe pelas costas e seios... Perdão.

— Obrigada — respondi simplesmente, erguendo-me e alisando o vestido diante do espelho do toucador. — Espere alguns minutos antes de descer — pedi, embaraçada. — Para não despertar desconfiança.

— Claro — concordou ele, cruzando os braços, e seu tom de voz deu a entender que ele jamais cogitara seguir-me de imediato. Era muito experiente para cometer tal erro.

Baixei os olhos ao passar por ele, irritada por desejar tão intensamente integrar a lista de conquistas daquele moço e frustrada por não fazê-lo.

5

Erasmo retorna algum tempo depois com um curativo no pescoço. Acende a lamparina da cômoda, que proporciona uma luz mortiça, e parece-me que deposita algo sobre o móvel.

Eu ainda estou sentada no chão, abraçando os joelhos, à espera. É o fim, certamente. Espero apenas que seja breve.

— Quer morrer e não tem coragem de fazer o serviço você mesma? — pergunta ele com deboche, parado diante de mim. — Só isso explica aquele ataque suicida. Uma inepta é o que você é. Mas o que esperar de uma mulher? E, para piorar, uma mulher da cidade? Nunca matou nem uma galinha, que dirá um homem.

— O que quer de mim? — indago, fitando seus sapatos. — Um pedido de perdão?

Ele ri alto.

— Não tinha pensado nisso, mas talvez seja divertido — responde. — Você poderia começar lambendo meus sapatos e completar lambendo outra coisa...

Não me movo. Não irei implorar pela vida, embora esteja apavorada, pois reparo que uma corda pende do bolso da calça dele.

— Entre o orgulho e a sobrevivência, prefere o orgulho? — estranha ele. — Bem, vamos ver quanto isso dura. Penso que não dura muito, não...

Erasmo agarra-me pelos cabelos e me joga na cama, onde caio de bruços. Não tenho tempo de me virar, pois ele se senta sobre minhas costas, um joelho de cada lado, e usa a corda para amarrar meus pulsos às grades da cabeceira, meus braços formando um V. Debato-me um pouco, mas a corda está bem firme e me machuca a cada movimento, sem ceder.

— Você sabe, Maria da Glória, que a escravidão acabou há uns bons anos, mas eu guardei alguns instrumentos corretivos como recordação — comenta meu marido, saindo de cima de mim. — Hoje eu trouxe o mais simples, já que você tão maldosamente me machucou e devo evitar esforços para não sangrar de novo. Nos próximos dias, porém, trarei o restante dos apetrechos.

Estou aterrorizada, e o fato de ele enfiar um lenço na minha boca só aumenta meu desespero. Desejo que ele comece logo a fazer o que pretende, pois nada pode ser pior que essa expectativa, mas estou enganada. Ao primeiro golpe nas minhas costas, arqueio o corpo e grito com toda a força dos pulmões, embora o som saia abafado por causa do lenço. É uma dor aguda e cortante, como se Erasmo tivesse me rasgado a pele com uma lâmina afiada, em grande velocidade.

— Adivinha o que é? — pergunta meu marido. — Se descrever o objeto, abreviarei a sessão em, digamos, cinco minutos. Quer tentar?

Não respondo, ainda em choque com a dor.

— Quer a sessão completa? — Erasmo zomba. — Hum, talvez o castigo não seja castigo, afinal... Há quem goste disso. Será que você gosta? Vamos tirar a dúvida.

— Não! — tento inutilmente gritar por trás do lenço, antes mesmo de receber o golpe. A dor se repete, e agora é pior porque já estou machucada. Uso camisola, porém não faz diferença, é como se estivesse com a pele nua. Mais um golpe, dois, igualmente excruciantes, e tenho certeza de que a camisola está em tiras.

— Que me diz? — insiste meu marido. — Cinco minutos a menos não interessam?

Faço que sim com a cabeça, freneticamente, e Erasmo tira o lenço que me impede de falar.

— É um açoite! — berro, aos prantos.

— Ah, sim... um açoite, muito bem.

Minha camisola está levantada até as coxas, e sinto a ponta de um objeto, possivelmente o açoite, deslizar por minha perna.

— Mas como ele é? — Erasmo quer saber. — Será que você já viu um desses?

— Cabo de madeira e tiras de couro, com nós — consigo dizer, os lábios úmidos de minhas lágrimas.

— Não é que é assim mesmo? — ele finge se espantar e segura o açoite diante de meu rosto. — Acho que perdi cinco minutos de diversão, mas trato é trato. Não fico triste, ainda tenho um bom tempo pela frente.

— Não! — o grito sai tão forte que parece me arrebentar a garganta, e Erasmo torna a socar o lenço em minha boca, bem fundo.

Ele derrama uma sequência rápida de golpes em minhas costas. Não sei quantos — estou alucinada, convulsionando na cama, arqueando o corpo e ao mesmo tempo tentando encolher-me para protegê-lo, puxando os pulsos numa luta sem esperança contra a corda, berrando contra o lenço, chorando. Sinto minhas costas como uma massa úmida de sangue e pele dilacerada. Quero desmaiar, morrer, descolar-me do corpo, mas não sei como fazer isso.

Enfim a escuridão chega. A morte deve ser assim, o alívio definitivo, o sono redentor.

Quase contei ao padre, em confissão, do beijo que eu e Fernando havíamos trocado. O medo, contudo, foi maior que o desejo de redenção, e eu apenas comentei que havia me sentido perturbada pelo assédio de um rapaz. Eu sabia que incorria em novo pecado ao omitir o beijo, porém receava que o sigilo da confissão não fosse tão rigoroso — e duvidar do padre era outro pecado, eu sabia. Assim, tripliquei por minha conta a penitência, e o resultado foi que eu passava o dia a rezar e quase não comia.

Erasmo estranhou, bem como dona Isidora. Respondi-lhes que era uma promessa para conceber. Meu marido aprovou minha conduta:

era um completo cético, porém admirava as mulheres religiosas e estava impaciente por um filho. Tínhamos relações diárias, após as quais ele sempre se queixava da minha demora em engravidar e do quanto eu o enganara com meus quadris largos de parideira. Recitava uma lista dos amigos que já eram pais de três, quatro, cinco filhos. O exemplo que mais mencionava era o do administrador da fazenda, Nogueira, que tinha cinquenta anos, três filhos, e cuja mulher estava grávida do quarto, aos trinta e cinco anos. Como eu, uma moça de dezenove, não havia cumprido ainda meu dever? Nem mesmo uma suspeita, um atraso nas regras, uma gravidez que não vingasse, qualquer coisa que demonstrasse que eu podia conceber.

Eu não tinha nenhum desejo especial de dar um filho a Erasmo, mas estava ciente de meu dever e queria provar-lhe que eu não era uma "mercadoria avariada", em suas palavras. Ansiava pelo respeito dele, por algo próximo de estima. Abatiam-me suas recriminações, sua crueldade ao dizer que se arrependia de ter procurado esposa bonita, quando provavelmente estaria melhor com uma "feia, mas boa de parir". Ele cogitou pedir a Marcelo que me examinasse, mas desistiu por não tolerar a ideia de que outro homem tocasse minhas partes íntimas.

Dona Isidora fazia-me chás que prometiam aumentar a fertilidade, e eu tomava todos. Achava que Deus me punia por ter me envolvido com Fernando. Fora um único beijo, mas era pecado, e agravado pelo fato de que eu pensava nele diariamente.

Passei a fazer um esforço consistente para tirá-lo do pensamento, e penitenciava-me quando falhava, rezando e enfiando a unha de um polegar na cutícula do outro, até tirar sangue. Saía pouco, receosa de cruzar com ele na rua ou na casa de alguém.

Mas o bebê não vinha, e o desespero crescia. Parei de visitar conhecidas com filhos pequenos. Dona Isidora, tão dada a passeios, queixava-se de estar sempre em casa durante o dia, e eu me obrigava a fazer pequenos passeios para vê-la feliz. À noite, ela jamais nos acompanhava nas raras ocasiões em que Erasmo aceitava sair, o que me intrigava. Tinha certeza de que ela adoraria o teatro. No entanto, ela recusava sempre, alegando que gostava de dormir cedo e levantar antes do galo. "É vergonha", explicava-me Erasmo. "A velha tem consciência de sua pouca educação e de seus modos inapropriados."

A companhia de dona Isidora foi providencial, já que não só estava proibida de visitar Marisa como eu mesma preferia evitá-la. Após a lua de mel na Europa, ela chegou a se convidar para minha casa algumas vezes, sendo sempre rechaçada com educadas desculpas, e logo compreendeu que não era bem-vinda. Minha amiga de infância tinha conversas por demais inconvenientes e era amicíssima do cunhado Fernando. Além disso, eu gostava da mão de Erasmo bem longe de meu rosto, e, se ele odiava Marisa, era melhor que eu a odiasse também.

Contudo, por mais que estivéssemos distanciadas, ainda nos encontrávamos em alguns eventos sociais de presença obrigatória, como o enterro de uma grande benemérita da cidade. O loteamento de suas chácaras dera origem aos casarões em que muitos de nós vivíamos, inclusive a casa em que eu fora criada.

Foi um enterro muito concorrido, e todos que eu conhecia estavam lá, no Cemitério da Consolação, naquela manhã fria. Meus pais, tias, vizinhos, gente que eu só conhecia de vista, fazendeiros, banqueiros, comerciantes e até o prefeito.

Vi Fernando ao lado de Marisa e César, mas lhes dei as costas de supetão, o que não impediu que nosso olhar se cruzasse rapidamente. Ia fazer um ano que tínhamos nos beijado, e eu sempre a evitá-lo, mesmo que algumas vezes de modo indelicado. Felizmente, os estudos não lhe permitiam sair tanto, assim como meu marido não me permitia; portanto, foi possível manter a distância que eu considerava segura.

Daquela vez, porém, fomos cercados pelos Albuquerque, liderados por César, que abordou amistosamente meu marido. Erasmo tinha algumas linhas de crédito no banco, aos cuidados de César, e ambos se falavam com regularidade.

— Você é de fato um caipira, Erasmo — César ralhou amavelmente. — Como é possível que a gente só os veja em um enterro? Essa adorável flor que você colheu para esposa vai murchar por estar sempre à sombra, metida em casa — acrescentou, lançando-me um olhar de apreciação.

Estava muito elegante, tal como o irmão, formando uma parelha encantadora: mesma altura, porém um mais moreno, de rosto anguloso, paletó preto, e o outro mais claro, de feições suaves, terno cinza. Os olhos de ambos fixos em mim, um jocoso e outro ansioso, mais a plateia formada por Erasmo e Marisa, fizeram-me enrubescer.

— Não lhe proíbo nada — defendeu-se meu marido. — É uma moça modesta e caseira, o que muito aprovo.

Marisa deu um sorrisinho discreto, cobrindo a boca com a mão, e eu mordi o lábio inferior, receando que ela viesse com algum desmentido. Afinal, em solteira, eu era bastante assídua às ocasiões sociais.

César ignorou a declaração de meu marido:

— Você arranjou até um cão de guarda para a pobre! — exclamou. — A tal dama de companhia, que eu vi esses dias escoltando Glória numa loja de chapéus da Rua Direita. Ao reconhecê-la, confesso que fiquei intrigado, meu amigo, afinal...

— Caro amigo, as velhas são todas parecidas — interrompeu Erasmo, o maxilar latejando, embora ele sorrisse. — Tenho convicção de que jamais viu a dama de companhia de Glória em qualquer outro lugar, pois é senhora humilde que não frequenta nossos círculos, muito menos as lojas elegantes. Glória é que a tem levado a conhecer tais lugares, não é?

— Não, não é de nosso meio que a conheço, Erasmo — comentou César, parecendo achar graça no embaraço do outro. — É de outro lugar, e você bem sabe. Você a reconheceu também, não foi, Fernando?

Meu quase amante não estava no mesmo espírito provocativo do irmão e absteve-se de responder, apenas pousando em mim um olhar sério e enigmático.

— Está equivocado, meu caro — retrucou meu marido, cujo semblante assumiu uma expressão que eu já conhecia e que aprendera a temer. — Lida demais com números e depois confunde os rostos, vê tudo embaralhado.

— Ele tem razão, César — disse Fernando, finalmente desviando o olhar de mim. — Você deve ter se confundido.

— Enquanto discutem, vou roubar Glória por um momentinho, já que é tão raro ver minha amiga de infância — anunciou Marisa, passando o braço pelo meu e já me afastando dali. Erasmo esboçou um protesto, mas minha amiga não viu, ou fingiu não ver.

Paramos alguns metros a frente, ao lado de um jazigo luxuoso, com uma estátua de um anjo que devia ter a minha altura.

— Sabe de que eles estão falando? — indagou Marisa, muito magra e elegante no vestido xadrez preto e cinza. Os grandes olhos escuros pareciam ainda mais expressivos atrás do véu curto de seu chapéu. Já eu estava toda de preto, o que não fugia muito da paleta de marrom, bege e azul-escuro que dominava meu guarda-roupa desde que me casara.

— Estão falando de dona Isidora — respondi, sem entender. — Mas por que a celeuma? Erasmo está ficando bem irritado com essa conversa.

— Minha querida, eu lhe direi, pois sou sua amiga, não obstante seu desprezo. — Eu ia protestar contra o "desprezo", mas ela me calou com um gesto e continuou: — Meu marido frequenta um local de, digamos, prazeres masculinos. Não faça essa cara, isso não me aborrece. Bem, ele frequenta essa casa, que tem certo nível, embora haja lugares ainda mais elegantes. A dona toca o negócio praticamente sozinha, mas de vez em quando recebe a ajuda da mãe, uma senhora simples, porém simpática e extrovertida, que vem a ser a sua querida dama de companhia, dona Isidora.

As informações entraram desencontradas e desconexas dentro de mim.

— Erasmo frequenta esse lugar, então? — inquiri, concatenando com dificuldade os fatos.

— Ah, claro! Evidentemente. — Marisa não me poupou. — Oh, não me diga que não sabia! Seu marido não chega tarde da noite alguns dias da semana?

Fiz que sim com a cabeça. Ele dizia que era trabalho: contabilidades sem fim no escritório ou jantares com clientes importantes. Fosse o que fosse, eu ficava feliz com a ausência dele. Nesses dias, ia para cama sozinha e ele, por chegar muito tarde, deixava-me em paz.

— Pois sim, ele é cliente, e dos bons — informou minha amiga com um prazer cruel. — Segundo César, ele não faz distinção entre as meninas da casa, aprecia todas.

O maldito! Vigiando cada passo meu, fazendo-me sair cada vez menos, enquanto ele, livre, relacionava-se com outras mulheres.

— Meu Deus, ele pode trazer doenças para casa! — lembrei horrorizada.

— Bem... é, pode. — Marisa pareceu embaraçada. — As meninas são asseadas; o problema são os homens. Há os que frequentam tanto as moças do prostíbulo quanto mulheres de rua...

Eu mal tinha analisado a questão das doenças e já estava ocupada com o outro pedaço da informação: dona Isidora.

— Por que Erasmo colocou essa mulher dentro de nossa casa? — perguntei, segurando o braço de Marisa. — Eu estranhei, a princípio, que ela fosse tão simplória. Pensei que, como homem, Erasmo não soubera escolher e acabou trazendo alguém menos qualificado. Agora, no entanto... Por que a mãe de uma... uma cafetina? — A palavra, que eu nunca pronunciara e só via nos livros, fez-me enrubescer.

— Ela é da confiança dele, minha amiga — explicou Marisa, olhando-me com pena. — Dona Isidora não é somente seu cão de guarda, ela é uma espiã. Provavelmente conta cada passo seu a Erasmo. Ele é muito amigo da dona do estabelecimento.

— Mas, para alguém tão preocupado com aparências, não é algo estúpido de fazer? César a reconheceu, provavelmente outros homens assíduos do lugar também...

— Bem, é um risco, porém pequeno. Dona Isidora recolhe-se à noite, raramente algum frequentador a vê, e, se vê, não dá atenção. Quem vai olhar duas vezes para uma velha num lugar repleto de jovens voluptuosas? Quanto a César, ele é muito perspicaz; ainda há de ser ministro de Estado — ela completou com um suspiro enlevado.

Que casal estranho, pensei, atônita com a serenidade de Marisa diante dos hábitos do marido. Não me ative a esse pensamento, porém, porque senti, antes mesmo de ver, Erasmo olhando-nos com ódio. César punha a mão em seu ombro, como se tentasse apaziguá-lo.

— Ele sabe que o estou desmascarando — comentou Marisa, olhando na mesma direção que eu. — Deve estar querendo me matar.

— E diz isso com essa calma? — espantei-me. — Não sabe como Erasmo é realmente, Marisa. Ele...

— O que ele pode fazer, minha querida? — ela colocou uma das mãos sob meu queixo, carinhosa. — Não tenho medo desse pulha. Mas você tem, eu sei. Lamento tanto por seu casamento...

— Não lamenta mais que eu — retruquei, seca.

Além de frio, agressivo e desagradável, era também um devasso, frequentador de bordéis. Meu pai nunca envergonhara minha mãe, nunca fizera nada que maculasse minimamente o nome da família. Ela podia andar de cabeça erguida na rua. E eu, será que podia? Será que meio mundo já não ria de mim pelas costas? "Vejam só aquela coitada cujo marido não só é cliente de bordel como enfiou uma cafetina velha em casa!"

Eu estava louca de raiva e, pela primeira vez, sentia algo ainda maior que meu medo de Erasmo.

— Não o confronte — pediu Marisa, apreensiva, o que aumentou minha irritação.

— Você me contou tudo para quê, então? — redargui com rispidez, cruzando os braços.

— Para você pensar se vale a pena ser uma santa mulher para esse traste. Se vale a pena sufocar seus anseios e viver sem prazer. Meu cunhado não a tira da cabeça. Vocês poderiam ser tão...

— Assassinados? — cortei, virando as costas e deixando-a só.

Tão logo chegamos em casa, Erasmo abordou o assunto sem delongas.

— O que aquela serpente foi falar ao seu ouvido? — quis saber, indignado.

— Por que a pergunta, se sabe? — respondi com deboche, pousando na mesa da sala de visitas meu chapéu preto e as luvas.

— Diga — ele exigiu, parando ao meu lado. Também retirara o chapéu e o casaco, ficando de colete e camisa.

— Marisa revelou-me que você trouxe para nossa casa uma mulher que trabalha num prostíbulo — desembuchei, pondo as mãos na cintura. — Assim, de uma vez só, fiquei sabendo que você é um marido infiel e dissoluto e que, não contente em me enganar, ainda desonrou nossa casa trazendo para cá a mãe de uma cafetina! Uma mulher de prostíbulo! Agora é velha, mas já deve ter labutado bastante no meretrício...

Ele me interrompeu, aparentemente calmo:

— Como é que uma mulher de família, como Marisa supostamente é, tem conhecimento dessas coisas? Como é que ela conhece uma "mulher de prostíbulo"?

— César contou-lhe. Ele frequenta o lugar, assim como você. Marisa não se importa, tem lá as ideias excêntricas dela a respeito de casamento, mas *eu* me importo! Eu não admito...

— Você não admite? *Você* não admite? — Erasmo riu, torcendo a ponta do bigode, porém eu senti o perigo. Ele não estava achando engraçado.

— Não, não admito! — repeti, sabendo que estava sendo imprudente, mas incapaz de me conter. — Eu exijo que você se conduza como um homem de bem, um homem que respeita sua família...

— Que família? Diga-me, que família? — Ele deu uma volta pela sala, fazendo um gesto abrangente com os braços. — Onde estão os meus filhos? O meu varão? Os meus herdeiros? Vamos completar três anos de casados, e nada!

— Que tem uma coisa que ver com outra? — indaguei, exasperada, baixando os braços ao lado do corpo.

— Cumpra com o seu dever e eu cumpro com o meu — Erasmo declarou, aproximando-se de mim. Agora era ele quem punha as mãos na cintura.

— Pensa que não engravido porque não quero?

— Penso que seja uma mulherzinha inútil e me arrependo de tê-la desposado.

Aquilo me deixou paralisada por alguns segundos. Ele estava à minha frente, desafiador, desdenhoso.

— Que quer que eu faça? Não podemos nos separar — murmurei, desnorteada.

— Infelizmente, não. — Erasmo diminuiu a pequena distância entre nós, seu rosto quase encostando no meu. Parecia cheio de raiva, mas também de outra coisa. — Sendo assim — continuou, os lábios tocando meu rosto —, se você é uma inútil de quem não posso me livrar, ao menos pare de ladrar a respeito de meus divertimentos. Não venha me dizer o que posso ou não fazer — acrescentou devagar, ameaçador, pronunciando bem as palavras.

Resisti, insolente:

— Você não tem o direito, seu bastardo...

O tapa me pegou desprevenida e me jogou longe, uma dor aguda e latejante dominando todo o lado direito do meu rosto. Imediatamente tentei me levantar, para me esquivar, mas num instante ele estava ao meu lado, erguendo-me pelos cabelos. O mundo despedaçou-se quando ele bateu minha cabeça na parede. Deslizei para baixo no que pareceram longos minutos, feito uma boneca de pano.

— Não me chame de bastardo, sua puta! Não me chame de bastardo! — ele gritava, disputando com o zumbido agudo que me dominava os ouvidos. — Eu tenho direito de tudo! De tudo! — rosnou ele, debruçando sobre mim, sufocando-me com seu hálito. — Quem lhe ensinou esse linguajar? Fala como rameira... Quer ser tratada como rameira?

Deu-me outro tapa, na outra face, e me prendeu no chão com seu peso. Captei vagamente o desvario de seu olhar, em meio à dor excruciante em minha cabeça. Tive certeza de que ele ia me matar e passei a me debater violentamente, atrapalhando-o enquanto ele abria as calças. Ele me virou de bruços para me dominar com mais eficiência, e senti minhas saias serem levantadas e minhas peças íntimas rasgadas. Gritei longamente ao perceber que ele tentava me penetrar entre as nádegas e me debati tanto que ele desistiu, enfiando-se dolorosamente no orifício habitual. Gritei de novo, de novo e de novo; gritei tanto que ele me tapou a boca até atingir seu gozo, infinitos cinco minutos depois.

A essa altura, eu já me calara, exausta, os olhos fechados com força, o rosto lavado de lágrimas.

— Acho que deixei claro meu ponto — murmurou ele, erguendo-se e fechando as calças, o suor pingando das têmporas. — Tudo que eu fizer é bem feito, e você aceitará sorrindo.

Ele se retirou, subindo a escadaria, e eu continuei deitada por muito tempo, esperando reunir condições mínimas para suster-me de pé. A cabeça latejava e a dor entre as pernas pulsava intensa. Eu tremia toda, e só quando consegui firmar as mãos no chão foi que me sentei, soluçando. Meu cabelo se soltara e caía sobre o rosto, grudando nas faces úmidas. Sequei o rosto com a manga do vestido, fungando no tecido, e respirei fundo repetidas vezes, esperando o choro convulsivo encolher para um pranto mudo, ressentido.

Subi cambaleante a escadaria, agarrada ao corrimão, os pés resistindo a cada degrau. Era absolutamente repulsiva a ideia de dormir em companhia daquele homem, e me arrependi de tê-lo enfurecido ao reclamar do prostíbulo. Percebia, agora, que sua ausência era a melhor coisa que ele poderia me dar, e que ser ridicularizada na rua era um preço baixo a pagar por isso.

6

Desperto da abençoada inconsciência com aquela sensação de pesar e desamparo que nos toma quando acordamos dos sonhos bons para uma realidade sombria.

Ainda é noite fechada e sei que Erasmo está sentado ao pé da cama, fumando, pois o quarto está esfumaçado e fedido. Continuo amarrada de bruços, mas agora estou totalmente nua. Já não tenho o lenço enfiado na boca; não sei se caiu ou se Erasmo o retirou. As costas doem além de qualquer descrição, porém não é a única parte de meu corpo que foi machucada.

— Uma dor ajuda a esquecer a outra, não acha? — meu marido pergunta, naquele tom debochado que aprendi a detestar. — Ou será que, no fim das contas, a coisa só piora, pois são duas dores em vez de uma? Bem, o fato é que não deu para evitar, Maria da Glória. Você estava aí quietinha, com esse traseiro lindo para cima, e não é sempre que se pode desvirginar a própria esposa. Foi uma delícia, embora um pouco difícil, e certamente vou adicionar esse prato ao cardápio doméstico.

Começo a chorar, se é que tinha parado em algum momento. Choro de soluçar, gemendo de raiva, dor e desespero.

— Pare com isso! — Erasmo ordena, e mexe-se na cama, debruçando-se sobre meu corpo, até seu rosto odioso ficar visível para mim. — Pare ou vou lhe dar motivo para gritar bem alto. Quer que eu a marque com charuto? Esse é do bom e vai deixar uma marca redondinha.

Sinto o calor do charuto próximo à pele lacerada das costas e ponho-me a implorar, entre soluços, num jorro quase incompreensível de "não, por favor, por favor, não".

— No traseirinho, então? — propõe Erasmo, rindo, e o calor do charuto desloca-se para uma de minhas nádegas. — Uma marquinha bem linda para dizer que estive aqui... Se bem que talvez fosse melhor eu gravar uma letra E na sua pele, como se marcasse a anca de uma vaca. Para ninguém se aventurar por aqui. Que acha, minha vaquinha?

Enterro o rosto no colchão, gritando um *não* longo, infinito, agoniado. Felizmente, nada se segue depois disso. Ele aparece no meu ângulo de visão, o charuto de volta à boca, e para diante da janela, observando a noite através da fresta das tábuas. Sem me olhar, e parecendo bem menos eufórico, comenta:

— Uma vaca é mais útil que você, Maria da Glória. Você é um estorvo, uma vagabunda que não me dá filhos e que provavelmente já me pôs um par de chifres. Se você morresse, eu estaria livre para me casar de novo, com uma mulher que me desse descendência. Eu poderia fazer isso, sabe? Enforcá-la e dizer que você se suicidou, por exemplo. Tenho dinheiro, e quem tem dinheiro compra tudo, até a inocência.

— Então me mate — peço esgotada, a voz rouca.

Não quero morrer, mas quero menos ainda continuar a ser torturada.

— Estou namorando a ideia — declara Erasmo, voltando-se para mim e tirando uma longa baforada do charuto. — Não se afobe.

Apesar da brutalidade de Erasmo, o único resultado visível da discussão sobre o prostíbulo foi um galo feio no alto da testa, já na raiz dos cabelos, fácil de disfarçar com um penteado dividido ao meio e repuxado sobre as orelhas. Na rua, os chapéus também ajudavam.

Dessa vez, não expus nada a meus pais, a pedido de meu marido, que, temente ao sogro, me pediu desculpas a contragosto e prometeu demitir dona Isidora. Apesar do choque experimentado ao saber da procedência da dama de companhia, pedi a Erasmo que não a dispensasse.

Já era da casa e, a despeito de tudo, pessoa de boa índole. Ainda assim, ele a mandou embora, pagando-lhe tudo o que devia e ainda mais um pouco, para garantir-lhe o silêncio.

Eu não tinha raiva de dona Isidora e fiz questão de despedir-me dela, a sós, na sala de visitas. Era a primeira vez que a via embaraçada, triste mesmo, escolhendo palavras.

— Não negarei o que é óbvio — começou, de pé no meio do recinto, apertando a bolsinha banhada com fios de ouro que eu lhe comprara. Sua bagagem já estava no coche de aluguel que eu mandara providenciar para deixá-la em sua casa. — De fato — continuou, tão dignamente quanto pôde —, seu marido foi buscar-me no Caresse, onde ajudo a dona, que é minha filha. Dona é modo de falar, logicamente, porque é ela quem manda, mas a casa é alugada. Sabia que *caresse* é "carícia" em francês? — perguntou, a dignidade dando lugar à galhofa, que era mais natural dela. — Claro que sabia, a senhora é uma moça instruída. Pois é, o nome é Caresse, mas também é conhecido por Caríssimo, e não sem razão! Um sujeito pode deixar o salário do mês lá, se não for rico como o senhor Erasmo, claro. É um lugar de alguma classe, dona Glória. As meninas todas são educadas e muito limpinhas. São boas pessoas, sabe? Não é o inferno que pintam. Em casa de família tem gente muito, muito pior. O senhor seu marido mesmo... Perdão, mas sei o que a senhora passa e ainda vai passar, viu? A senhora não merece esse marido... Vim pelo dinheiro que ele me ofereceu e pela amizade que ele tem com a minha filha Teresinha... Aldine, Aldine é como ela prefere. Ela odeia Teresinha. Como dizia, vim por dinheiro e amizade, mas me afeiçoei à senhora. É uma moça de boa índole e muito amorosa. Uma neta para mim. Não se ofende de eu a considerar uma neta, não é?

— Não me ofendo, dona Isidora — garanti, zonza com a enxurrada que vinha da mulher. Eu ia sentir falta daquela espontaneidade.

— Sempre estarei do seu lado — afirmou ela, pondo uma das mãos sobre meu braço e a retirando em seguida, sem jeito. — Se eu puder ajudá-la, eu o farei.

— Obrigada por tudo — eu a interrompi. Encostei rapidamente meu rosto na face enrugada, à guisa de beijo, e passei o braço no dela para conduzi-la à saída. — Eu a guardarei com muito carinho no coração. Sei que não tem culpa de nada.

— Não mesmo, meu anjo — concordou ela, deixando-se levar. — A sobrevivência é dura para quem não nasceu bem como a senhora, e a gente acaba sendo levada para essa vida — justificou, entendendo mal o que eu dissera sobre ela não ter culpa. — Nasci numa cidade pobre de Minas Gerais, não tive como fugir da lida de mulher-dama. Criei minha filha com muito custo, aturando homem ruim, apanhando muito, e fico feliz de vê-la hoje, uma mulher que escolhe com quem deitar e que tem um negócio lucrativo. Ela veio para São Paulo com quinze anos, com muito mais juízo do que eu tinha na idade dela, e venceu, tornou-se patroa! Agora é ela que manda, e eu a ajudo a mandar!

Ao longo do caminho, ela continuou discorrendo sobre as alegrias de ser uma dona de bordel elegante, mas logo estávamos diante do coche, e o condutor a ajudou a subir.

— Vá com Deus — desejei, acenando-lhe.

— Amém, filha, mas direi a Ele que fique — respondeu ela da janelinha, melancólica. — Você há de precisar mais.

Eu estava só. As criadas da casa eram originalmente de Erasmo, severamente instruídas por ele a não "fazerem amizade" comigo. Eu via nos olhos de algumas a simpatia, o desejo de conversar um pouco, mas elas eram obedientes a seu senhor.

Eu também devia ser, porém estava com raiva. Proibida de sair sozinha, esperei que Erasmo fosse para a fazenda e na primeira manhã arranjei um moleque de recados para enviar um bilhete a Marisa. Lacrei a mensagem e dei ao menino o dinheiro do bonde. A resposta chegou poucas horas depois, deixando-me excitada, ansiosa e apavorada.

Pedi ao nosso cocheiro, Elias, que me deixasse diante da casa de Marisa, na Avenida Paulista, e retornasse duas horas depois. Ele assentiu a contragosto, ciente de que Erasmo reprovaria sua atitude, mas eu o convenci com um incentivo pecuniário e a promessa de que, se ambos mantivéssemos segredo, meu marido nunca saberia.

Minha amiga recebeu-me à porta, com grande satisfação. Embora conhecesse há muito a natureza subversiva de Marisa e seu gosto por confusão, ainda não entendia por que lhe dava tanto prazer incitar-me àquela aventura. Que ganhava ela com isso?

— Ele já chegou, está ansiosíssimo — declarou, conduzindo-me à sala de visitas e fazendo-me sentar no sofá estampado.

A blusa plissada, cor creme, vestia-lhe bem o tronco esguio; o cinto devia estar preso quase no último furo, tão fina sua cintura. A saia preta descia reta até os tornozelos, revelando as botinhas de mesma cor. O conjunto parecia-me um tanto masculinizado, mas combinava com o temperamento de Marisa, igualmente despido de rendas, babados e fru-frus. Depois de casada, ela às vezes se vestia assim, e o marido aprovava. Dizia-se que ela chegava a usar as gravatas dele.

Eu optara por um vestido azul-claro rendado, de mangas transparentes, que raramente usava, pois Erasmo odiava o decote. Era bonito, e eu queria me sentir atraente.

— O que a fez mudar de ideia? — indagou Marisa, sentando-se a meu lado. — Seu bilhete, que aliás eu já destruí, foi muito lacônico.

— Um marido infiel que traz uma parte do bordel para dentro de casa não lhe parece razão suficiente? — retruquei, ácida.

Marisa sorriu, e entendi que eu estava agindo exatamente do modo como ela esperara ao contar-me quem era, de fato, dona Isidora.

— Você nunca desconfiou? — perguntou, curiosa. — A velha nunca deixou escapar nada? Quem a conhece diz que ela é bem falastrona.

— Falastrona, de fato, mas esperta — respondi. — Ou eu sou muito estúpida. Agora, diga-me uma coisa: por que tanto interesse em que eu dê este passo, Marisa?

Ela pôs a mão sobre a minha.

— Depois que você tiver a experiência, vai entender meu empenho e compreenderá o bem que lhe faço — disse. — E então? Ainda disposta? Não quero *empurrar* ninguém para o pecado! Deve correr para ele voluntariamente, comigo apenas indicando o caminho.

— Vim aqui para isso — declarei com determinação verdadeira e falsa coragem.

— Muito bem. — Marisa mal continha a excitação. Ergueu-se de um pulo e estendeu-me a mão, que segurei envergonhada, pois a minha tremia. Ela não pareceu notar.

Subimos a escadaria, que nunca me pareceu tão longa, pois a cada degrau minha cabeça martelava: *Está cometendo um erro, ainda há tempo de retroceder*.

O quarto de César e Marisa continuava encantador como sempre, em seu estilo provençal, e tornou-se o lugar mais interessante do mundo porque Fernando estava lá, de pé próximo à janela, mas não tão perto que pudesse ser visto por alguém do lado de fora. Pusera a casaca e a gravata num cabideiro e trajava uma bela camisa branca, colete e calças cinza.

— Tranquem a porta quando eu sair, por segurança — recomendou Marisa. — Não sujem os lençóis e não façam barulho. E, por favor, divirtam-se. Estarei no quarto ao lado, mas juro que não os espiarei.

Com tais palavras, ela saiu e fechou a porta. Eu me sentia terrivelmente embaraçada.

Fernando foi o primeiro a se mover, indo até a porta e girando a chave.

— Não imagina como fiquei quando Marisa mandou avisar-me de sua nova disposição — disse Fernando, parando diante de mim. — Larguei tudo e vim correndo.

— Nem preciso lhe dizer como é difícil dar um passo como este — murmurei, erguendo os olhos para encará-lo.

— Não vai se arrepender — garantiu ele, o rosto bem perto do meu. — Terá sua ousadia plenamente recompensada, acredite.

Sorri, achando graça de sua presunção.

— Não sairei daqui enquanto não me sentir satisfeita — ameacei. — Pouco me importa se você precisa estudar ou se... ou se há outra moça à sua espera — acrescentei, surpresa com meu atrevimento.

Ele arqueou as sobrancelhas, impressionado.

— É esse o juízo que faz de mim? E não tem ciúmes?

— Sim e sim — respondi, sincera. — Mas de que adiantam os ciúmes? Eu não sou livre. Você é.

— Está me deixando cada vez mais excitado — sussurrou, rouco, apenas encostando os lábios nos meus.

— Ótimo — eu disse no mesmo tom, movendo minha boca sobre a dele. — Mostre-me tudo o que tem.

Eu o senti sorrir por cima dos meus lábios, e, num gesto firme, puxou-me para si. O beijo explodiu furioso, exigente, atabalhoado e bruto. Como podia ser tão bom colar a boca na de outro ser humano e sentir seu hálito, sorver sua saliva? Como isso podia disparar ondas de prazer pelo corpo todo, queimando como um rastilho de pólvora? Ele me beijava e tudo em mim respondia: metade despertava, acesa, e outra desfalecia, sem forças. As pernas estavam no último grupo, molengas, trêmulas, e meus pés buscavam apoio, já que minhas mãos estavam ocupadas em apertar Fernando, trazê-lo para mim, colar-me nele.

De nossas bocas, juntas, nasciam beijos perfeitos, úmidos, lascivos. A certa altura, ele mordiscou meu lábio superior e eu ri, então o beijo tornou-se uma mistura curiosa de risos e lambidas, minha mão no rosto dele, olhos que se abriram por um instante numa comunicação cúmplice, jocosa. Sobreveio novamente o furor, a intensidade, e a coisa ficou séria mais uma vez, um turbilhão que tinha de arrasar tudo pelo caminho antes da calmaria.

Meus lábios estavam intumescidos, dormentes, e eu joguei a cabeça para trás, em busca de ar. Senti o hálito quente de Fernando em minha orelha, arrepiando cada pelo do meu corpo, e precisei apoiar-me na parede. Sua boca desceu pelo meu pescoço, demorando-se onde a pulsação era mais forte, antes de explorar meu colo.

O espartilho ia me matar ou no mínimo arrebentar-me as costelas, de tanto que eu lutava para respirar, sem conseguir. Parecendo notar minha agonia, Fernando carregou-me até a cama, onde me pôs sentada, e abriu meu vestido nas costas, sem se atrapalhar com os botões. Também não teve dificuldade em desamarrar meu espartilho, ainda mais rapidamente do que eu faria. O alívio de poder respirar suplantou qualquer pudor que eu pudesse sentir quando meus seios saltaram livres e foram imediatamente acolhidos pelas mãos grandes de Fernando. Ele beijou-me a boca com volúpia enquanto me acariciava os seios, depois trocou as mãos pelos lábios, e eu gemi alto, ainda sentada, mas já escorregando pelo leito.

Maravilhava-me o modo como ele me sugava os seios, a mistura surpreendente de ardor e cuidado, intensidade e devoção. Havia um refinamento em sua técnica, mas também um abandono, um deleite, como se ele tivesse nascido para aquele momento.

— São muito lindos — elogiou, encantado. — Onde os conseguiu?

Eu ri, sem acreditar naquilo. Ele me fazia rir. Rir na cama!

— Estão comigo há alguns anos — respondi, queimando de desejo, e o puxei para baixo novamente. — Quem lhe disse que podia parar para conversar? O melhor elogio à comida é devorá-la, não falar dela.

Ele soltou uma esplêndida gargalhada masculina, forte e jovial, o que só agravou a urgência que eu tinha dele.

— Garanto que estou mais faminto que você, sua devassa — assegurou, apertando-me um dos seios. Suas mãos eram macias; seu toque, urgente. — Só não quero comer rápido demais. Há que degustar.

Com alguns puxões, Fernando despiu-me por completo. A expressão de seu rosto, ao contemplar meu púbis, era uma mistura de enleio e tormento.

— Que foi? — indaguei, apreensiva, imaginando o que poderia haver de errado comigo.

— Chega a doer — ele murmurou, passando delicadamente os dedos sobre meus pelos. — É tão perfeito que dói.

— Dói esperar, Fernando — queixei-me, e ele sorriu com divertida crueldade.

Então, firme e bruscamente, ergueu-me as coxas, apoiando-as sobre seus ombros, e enfiou a cara ali, entre minhas pernas. Arregalei os olhos, mortificada, e protestei:

— Que está fazendo?

— O que qualquer homem são faria — ele respondeu, surpreso, levantando um pouco a cabeça para me encarar entre minhas coxas. — Vou jantar.

— Mas você não pode... não pode fazer *isto*!

— Por que não?

— Porque... porque... porque é depravado? — arrisquei, sem saber o motivo de minha objeção. Erasmo nunca fizera aquilo. Nunca nem tentara.

— Depravado é *bom* — declarou Fernando, enfático. Parecia divertir-se imensamente. O fato de ele estar vestido e eu nua deixava-me ainda mais embaraçada. E muito excitada.

— Mas... — balbuciei, sem conseguir completar.

— Fique quieta. Não posso conversar e comer ao mesmo tempo.

Quase pulei na cama quando senti os lábios quentes e ávidos na parte interna de minha coxa esquerda. Ele me mordeu de leve ali, e sua boca trilhou vagarosamente o caminho que levava até minhas dobras, ateando fogo por onde passava. Eu estava supersensível, consciente do meu corpo como jamais estivera; sentia um ponto específico de minha intimidade latejando violentamente, um ponto que eu não sabia existir. Fernando o evitava, concentrando as carícias em minhas reentrâncias, sugando a umidade que escorria de mim, mordiscando a carne intumescida de cada lado de minha abertura. De súbito, abocanhou tudo, eu estava inteira dentro dele, rendida, vulnerável. Sugou com paixão, arrancando-me um gemido longo e sofrido, e acabou comigo quando prendeu entre os lábios o ponto latejante, o botão cujo nome eu nem sabia e que era o centro de todas as sensações. Fez um movimento sutil e firme de sucção, e eu rugi. Repetiu algumas vezes, aumentando a intensidade, e adicionou a língua. De algum modo, conseguiu sugar e lamber ritmadamente, puxando-me para dentro de sua boca, um abismo aterrorizante no qual eu desejava cair para sempre.

— Sim, sim, sim! — pus-me a gemer, e então a onda veio, avassaladora, uma sensação de morte que, no entanto, reafirmava a vida. Um orgasmo.

A boca de Fernando ainda estava sobre meu sexo quando eu lentamente voltei à superfície, minha carne molhada pulsando enquanto os espasmos se esvaíam. Eu soluçava, em parte pela violência do que sentira, em parte pela emoção de ter, pela primeira vez, gozado.

— Vou me lembrar disso para sempre — disse Fernando, gentilmente saindo do meio das minhas coxas e vindo beijar-me.

Não me recusei ao beijo, extraindo prazer do gosto salgado que sorvi dos lábios dele. O atordoamento ia passando e fui ficando acesa novamente, enlouquecida pela sensação obscena de minha pele nua por baixo das roupas dele. Queria-o nu, colado a mim, dentro de mim, e comecei a lutar para despi-lo. Fernando ajudou-me, livrando-se de tudo com rapidez, jogando as peças no chão, ao lado da cama, e cobrindo-me com sua nudez de homem jovem e atlético. Apalpei-o com volúpia, apertando-lhe a carne firme, testando sua força. Mordi seu ombro e puxei para mim suas nádegas macias, pedindo sem palavras que me possuísse. Não me atendeu logo, lambendo-me o pescoço, os seios, levando os dedos ao triângulo de pelos no meu púbis e descendo-os pelas dobras encharcadas de saliva e gozo. Não achei que fosse suportar mais estímulos ali, porém minhas pernas se separaram e minha intimidade se abriu para ele novamente. Dois dedos deslizaram com facilidade por minha passagem, e ele adicionou o terceiro, enquanto me beijava a boca. Meus quadris moviam-se no ritmo dos dedos, que entravam e saíam. Seu polegar pressionou-me o ponto crítico, o *botão*, e o mundo implodiu novamente.

Eu ainda tremia quando Fernando retirou os dedos e, agora com a ajuda da outra mão, abriu-me as dobras para penetrar-me com a ereção incrivelmente rija. Embora eu estivesse muito úmida, ele precisou avançar devagar, enquanto meu sexo se ajustava ao tamanho dele. A plenitude da sensação surpreendeu-me. Encaramo-nos, maravilhados com o prazer do encaixe, e ele começou a se mover profunda e suavemente. Eu gemia a cada investida, sentindo-o bem no fundo, abrindo as pernas o mais que podia para permitir-lhe total penetração. Mal acreditava na delícia daquela comunhão, tão oposta ao doloroso assalto de Erasmo. Fernando me preenchia de um modo indescritivelmente prazeroso; seu membro não era um instrumento de flagelo. O prazer aumentou quando o ritmo se tornou mais intenso, as arremetidas mais violentas, e, para meu assombro, gozei pela terceira vez. Fernando me acompanhou em agoniado silêncio, jorrando quente dentro de mim.

Por um segundo especulei o que faria se engravidasse dele, então entendi que não faria nada. Erasmo não queria um filho?

Ficamos alguns momentos abraçados, à espera da regularização dos batimentos cardíacos e da respiração. Quando nosso corpo serenou, deitamo-nos lado a lado, fitando o teto.

— Fui um pouco rápido agora no final porque estava ansioso, mas prometo retomar tudo com mais calma, se me der alguns minutos — declarou Fernando. Sua mão livre correu pelos meus cabelos, meio soltos do coque.

— Rápido? — estranhei, deitando sobre o braço esquerdo para encará-lo. — Foi perfeito.

— Isso é lisonjeiro — respondeu ele, com um sorriso luminoso. — Mas foi só o começo. Temos muito a explorar ainda.

— Por exemplo? — inquiri, curiosa.

— Quero sentir sua boca em mim. — A voz de Fernando era um sussurro rouco. — Quero você por cima. Quero... — A mão dele tateou minhas nádegas. — Bem, vamos devagar. Pelo que percebi, tudo foi uma surpresa para você.

— Eu nunca tinha experimentado nada igual — confessei, sentando na cama. Tirei os poucos grampos que ainda me prendiam os cabelos e eles caíram livres. Fernando olhava-me embevecido. — Nem sabia que se faziam certas... coisas — acrescentei, corando, enquanto punha os grampos sobre a mesinha de cabeceira.

— Que desperdício. — Ele se sentou diante de mim e me beijou sensualmente, enfiando a mão por entre meus cabelos, na nuca. — Que homem imbecil é seu marido.

— Então é isso que ele busca no prostíbulo? É isso que ele quer que eu faça?

Fernando alarmou-se.

— Glória, nem cogite fazer tais coisas com Erasmo — aconselhou. — Ele não ficará feliz, ficará furioso. Homens como ele acreditam que mulheres honestas não conhecem nada disso. Ele vai querer saber quem lhe ensinou.

— Fique sossegado — respondi, sorrindo tristemente. — Não tenho vontade nenhuma de agradar meu marido. Meu desejo era de que ele nunca mais me tocasse, mas isso dificilmente ocorrerá. Estou resignada a suportá-lo com o estoicismo de sempre.

— Ofereço-me como seu refúgio. Aceita?

— Aceitei quando cruzei a entrada desta casa.

Beijamo-nos novamente, e o desejo retornou para ambos. Senti que ele ficava duro mais uma vez.

— Ensine-me a fazer como você gosta — pedi num sussurro.

Fernando deitou-se e me puxou para cima dele, segurando-me pelos quadris.

— Decerto, mas primeiro sinta-se livre para explorar — convidou, apreciando a visão de baixo para cima dos meus seios.

— Se eu fizer algo errado, avise-me, sim?

— A única coisa que você poderia fazer de errado seria vestir-se e ir embora.

Iniciamos uma longa série de carícias, eu sempre por cima, lambendo-o, apalpando-o, às vezes perdendo a concentração porque ele brincava com meus seios ou me bolinava entre as pernas. Um pouco envergonhada da ousadia, tomei seu membro em minha boca, fascinada pela textura, pelo cheiro, pela rigidez. Não tinha prática naquilo, mas o suguei com entusiasmo, espantada com o fato de que podia ficar ainda mais duro. Fernando gemia, mostrando-me que eu acertava.

Para minha perplexidade, ele se moveu por baixo de mim até ficar com a cabeça entre minhas coxas. Entendi que era para nos estimularmos mutuamente, e entreguei-me àquela prática engraçada e muito, muito difícil. Como me concentrar com a boca habilidosa dele sugando-me até a alma? Como lambê-lo quando eu estava gemendo? Quando eu estava... gozando?

Interrompi o que estava fazendo, subjugada pelo quarto orgasmo. Fernando me fez deitar de costas e se deitou sobre mim, sorrindo.

— Perdão — murmurei, sentindo-me incompetente. — Posso continuar...

— Devassa — sussurrou ele, beijando-me. — Se continuar, não vou conseguir fazer... isto. — E me penetrou de uma vez só, iniciando de imediato as arremetidas, com força máxima. O prazer foi tão grande que eu abri a boca para gritar, mas ele me calou com um beijo ávido, suas mãos enterradas em meus cabelos. Seus lábios me libertaram, ao que ele usou uma das mãos para abafar meus gritos. Eu o fitava com os olhos arregalados, incrédula, porém tive de fechá-los quando o gozo me atingiu.

Era a quinta vez.

Quando não havia mais energia para a cópula, eu e Fernando passamos nossa última meia hora juntos conversando nus, ele me falando da Academia de Direito, na qual cursava o penúltimo ano, de seu desinteresse em advogar, de sua vontade de viajar.

— Você é rico — comentei, acariciando-lhe o peito liso. — Pode fazer o que quiser.

— Não é bem assim — respondeu Fernando, alisando meus cabelos. — Meu pai e meu irmão têm planos para mim, e nenhum deles envolve passar um ano à toa na Europa. Um quer me arranjar colocação em repartição pública, outro quer me empregar no banco.

— Talvez você possa convencê-los a permitir que passe uns poucos meses lá. Não um ano inteiro. Você iria sozinho?

Fernando me fitou com um ar maroto.

— Sim, mas agora acho que não conseguiria ficar nem um mês longe da amiga de minha cunhada — revelou, seus dedos brincando com meu mamilo. — Se você pudesse ir comigo...

— Endoidou? — perguntei, rindo, porém um pouco irritada. — Pensa que eu largaria tudo para viajar com você? E o que eu faria depois?

— Ah, eu poderia mantê-la. — Ele me beijou, sensual. — Você viveria para mim. Não se arrependeria.

— E quando se cansasse? — indaguei, sentindo que, apesar de meu tom casual, meus olhos expressavam tristeza.

Ele ficou sério.

— Eu não me cansaria — garantiu, acarinhando-me a face. — Precisaria de muitos anos para isso, muito mais do que dura a vida de um homem. Você é perfeita. Eu a toco e você responde de um modo como nunca vi. Gozou cinco vezes. *Cinco* vezes. E gozaria mais, não é?

Sim, mas eu não queria falar de sexo.

— Você está entusiasmado com seu novo brinquedo de alcova — acusei, tentando não soar ressentida. — Não posso me fiar nisso e largar minha vida. Não que eu ache que você esteja mesmo propondo algo.

Fernando suspirou. De fato, não estava propondo nada. Era só uma fantasia.

— Vamos nos ver sempre, não é? — inquiriu, penteando meu cabelo com os dedos. Parecia achá-lo lindo.

— Não seria mau — declarei, dando de ombros, como se não fizesse questão. Por dentro eu gritava que sim, sim, para sempre. Todos os dias, se possível fosse.

Na carruagem, de volta para casa, uma sensação de irrealidade me acometeu. Aquele veículo, as ruas, as pessoas — tudo parecia uma ilusão. A vida real era o que eu tinha acabado de viver, a intensa experiência de luxúria e felicidade que me deixara com as partes íntimas ardendo, dolorosamente vivas e ainda sedentas da boca e do sexo de um homem que não era meu marido.

Suspirei, revivendo todos os momentos, um a um, devagarinho.

Nada de sonhos impossíveis.

Se eu pudesse ser dele uma vez ao mês, que fosse, seria uma nesga de paraíso em meio ao inferno de meu casamento. Era a felicidade possível, e eu a queria.

7

Ele me abandona ali para morrer. Conta que recebeu um telegrama do administrador da fazenda informando-o de uma greve entre os colonos, "os malditos italianos", como ele diz. Deixa-me amarrada, com feridas abertas, sem água ou comida, sobre um lençol úmido de sangue e suor.

Não tenho voz para gritar e penso que é melhor que tudo acabe assim mesmo. Minha consciência vai e volta, e numa dessas idas talvez não volte.

Assim se passa um dia inteiro. É noite novamente.

Ouço vozes do lado de fora, discutindo. Tentam falar baixo, mas consigo entender distintamente a frase: "Ela vai morrer!". A conversa continua: trata-se de um homem e de uma mulher, que argumentam, embora eu não compreenda as palavras. Imagino que sejam a italianinha Angela, a mais prestativa das criadas, e seu marido, Anísio, o faz-tudo: jardineiro, carregador, consertador. Ambos são, de todos os criados, os únicos que me olham nos olhos e com os quais troco algumas palavras.

A voz deles torna-se inaudível e entendo que eles não têm coragem. Estão indo embora.

Não fico desapontada. Morrer deve ser bom, depois que acaba.

Meu único desejo é que a morte me encontre desacordada. Não quero olhar em seus olhos.

Então ela chega, e é uma velha enrugada, com um cheiro estranho, uma mistura de perfume barato e senilidade. Curiosamente, parece que conheço seu rosto, e que o estimo: é o rosto de dona Isidora. Sei que estou delirando e fecho os olhos.

— Glória — a Morte me chama, suave, angustiada.

Que coisa, ela roubou não só o rosto como a voz de dona Isidora, talvez para que eu não tenha tanto medo. A estratégia é boa: não sinto nenhum receio. Estou pronta.

— Filha — insiste a entidade —, responda. Consegue falar?

— Apenas me leve — peço, sem abrir os olhos. — Não preciso falar. Nunca mais.

— Acho que ela vai sobreviver — a Morte diz. Deve haver mais alguém no quarto, quem sabe um anjo do Senhor? Ou será o Diabo? Afinal, sou uma adúltera.

Ela falou em sobreviver? Num esforço extenuante, abro os olhos para a Morte que se parece com dona Isidora. Está ajoelhada ao lado da cama, examinando-me o rosto com grande expectativa.

— Prefiro morrer — declaro, a boca seca e a garganta dolorida.

— Vou levá-la daqui — diz ela, tentando sorrir como que para me animar. — Os ferimentos são feios, mas podemos cuidar deles. Você vai ficar boa.

A esperança que eu enterrara fundo na alma começa a cavar seu caminho para a superfície, e isso me dá medo. É paradoxal, mas as coisas são mais simples quando não há esperança.

— Anísio vai carregá-la — explica a Morte —, e isso vai doer. Sinto muito, querida, mas não há outro jeito. Preparada?

Eu não estava. Estava pronta para morrer, para findar, para inexistir. Para sair com vida dali, não. Contudo, ninguém quer meu consentimento. A Morte começa a soltar as cordas de meus punhos com suas mãos nodosas, manchadas, que se assemelham a galhos secos. Ela tem alguma dificuldade, mas enfim liberta minhas mãos, olhando penalizada para meus punhos machucados.

Uma sombra se debruça sobre mim, e eu grito de dor quando mãos fortes me puxam para cima. Cada movimento causa-me um sofrimento indizível, como se a pele de minhas costas estivesse sendo arrancada, e sinto que minhas pernas, atacadas por câimbras, vão partir ao meio. O homem me coloca sobre seu ombro, equilibra-se e caminha para fora do quarto.

— Isso vai ser o nosso fim — diz, e é a voz de Anísio.

É a última coisa que ouço antes de desmaiar.

Minha mãe estranhou a partida da dama de companhia, embora eu lhe tenha dito que dona Isidora precisara deixar o trabalho para cuidar de uma parenta enferma.

— Sendo assim, eu lhe arranjarei uma substituta — disse mamãe, decidida, enquanto escolhia roupas no armário e as lançava à cama. — Alguém que não abandone assim suas responsabilidades. Só não sei se consigo fazê-lo antes da viagem! Embarcaremos em dois dias! Que hora para você ficar sem pajem, Maria da Glória!

— Deixe para quando voltar — respondi, dando de ombros. Sentada no leito, observava mamãe selecionar os trajes que levaria na bagagem. Ela e papai ficariam dois meses na Europa, especialmente na França, como segunda lua de mel. Era um desejo antigo dela conhecer o epicentro da cultura que tanto se copiava no Brasil. Passariam por Londres, também, mas este era um interesse mais de meu pai.

— Acho que será o jeito — suspirou ela, contrariada, indecisa entre dois casacos. — Foi tão difícil convencer Euclides a concordar com essa viagem... Ele fez todos os arranjos para ausentar-se do trabalho, organizou tudo meticulosamente. Não posso pedir-lhe que adiemos nossa partida.

— Nem há necessidade — garanti. — Que são dois meses? Posso muito bem passar esse tempo sem dama de companhia.

— São mais de dois meses; você não está contando a ida e a volta.

— Que seja. Está tudo calmo, eu e Erasmo temos vivido em paz. Pouco saio de casa e não sinto necessidade de substituir dona Isidora com tanta pressa.

Mamãe interrompeu sua tarefa e me encarou, de pé entre a cama e o armário.

— Está tudo bem mesmo? — indagou, largando os casacos sobre uma cadeira estofada. — Você nunca mais se queixou. Ele não voltou a agredi-la? Você está mesmo contente com essa vida reclusa e sem graça?

— Não é tão sem graça — respondi, sorrindo, ignorando a parte sobre agressão. Que adiantava contar-lhe o que acontecera após o enterro no Cemitério da Consolação? O galo quase sumira e o cabelo o ocultava. Saber do ocorrido só perturbaria minha mãe durante sua viagem.

— O que você tem aprontado? — minha mãe sentou-se ao meu lado, curiosa. — Visita Marisa quando Erasmo está fora da cidade, não é?

Fiz que sim com a cabeça. Não decidira, ainda, se devia contar-lhe sobre meu *affair*. Erasmo ainda estava na fazenda e eu queria encontrar Fernando novamente antes de seu retorno.

— Aquela menina... — Mamãe balançou a cabeça, como se censurasse a conduta de minha amiga, porém sua expressão era marota. — Dizem que é uma doidivanas e que o marido não lhe fica atrás... Será verdade? Ela não lhe conta nada?

— Não falo de tais assuntos com Marisa — respondi, e estava sendo sincera.

— Pergunte, por favor! — suplicou minha mãe, parecendo uma menina. — Você tem intimidade para isso. Preciso saber se realmente ela e o marido se divertem com... com *prostitutas* — completou num sussurro.

— Que horror! — exclamei com franca repugnância. Não entendia como um casal tão ajustado podia cogitar a interferência de um terceiro elemento em sua relação.

Eu, por exemplo, estava tão encantada com Fernando que a simples ideia de deitar-me com meu marido parecia errada, absurda — além de desagradável, como habitualmente era. Desejaria ser fiel a meu amante, devotadamente fiel.

Ouvira falar de casais que já não dormiam juntos, cada um ocupando um quarto. Seria um sonho viver assim com Erasmo, uma vez que a separação era algo impensável. Mas, conhecendo seu temperamento e sua obsessão por filhos, eu certamente não lhe proporia nada semelhante. Teria de continuar a suportá-lo.

—ల—

Erasmo voltou no mesmo dia que meus pais embarcaram. Eu não vira mais Fernando, pois Marisa tivera hóspedes e eu não me sentia segura de encontrá-lo num hotel, como ele propusera. Assim, só nos reveríamos dali um mês, quando meu marido fosse novamente à fazenda.

A presença de Erasmo trouxe-me plena consciência de que eu era uma adúltera. Em sua ausência, eu conseguia fingir que era viúva ou que jamais me casara. Diante dele, porém, assaltava-me a culpa. Ele me dirigia a palavra e eu me assustava, pois estava recordando momentos com Fernando. Na cama, submeter-me a seu toque mostrou-se especialmente penoso. Eu estremecia de repulsa e espantava-me que os cinco minutos de martírio parecessem cinquenta.

Três dias após seu retorno, ele comentou que eu deveria acompanhá-lo nas idas a Araras. Eu fora pouquíssimas vezes com ele.

— Não convém que fique aqui sozinha, agora que já não tem dama de companhia — declarou, enquanto jantávamos.

— Não gosto de ir à fazenda — respondi de pronto, a boca ainda cheia. Mamãe ficaria horrorizada. — Sou muito urbana.

Não era prudente contrariá-lo, mas eu não podia ir com Erasmo para Araras e deixar de estar com Fernando.

Ele pôs os talhares ao lado do prato, encarando-me.

— Seu gosto não interessa, estou falando da inconveniência de uma senhora ficar sozinha enquanto o marido viaja.

— A casa tem meia dúzia de criadas, só aqui dentro. Lá fora ainda temos o cocheiro, o jardineiro...

— Eles são parte do mobiliário, não contam como *companhia*. Entram e saem, ocupam-se de seus afazeres, não estão aqui para cuidar de você, e sim da propriedade. Preciso de alguém ao seu lado.

— Vigiando-me? — Também depus os talheres e o encarei.

— Que seja. Não tenho ninguém para substituir dona Isidora, nem me arriscaria a fazê-lo, já que minha última escolha causou tanta indignação; portanto, temos de esperar sua mãe voltar de viagem. Enquanto isso, você vai comigo para a fazenda.

— Não — teimei, vendo seu rosto ficar vermelho. — Fico muito bem aqui. São poucos dias, e eu nem saio de casa em sua ausência.

— Mesmo? — Os olhos dele me devassavam.

— Mesmo.

Recolhi-me, apreensiva, convicta de que Erasmo questionaria Elias, o cocheiro. Eu o remunerara bem para que mantivesse em segredo minha ida à casa de Marisa, mas ainda assim receava que ele me delatasse. Erasmo punha medo nas pessoas. Eu deveria ter chamado um coche de aluguel ou tentado tomar o bonde, porém chamaria a atenção dos criados ver-me dispensar o veículo que estava à minha disposição.

Naquela noite, Erasmo me procurou como de costume, mas cismei que ele me olhava diferente, que examinava meu corpo em busca de algum sinal. A busca pareceu ser inconclusiva, e ele deu-me as costas para dormir tão logo saiu de dentro de mim.

Na manhã seguinte, acordei sozinha, o que não me causou estranheza. Erasmo frequentemente levantava-se primeiro. Em poucos minutos lavei-me no cômodo contíguo, pus um roupão de musselina rosa por cima da camisola branca sem mangas, fiz um coque simples e ia descer para tomar o desjejum, porém encontrei a porta trancada.

Bati continuamente, chamando Erasmo, gritando que abrissem a porta, sem sucesso. Teria sido um engano? Mas como, se não tínhamos o hábito de trancar o quarto ao sair? Era proposital, certamente. Ele falara com o cocheiro e ficara furioso por eu tê-lo desobedecido, saindo sozinha para ir à casa de Marisa. De Fernando ele não tinha como saber.

Fiquei horas presa, andando pelo quarto, batendo à porta de quando em quando, até machucar os nós dos dedos. As paredes pareciam fechar-se progressivamente sobre mim, como se o quarto estivesse diminuindo. Estava com fome e com medo. Seria só um castigo ou Erasmo planejava coisa pior?

Parei junto à janela, avaliando a possibilidade de fugir por ali. Estávamos no segundo pavimento, a uns bons metros do chão, pois o pé-direito do térreo era alto. Eu certamente quebraria algum osso se pulasse. Havia uma árvore diante da janela, mas a uma distância que eu não conseguiria vencer sem saltar. O galho mais próximo estava longe, eu poderia cair tentando. Para me machucar e ficar estatelada, presa fácil de Erasmo, era melhor não pular e aguardar melhor oportunidade.

Ao pôr do sol ele abriu a porta, soturno. Eu, que estivera deitada, desanimada, levantei-me de um salto.

— Venha comigo — ordenou.

— Para onde?

— Apenas venha! — rosnou ele, estendendo a mão.

Como eu hesitasse, Erasmo entrou e agarrou-me o braço, arrastando-me para fora. Andava rápido, e eu tropeçava nas saias ao ser puxada pelo corredor. Passamos por várias portas antes de parar em frente à penúltima, bem distante de nossos aposentos. Ele a abriu e me jogou lá dentro. Caí sentada no chão, ao lado da cama simples coberta com um lençol branco.

Eu nunca tivera curiosidade de visitar todos os cômodos do palacete de Erasmo, e certamente nunca entrara naquele quarto. Além da cama e do armário, havia uma mesinha de cabeceira ao lado do leito e uma cômoda perto da porta. Numa das paredes, um espelho de corpo inteiro. Reparei, aflita, que a pequena janela tivera sua abertura diminuída com duas tábuas pregadas de cada lado, restando somente uma fresta. Ele devia tê-las pregado ao longo do dia, enquanto eu estava presa.

Erasmo avançou para mim. Eu já estava de pé, no canto oposto do quarto, e tentei driblá-lo, mas ele me empurrou contra a parede.

— Sua nova casa — anunciou, sorrindo com ferocidade.

— Não pode me prender aqui! — exclamei, aturdida.

— Não?

— Não! Meus pais...

— Estão no oceano, rumo a outro continente, onde ficarão dois longos meses.

— Os criados...

— Fazem somente o que eu mando.

Abri a boca, tentando me lembrar de mais alguém que pudesse dar por minha falta e promover um escândalo, mas logo a fechei.

— Sua amiga vai demorar a perceber que você sumiu — disse Erasmo com uma satisfação maldosa, lendo minha mente. — Fiquei sabendo que você a visitou na minha ausência e que pagou ao cocheiro para que ele silenciasse sobre isso.

Então Elias, aquele judas, de fato me delatara.

— Não creio que Marisa se preocupe com você antes de passado no mínimo um mês — continuou Erasmo. — Falando na cadela, o que você foi fazer lá? Só conversar sobre as aventuras libertinas dela e do marido? Ou ela a aliciou para participar da sem-vergonhice?

— Ela é minha amiga, fui *conversar* com ela! — gritei, lutando contra o pânico. Ele apoiava as mãos na parede atrás de mim, um braço de cada lado da minha cabeça. — Conversar com *alguém*, pelo amor de Deus! Não percebe que me isolou de tudo e que me sinto só?

— Não a isolei — discordou ele, fingindo-se ofendido. — Eu a protejo do mundo. De sua amiga vadia e do marido devasso dela. César é um grande especialista em finanças, seus conselhos têm me trazido lucros e resultados excelentes, mas não tenho certeza de que ele respeitaria minha esposa. É sabido que ele não pode ver mulher. Ele estava lá nas ocasiões em que você visitou Marisa?

— Claro que não; ele trabalha! — argumentei, estupefata.

— E o cunhado? Dizem que não sai de lá. E eu sei, de fonte segura, que ele toma parte nas *diversões* do casal...

Era uma calúnia, claro, e me deixou indignada.

— Fonte segura? — indaguei, rindo com agressividade. — A gente honesta do prostíbulo que você frequenta?

— Precisamente! — admitiu ele, fazendo um enfático sim com a cabeça. — Há gente mais honesta lá que muita moça de família, não acredita? Agora tire esse roupão — ele ordenou, baixando os braços para me dar espaço.

— Não! — recusei, cruzando os braços na frente do corpo.

A resposta de Erasmo foi me jogar ao chão, onde caí de bruços, e puxar meu roupão com tanta força que achei que ia deslocar meus ombros. Fiquei só de camisola e me sentei encolhida, sentindo-me desprotegida.

— Isso é para você pensar bem antes de fugir — disse ele, embolando o roupão debaixo do braço. — Só uma louca sai correndo na rua de camisola, e o lugar de loucos é no sanatório. Dê-me as chinelas também, ande!

Ainda sentada no chão, chutei as chinelas pela curta distância que me separava de Erasmo.

— Vai me prender porque fui à casa de Marisa? — indaguei, enquanto ele pegava as chinelas e as enfiava no bolso interno de seu paletó cinza-escuro. — Só por isso?

— Por ter subornado o cocheiro também — respondeu ele, displicente, rumando-se para a porta. — E por tudo de errado que certamente já fez e que eu ignoro.

— Você ensandeceu! Até quando vai durar esse castigo? — ergui-me, descalça, desesperada.

— Não é um castigo, e vai durar até eu decidir o que fazer com você — informou ele sem me olhar, saindo e fechando a porta à chave.

8

Acordo numa cama misericordiosamente limpa, com lençóis brancos que cheiram a lavanda. Estou de bruços, nua, coberta da cintura para baixo por uma manta macia. O quarto, o pouco que consigo ver, é simples e gracioso, com um papel de parede listrado de verde-claro e branco. A cabeceira da cama é de madeira maciça, trabalhada. Há uma mesinha de cabeceira no mesmo estilo.

Minhas costas doem, mas é uma dor diferente agora. Sinto a pele lambuzada, gelada, como se me tivessem passado unguento. Arde muito, arde feito o inferno, porém é menos lancinante que a dor das feridas abertas.

Além do cheiro do lençol, outro me chama a atenção, e levo uma das mãos à cabeça. Meu cabelo está úmido, alguém o lavou. Na verdade, eu me sinto toda limpa, meu cheiro é bom.

— Fiz um bom trabalho, não é? — indaga dona Isidora, aproximando-se da cabeceira da cama, onde posso vê-la. Tem os cabelos presos num coque desgrenhado e usa um vestido cinzento, que deve ter sido preto um dia, com as mangas arregaçadas até os cotovelos. — Dei-lhe um belo banho de gato e consegui até lavar seu cabelo. Não está completamente limpo, é claro, mas pelo menos já não se parece com um ninho de pássaro! Agradeça a Deus por eu ter experiência em cuidar de velhas entrevadas! Já dei muito banho de gato nesta vida. Falta agora, menina, você se alimentar. Já vou lhe trazer um bom caldo quente.

Lágrimas escorrem dos meus olhos, e uma mão enrugada pousa sobre a minha, na cama. Reparo que meu punho está esfolado e escurecido, por causa do tempo que passei amarrada.

— Então era a senhora — murmuro. — A Morte.

— Você estava delirando, mas a febre já baixou. O doutor Marcelo veio vê-la. Ele limpou suas feridas e prescreveu um unguento. Acredito que você ficará com cicatrizes, mas vai sarar.

— O doutor Marcelo Prates? — estranho, forçando a voz rouca pela garganta. Ainda é difícil falar.

— Sim, ele mesmo, o primo do seu marido — confirma a idosa. — Ele é o médico que costuma atender o Caresse.

— Caresse?

— É onde estamos, querida. — Ela se senta na cama. — Isso a repugna?

— Não. Como poderia ser tão ingrata? Pensei que morreria, mas agora estou aqui, graças à senhora.

— Também pensei que você estivesse morta, abandonada naquele quarto imundo! O chão estava cheio de cacos de vidro e comida... E o cheiro, Virgem Santíssima! — Dona Isidora suspira, triste. — Infelizmente, criança, o pesadelo ainda não acabou. Quando Erasmo voltar de Araras e souber o que aconteceu, virá buscá-la. Eu e Aldine tentaremos acalmá-lo, mas ele é teimoso e estará furioso.

Faço que sim com a cabeça, melancólica. A alegria pela salvação havia durado apenas alguns minutos.

— Como a senhora soube que eu estava presa em minha própria casa? — pergunto, não querendo pensar no retorno de Erasmo.

Dona Isidora explica-me que Anísio, a pedido de Angela, a procurara no prostíbulo. Elas tinham feito amizade quando dona Isidora trabalhava para mim. Anísio e Angela queriam libertar-me, sabendo que Erasmo fora viajar após me dar uma surra de chicote — viram-no com o açoite na mão. Tinham uma chave reserva — Anísio até arrombaria a porta, se não achassem a chave —, mas queriam transferir-me para outro lugar e precisavam de alguém que respondesse por esses atos perante Erasmo. Dona Isidora concordara prontamente e seguira com Anísio no tílburi de um conhecido que fazia ponto perto do Caresse. Todos na casa dormiam e aparentemente ninguém me vira ser levada embora.

— Por que Angela não procurou Marisa? — indago.

Ela dá de ombros.

— Acho que pobre não confia em rico — justifica.

— A senhora enfrentará Erasmo? — questiono, impressionada com o relato.

— Sim, eu e minha filha. Ah! — ela exclama, largando minha mão e erguendo-se, a atenção atraída para a porta, que não posso ver. — Aqui está Teresi... Aldine!

Não posso virar-me para olhar, mas Aldine vem até mim, parando ao lado da cabeceira. Não se abaixa, o que me obriga a erguer um pouco a cabeça para fitá-la, movimento um tanto desconfortável.

— Dona Maria da Glória — cumprimenta, séria. — Sou Aldine.

É uma mulher de uns quarenta anos, cabelos negros e ondulados, presos num coque sensual que deixa escapar algumas mechas, olhos escuros de cílios muito longos, boca pintada de vermelho-terra, vestido marrom-escuro decotado, de cetim. É linda e eu tenho certeza de que sua relação com Erasmo transcende a amizade.

— Obrigada por me acolher — respondo com a voz embargada. — Imagino que seja uma situação delicada.

— Delicadíssima — ela concorda, e se agacha perto do meu rosto, o que me poupa de ficar olhando para cima. — Erasmo vai ficar muito, muito bravo conosco. Mas o que eu poderia fazer? Mamãe a adora, e eu adoro mamãe, portanto não pude me recusar a recebê-la. Com esses ferimentos, você morreria lá.

— Tão certo como o dia e a noite! — atesta dona Isidora, parada atrás da filha. — Eu não poderia viver em paz sabendo que deixei a menina para morrer naquele quarto infecto... Erasmo vai ter de aceitar. Eu falo com ele, não tenho medo daquele patife!

— Bem, eu tenho! — confessa Aldine, rindo de nervoso. Dirigindo-se a mim, diz: — Espero sua compreensão. Ele é seu marido e não posso impedi-lo de levá-la embora. Mas tentarei apaziguá-lo.

— Ela não pode voltar para casa, filha! — protesta a mais velha. — A coisa toda vai recomeçar e não acabará bem!

Aldine suspira, levantando-se.

— Mamãe, ele tem direito...

— Coisa nenhuma! Podemos ir todas à polícia e denunciá-lo!

— Denunciar um homem da posição de Erasmo? Mamãe, caia em si! Ele abre a carteira e a situação toda se reverte: nós duas somos presas, o Caresse é fechado e essa infeliz vai receber o triplo de chibatadas!

Dona Isidora não responde, pois sabe que a filha está certa.

— Como pode ser *amiga* de um homem assim? — indago, intrigada, sem olhar para a cafetina porque meu pescoço dói.

— Ele frequenta a casa há anos, dá boas gorjetas para as meninas, já me prestou favores com as autoridades... — retruca Aldine, como se pedisse desculpas.

— Vai me entregar a ele? — pergunto, ressentida, e ela se afasta, sumindo de meu ângulo de visão. — Sabe que é como me entregar para a morte, não sabe?

— Não precisa chegar a isso! — ouço-a dizer. — Tente entender-se com seu marido, fazer-lhe as vontades...

— Já passamos desse ponto. — Minha voz soa áspera. — Não há reconciliação possível. Ele quer o caminho livre para desposar outra mulher, uma que seja fértil.

Tenho a impressão de que Aldine puxa o ar com força. Ela quer ser essa mulher, mas, se tem um pouco de bom senso, sabe que Erasmo nunca desposaria uma meretriz. Um ano depois de minha morte, ele ficará noivo de alguma virgem de reputação ilibada e família rica, tradicional.

Minha morte. Um evento com plenas chances de acontecer nos próximos dias.

Meu estômago revira. E pensar que eu acordara sentindo-me salva.

No dia seguinte, Marcelo retorna. Segundo ele, estou desnutrida e tenho muitas lesões pelo corpo, todas superficiais e sem gravidade. Nenhum osso quebrado, só contusões. Meu quadro geral é bom.

Ele observa minhas costas e congratula dona Isidora, que tem limpado as feridas e aplicado o medicamento.

— Está evoluindo muito bem — elogia. — Sua cicatrização é excelente. Esta laceração maior aqui, que eu quase suturei, está fechando lindamente, só com o medicamento. Acredito que amanhã ou depois já consiga sentar-se apoiando as costas num travesseiro.

— Vai ser bom poder olhar para as pessoas quando converso — respondo, embora, na verdade, não tenha vontade de falar com ninguém. Minhas condições físicas podem ser boas, como atesta Marcelo, mas por dentro está tudo avariado.

— O importante, agora, é se alimentar bem — recomenda ele, fechando sua maleta.

— Estou cuidando disso! — assevera dona Isidora, que está do outro lado da cama, fora do meu ângulo de visão. — Dou-lhe uns caldos bem reforçados. Quando ela puder sentar, então, vai comer feito uma rainha!

Espero não morrer decapitada a exemplo de certa rainha, penso com amargura.

Como se lesse minha mente, Marcelo comenta, voltando a se abaixar perto do meu rosto:

— Erasmo pode ser levado à justiça. Marido ou não, ele não tem direito de agredi-la.

— Direito não tem, mas tem poder — retruco, cansada. — Ele pode comprar as pessoas. Pode comprar inocência, como ele mesmo já me disse. Pode prejudicar esta gente que está me acolhendo. Ademais, não ouso trazer tamanho escândalo para minha família. Meu pai não me perdoaria.

— Você pode morrer — insiste Marcelo. — Esse tipo de homem só para quando mata a mulher. Parece-me um preço muito alto a pagar para proteger o nome de sua família.

— A solução seria Erasmo morrer, em vez de mim — ouço-me dizendo. Não tenho energia para me preocupar com o que ele vai pensar.

Ele faz que sim com a cabeça muito sutilmente, mordendo o bigode. Noto a apreensão em seus olhos, e isso me comoveria se eu pudesse sentir alguma coisa. Meu choro de gratidão por dona Isidora foi a última coisa que senti; desde então, desde que entendi que não estou salva de fato, que Erasmo vai voltar e me levar consigo, algo se fechou dentro de mim.

— Não faça nenhuma tolice, está bem? — Marcelo pede.

— Eu não conseguiria — respondo, indicando meu próprio corpo com um gesto frouxo.

Como Marcelo previra, consigo sentar-me recostada em travesseiros, apesar da dor. Uso uma camisola de mangas compridas — por causa da chuvinha fina, o tempo esfriou, embora seja final de março. Sinto que o tecido gruda nas minhas costas, por causa do unguento, mas constrange-me ficar nua.

Dona Isidora traz-me um espelho e constato que meu aspecto não é tão ruim. Tenho um grande hematoma na face esquerda, de quando cravei o estilhaço no pescoço de Erasmo e ele reagiu. Meus lábios estão secos, rachados, e há sombras escuras sob meus olhos fundos. Fora isso, pareço bem.

Recebo uma visita absolutamente inusitada: Marisa. Dona Isidora só falta abraçá-la, de tanto que agradece, e nos deixa sozinhas.

— A velha procurou-me — conta minha amiga, sentando-se na cama, ajeitando sob si a saia preta que faz conjunto com a blusa salmão. — Ela me contou tudo. Eu não fazia ideia, minha querida! — Marisa segura minha mão e seus olhos fixam-se no hematoma no meu rosto. — Está muito machucada?

— Estou melhor — respondo, ainda espantada que ela tenha vindo a um prostíbulo saber de mim. Então me lembro de que é Marisa.

— Deixe-me ver suas costas — ela exige, já levantando.

— Não sabia que você agora é médica — digo, mas não me oponho. Viro um pouco para o lado e solto os laços que prendem a camisola, deixando-a cair.

— Oh, meu Deus! — ela geme. Sinto seus dedos em minha nuca, longe das feridas, e me arrepio. Ela volta a se sentar, transtornada, e eu subo a roupa. — Quero matar aquele canalha!

— A morte dele resolveria meus problemas — digo, rindo sem humor. — Como isso está fora de cogitação, a alternativa é fugir, sumir.

— Você teria coragem?

Suspiro, olhando sem ver a janela que dá para o pátio interno do casarão. O Caresse, me disseram, fica na região da Luz, a alguns passos do Jardim, onde eu e Erasmo fizemos nosso primeiro passeio de recém-casados, há três anos.

— Não sei — respondo sem fitar Marisa, que tem os grandes olhos grudados em mim. — Talvez.

— Podemos pensar nisso, planejar... — propõe ela, coçando a cabeça. — Se eu não fosse casada, mudava-me para a Europa com você! Ia ser bom...

— Não há tempo de planejar uma fuga, Marisa — observo, ignorando a parte sobre morarmos juntas. — Erasmo talvez já esteja chegando, ansioso por saber se finalmente morri, deixando-o livre para se casar com uma mulher fértil.

— Vou consultar César. — Marisa ergue-se, em súbita e frenética inspiração. — Podemos hospedá-la enquanto a situação não se resolve. E ele vai pensar em alguma coisa. Ele sempre tem uma solução para tudo!

— Se sua ideia é que César *convença* Erasmo a ser bonzinho comigo, esqueça — declaro com ceticismo. — Meu pai já fez isso, e a disposição pacífica de meu marido não durou muito.

— Tenho certeza de que ele pode pensar em algo mais efetivo — diz ela, saindo sem se despedir e fechando a porta.

Meu desejo é gritar que ela volte, que não me deixe ali à espera de minha condenação. Erasmo vai chegar logo para me levar de volta ao cárcere, onde dará um fim ao que começou, e isso me tira o sono.

Ele não chega, o que me intriga. Dona Isidora diz que é natural, uma vez que nem Anísio nem Angela dirão nada. Todos os empregados estavam proibidos de se aproximar do cativeiro, portanto eles supostamente nada sabem sobre mim.

Pode ser egoísmo, mas me preocupo pouco com o destino daqueles que me ajudaram. Estou ressentida, considero que o socorro deles veio com atraso. Eu poderia ter morrido antes. Além disso, o que pode acontecer com eles? Serem despedidos? Não me parece tão ruim quanto passar fome, apanhar, ser violada e açoitada. Nenhum deles irá ao pelourinho; esse tempo felizmente passou. Mas as esposas... bem, para elas ainda não há Lei Áurea.

Quem aparece é Marcelo, sorridente e gentil.

— Folgo em encontrá-la mais disposta — comemora ao ver-me sentada na cama. — Ocorreu-me, contudo, que você precisa tomar sol. Esteve dezoito dias enclausurada e está há quatro dias no Caresse.

Surpreendo-me com a informação. Achava que tinha sido menos tempo de cativeiro e que parecera muito porque o sofrimento amplia tudo.

— Vamos, vamos tomar sol! — exorta ele, estendendo-me a mão. — A chuva parou e o céu abriu.

— Tem certeza de que posso? — indago, insegura.

Eu ainda não saíra do quarto. Dona Isidora ajudava-me a dar alguns passos pelo cômodo, a usar o urinol e a me lavar — era a pessoa mais íntima de mim naqueles dias, o que me fazia sentir imensa gratidão, mas também vergonha.

— Eu lhe sirvo de apoio — oferece ele, decidido. — Vamos, não lhe fará mal, pelo contrário. Precisa muito tomar sol.

Pego o roupão preto que está pendurado num cabideiro próximo à cama e o visto, amarrando-o na frente. É estranho usar roupas tão impróprias diante de um homem, mas ele é médico e, ademais, já viu meu corpo. Dá-me o braço e saímos devagar, no meu passo de convalescente.

O corredor deixa-me bem impressionada. É comprido, cheio de portas, a parede forrada por um papel de parede rosado e o chão coberto por um carpete cor de vinho. O resultado é aconchegante.

Descemos uma escadaria que dá no saguão de entrada, decorado com grandes lustres de pingentes de vidro, muitos quadros de ninfas sensuais, poltronas confortáveis, sofás, divãs, esculturas de mulheres nuas. É exagerado e chamativo, como convém ao negócio, mas também muito interessante e alegre.

Atravessamos o saguão sem encontrar ninguém.

— Aldine e as meninas estão dormindo — explica Marcelo, percebendo que olho curiosa ao redor. — Dona Isidora está na cozinha. Comentei que traria você para um banho de sol no pátio, a fim de que ela não se assuste caso a procure no quarto.

— Não há nenhum homem? — surpreendo-me. — E se Erasmo chegar?

— Há dois funcionários que ajudam na manutenção da casa e prestam pequenos serviços — explica-me Marcelo, enquanto andamos por outro corredor. — Eles ocupam a edícula. Creio que nunca apareceu um cliente agressivo durante o dia, mas, se acontecer, os rapazes podem ajudar Aldine a lidar com a situação. Já à noite chegam os homens que zelam pela segurança do estabelecimento durante o expediente.

A informação me deixa um pouco mais tranquila. Talvez eu consiga dormir melhor à noite. No início, dormia profundamente, até mesmo de dia, por causa da exaustão. Agora, fico horas acordada relembrando o que vivi no cativeiro e receando voltar para lá.

— Desde quando atende as moças desta casa, Marcelo? — indago, enquanto ele me ajuda a descer os três degraus que nos levam ao pátio externo. Há dois bancos de ferro, tingidos de branco, um defronte o outro, arbustos com azaléas e, no meio, uma figueira secular.

— Há alguns anos — ele responde, fazendo-me sentar num dos bancos e se acomodando ao meu lado. Um sol morninho aquece com delicadeza a terra, e me sinto vagamente feliz de poder desfrutá-lo. — Considera meu trabalho degradante?

— De modo algum! — exclamo. — Apenas... Bem, eu sabia que você atendia pessoas pobres, operários... Acho que é natural que cuide também da saúde dessas... moças. Ocorreu-me que talvez por isso as parentas de Erasmo o evitem. São muito religiosas...

— Decerto isso contribui — concordou Marcelo. — Eu me formei para ser médico das classes abastadas, mas acabei me desviando e não me arrependo. Prefiro atender os mais humildes. Raramente alguém deixa de me pagar. Sou médico de pobre, mas vivo com conforto.

De onde estamos, vemos as janelas azuis fechadas. Devem ser dos quartos onde as *meninas* dormem. Ainda não vi nenhuma e não faço ideia do que esperar. Mulheres voluptuosas e extrovertidas? Ninfetas mal saídas da infância?

Então percebemos que Erasmo está parado nos degraus que ligam o pátio ao resto da casa. Ele torce o bigode e nos olha com uma expressão colérica.

9

Ele vem em nossa direção e tudo dentro de mim se agita, tomado de horror. Quero levantar-me e sair correndo, sabendo que não posso, que mal consigo dar um passo mais largo. Ele caminha rápido, o semblante carrancudo e alerta, os sapatos fazendo barulho no piso de pedra ladeado por grama. Veste-se todo de preto e, para uma desconhecida na rua, deve parecer um homem atraente, um herói de folhetim. Para mim, ele se assemelha ao Diabo vindo colher uma alma.

— Bom dia! — ele nos cumprimenta num tom acima do necessário, sorrindo de um modo que me faz pensar num lobo arreganhando os lábios. Os olhos são duros e sombrios.

Não me ergo do banco, mas Marcelo levanta-se, empertigado, sua expressão corporal indicando que está pronto para se engalfinhar com o outro. Eles têm a mesma altura e compleição física; impossível dizer quem venceria um embate físico.

— Bom dia, Erasmo — responde simplesmente, e capto desdém no modo como pronuncia o nome de meu marido.

— Ausento-me para resolver um grave problema em minha fazenda e tomam-me a esposa! — Erasmo exclama, fitando-me como um alucinado. — Os italianos quase me matam um capataz e incendeiam minha sede, e quando volto, esgotado, descubro que minha mulher evadiu-se com a cumplicidade dos criados!

— Sua esposa foi *resgatada* — explica Marcelo, firme. — Ela estava em cárcere privado, em péssimas condições de saúde. Posso atestar isso diante de qualquer pessoa. Vi o estado geral dela, os múltiplos hematomas, a desnutrição, a pele das costas dilacerada! Era uma questão de humanidade, de caridade tirá-la daquele lugar!

— E trazê-la a um bordel? — Erasmo ri, sem desmentir as acusações do primo.

— É minha casa! — diz dona Isidora, surpreendendo-nos com sua aproximação. Apesar da baixa estatura, parece maior e mais ereta, o peito estufado, o queixo erguido. — Se eu fui lá buscá-la, tinha de trazê-la para cá, logicamente.

— Velhinha atrevida... — comenta Erasmo, balançando a cabeça em falsa aprovação. — Quem diria? Tem meu respeito, dona Isidora. É uma mulher de coragem. Não é todo mundo que se dispõe a ser inimigo de Erasmo Galvão. Meus empregados traidores não sustentaram a rebelião. Foi só eu dizer que levaria todos à polícia e os dois judas contaram tudo. Eu os despedi mesmo assim, porém não os denunciei.

— Claro que não — retruca dona Isidora, sarcástica. — Eles iam dizer à polícia que estavam ajudando uma mulher encarcerada e torturada pelo próprio marido. Assim como eu direi, se for necessário!

Erasmo a fita com ódio contido.

— A senilidade dá coragem, vejam só — diz ele, aproximando-se da idosa com postura intimidante. — Ou é um desejo de abreviar os poucos anos que lhe restam?

Aquilo desperta em mim a primeira emoção além do medo: raiva.

— Você não vai ameaçar dona Isidora, seu canalha! — exclamo, ainda sentada porque tenho certeza de que, se levantar, vou cair.

— Ei, isso é modo de falar comigo? — ele simula mágoa. — Canalha? Por quê? Porque eu mantive protegida dentro de casa uma esposa inconsequente, influenciável e adúltera, capaz de arruinar não só a própria reputação como a do marido e de toda a família?

— Para proteger é necessário torturar? — ataca dona Isidora, feroz. — Já vi muita mulher que mal sai de casa, por vontade do marido ou por carolice, mas nunca vi tal nível de violência e brutalidade!

— Basta! — berra Erasmo, fazendo um gesto imperioso para que ninguém mais fale. — Vou me entender com cada um de vocês no momento certo, mas agora vou levar o que vim buscar. Vamos, Maria da Glória! — ordena, gesticulando para que eu me erga.

— Não — murmuro simplesmente, sem me levantar. Sinto-me tonta e parece que estou novamente no cativeiro, sob tortura.

Ele me agarra o braço e me faz ficar de pé, a pele das minhas costas repuxando dolorosamente. Sem aviso, Marcelo o esmurra, e vejo o sangue jorrar do nariz de Erasmo. Dona Isidora põe-se a gritar, enquanto Erasmo rapidamente se recupera e se joga sobre Marcelo. Apoiada no banco, sem fôlego, observo petrificada os dois homens trocarem socos no rosto a menos de dois metros de mim. Meu marido, em desvantagem, lança-se sobre o médico com todo o peso do corpo, abaixando a cabeça feito um touro bravo, e ambos caem. Aldine chega correndo, desgrenhada e de roupão vermelho, ordenando que parem, e eu reparo que há uma dúzia de moças paradas nos degraus da casa, assistindo à luta com gritinhos de excitação e horror.

Marcelo consegue se erguer, pingando sangue e suor, mas Erasmo, deitado, dá-lhe um chute violento abaixo do joelho, derrubando-o. Meu marido ergue-se e passa a chutar o adversário caído, como uma vez fez comigo. Uma parte minha quer pular sobre Erasmo e impedi-lo de massacrar Marcelo, mas outra está paralisada de pavor. Felizmente, dois homens desconhecidos — provavelmente os funcionários que o médico mencionou — aparecem e contêm Erasmo.

— Vocês ensandeceram? — grita Aldine, transtornada. — O que é isso?

— Esse doutor de merda não quer que eu leve minha mulher para casa! — brada Erasmo, imobilizado pelos homens. Um é bem jovem, forte; o outro, de meia-idade e robusto, com músculos impressionantes. Poderiam dar uma surra formidável em meu marido, e eu me pego torcendo por isso.

— Ele vai terminar o que começou, vai matá-la! — retruca Marcelo, limpando o sangue do canto dos lábios. O cabelo lhe cai sobre a testa de um jeito atraente.

— Você não tem nada com isso, seu bosta! — Erasmo está fora de si; se não fossem os homens, partiria para cima do médico novamente.

— Erasmo, vá embora — ordena Aldine, respirando fundo e colocando o cabelo escuro atrás das orelhas. O roupão semiaberto deixa entrever o busto generoso por baixo da camisola. No sol, observo que a cafetina tem um tom de pele encantador, como se ela se bronzeasse regularmente. — Vá para casa se acalmar — ela aconselha com firmeza. — Amanhã, retorne, e todos conversaremos.

— O que há para conversar? — ele explode, a saliva voando longe. — Essa vadia é minha mulher, *propriedade minha*, e eu vou levá-la de volta para casa! O que há para discutir?

— Ponham ele para fora — decreta Marcelo.

Para minha surpresa, Aldine não se manifesta, e os homens obedecem. Arrastam Erasmo pelo pátio na direção da casa, com alguma dificuldade porque ele se debate ferozmente. As moças nos degraus abrem caminho, assustadas, e os dois funcionários prosseguem com sua carga rumo à saída. As meninas correm atrás, alvoroçadas. Aldine, após lançar um olhar de censura para mim e para Marcelo, segue-os também.

— Obrigada — murmuro para Marcelo, erguendo a mão para tocar-lhe o rosto machucado e logo mudando de ideia.

— Não vou deixar esse canalha levá-la embora, fique tranquila — ele promete, e, ao fitar-me, não parece um homem distinto de quarenta anos; tem fogo nos olhos e esmurraria o adversário por mais meia hora, se fosse preciso.

— Oh! — exclama dona Isidora, comovida, levando a mão ao peito. — É o homem mais honrado desta cidade. Aldine perdeu o juízo quando o deixou para ficar com aquele traste horrível! E casado!

Marcelo, que me fitava, desvia o rosto, embaraçado.

Não sei o que pensar da informação: meu médico e defensor namorava a cafetina e foi preterido quando ela se apaixonou por meu marido? Devo sentir-me ofendida?

Não tenho tempo de chegar a uma conclusão, pois três das mocinhas me cercam, curiosas, indagando se sou a "moça de família" resgatada por dona Isidora. São bem novas e todas lindas, duas morenas e uma loira, e eu as encaro sem saber o que dizer. Dona Isidora me salva, empurrando-me delicadamente na direção da casa:

— Chega de banho de sol por hoje!

Marcelo acompanha-me até a porta do quarto, um braço ao meu redor para apoiar-me. Ele tem um cheiro limpo e reconfortante, cálido e seco. Sinto vontade de enterrar o rosto em sua camisa, em busca do cerne daquela serenidade que ele emana. Mantemos silêncio porque toda a situação é bastante embaraçosa: a discussão, a troca de socos, a indiscrição sobre a vida amorosa do médico. De minha parte, a mudez se deve, acima de tudo, ao fato de que estou preocupada. Sei que Erasmo não desistirá.

— Não se preocupe — diz Marcelo, abrindo a porta do quarto para mim. — Falarei com Aldine para reforçar a vigilância.

Faço que sim com a cabeça, mas não acredito. Pelo que vi do semblante de Aldine, é mais fácil ela entregar-me a meu marido do que me proteger. Dona Isidora devia estar mesmo senil para achar que a filha seria minha aliada. Além de compreensivelmente temer Erasmo, Aldine gosta dele, por mais que isso soe um disparate.

— Obrigada por tudo — digo a Marcelo, à falta de coisa melhor.

Antes que eu me feche no quarto, surge uma moça de vestido cor-de-rosa. Tem cabelos cor de mel presos numa trança grossa, olhos azuis e um adorável rosto sardento.

— Bom dia, doutor — cumprimenta ela. — Dona Isidora me pediu que verificasse se a senhora precisa de algo — explica a jovem, dirigindo-se a mim.

— Pandora — responde Marcelo, e a expressão dele se ilumina um pouco. Não posso evitar franzir o cenho diante do nome inusitado e da suspeita de que eles já tenham se deitado juntos. — Estou de saída — informa ele —, mas fico feliz que tenha vindo fazer companhia a Glória.

— Vai ao Brás hoje? — a jovem indaga. — Mande meu abraço à tia Paula.

— Mandarei — promete o médico, e retira-se com um aceno de cabeça para nós.

Pandora vira-se para mim, amigável como um filhote de cachorro.

— Posso entrar um pouquinho? — solicita, nem um pouco tímida.

— Claro que sim — concedo. — Não é minha casa. Estou aqui de favor.

Passo pela porta e deixo que Pandora a feche. Sento-me na cama, com alguma dificuldade, e gesticulo para que ela se sente ao meu lado.

— Perdoe-me a intromissão — começa ela. — Sou uma das *meninas*, como se diz aqui. — Ela dá de ombros e faz um muxoxo engraçado com os lábios. — Dona Isidora está presa numa discussão com Aldine sobre o que fazer a seu respeito, desculpe-me a sinceridade, e pediu-me que desse uma corridinha aqui para ver como a senhora está. Afinal, foi um momento um tanto difícil lá no pátio.

— Foi muito constrangedor — reconheço —, mas estou bem. Agradeço a preocupação de vocês. Agora, diga-me uma coisa... seu nome é Pandora mesmo?

— Ah, não, isso é o que chamam de "nome de guerra". Fui eu que escolhi; aprecio mitologia grega, tenho vários livros sobre o assunto. Pandora era uma moça esperta e sábia, a despeito do que dizem. Minha irmã gêmea trabalha aqui também; ela é Ariadne, a que nos tirou do labirinto.

Fito-a sem entender, e ela explica, solícita, como se falasse de outra pessoa:

— Ficamos órfãs de mãe com quinze anos. Meu pai nos batia muito, a ponto de incomodar nossos vizinhos na vila operária, no Brás. Fugimos para a casa de tia Paula, mas ele foi lá ameaçar todo mundo. Quebrou metade da mobília da coitada. Então fomos viver nas ruas, e Ariadne descobriu este lugar. Aldine acolheu-nos, e isso já faz três anos.

— Aldine fez vocês se prostituírem? — pergunto, estupefata.

Pela primeira vez os olhos castanho-claros de Pandora revelam alguma emoção, tão fugidia que não consigo interpretá-la.

— Dona Glória — ela suspira —, já tínhamos sido defloradas por nosso pai. Trabalhar aqui não foi nada comparado a isso.

Levo as mãos ao rosto, chocada.

— Perdoe-me, não queria perturbá-la — diz Pandora, pondo a mão sobre meu braço. — Não fique impressionada, por favor. Temos uma vida boa agora. Não a melhor, claro, mas boa. Comemos bem, vestimos bem, dormimos bem. Há homens repulsivos, é óbvio... O seu marido, por exemplo. Quando ele vem, estou sempre doente! — Ela ri de novo, agora um pouco mais alto. — Não fica brava de eu falar assim do seu marido, fica? Não acredito que o ame, depois de tudo. Ficamos sabendo que a açoitou como no tempo da escravidão. Uma moça fina como a senhora... Isso nos mostra que, sejam trabalhadores do moinho lá do Brás, sejam fazendeiros, os homens não valem nada. Exceto, talvez, o doutor Marcelo. Ele atende todos lá na vila. Quando alguém não pode pagar na hora, ele faz fiado. Imagine, nem o dono da venda faz fiado!

— Ele é mesmo um homem excelente — murmuro, atordoada. Talvez a água do Caresse tenha algum componente que solta a língua das mulheres. Dona Isidora fala tanto que me deixa zonza, e agora essa encantadora menina Pandora. — Espero poder pagar em breve o atendimento que ele me prestou. É meu amigo e primo de meu marido, mas não é justo que trabalhe sem pagamento.

— Fique tranquila, Aldine vai colocar os honorários de Marcelo na conta de Erasmo. Ele acerta mensalmente suas dívidas com a casa.

Faço que sim, achando curiosa toda aquela parte da vida de meu marido que desconheço. Se ele não tivesse plantado dona Isidora em nossa casa, talvez eu jamais soubesse dessa vida dupla.

— Já que mencionou o doutor Marcelo... — digo, sentindo as costas repuxarem. Ajeito um travesseiro contra a cabeceira e vagarosamente apoio as costas ali. — Esclareça-me uma coisa... Ele namorava Aldine?

Pandora não titubeia:

— Sim. Nada muito firme nem constante, mas costumavam ter um relacionamento, sim. Isso foi até Erasmo... — ela se cala, indecisa. Faço que sim com a cabeça, indicando que ela pode continuar. — Bem, ela se apaixonou por Erasmo — conta a jovem, revirando os olhos. — Vá entender. Mas Marcelo não ficou arrasado, está só com o orgulho ferido.

Aqueles socos que despejou em Erasmo devem tê-lo aliviado um pouco — conclui, ferina.

— Você gosta dele, Pandora? — indago, lembrando-me da afeição que eu achara ter visto entre ambos.

— Eu o admiro como médico e como um cliente respeitador e gentil — ela declara, puxando a longa trança acobreada para a frente, sobre o busto pequeno. — Mas não *gosto* de homem nenhum. Só gosto quando estão longe; quanto mais longe, mais eu gosto! Infelizmente, por ofício, tenho de me relacionar intimamente com eles, mas, se pudesse escolher, jamais teria um homem em minha cama.

— Você... você gostaria de seguir a vida religiosa? — pergunto, tocada pela pureza daquela menina compelida a uma rotina de licenciosidade.

Ela me fita como se eu tivesse dito a coisa mais insólita do mundo e explode numa gargalhada.

— Uma freira, eu? — pergunta entre lágrimas de riso, quando consegue se dominar. — Não, dona Glória, não! — Mais um pouco de risada. — Não sou avessa à conjunção carnal, por assim dizer. Apenas prefiro que a carne seja feminina.

Ela me encara com ar de desafio, esperando minha reação.

— Eu... bem... — balbucio, sem saber o que dizer. Não recrimino as preferências de Pandora, mas também não consigo evitar a consternação.

— Perdão — ela diz, mudando de atitude. Parece de fato arrependida. — Não quero embaraçá-la.

— Está tudo bem — garanto. — Não se preocupe.

— Não sente repulsa por mim? — a pergunta soa casual, mas os olhos de Pandora desmentem seu ar *blasé*.

— Não sou tão pudica, Pandora — asseguro, sorrindo.

Ela sorri de volta.

— Acho que posso ser amiga de uma refinada e recatada moça de família — declara, condescendente.

É minha vez de dar risada.

— Só se não me chamar de "senhora" nem de "dona" — peço.

Conversamos por mais meia hora, com a naturalidade de pessoas que se conhecem há alguns anos. Pandora já leu muito mais do que eu, e leituras mais qualificadas. Tem um vocabulário espantoso e um senso de humor aguçado. É impossível não pensar na injustiça do destino daquela moça brilhante.

— Já proseamos muito, daqui a pouco dona Isidora virá puxar-me pela orelha — diz ela, enfim se levantando.

Assegura-se de que não preciso de nada e sai, a trança e o vestido balançando no ar. Lembro-me do que dona Isidora disse em nosso primeiro encontro, sobre haver gente em situação pior que a minha.

Ainda assim, flagro-me invejando ardentemente a alegria de viver que irradia de Pandora.

Como se as emoções da manhã não fossem suficientes, à noite dona Isidora entra no quarto para dizer que César e Fernando Albuquerque estão na casa e desejam falar-me.

Durante o cativeiro, Fernando não era exatamente uma lembrança, mas um vislumbre de outra vida. Sentia como se sempre tivesse estado ali presa, e tudo que eu vivera antes fora uma alucinação.

No Caresse, eu chegara a pensar nele, porém nunca achara que ele apareceria. Por algum motivo, no que dizia respeito a Fernando, eu continuava com a sensação de irrealidade, de que havia entre nós uma barreira intransponível, como a que separa os vivos dos mortos.

Com o coração acelerado, digo a dona Isidora que vou recebê-los ali no quarto: como a casa está em pleno funcionamento, tenho medo de sair e testemunhar o vaivém dos clientes e das moças. Além disso, não convém que conhecidos me vejam ali.

Quando eles entram, estou sentada na cama, com as pernas para fora e as costas apoiadas na cabeceira, protegidas por um travesseiro. Uso o mesmo roupão preto com que passei o dia e cubro a parte superior do corpo com um xale também escuro, porque não suporto colocar o espartilho e envergonho-me de ter os seios livres sob a roupa. Meu cabelo está solto, já que erguer as mãos para fazer um coque repuxa a pele das costas e eu não quero pedir ajuda: à noite, todas as mulheres da casa estão muito ocupadas, seja cuidando do Caresse, seja atendendo os homens.

Não me sinto apresentável, e a sensação piora diante dos dois homens belos e elegantes à minha frente. César se veste de azul-marinho; já Fernando usa um terno bege. O mais velho tem uma barba rente e bem aparada que reforça seu ar de cafajeste refinado, enquanto o caçula tem o rosto liso e límpido. Ao revê-lo, as lembranças ganham consistência e realidade. Meu estômago pula e eu passo a língua pelos lábios involuntariamente.

— É bom vê-la com saúde — diz César, sem se aproximar, inclinando a cabeça com polidez.

Fernando não diz nada. Após alguns segundos olhando-me fixamente, de alto a baixo, ele vence a distância entre nós com três passos. Senta-se diante de mim e me puxa para si pelos ombros, beijando o alto de minha cabeça. Percebo que ele evita tocar-me as costas. Devagar, ainda sem entender completamente o que está acontecendo, passo os braços por sua cintura e afundo o rosto em seu pescoço, sentindo seu cheiro bom.

— Eu não sabia — são suas primeiras palavras. Ele segura meu rosto perto do dele e mergulha os olhos nos meus. — Achei que estava tudo bem, que em algumas semanas você escreveria avisando da viagem de seu marido. Não sabia que você estava presa em sua casa e sendo torturada por aquele maldito!

— Ninguém sabia, só os criados, e eles tinham medo — respondo, afogando-me naqueles olhos. — Só decidiram agir quando Erasmo precisou viajar.

— A cafetina-mãe contou-nos que Erasmo a açoitou? — diz César, numa afirmação meio pergunta. — Amarrou-a na cama e a açoitou?

Estremeço, em parte perturbada pela lembrança, em parte vexada por tanta gente ter conhecimento de algo tão humilhante.

— Sim — confirmo. — Açoitou-me e foi viajar, deixando-me amarrada e com as costas laceradas.

— Que estranho prazer! — exclama César, balançando a cabeça de um lado a outro, inconformado. — Conheço quem goste de chicotes, mas a serviço da luxúria, não para efetivamente seviciar uma mulher tão linda...

— Cale a boca — ordena Fernando, ríspido, e eu me assusto. César faz um gesto com a mão como quem se desculpa.

— Perdão — diz o mais velho, embora não pareça pesaroso. — Viemos aqui com um propósito.

— Do que está falando? — indago, impaciente. Fernando segura minha mão, estamos colados um ao outro e sinto uma vaga vontade de beijá-lo, mas a situação é muito inusitada e a presença de César me irrita.

— Erasmo foi ao banco hoje à tarde — explica César. — Fechou todas as contas, xingou-me, disse-me que eu aliciara sua esposa, que era um traidor, libertino, descarado... o de costume.

— Como "de costume"? — questiono, sem entender.

— Não é a primeira vez que ouço essas coisas, não de Erasmo, mas de outras pessoas. Mas, enfim, ele deu um espetáculo e foi embora dizendo que vai matar nós dois — ele faz um gesto abarcando o irmão.

Levo as mãos ao rosto e esfrego os olhos, suspirando.

— Acham que ele falou seriamente? — pergunto aos dois, apreensiva. — Não terá sido uma ameaça vazia? Não duvido que ele tente acabar comigo, mas com vocês? Ele tem respeito pelo sobrenome Albuquerque e por sua posição no banco, César. Ele pode tê-los ameaçado no calor da hora.

— É difícil saber se foi uma ameaça real ou apenas desaforo — diz Fernando. — De qualquer forma, não vamos arriscar, tomaremos nossas medidas. E você deve vir conosco, pois aqui não é seguro. É o terreno dele. Na casa de César você estará protegida. Erasmo nunca conseguirá entrar.

— Marisa pediu-me que a hospedasse, e ela tem razão — comenta César, aproximando-se. — Se terei de tomar precauções contra Erasmo, por que não estender-lhe essa proteção? Ademais, você é amiga de infância de minha esposa e uma mulher por quem meu irmão tem especial afeição... Vamos, reúna seus pertences.

— Sim — reforça Fernando. — Você não passa nem mais uma noite aqui. Quando seus pais voltarem da Europa, poderemos repensar, mas agora é necessário que nos acompanhe.

— Tem certeza? — Estou reticente. — Se eu aceitar, Erasmo terá convicção de que fui aliciada, como ele diz.

— Ele *já tem* certeza, independentemente do que fizermos — observa César.

É verdade, preciso reconhecer. E eles estão me oferecendo aquilo de que tanto necessito no momento: segurança.

— Está bem — concordo, levantando-me para, como César definiu, reunir meus pertences.

Recebo abraços de dona Isidora e da jovem Pandora, bem como acenos amistosos de algumas garotas, incluindo Ariadne, que é a moça mais bonita da casa — de cabelos negros e olhos azuis, não se parece muito com a gêmea. Marcelo não está e Aldine não se despede de mim, observando-me a distância com uma expressão estranha, algo entre o medo e o ressentimento.

— Está se borrando toda — explica César, enquanto saímos. — Erasmo vai moê-la de pancada quando souber que ela deixou você partir comigo. Mas ela não tem opção. Se me contrariar, tenho poder para fechar esta espelunca. O que me deixaria muito triste, pois aqui me divirto tanto...

— César, cale a boca — exige Fernando, tão enfastiado com o irmão quanto eu.

Saio com um de cada lado: os dois homens mais bonitos do lugar e eu, uma mulher de xale e roupão, cabelos soltos de louca, passo lento e corpo alquebrado.

Fernando segura-me a mão, como a dizer que tudo dará certo, que logo serei eu mesma novamente. Acho o gesto imprudente, mas gosto e encaixo meus dedos entre os dele.

Marisa recebe-me eufórica, beija-me as faces, alisa meus cabelos, beija--me a mão. Mostra-me o quarto que vou ocupar: é encantador, com tons predominantes de azul, cama com dossel, cortinas brancas esvoaçantes nas duas janelas, tapetes felpudos, toucador, armário, duas poltronas, duas mesinhas de cabeceira e muitos vasos com flores.

— Vai ser quase como na adolescência — comenta, feliz. — Vamos poder conversar por horas, livres daquele homem horrível.

— É... sim — murmuro, sem entusiasmo. Não quero conversar, muito menos por horas.

— Soube que ele foi ao Caresse e trocou socos com o doutor Marcelo — prossegue Marisa. — Depois, foi ao banco e disse uma porção de desaforos para César.

— Sim — confirmo, meus olhos fechando contra a vontade. Sento--me na cama, dolorida. Felizmente Marisa percebe minha fadiga.

— Deve estar exausta — comenta, penalizada. — Foi um dia conturbado, não? Veja — ela abre as portas do armário —, separei algumas roupas minhas para você. Como sou mais magra, escolhi peças de caimento solto. Mas amanhã mandarei alguém a sua casa buscar algumas roupas.

— Não! — exclamo, erguendo-me devagar e começando a puxar a colcha da cama. — A não ser que você queira matar uma de suas criadas. Erasmo deve estar lá esperando feito um cão raivoso.

— Eu preparo a cama, minha querida — diz Marisa, notando meus movimentos de velhinha entrevada. — Sim, você tem razão. Não vou mandar ninguém pisar naquela casa. — Ela embola a colcha e a soca dentro do armário. — Quer banhar-se? Com certeza precisa de ajuda...

— Dona Isidora me ajudou com isso antes de eu ir embora — respondo, ansiosa por ficar sozinha.

Ela sai, deixando-me confortavelmente acomodada na cama macia. Sinto-me mais segura ali do que no Caresse, mas é difícil não especular sobre onde estará Erasmo. Talvez rondando a casa, à espera de uma oportunidade de entrar e acabar com cada um de nós?

Tenho a sensação de que dormi duas ou três horas apenas, quando Marisa me acorda, balançando-me e chamando meu nome.

— Por quê? — indago, inconformada, vendo a noite fechada através das cortinas.

— Precisamos ir *agora* para sua casa — explica ela, agitada. À luz da lamparina, vejo que usa um roupão rosa-claro acetinado e seus cabelos estão desgrenhados. — Não discuta, apresse-se!

— Você endoidou — acuso, irritada, e não faço menção de levantar.

— Não é maluquice nem brincadeira, temos de ir agora para sua casa! Vamos!

— Diga-me por quê!

— Porque o desgraçado do seu marido foi achado morto, e a polícia vai bater na sua casa, Maria da Glória! — ela exclama, lutando para não elevar o tom de voz. — Você tem de estar lá, bela e inocente! Não pode estar fora de casa!

— Morto? — Minha voz sai como um guincho.

— Sim, foi encontrado na Várzea do Carmo, à margem do Rio Tamanduateí — ela recita com uma paciência que não tem. — Um bêbado o achou.

— Mas... morto como?

— Pescoço quebrado, sinais de afogamento. Não se conhecem as circunstâncias.

— O que Erasmo foi fazer na várzea do rio?

— Não se sabe; talvez tenha sido levado por um malfeitor.

— Isso é loucura! — resisto, negando com a cabeça.

Marisa me puxa para fora da cama, fazendo-me gritar de dor por causa das costas machucadas; ela é bem forte para uma mulher magra.

— Vista o roupão por cima da camisola, não precisa se arrumar — orienta, jogando-me o roupão preto com o qual vim do Caresse. — Também sairei tal como estou.

Obedeço, assustada com sua veemência, que beira o desespero.

Não usamos o automóvel, pois, segundo Marisa, chama muito a atenção. Seguimos em um dos coches da família, o menor, de um cavalo só.

As patas do animal parecem ribombar pelas ruas vazias e lúgubres. São umas três da manhã, aquela hora morta em que quase não acreditamos que vá de fato amanhecer.

— O condutor não dirá nada a ninguém? — pergunto num sussurro, entendendo, aos poucos, a intenção de Marisa. Ela não quer que a polícia saiba que eu não estava mais morando em minha casa.

— Só se ele quiser sair de São Paulo, porque aqui não encontrará emprego em lugar algum, no que depender de César — responde Marisa, sentada a meu lado no interior do veículo. — Não se preocupe. Ele é nosso empregado de confiança e eu o orientei bem.

— Tem certeza de que Erasmo está morto? — indago ainda mais baixo, junto ao ouvido dela.

— Mortinho — ela confirma no mesmo volume, mas com tom de deboche. Isso me choca, embora eu mesma me sinta inundada de alívio e esperança.

— Como soube? — quero saber.

— Fernando passou rapidamente em casa para contar a novidade e pedir-me que levasse você para sua casa.

— Fernando? — Sinto um arrepio no alto da cabeça. — Ele matou Erasmo?

— Não, que ideia! — Marisa parece genuinamente horrorizada.

— Então, como ele soube?

— Meu marido é um homem influente; as notícias o procuram. César foi cuidar da burocracia e pediu a Fernando que viesse orientar-me, a fim de evitar complicações.

Nada em suas explicações me satisfaz, mas não insisto, ansiosa pela chegada ao palacete dos Campos Elísios. Prometo a mim mesma que mais tarde arrancarei tudo dela, ou de Fernando.

Parte 2

O Prazer

10

Eu já havia visto gente morta antes, em velórios da família. Parava diante do caixão aberto e fazia o sinal da cruz; se o falecido fosse querido, beijava a ponta dos dedos e tocava sua fronte. Não durava nem cinco segundos, e eu me afastava correndo.

Agora, porém, o morto é meu marido e eu tenho de permanecer a seu lado horas a fio, no saguão de entrada do palacete dos Campos Elísios. Como que grudadas ao caixão, Otília e Zélia choram sentidamente, apoiando-se uma na outra. Marcelo e Emília mantêm uma distância maior, jamais se aproximando das tias de Erasmo.

Meus pais fazem-me muita falta. Papai é prático, um homem a quem todos confiam seus problemas para que sejam resolvidos. Mamãe é tranquila, bem-humorada, aquela que sustenta nosso ânimo quando ele ameaça desabar. Ela teria separado uma roupa mais bonita para Erasmo, não aquele terno já meio antigo, fora de moda, que escolhi descuidadamente.

Na ausência deles, tenho cinco anos novamente e estou perdida.

O administrador da fazenda de Araras, Nogueira, comparece com a esposa e me tranquiliza a respeito do pagamento dos colonos e de outras despesas da propriedade. Ele dispõe de dinheiro em caixa e de autonomia para resolver quaisquer questões. Quanto a nossos compromissos financeiros em São Paulo, como o ordenado dos criados do palacete e dos funcionários da loja, o advogado de Erasmo, doutor Pimentel, tem procuração para cuidar de tudo, o que me liberta de mais essa responsabilidade. É a ele que devo recorrer se precisar de pequenas quantias para o dia a dia, conforme ele me explica na saleta íntima de casa.

Mais difícil é lidar com as pessoas que vêm prestar condolências: sorrio demais, não consigo chorar. Meu hematoma do rosto ainda é visível e atrai os olhares. Quando perguntam, digo que levei um tombo.

Todos lamentam o modo como Erasmo morreu. Um cidadão de bem, um grande fazendeiro, um admirável homem de negócios perecer pela mão de algum vagabundo por um relógio e uma quantia irrisória! Como andar tranquilamente sabendo que um malfeitor assim estava à solta?... Nesse ponto, a conversa envereda para reclamações sem fim contra a polícia, a política de segurança pública, os negros sem serviço após a abolição, a República, os imigrantes. Minha mente viaja, enquanto aceno em concordância.

Morbidamente, meu olhar recai a todo instante sobre o homem no caixão. Tenho particular obsessão pelos lábios costurados. Seu rosto está sereno, os cabelos foram penteados, as mãos repousam sobre o peito. Imagino onde estaria a essência do homem que habitou ali. Estaria no inferno?

Otília e Zélia o prepararam para o velório. Marisa assumiu o papel normalmente representado por minha mãe, incumbindo-se de todos os arranjos da recepção. Tem sido incansável ao meu lado. Traz-me café e bolo, fala em meu lugar quando estou fatigada demais, manda-me tirar cochilos no quarto.

O momento de ir para o cemitério é, para mim, de alívio, pois em um par de horas estará tudo acabado. O cortejo segue vagarosamente debaixo de uma garoa finíssima. Uma vez no Cemitério da Consolação, a chuva fica forte e faz todos se aconchegarem debaixo dos guarda-chuvas, ao redor da cova aberta. Eles não protegem do vento, porém, e eu enxugo a todo instante as gotas geladas que me atingem o rosto e o pescoço. Não é um enterro concorrido; calculo que haja umas quarenta pessoas, menos do que havia no velório. A chuva deve ter deixado alguns pelo caminho, de consciência leve porque já tinham apresentado suas condolências. Muitos não compareceram nem mesmo ao velório, enviando notas de pesar e flores. Meu marido, embora rico, aparentemente não era muito benquisto.

Marisa segura o guarda-chuva que nos abriga. A voz monótona do padre causa-me sonolência, e eu balanço sutilmente para frente e para trás. Exausta, não vejo a hora de ir para um lugar quente e me jogar na cama.

César e Fernando dividem um guarda-chuva ao lado de Marisa. Estiveram presentes ao longo de todo o velório, embora não ficassem constantemente ao meu lado como Marisa. Prefiro assim, já que não me sinto à vontade com nenhum dos dois: César me desperta certa inquietação; tenho certeza de que sabe mais do que me conta a respeito da morte de Erasmo. Fernando também me esconde algo, mas o evito por outro motivo: viúva, nada mais me impede de viver meu desejo, minha história com ele. Não que isso seja ruim, mas o momento não poderia ser mais impróprio.

Não paro de pensar em como deve ter sido o fim de Erasmo. A versão sobre o malfeitor, preferida da polícia, não me convence. Nas últimas horas de vida, meu marido havia ameaçado de morte um homem poderoso como César. Do mesmo modo ele pode ter se indisposto com mais gente. Tinha um temperamento propenso a atrair inimigos.

Não desconfio de César propriamente. Seria muito inconveniente fazê-lo, uma vez que, a convite de Marisa, voltarei para a casa deles até meus pais retornarem da Europa. Não quero viver na casa dos Campos Elísios, onde fui torturada. Ademais, sou grata a César por seu empenho em evitar complicações para mim. Amigo do delegado, convenceu-o a tratar o caso como um roubo seguido de morte, não como vingança. Claro que, ameaçado por Erasmo, o próprio César poderia ser suspeito; nada mais natural, portanto, que usar sua influência para desviar o rumo da investigação. Tenho de reconhecer, porém, que ele não precisava esforçar-se por proteger a mim também, e no entanto ele o fez. Graças a ele — e a Marisa e Fernando —, meus criados adotaram o discurso de que eu e Erasmo vivíamos em harmonia. As meninas do Caresse também foram persuadidas a esquecer que eu estivera lá, e a luta de Erasmo e Marcelo nunca acontecera. Eu sabia que tudo isso custara caro a César, pois seu poder de convencimento não vinha só da lábia, mas também da carteira.

A chuva torna-se garoa novamente, e, à distância de alguns metros, vejo uma dupla cuja presença me surpreende: Aldine e dona Isidora. Usam véus longos de trama fechada que lhes ocultam o rosto, mas eu as reconheço. Dona Isidora é pequenina, e sua filha, além de alta, tem inconfundíveis formas voluptuosas. A deselegância de seus trajes é outro indicador. Embora usem preto, uma é molambenta e a outra ostenta um decote ousado.

Dou um passo na direção delas e Marisa me segura o braço.

— Glória! — ela exclama num sussurro. — Não é prudente falar com Aldine! Alguns dos homens aqui presentes a conhecem...

— Deixe-me — respondo, e saio caminhando na chuva, sentindo as gotas frias no rosto.

Marcelo, surgindo inesperadamente à minha frente, protege-me com seu guarda-chuva e, ao mesmo tempo, bloqueia meu avanço.

— Não há necessidade de falar com elas, Glória — ele aduz.

— Quero muito ter com dona Isidora, não tente me impedir — retruco, aborrecida.

— Ela vai entender se você não lhe falar — insiste o médico. — Não é de bom-tom que você seja vista com Aldine. Alguns aqui sabem que ela foi amante de Erasmo.

— Que se danem todos! — digo, desvencilhando-me de Marcelo. Em poucos passos estou diante das duas mulheres.

— Filha! — emociona-se dona Isidora, saindo de sob o guarda-chuva da filha e me abraçando. Aldine não se adianta para nos proteger, é Marcelo quem se aproxima e faz isso. — Como você está? — indaga minha antiga dama de companhia.

— Estou bem — declaro. — E a senhora?

— Poderia estar melhor — ela responde enigmaticamente. Antes que eu inquira por que diz isso, relata, baixando o tom de voz: — Aquele rapaz bonito, César, esteve no Caresse e explicou-nos a importância de agirmos como se você nunca tivesse pisado lá. Pode ficar tranquila quanto a isso, querida. A única pessoa do Caresse que não abomina Erasmo é Aldine, esta insensata.

— Sei que é ousadia e desrespeito eu estar aqui — começa Aldine, falando com dificuldade —, contudo, para mim, é importante vê-lo partir.

— Não me aborreço — garanto. — Que ao menos uma alma realmente o lastime, além das tias.

Noto que ela me olha fixamente através do véu.

— A senhora não conheceu de fato seu homem, não é? — comenta, em tom de censura. — Sei que nunca o amou.

— Aldine, cale-se! — rosna dona Isidora.

— E não é verdade, mamãe? — a cafetina pergunta, mas continua me fitando. — Dona Glória e o marido nunca se deram. Eu era confidente de Erasmo, eu sei. Ele lamentava não ter na senhora uma verdadeira companheira. Em vez disso, tinha uma esposa mimada e resmungona.

— Aldine... — começa Marcelo, severo, porém a mulher não lhe permite falar.

— Eu não a culpo — ela me diz, a voz mais calorosa. — A senhora é uma menina! Uma menina rica. Como poderia entender a alma de Erasmo, as coisas que ele viveu?

— E o que ele viveu, Aldine? — questiono, irritada. Tenho a impressão de ver, através do véu negro da cafetina, um rosto machucado, escuro, mas não consigo me deter na imagem. — Ele nunca *conversou* comigo! — exclamo, indignada. — Ele nunca me viu como uma *pessoa*!

— Ele era infeliz, não compreende? — ela pergunta com voz de choro, aproximando-se de mim. — Tão orgulhoso! Sabe o que é, para um homem como ele, descobrir-se bastardo? Descobrir que é filho de uma infidelidade da mãe? E descobri-lo da pior maneira, com o pai matando a adúltera e a si mesmo?

Fito-a, estupefata, e então olho ao redor buscando a confirmação de Marcelo e de dona Isidora. Os dois balançam a cabeça, inconformados, e o médico me puxa, querendo afastar-me dali.

— Essas coisas são verídicas? — pergunto a Marcelo, exigente.

— Erasmo está morto, que importa? — ele responde, aborrecido.

— Importa muito! — É Aldine quem responde. — A alma não morre, dona Glória! Reze por ele! Nosso Senhor Jesus Cristo há de perdoá-lo! Perdoar-nos todos! — O pranto engolfa sua voz, e Marcelo praticamente me arrasta para longe dali.

Molhada, gelada de frio, vejo o caixão descer à cova, aninhando-se no fundo. Paulatinamente a terra o cobre. O som da terra sobre a madeira é o som da irreversibilidade, e, apesar de tudo, sinto certa angústia. Estou enterrando o homem que meu pai escolheu para mim e que, por um breve período, eu pensei que me faria feliz.

Vejo as tias de Erasmo abraçadas na beira da cova, Zélia amparando uma Otília destroçada. Elas sabiam, percebo num repente. A irmã delas era a mãe de Erasmo, a adúltera assassinada pelo marido. Marido que era irmão de Emília, e que as irmãs da falecida nunca haviam perdoado.

Reze por ele! A voz de Aldine ecoa em meus ouvidos, em uníssono com a terra batendo no caixão. Consigo imaginar um Erasmo mais jovem testemunhando a morte violenta dos pais. Quem passaria incólume por isso?

Quase tenho compaixão do homem que foi meu marido, mas existe uma barreira de ressentimento dentro de mim que ainda é intransponível. Talvez, com o tempo, eu possa oferecer a Erasmo o verdadeiro perdão cristão. Agora, é-me impossível.

Mesmo assim, choro. Marisa olha-me intrigada, sem saber se é teatro ou se realmente lamento a "morte do pulha", como ela cansou de dizer ao longo do velório, a despeito do meu desagrado.

Sinto que alguém me observa e ergo a cabeça, procurando. É Fernando. Ele me olha sério, com intensidade, e eu coro, apesar do frio. De todos ali, sinto que é o único capaz de me oferecer algum conforto. Mais que tudo no mundo, queria jogar-me em seus braços, o que me transformaria na mulher mais detestada da cidade.

Erasmo continua a ser meu dono, ainda que morto.

Faz sete dias que estou vivendo com Marisa e César.

A constatação da morte de Erasmo não me atinge num nível profundo, e o mero fato de ir à casa dos Campos Elísios recolher algumas roupas e orientar os empregados deu-me calafrios. Eu caminhava pelos corredores achando que cruzaria com Erasmo — vivo ou defunto, eu não sabia bem — e que teria de lhe dar explicações. Dormir ali era impensável.

No palacete de Marisa, a viuvez parece ganhar concretude. Ao lado de minha amiga e do marido, enfim acredito na morte de Erasmo. Ainda assim, é um conhecimento intelectual, não um sentimento. Não consigo sofrer pelo falecido. Lamento seu fim violento, seu passado trágico, porém a dor verdadeira, pungente e desamparada, não se faz presente. Está além de mim, e experimento algo próximo da vergonha quando me lembro do paroxismo de Aldine no enterro.

Na casa dos Albuquerque, sinto-me uma estrangeira, uma visita ilustre, mas deslocada, como se eu fosse uma princesa órfã que não falasse a língua local. Não raro questiono o acerto de minha decisão de vir para cá. Marisa foi, por muito tempo, minha melhor amiga, alguém a quem eu contava coisas íntimas, pensamentos impróprios, pecadilhos. Mais madura, experiente e sagaz, sempre me despertara admiração, apesar de suas extravagâncias — ou por causa delas. Agora, contudo, sinto-me desconfortável a seu lado. Não gosto de como me olha, de como cria pretextos para me tocar — nem de como me toca até mesmo sem pretexto.

Desde que cheguei ao casarão da Paulista, ela me trata como se tivéssemos treze anos novamente, tagarelando, pegando em minha mão para irmos de um cômodo a outro, dando-me bocados de fruta na boca. Faz questão de me ajudar com meu asseio e de aplicar em mim o medicamento para as cicatrizes. Não permite que nenhuma criada se incumba dessas tarefas.

César mostra-se agradável e polido, mas reparo que me examina quando acredita que estou distraída. Flerta comigo de um modo muito sutil, que me passaria despercebido se eu fosse mais nova. Ainda assim, sua companhia me causa menos desconforto que a de Marisa. Ao contrário de seu marido, a quem só vejo no café da manhã e no jantar, minha amiga passa o dia seguindo-me, como uma gata que aproveita qualquer oportunidade para subir ao colo do dono.

Sem notícias de Fernando e com Marisa em meu encalço, os dias arrastam-se, e eu alterno rompantes de irritação com momentos de tédio e melancolia. Faz apenas uma semana que enterrei meu marido, e no entanto parece o dobro. São sete da manhã e estou me arrumando para a missa de sétimo dia. Os preparativos não me tomam muito tempo, já que a indumentária é toda preta e o penteado, simples.

Sinto-me a um só tempo leve e carregada. Estou livre do rancor contra o falecido, mas ardo de desejo pelo vivo — Fernando. É nesse ambíguo estado de espírito que assisto à missa, sentada na primeira fila ao lado de Otília e Zélia; do gerente da loja de Erasmo; do administrador da fazenda, Nogueira; do advogado, Pimentel; de Emília, Marcelo e duas tias de minha mãe. Minha nuca queima, pois Fernando está na fileira de trás, com o irmão, a cunhada e os pais. Enquanto luto contra as lembranças lúbricas que me atravessam a mente, as palavras do padre me alcançam em fragmentos distantes: *Deus todo-poderoso tenha compaixão de nós, perdoe os nossos pecados e nos conduza à vida eterna.* Sempre que a audiência recita sua parte na liturgia, assusto-me e me atrapalho, então desisto e simplesmente mexo os lábios para fingir que recito também. *Porque em Jesus Cristo e em todos nós, a vida triunfa sobre a morte para a vitória do bem. Corações ao alto. É nosso dever e nossa salvação. Tende piedade de nós.*

Ao final, novamente as condolências maçantes que eu já ouvira no velório e no enterro, de pessoas repetidas e de pessoas novas. Fazem fila, e minha vontade é gritar-lhes: Grata, podem ir embora!

Marisa e César aproximam-se, e Fernando os acompanha. Bonito com seu terno azul-marinho e olhos de menino, ele me fita com ansiedade.

— Não digam nada — peço, fazendo um gesto de interdição tão logo Marisa abre a boca. — Vocês sabem o que sinto; não há necessidade de representação.

— Mas eu desejo lhe falar, Glória — Fernando declara, aproximando-se de mim um pouco mais do que a conveniência permite. — Parece que já faz tanto tempo...

— Não é o melhor lugar — retruco com voz falsamente firme, mas a respiração me vem aos solavancos.

— Ela tem razão — diz Marisa, pondo a mão no braço do cunhado. — Mais tarde.

Simulando uma emoção sufocante, escapo rapidamente, desculpando-me com gestos, e ouço alguma senhora exclamar: "Coitadinha! Perder o marido tão moça... e sem filhos!".

Antes de sair da igreja, passo por Marcelo, que me olha com afeição. Estendo-lhe a mão e ele a aperta encorajadoramente.

— Obrigada, meu bom amigo — murmuro.

Ele solta minha mão um pouco antes do que eu esperava e apenas inclina a cabeça com respeito. É como se eu tivesse feito algo errado, mas não consigo atinar com o que seja.

Dois dias depois, recebo das mãos de Marisa um bilhete de Fernando.

Pergunto-me se ainda é cedo para que conversemos. Embora seu marido tenha sido um canalha ignóbil, acredito que você possa estar abatida. Além disso, há que considerar a língua do povo. Portanto, mesmo ansioso por revê-la e deselegantemente falar dos meus sentimentos, esperarei que me chame.

F.

Automaticamente, com o costume da longa amizade, passo o bilhete para Marisa.

— Oh, que amor! — exclama ela, após ler o recado. Diferente de mim, que uso preto, ela parece corada e graciosa num vaporoso vestido coral, os cachos caindo sensualmente do coque frouxo. — Sucinto, mas romântico.

— Ele é da família e frequenta a casa, não sei por que deve consultar-me antes de vir — comento, sentando-me diante do piano para brincar com as teclas. Eu jamais fora uma musicista realmente, nunca tocava para meu próprio prazer, só em ocasiões sociais. Como Erasmo passara a achar que isso atraía atenção demais para uma "mulher honesta", fazia muito tempo que eu não me aproximava de um piano. O exemplar da casa de Marisa é de cauda, novo — mais elegante que os modelos verticais da casa de meus pais e do palacete dos Campos Elísios. Tirar uma despretensiosa *Pour Elise* de suas teclas ajuda a disfarçar minha ansiedade de reencontrar Fernando. Minha viuvez tão recente, meu receio da maledicência e meu medo do inferno não impedem que eu me ressinta da ausência do cunhado de Marisa.

— Fernando pode ter defeitos, porém não é cínico — afirma minha amiga, pondo o bilhete à minha frente, no apoio de partitura, que está vazio. — Embora seja de casa, não vai aparecer aqui como se não soubesse de sua presença. Ele a respeita, Glória.

Faço que sim com a cabeça, tentando não demonstrar o entusiasmo que começa a crescer em mim. Parece-me um bom sinal, agora, que ele tenha esperado para se manifestar. Sim, Marisa tem razão, Fernando me respeita. E ele falara de "sentimentos" no bilhete.

— Ele pode vir a qualquer momento — digo a Marisa, simulando despreocupação. — Sou uma hóspede aqui; não cabe a mim decidir quando Fernando pode visitar o irmão e a cunhada.

— Sabe bem que a visita não é para mim ou para César — Marisa sorri, maliciosa, e se posta atrás de mim enquanto toco sem nenhum empenho. — Vamos nos arrumar esta noite, para que Fernando fique impressionado? — propõe, segurando meus ombros com delicadeza e falando junto à minha orelha. — Ele a viu pela última vez na missa, com essas vestes pretas horrorosas... Aqui em casa você não precisar usar preto o tempo inteiro. Meus criados são de total confiança.

— Não quero impressionar Fernando — minto, sentindo a pele arrepiar com o hálito fresco de Marisa.

— É claro que quer — ela retruca, rindo. — Acho que você já pode tomar um rápido banho de imersão. Eu a ajudo.

— Não creio que precisarei de ajuda — retruco, mas ela me ignora quase me empurrando para o andar de cima, para o quarto de banho. Embora dê risadinhas, sua condução é firme como a de uma governanta alemã.

Não ofereço grande resistência; estou ansiosa por um banho que de fato me lave, por sentir a água em torno de mim, em vez do pano úmido.

Com ajuda de Marisa, sento-me na banheira de cobre cheia de água morna. Embaraça-me estar completamente nua diante dela — quando solteiras, trocávamos de roupa em frente uma da outra, mas nunca nos despíamos por inteiro. O constrangimento, porém, dura pouco, pois quando a água toca minhas costas sinto um ardor terrível, e nada mais tem importância.

— Não consigo compreender que alguém deseje causar dano a um corpo como o seu — diz Marisa, agachada ao lado da banheira, a mão apoiada na borda.

Não sei o que responder, então não respondo. O tom de voz de Marisa, sua mão escorrendo borda adentro — nada disso me deixa confortável.

— As cicatrizes a entristecem? — pergunta ela, deslizando a mão por meu ombro e braço.

— Não — minto, fingindo estoicismo. Raramente contemplo minhas costas no espelho depois do acontecido, agoniada pela aparência das lacerações.

— Felizmente, ele não voltará a tocá-la — ela afirma com delicadeza e mostra-me o esfregão: — Posso?

— Não é necessário — recuso, pegando o utensílio.

Esfrego-me vigorosa e rapidamente, exceto nas costas, dando o banho logo por encerrado. Levanto-me e Marisa, também de pé, envolve-me com uma toalha. Ela começa a me secar, mas eu me esquivo e termino sozinha a tarefa, vestindo um roupão branco.

Como parte de nossa rotina, Marisa pega o pote de remédio entre minhas coisas, abre e retira com a ponta dos dedos uma quantidade generosa. De pé, abaixo o roupão, sem largá-lo, expondo meu corpo da cintura para cima. Também faz parte da rotina o vivo interesse em seus olhos e o rubor em minhas faces. Ela sempre havia sido uma amiga carinhosa, que gostava de tocar; agora, porém, receio que externe esse carinho de modo mais enfático.

Diante de mim, Marisa abre a boca para comentar algo sobre meus seios, mas dou-lhe as costas, deixando claro que ela deve executar logo a tarefa. Sinto seus dedos esfregarem delicadamente o remédio ao longo de cada marca em minha pele. Dói, apesar de sua gentileza, e eu me encolho involuntariamente. Ouço sua respiração perto de minha orelha e fico perturbada, em parte pela dor e em parte pela sensação ambígua que me causa tal proximidade. Quero e não quero que Marisa se afaste de mim.

Finalmente, ela fecha o pote e o guarda, saindo em seguida. Logo volta com alguns metros de renda para debruar vestidos. Foi a alternativa que encontramos ao espartilho, que não tenho conseguido tolerar. Ainda seguro o roupão pela cintura, e ela desenrola a renda, dando voltas com o tecido ao redor do meu torso. Seus dedos resvalam em minha pele, arrepiando-a, e parece que o procedimento dura horas, de tão lento. Quando enfim termina, meus seios estão bem presos pelo tecido, que é leve o bastante para não pressionar demais minhas costas.

Visto as roupas de baixo limpas que havia separado quando me despi, bem como um vestido preto.

Como na época da adolescência, Marisa escova meus cabelos e os ajeita ao estilo do seu: coque alto, frente e laterais fofas.

— Agora, nosso lanche da tarde — anuncia minha amiga, e descemos para a sala de jantar.

Na mesa, há café, dois tipos de chá, pão, broa de milho e bolo de mel. Beberico e belisco tudo, sentindo-me satisfeita.

— Direi a Fernando que venha hoje à noite — ela informa, sorvendo um gole do chá de erva-cidreira. — Está louca para revê-lo, não é? Sei que é cedo, o defunto nem esfriou, mas ele também está ansioso...

Eu a fito com um ar falsamente recatado.

— Marisa, você não acha realmente que eu e Fernando vamos nos agarrar com sofreguidão tão poucos dias após o enterro de Erasmo, acha? — comento, servindo-me da broa.

— Seria um bom modo de comemorar — ela dá de ombros. — Soa insensível, não nego, porém é como penso. Por mim eu daria uma festa hoje à noite! Ou um baile de sétimo dia, em lugar da missa.

— Devemos respeitar os mortos, ainda que não tenham sido pessoas dignas — comento, e parece que falo com a voz de minha mãe. — Não estou triste pela morte de Erasmo, meu luto é de outra ordem, mas não serei desrespeitosa. Ele teve um fim terrível... Talvez já tenha sido punido pelo que me fez. Deus é quem sabe.

Marisa dá um sorrisinho debochado, como sempre faz quando menciono Deus. Não acredita em nada desde os quinze anos, e César é como ela. Vão à missa todos os domingos apenas para não escandalizar a sociedade.

— Fale-me sobre esse "luto" — pede ela, e agora toma café, em vez de chá.

— Não sou a mesma de antes do cativeiro — explico, tentando organizar os pensamentos. — Eu era infeliz no casamento, mas estava viva por dentro. Minha paixão por Fernando era um sinal disso. Agora, mesmo livre de Erasmo, não sei o que fazer de mim. É penoso viver. Ainda desejo Fernando, mas sinto-me... exaurida.

— Esse abatimento é natural — Marisa responde, segurando minha mão. — Você foi muito brutalizada, agora precisa experimentar a delicadeza da vida, e por um tempo isso pode significar recolhimento. Direi a Fernando que controle a ansiedade, que lhe dê tempo. Vou mandar um recado para que ele não venha hoje, então.

— Fernando pode vir — apresso-me em dizer. — Gostaria de conversar com ele. Só não quero precipitar nada. Não posso retomar nossa ligação do ponto em que parou. As coisas mudaram.

— É claro, querida. Ele entenderá.

Marisa deixa-me em paz o resto do dia, sozinha no quarto.

Como se tivesse dez anos a menos, anseio por meus pais. César mandou-lhes um telegrama comunicando o falecimento de Erasmo, mas ainda não tivemos resposta. Quando chegarem, estarei salva, não mais à deriva. Eles me dirão onde e com quem morar — provavelmente com eles, como antes de me casar. Papai cuidará da questão da herança de Erasmo — a fazenda, as ações da bolsa, a loja; mamãe me ajudará com o guarda-roupa e com a etiqueta do luto. Tirando os vestidos negros e as restrições sociais, será quase como retroceder no tempo, à minha época de solteira. Ao fim do luto, papai há de me arranjar outro marido, alguém de seu gosto — exatamente como fez quando elegeu Erasmo.

A ideia é angustiante a ponto de me fazer sufocar.

Quase desejo que eles permaneçam na Europa.

À hora do jantar, Marisa, César e Fenando aguardam-me na sala de estar. Ela se senta entre os dois num dos sofás e usa um vestido lilás rendado, justo. Os irmãos, ambos com roupas escuras, erguem-se à minha chegada: César cumprimenta-me com um gesto de cabeça, já Fernando adianta-se e me beija a testa.

— Você está bem? — pergunta, solícito.

— Sim — declaro, tentando soar convincente.

Não que eu esteja devastada — na verdade, longe disso. Apenas não sei o que sentir.

Durante a refeição, Fernando, sentado à minha frente e ao lado de Marisa, pergunta se tenho planos para os negócios deixados por Erasmo.

Não pensei em nada disso, nem quero pensar. A vida toda escutei que tais assuntos não são próprios de mulheres, e fico feliz de ter quem possa resolvê-los para mim.

— Devo esperar o retorno de meu pai — respondo após engolir, mal sentindo o sabor do ensopado de carne. — O advogado da família está a par de tudo.

— Naturalmente — diz César, que está sentado a meu lado. — Faz bem em aguardar o conselho de seu pai. Penso, contudo, que são chegados novos tempos para a sociedade, e vocês mulheres devem assumir outros papéis. Há mulheres que tocam negócios. Não se interessa em ser uma delas?

— Oh, não! — rio tolamente e me sinto ridícula. — Eu não conseguiria.

— Glória não foi criada para isso — observa Fernando, que me parece contrariado com a sugestão do outro.

— Medite a respeito — César sugere com amabilidade, ignorando o irmão. — Talvez não tenha vocação para a coisa, o que não é demérito, mas isso nada tem a ver com o fato de ser mulher.

Olho espantada para Marisa, e ela ri.

— Você duvidava quando eu dizia que César é pela emancipação feminina — lembra minha amiga. — Está vendo que eu dizia a verdade.

— O trabalho pode ser uma experiência muito enriquecedora — continua César. — Não é justo alijar as mulheres disso. Sempre as incentivo a trabalhar. É grande a resistência dos homens, mas precisamos insistir. Lá no banco já há algumas moças provando que são boas de cálculo. Entretanto, são todas de famílias humildes. A elite não permite que suas mulheres trabalhem.

— Só Glória deveria trabalhar? — questiona Fernando, ácido. — E nossa querida Marisa, cujas atividades consistem em ler e fazer compras?

— Vou colaborar com um jornal feminino — anuncia ela, triunfante. — Escreverei justamente sobre emancipação feminina. Sobre a necessidade de que nossa participação na sociedade seja cada vez maior. Chega de sermos cidadãs de segunda classe, ornamentos, administradoras do lar...

— Não fale, escreva — graceja Fernando. — Para não estragar a surpresa.

— Surpresa? — César dá risada. — Ela fala disso o dia todo. Ainda bem que agora falará a outros, porque não adianta pregar a convertidos. Por mim, vocês mulheres estariam em todas as profissões e todos os locais de trabalho, inclusive nas casas legislativas e nos gabinetes do executivo.

Marisa segura a mão do marido, sorrindo.

— Casei-me com o único homem não opressor deste país — gaba-se.

— Significa que sou opressor? — Fernando indaga, claramente irritado.

— Um tantinho — responde Marisa. — Nada irremediável. Mas tenho certeza de que Glória, uma mulher tradicional, não acha ruim esse seu pequeno defeito. Comparado a Erasmo, você é um revolucionário, Fernando.

— Eu não tenho de achar nada — retruco, irritada. — Que tenho que ver com Fernando?

— Não seja dissimulada — Marisa ralha comigo, mas não está brava. — Vocês têm coisas a resolver. Aliás, meu marido anticonvencional — ela se dirige a César —, se já terminou sua refeição, deixemos o casalzinho a sós.

Sinto ganas de estapeá-la pelo "casalzinho". Quando eles se retiram, olho ao redor, preocupada. Não convém que os criados me vejam sozinha com Fernando.

— Já se recolheram aos dormitórios de empregados — explica Fernando, adivinhando minha apreensão. — Podemos ir para o seu quarto? — ele propõe, erguendo-se.

Levanto-me também, mas tento manter distância.

— Fernando... nós não vamos... você sabe.

— Tudo bem. — E parece mesmo tudo bem, pela tranquilidade com que me olha. Aproximando-se, acrescenta, maroto: — Nunca mais?

— Não seja tonto — ralho. — É que faz pouco tempo que...

— Entendo.

Para deixar claro que será de fato só uma conversa, dirijo-me à sala de estar, e ele me segue. Sentamo-nos no sofá, voltados um para o outro. Ele pega minha mão, e em seu toque não há afã nem luxúria. É reconfortante.

— As pessoas que se gostam *deveriam* compartilhar uma ligação telepática — comenta com tristeza. — É simplesmente atroz pensar que, enquanto eu estava vivendo normalmente, estudando, jantando com meus pais, jogando cartas com camaradas, você estava passando fome, sendo espancada, torturada...

— Ficou para trás, Fernando — murmuro, pondo a mão sobre seu peito. — Acabou.

— Acabou o horror, mas e a lembrança?

— Eterna como as cicatrizes em minhas costas. Terei de conviver com isso.

Ele me abraça, o abraço mais protetor e caloroso que jamais experimentei. Seu cheiro é bom, suas roupas são macias, seu corpo é quente. Aperto-o com força, como se pudesse me acomodar dentro dele e ali viver para sempre.

Parece natural que nossos lábios se procurem, e disso resulta um beijo que de tímido passa a intenso, emocionado. Não há tensão sexual, só sentimento. Um de nós está chorando, molhando o rosto do outro, e somente ao me afastar e ver tudo nublado percebo que sou eu.

Ele enxuga minhas lágrimas com polegares cuidadosos. Seus olhos não dão trégua aos meus, perscrutando, sondando.

— Você terá paciência? — indago, frágil.

— Sacas inteiras de paciência — ele responde, bem-humorado. — Um depósito abarrotado.

Sorrio porque entendo que sua intenção é melhorar meu ânimo, emprestar alguma leveza ao momento.

— Eu não sou a mesma — alerto, quase envergonhada. — Não sei se voltarei a ser.

— Não precisa ser. — Minha mão está entre as dele, e ele a leva aos lábios, beijando o dorso. — Sempre vou apreciar todas as versões de você.

— Obrigada — murmuro, beijando a mão de Fernando em retribuição.

Então, um gemido alto e prolongado de mulher parece vir da saleta íntima, ao lado, fazendo-o erguer as sobrancelhas.

— Não me diga que aqueles dois... — Não consigo completar a frase.

— Sim — Fernando responde, rindo. — Está vendo por que eles enxotam os empregados depois do jantar?

11

Não é por curiosidade, digo a mim mesma. É só para certificar-me de que está tudo bem com Marisa, de que não é um mal súbito, uma síncope.

Aproximo-me da saleta, cujas portas duplas estão abertas. Não preciso fazer esforço nenhum para ver o que estou vendo. Fernando para um pouco atrás de mim, e um calor sufocante domina-me por saber que ele vê o mesmo que eu.

Marisa e César estão nus, ele de joelhos, ela com a cabeça e os cotovelos apoiados no assento do sofá e pernas para cima, nos ombros do marido. Ele a sustenta pelas nádegas, e sua boca se move entre as coxas dela. Marisa geme sem parar, cada vez mais alto. César a puxa mais para cima e os cotovelos dela escorregam do sofá, os braços pendendo por um momento; em busca de apoio, ela os estica até que suas mãos alcancem as nádegas dele, onde os dedos se enterram. É bizarro, lindo — um número de circo escandaloso, excitante, perturbador. Termina com um grito longo e rouco de Marisa. Ela desaba no sofá e rola de barriga para baixo, as pernas jogadas no chão e os seios colados no assento macio, os braços soltos ao lado do rosto úmido.

Também estou suando, puxando a gola do vestido para amainar o abafamento. Percebo que minha dificuldade de respirar não provém somente do desejo, mas de uma inquietação, uma aflição que me surpreende quando descubro o que significa: medo.

César não demonstra cansaço: ajoelha-se atrás de Marisa e a penetra por trás com sua longa e rígida ereção, de uma só vez, e ela urra de um modo que me arrepia todos os pelos do corpo. *Eu já me senti assim*, lembro, e parece ter sido não em outra vida, mas em outro corpo. Como se me ouvisse os pensamentos, Fernando, atrás de mim, passa um braço ao redor de minha cintura e me puxa gentilmente para ele. Estremeço, e meu estômago dá piruetas.

— Gosta do que vê? — ele sussurra ao meu ouvido.

Não respondo, hipnotizada pela visão do homem arremetendo vigorosamente contra a mulher, imprensando-a no sofá. Ele parece disposto a continuar por muito tempo, mas ela está fora de si e grita: "Agora!". Gozam juntos, a julgar pelos estertores sincronizados, e deslizam até o chão, cobertos de suor.

— Não é certo isso — consigo murmurar, desvencilhando-me de Fernando. Agitada, afasto-me das portas duplas, voltando por onde vim. Ele me segue.

Quando acho que estamos a uma distância segura, quase no saguão de entrada, viro-me para Fernando e pergunto, exasperada:

— Por que eles deixaram as portas abertas? Por que não subiram para o quarto?

— Quem há de saber? — devolve Fernando, descontraído. — Esquecimento? Descuido? Provocação?

— Como vou encará-los depois do que vi? — Estou angustiada.

— Ora, você sabe que eles fazem isso... — ele se aproxima. — São casados.

— Uma coisa é saber, outra é ver!

— Nunca imaginou como seria?

— Por que eu faria isso?

— Porque o ser humano pensa em sexo boa parte do dia, Glória. — Ele me acaricia o rosto. — Isso é bom e normal.

Levo a mão à boca, sufocando algo que nem sei o que é: um grito, um gemido, a náusea. Apesar da excitação intensa, estou perturbada, como se tivesse visto uma agressão. Relembro a cópula com fascínio e repulsa. Não poderei tolerar que um homem me tome daquele jeito novamente.

— Eu sei que é "bom e normal" — comento, atormentada —, mas já não é para mim, Fernando. Não mais. Antes de ver aqueles dois juntos eu ainda achava que... Eu não tinha noção, olhava para você e achava que queria, que logo estaríamos... — Não consigo completar. — Agora me parece além das minhas forças.

— É uma questão de paciência — afirma ele, pousando as mãos em meus ombros. — Para nós dois. Você também tem de ser paciente consigo mesma. O que não se pode fazer é fugir. Temos de lidar com o problema. Se o ignorarmos, ele crescerá.

— O que eu faço? — indago, quase chorando.

— Podemos ir para o seu quarto? — ele sugere, sem nenhuma ansiedade. — Precisamos de um ambiente tranquilo. Não vou fazer nada que ultrapasse o seu limite.

Para minha surpresa, ouço-me aceitar prontamente. Maior que o medo é a confiança que tenho nele, sem que eu entenda por quê.

Ele não tranca a porta, mas eu lhe peço que o faça. Marisa é imprevisível: se mantém relações sexuais a portas abertas, quem garante que não vá entrar em meu quarto, que na verdade também é dela?

Fernando me atende e deposita a chave na mesa de cabeceira, bem à vista e ao meu alcance. Estou sentada na cama, com as mãos cruzadas na frente dos lábios, quase com se estivesse rezando. Estou tremendo, mas não de medo dele. Tenho medo de descobrir que me tornei uma mulher aleijada emocionalmente: livre, mas incapaz de ser feliz.

Fernando se senta diante de mim e me beija devagar, segurando minhas mãos. Entrego-me mais rápido do que supunha, e o tremor cessa. O que ele desperta em mim é quente e acolhedor, seguro.

— Acha que consegue ficar sem roupas? — ele pergunta, suave.

— Sim — respondo, embora não tenha certeza.

Ele não tem pressa. Abre botão por botão, abaixa devagar meu vestido, espanta-se com a faixa que prende meus seios. Solta-a devagar, com cuidado. Não me olha com fome, o que talvez me intimidasse. Seu olhar é de contemplação, admiração, e seu toque é gentil, calmante.

— Ainda dói? — indaga Fernando, diante de minhas costas nuas. Sei o que ele está vendo: cicatrizes longas, em alto-relevo, vermelhas, em diagonais que se cruzam.

— Um pouco — digo, amenizando o problema.

— Você consegue se deitar confortavelmente?

— Sim. — E me deito de costas, devagar.

— Serei o mais cuidadoso possível — garante ele. — Nada de trancos e puxões — acrescenta sorrindo, e eu rio.

Antes de tirar a última peça, consulta-me em silêncio, e eu concordo. Quando estou totalmente despida, ele me beija na boca, ainda vestido. Eu agarro as lapelas de seu paletó cinza-escuro e puxo para baixo, no que ele me ajuda prontamente, livrando-se da peça e também do colete, da gravata e da camisa. Olho para sua calça, ao que ele comenta, piscando-me um olho:

— Não estou preparado para que você desfrute do meu corpo.

— Tonto! — exclamo, num misto de decepção e alívio. Ainda não sei o quanto posso tolerar de intimidade.

Beija-me de novo e eu aperto os músculos de suas costas, de seus braços, recordando o inesperado de tamanha maciez no corpo de um homem. Sinto sua respiração acelerar e percebo que ele não desce o peso de seu corpo sobre mim. Tenho certeza de que, se eu escorregar a mão para baixo e tocar sua virilha por cima da calça, sentirei o volume. Fico feliz de Fernando ter decidido me poupar da visão de sua ereção, que teria sido intimidante nesse momento.

Seus lábios estão em meu pescoço numa carícia longa, úmida, sensual. Traçando linhas da orelha ao ombro e do colo ao queixo, sua língua mapeia essa região, e ao final estou em brasas. Ele estimula meus seios, explorando todas as possibilidades: lamber, sugar, mordiscar. Sua boca não é voraz ou exigente, mas hábil e precisa, doce, e ainda assim intensa. Os mamilos ficam tão duros que doem.

— Você está bem? — pergunta, erguendo a cabeça. Seus olhos mostram concentração, disciplina. Não é o Fernando solto e espontâneo da primeira vez, mas um amante controlado que testa o terreno a cada passo.

— Estou ótima — asseguro, com sinceridade. Confio nele e sei que iremos até onde for confortável para mim.

— Então vamos tentar algo melhor que "ótima": estupenda — ele propõe, abaixando a cabeça novamente.

Sua língua está na curva inferior do meu seio esquerdo e desce pela lateral do abdome, lançando ondas de deleite que me fazem erguer os quadris. Ele lambe demoradamente a área entre o umbigo e o púbis, ameaçando enveredar pela virilha, mas segue para cima pela lateral do lado direito, até o seio. Meu gemido é de frustração, e ele sorri, fingindo inocência.

— Estou indo na direção errada? — pergunta. — Quer que eu corrija o curso?

— Por favor — peço, separando as coxas. Estou completamente molhada.

Os olhos dele brilham e seu sorriso se alarga. Ele é tão bonito que eu quase lamento ver seu rosto desaparecer novamente, mas sua língua na minha virilha me distrai de tudo mais. Fernando se entrega a um ritual demorado, meticuloso e delirante entre minhas pernas. Lábios, língua e dentes reconhecem todo o território, cada dobra e reentrância. Pergunto-me como ele pode respirar com a cara enfiada ali, a boca movendo-se sem cessar. Seu hálito quente me eletriza, suas mãos me abrem, seu apetite — forte, mas contido — me enlouquece. Prende entre os dentes o botão sensível de pele, sugando, e nesse ponto eu estou agarrada ao lençol, as pernas tremendo como se eu estivesse com frio. Ergue-me ligeiramente, com as mãos sob minhas nádegas, e me consome até o gozo devastador, um rio violento que nasce entre as coxas e deságua em minha boca, num grito sufocado.

Ele cai sobre mim, a cabeça em meu púbis, respirando fundo, compassadamente. Meu corpo está trêmulo e latejante, mas relaxado. Sinto as costas de Fernando tensas e percebo que, se para mim o desfecho foi satisfatório, para ele não foi.

— Venha — convido, acariciando seu cabelo.

Ele me olha, e seus lábios estão úmidos. Na verdade, seu rosto todo.

— Venha — repito. — Entre em mim. Ou quer que eu retribua?

Ele se senta na cama, afastando o cabelo molhado da testa.

— Hoje, nem um nem outro — responde, ainda ofegante.

— Como assim? — Eu me sento também, metade do meu cabelo descendo pelos ombros, a outra metade ainda presa.

— Agora não é um bom momento, pois você acha que precisa me agradecer — ele explica, pondo a mão sobre minha coxa e apertando de leve, num gesto meio brincalhão que tenta amenizar a conotação sexual. — Talvez não esteja preparada de fato.

— Mas eu estou! — afirmo. Ele me atiçou com uma entrada primorosa, e agora quero o prato principal.

— Tenhamos paciência, que custa? — Fernando se levanta para recolher suas roupas e vejo nitidamente a ereção por baixo da calça. Não acredito que ele consiga ir embora. — Vamos pôr algumas noites no meio e depois conversaremos — aconselha ele.

— Mas, Fernando, você... — eu aponto sua virilha, sem completar o raciocínio.

— Ah, isto? — ele ri, embora soe como um riso torturado. — Já, já melhora. E eu mesmo resolvo quando chegar em casa.

Abro a boca para protestar e ele faz um gesto para que eu não continue.

— Você disse, mais de uma vez, que não queria, e eu pressionei — comenta, vestindo-se. — Vamos parar no meio do caminho. Você precisa de tempo, de mais alguns dias.

Beija-me na boca, um beijo de língua, sensual, porém rápido, e sai ainda arrumando a parte de cima do traje e andando de um modo peculiar.

Permaneço nua na cama, sentindo o cheiro de Fernando nos lençóis, olhando o teto e pensando que, se foi uma estratégia para minar minha resistência, teve pleno sucesso. Alguns dias, ele disse. Tenho certeza de que não aguentarei esperar mais alguns dias. Estou convicta de que morrerei.

—ᘓᘏ—

No dia seguinte, por sugestão minha, Marisa chama a modista para atender-me no palacete da Avenida Paulista. Madame Fanny, de cinquenta anos, trinta deles residindo em São Paulo, é parisiense — ao menos é o que alega. Francesas chamam mais freguesia, e tenho comigo que Fanny não é apenas uma senhora magra e sisuda de poucas palavras, e sim uma impostora. Seus vestidos, porém, são os melhores, inclusive os pretos e austeros, e pouco me importa de onde ela vem realmente.

Madame Fanny já tem minhas medidas, mas toma-as de novo. "Magrrra", justifica, franzindo o cenho. Reforço que são trajes de luto, portanto mais simples e recatados, mas ela me corta com um gesto de enfado. Estou ensinando o padre-nosso ao vigário. "Trrinta anos non son trrrinta dias", resmunga, ofendida. Eu e Marisa nos entreolhamos contendo o riso.

Só torno a ouvir sua voz quando diz "au revoir" e sai empertigada. A mudez da mulher foi providencial; eu teria detestado sustentar uma conversação hipócrita sobre a tristeza de perder meu marido.

— Aldine contou-lhe do passado de Erasmo, não é? — pergunta Marisa, recolhendo os jornais de moda que havíamos espalhado na mesa da sala de jantar.

— Como sabe? — estranho, ajudando-a.

— Foi perceptível, durante o enterro, o teor dramático de sua conversa com ela. Eu queria que você abordasse o assunto primeiro, mas como você não o fez...

— E como *você* soube do passado de Erasmo?

— César. — Ela dá de ombros, dirigindo-se para a escada, com os jornais sob o braço. — Ele sabe quase tudo sobre todo mundo.

— E o que falta saber? — indago, sarcástica, seguindo-a.

Marisa para abruptamente no terceiro degrau, e eu quase trombo com ela.

— Bem... — Marisa sussurra, maliciosa, virando para me encarar. — Nem ele nem eu sabemos o que se passou entre você e Fernando ontem à noite.

— Nem precisam saber — retruco, irritada com a prosa e com o fato de ter de olhá-la de baixo para cima.

— Vamos, deixe de recato! Queremos ajudá-la a ser feliz, depois de tanto sofrimento.

— Se fazer sexo a portas abertas tem a ver com *ajudar-me*, peço-lhe que pare.

— Então você viu? — ela se mostra deliciada. — O que achou?

— Que pergunta é essa? — espanto-me, rindo de nervoso.

— Sempre tive curiosidade de saber como pareceria a alguém que visse de fora — Marisa confessa, inclinando-se um pouco. — Não a excita saber que alguém a observa nesses momentos?

— Lógico que não!

— Bem, você é uma iniciante — ela suspira, endireitando-se e continuando a subir.

— Marisa — tento imprimir um tom paciente à voz —, esta é sua casa, mas compreenda que é constrangedor, para mim, presenciar...

Estamos no topo da escada, e ela segura meu ombro com a mão livre.

— Glória, poupe-me do sermão — exige, bem-humorada. — Quero saber se deu certo. Você se inspirou? Entregou-se a Fernando?

Suspiro, vencida.

— Não totalmente — respondo.

— Ah... Alguns jogos, então? Ele chup...

— Marisa, não falarei dessas coisas, muito menos nesses termos! — exaspero-me, passando por ela rumo ao quarto que ocupo.

— Quando ele volta? — Marisa questiona, e eu paro, virando-me para fitá-la.

— Não sei. — Ergo os ombros exageradamente, simulando indiferença. — Com licença.

Deixo-a sozinha no corredor e tranco-me no quarto.

A força da frustração me surpreende. Deito na cama abraçada ao travesseiro, imaginando quantos dias serão "alguns dias". Talvez Fernando tenha se aborrecido com as complexidades de uma mulher viúva, de família, cheia de pudores. Um rapaz como ele não precisa desdobrar-se para arranjar companhia experiente e descomplicada.

Ainda é dia. Não tenho sono para tirar um cochilo, e nada para fazer. Seria bom ler, mas sei que na casa de Marisa não encontrarei romances ligeiros e sentimentais, e sim obras controversas e tratados filosóficos. Apesar disso, cogito arriscar-me e me levanto para visitar a biblioteca do casarão. Ao abrir a porta, encontro uma das criadas com a mão erguida para bater.

— O doutor Marcelo está aí — ela informa, e eu exulto.

12

— Não tem tomado muito sol, hein? — Marcelo ralha carinhosamente quando nos cumprimentamos na sala de visitas.

— Diferentemente de você — reparo, referindo-me ao bronzeado do médico, que lhe dá uma aparência saudável e atlética.

Marcelo me faz um gesto para que me sente no sofá, e obedeço. Ele se senta ao meu lado, o sorriso ainda mais branco em contraste com a barba escura e rente, e deposita sua maleta perto de si.

— Como vamos de saúde? — indaga, como se falasse a uma criança.

— *Vamos* bem — respondo, divertida. — *Estamos* com bom apetite.

— E as emoções? — ele pergunta cautelosamente. — O modo como descobriu sobre o passado de Erasmo deve ter sido um tanto chocante.

— De fato — admito, fitando minhas mãos. — Nunca imaginei que o segredo de Erasmo fosse algo tão brutal.

— Acho que esse conhecimento esclarece um pouco o comportamento de meu primo, não?

— Sim, certamente fornece uma explicação, mas não suprime a dor do que vivi, Marcelo.

— Eu sei.

Instala-se um silêncio soturno, quebrado por Marcelo:

— Vamos ver suas costas?

Ele se ergue e tranca a porta para nos proporcionar privacidade.

Nunca é um gesto corriqueiro despir-se na frente de um homem, mesmo que seja um médico, porém não esboço resistência. Abro os botões do vestido, do pescoço à cintura, e me livro da parte de cima. Estou usando a faixa de renda, e Marcelo aprova, pois permite à pele "respirar" e cobre somente um pedaço das costas, em vez de tudo, como o espartilho.

— Não precisa retirá-la — avisa, examinando as cicatrizes expostas. — Que beleza! — elogia. — No futuro ficarão bem mais discretas, você vai ver. Pode vestir-se.

Ele se afasta, indo olhar pela janela, enquanto visto a parte de cima do vestido e abotoo tudo novamente.

— Estão cuidando bem de você aqui, não é? — ele indaga, destrancando a porta sem abri-la e olhando ao redor como se avaliasse a decoração.

— Sim, sou muito bem tratada — respondo. — Marisa tem aplicado em mim o remédio. Mima-me o dia todo, sempre perguntando o que quero fazer e se preciso de algo.

— Não pensa em retornar para sua casa? — Marcelo volta a sentar-se ao meu lado.

— E ficar sozinha? — retruco. — Não.

— Dona Isidora poderia voltar a ser sua dama de companhia. Seria o melhor para você.

Marcelo parece-me incomodado, desconfiado. Estudo seu rosto grave em busca de pistas para aquele comportamento, sem no entanto encontrá-las.

— Ela está precisando de dinheiro? — questiono. — Se for isso, posso conseguir alguma coisa com o advogado de Erasmo. Aliás, isso me faz lembrar que estou lhe devendo seus honorários de médico, inclusos na conta de Erasmo no Caresse... Falarei ao doutor Pimentel sobre o débito do falecido com Aldine. Ele certamente não ficará chocado.

— É improvável que fique, pois frequenta o Caresse esporadicamente — o médico diz, e ri quando arregalo os olhos. — Mas não, dona Isidora não precisa do dinheiro. Viria até de graça.

— Então não entendo, Marcelo. Não entendo o que o perturba com relação à minha estada aqui.

— Glória, o problema é que... — ele hesita, escolhendo as palavras. — Não sei o quão bem você conhece sua amiga. Marisa é... — Ele não conclui.

Acho graça na preocupação dele.

— Ela é tresloucada, excêntrica, despudorada... — enumero. — Sei disso há tempos, pois somos amigas de infância.

— Marisa é mais que isso, Glória — ele diz com firmeza. — Ela e o marido são, digamos, bem avançados para nossa sociedade. Eles... como vou dizer isso? Eles são muito livres sexualmente, entende?

Fico vermelha e dou uma risadinha tola.

— Entendo! Eu os flagrei em pleno ato essa noite, a portas abertas, aqui no andar de baixo. Não pude não ver!

Marcelo alarma-se.

— Eles a viram?

— Não.

O médico esfrega o rosto, preocupado. Ele vira o corpo em minha direção no sofá e se aproxima um pouco. Sua angústia e o desassossego de seus olhos verdes capturam minha atenção.

— Glória, não percebe o que eles querem? Eles vão enredá-la no jogo deles. Querem que você seja uma espécie de... brinquedo sexual. Desculpe-me por falar assim, mas preciso abrir seus olhos.

— Não, Marcelo! — respondo, chocada. — Eles são um tanto desavergonhados, mas boas pessoas.

— Não digo que não sejam bons, minha cara, contudo são depravados. Eu frequento o Caresse, Glória. De dia, como médico, e de noite, como homem.

Ele faz uma pausa, embaraçado, e eu também me sinto estranhamente sem jeito, pois crio imagens mentais de Marcelo com alguma moça do prostíbulo, e não são imagens repulsivas.

— César é um dos clientes mais assíduos... — ele retoma, medindo as palavras — e um dos mais entusiasmados. Ele não tem pudor de se exibir, se é que você me entende. No quarto ou fora do quarto, para ele tanto faz. E incentiva os outros a agirem da mesma forma. Todos bebem muito e vira uma orgia. Ele já levou até Marisa. Mascarada, para não ser reconhecida, mas não me enganei nem por um minuto.

Ouço-o fascinada, imaginando tudo o que me conta.

— Os outros homens... são de nosso círculo? — indago, perplexa. — Gente que encontro na igreja, nos salões...?

— Sim. — Ele é lacônico, o que me desaponta, pois eu esperava nomes.

— Eles levam as esposas para essas... orgias? — questiono.

— Não; somente César é louco a esse ponto. — Marcelo faz uma careta de reprovação. — E as mulheres dos outros frequentadores são senhoras distintas.

— Não vai me dar nenhum nome? — Estou ardendo de curiosidade.

— Somente um, porque é alguém de sua convivência — diz Marcelo. — Alguém que frequenta esta casa.

— Quem?

— Fernando.

Não sei por que me choco, pois não chega a ser uma surpresa. Afinal, são irmãos. César, mais velho, certamente influencia o mais novo. E ambos são jovens, vigorosos, de mentalidade aberta. César escolheu para esposa uma mulher liberal, fogosa, atrevida. Uma mulher com quem ele vive suas fantasias. Parece natural que o irmão lhe siga os passos, frequentando ambientes libertinos. Será que, ao final, Fernando também desposará uma mulher que aceite esse estilo de vida? Se sim, essa mulher... seria eu?

— Ele a está assediando, Glória? — Marcelo inquire com severidade.

— Quem? Fernando? — pergunto tolamente.

— Sim.

Abro a boca, mas não produzo nenhum som. Não sei o que devo contar a Marcelo. Todavia, pela maneira como franze o cenho, creio que já entendeu tudo.

— Glória, Fernando não é homem para você.

Ele é muito homem, penso, recordando como me faz gozar.

— Fernando é tão pervertido quanto o irmão — prossegue o médico, falando devagar como se achasse que não vou entender. — É promíscuo, desregrado... Além das prostitutas, ele já se envolveu com moças operárias do Brás, com mulheres casadas...

Sou prova disso, penso.

Saber que não sou a única dói, embora eu suspeitasse. Fernando não nasceu no dia em que me conheceu, então eu realmente não esperava que fosse virgem. Gosto de pensar, porém, que sua paixão por mim o fez abandonar as aventuras. Não quero que Marcelo destrua essa crença.

— Você é uma ovelha inocente no meio dos lobos — continua ele, didático e veemente. — Não faz ideia dos costumes deles.

— Bem... libertinos ou não, César e Marisa se amam — tento argumentar. — Percebo como se olham e os vi juntos, na intimidade. Se eles são felizes vivendo assim...

— Concordo com você! — Marcelo segura minha mão num impulso visivelmente irrefletido. — Concordo! A questão, Glória, é que eles querem incluí-la nesses jogos, e isso não está certo. Você é moça de família. Daqui a um tempo vai querer se casar de novo. Seu temperamento é muito diferente do de Marisa. Escute meu conselho: fique longe dessa gente. Vá para sua casa com dona Isidora, não se envolva com essa família. Fernando não vai se casar com você, Glória. Ele tem outros interesses.

— Você não sabe nada sobre nós, Marcelo! — exclamo, irritada, mas deixo que minha mão continue presa na dele. — Não pode saber o que Fernando sente, o que *eu* sinto...

— O que ele sente, não sei, mas sei o que ele faz! — Marcelo se exalta, e seus dedos apertam mais minha mão. — Ele tem relações com a cunhada, e posso afirmá-lo porque vi! Foi na noite em que Marisa visitou mascarada o Caresse.

— Não seja leviano, Marcelo! — rebato, finalmente puxando a mão. — Podia ser outra mulher! Se estava de máscara...

— César excita-se em ver Marisa com outros — ele explica pausadamente, respirando fundo. — Por que não com o irmão, o homem que ele mais preza no mundo?

— Porque Fernando não é assim! — grito.

— Como você sabe?

— Eu... sei! — exclamo, erguendo-me.

Mas não sei.

Sua paixão, sua entrega, sua atenção, suas mãos, sua boca... não significam nada. Demonstram, tão somente, que Fernando é um bom amante.

Marcelo levanta-se e para diante de mim, lendo no meu rosto o desamparo. Pega minha mão entre as dele, respeitoso, e aconselha:

— Teste-o. Saia desta casa, peça que Fernando aguarde um ano de luto e que, ao final desse período, faça-lhe a corte do modo apropriado.

— Eu o quero *agora* — reclamo, soando como uma garotinha. — Mesmo que não termine em casamento. Quem disse que quero casar? Não tive uma boa experiência com o matrimônio.

— Ele já deu o bote, não é? — diz Marcelo, os olhos verdes entristecidos. — Mas você pode escapar. Agora não está interessada em casamento, porém no futuro mudará de ideia. É uma mulher jovem, vai querer ter filhos.

— Não posso conceber, Marcelo — suspiro, passando a mão pelo rosto. — Em três anos de casamento, nunca houve nem suspeita.

— Talvez o problema fosse Erasmo.

Ergo as sobrancelhas, surpresa. Erasmo me fizera acreditar que o defeito era sempre da mulher. Vendo meu espanto, Marcelo reforça, sorrindo:

— Palavra de médico.

Nem sei se *quero* ter filhos, mas a possibilidade é reconfortante. No entanto, passei tanto tempo acreditando ser estéril que, embora não duvide de Marcelo, é-me difícil acreditar que eu possa de fato engravidar.

— Reflita sobre tudo quanto lhe disse — pede ele, pegando sua maleta. — Esta casa não é ambiente para uma moça honesta.

Faço que sim com a cabeça, embora não saiba o que pensar a respeito. Não duvido da libertinagem de César e Marisa — e até de Fernando —, porém não creio que eles desejem me "aliciar".

Marcelo sai, deixando-me só, e lembro que Erasmo fizera aquela acusação diante de César horas antes de morrer. Estaria certo?

Tento passar rapidamente por Marisa ao voltar para o quarto, mas ela me aborda com uma expressão preocupada:

— Está tudo bem, querida? Por que discutiram? — indaga, e sua voz me soa dissimulada. Marcelo plantou com sucesso a semente da desconfiança em mim.

— Não conseguiu ouvir atrás da porta? — ataco.

— Por que eu faria isso?

— Você parece ter um problema com privacidade.

— Seu médico, que, aliás, é também *médico de bordel*, veio aqui envenená-la contra mim? — ela pergunta em tom divertido, porém percebo que está irritada. Sua tentativa de desqualificar Marcelo não me passa despercebida.

— Ele veio ver como estou, apenas — desconverso. Não quero começar uma altercação. Não agora. Já subindo a escadaria, acrescento: — Não jantarei com você e César; farei uma refeição mais leve no quarto. Até amanhã.

Ela esboça uma reação, mas desiste.

Entro no quarto, fecho a porta e passo a chave. Fecho os olhos, inalando com força, e esfrego o rosto, agoniada.

Voltar para a casa em que vivi com Erasmo nunca esteve nos meus planos, mas agora parece uma decisão sensata.

13

Eu e Marisa estamos no jardim, acomodadas em cadeiras de ferro, aproveitando o sol brando da manhã de abril.

Quatro dias se passaram desde a visita de Marcelo. Fernando não voltou a me visitar, deixando-me numa expectativa torturante. Por causa dele ainda não anunciei minha decisão de voltar para casa.

Uma jovem criada se aproxima e anuncia dona Isidora, o que me espanta, porque eu apenas pensara em chamá-la.

— Traga-a até nós — ordena Marisa. E virando-se para mim: — O que quererá ela?

— Não sei — respondo. Não chega a ser uma mentira.

— Ela deseja falar a sós com dona Glória — esclarece a mocinha, embaraçada.

Marisa me encara com um sorriso duro, que não lhe chega aos olhos.

— Que seja — aquiesce, erguendo-se e seguindo a empregada rumo ao interior da casa.

Instantes depois, dona Isidora chega. Usa um vestido marrom surrado, com um furinho no ombro direito, e tem as bochechas demasiadamente rosadas, mas pouco me importa: meu coração fica leve quando a vejo. Levanto-me para abraçá-la e mal sinto seu cheiro engraçado ao beijar-lhe os cabelos grisalhos.

— Filha, como está? — ela pergunta, segurando minhas mãos.

— Bem, dona Isidora — respondo. — Marcelo visitou-me há alguns dias e gostou do que viu.

— Que ele gostou, não tenho dúvida! — Ela sorri maliciosa. — Ele me disse que você queria ver-me.

— Isso foi traquinice da parte dele. — Indico-lhe a cadeira em que Marisa estivera e, quando ela se acomoda, torno a ocupar a minha. — Eu realmente desejo falar-lhe, mas não pedi a Marcelo que lhe desse nenhum recado.

— Sinal de que ele a conhece bem, pois antecipa seus atos. — Dona Isidora bate suavemente na mão que pousei no braço da cadeira. — E então, como posso ajudá-la, minha flor?

— Preciso que seja minha dama de companhia novamente. Vou voltar para casa.

O sorriso comovido de dona Isidora me faz pegar-lhe a mão e depositar um beijo em suas veias saltadas.

— Quando devo me mudar? — ela pergunta.

Decido que não posso mais esperar Fernando. O que tiver de acontecer entre nós, acontecerá aqui na casa de Marisa ou na minha casa.

— O quanto antes — declaro. — Preciso da senhora por pelo menos um mês, que é quando meus pais devem voltar da Europa. Então decidirei se vou morar com eles ou se permanecerei na casa dos Campos Elísios.

Ao dizer isso, lembro que não chegou resposta ao telegrama que César enviou a meus pais. Talvez eu deva mandar outro.

— Por mim eu iria hoje, mas devo pedir-lhe uma semana antes que me mude — diz dona Isidora. — Aldine ainda não voltou ao prumo, chora o tempo todo. Precisa de mais alguns dias para voltar a ser a capitã daquele navio.

— Ela era tão ligada assim a Erasmo? — indago, impressionada. — Está sofrendo esse tanto?

— Sim, mas... — ela hesita, então conclui abruptamente: — Sim.

Dona Isidora sem palavras é algo inusitado. Imagino que se sinta constrangida em falar do amor de Aldine por meu falecido marido.

— Eu lhe darei quantos dias quiser, minha cara — concedo.

Sentada numa poltrona da sala de estar, Marisa fica consternada quando lhe comunico meu desejo de voltar para casa.

— O que aquele médico de puteiro lhe disse para fazer você fugir assim de nós? — questiona com rudeza, arremessando pela sala o livro que está lendo. Ele bate na parede e cai emborcado no chão, as páginas dobrando-se sob si mesmas.

— Não use termos chulos na minha frente, sabe que detesto! — ralho, pegando o livro desconjuntado e depositando-o sobre a mesa.

— Diga-me o que Marcelo falou — exige Marisa, na beirada da poltrona, empertigada.

— Não falou nada! — minto, de pé ao lado da mesa e cruzando os braços na frente do corpo. — Eu é que refleti e achei que não era conveniente hospedar-me aqui. Você e César têm costumes muito livres... Todavia, a casa é de vocês, então *eu* devo sair.

— Costumes livres? Sim, temos. Mas nunca lhe imporíamos nada que...

— Presenciei um momento íntimo de casal e não quero ver novas cenas assim, Marisa.

— É justo o que me pede. — Ela se ergue e vem até mim, apaziguadora. — Não precisa partir imediatamente. Fique mais alguns dias.

— Uma semana — respondo. — Foi o prazo que dona Isidora pediu.

— Uma semana — ela assente, conformada. Então, como quem se lembra subitamente, informa: — Ah, Fernando escreveu-me; vem hoje à noite. Vocês poderão ficar à vontade, pois César e eu teremos convidados para o carteado. Como você não joga e Fernando há de preferir sua companhia...

— Perfeito — digo em tom casual, embora o coração esteja aos saltos.

Não sei o que esperar desse encontro. Uma parte de mim quer se resguardar, outra quer desatino.

À noite, Marisa surge sofisticada com um vestido azul-turquesa, joias reluzentes e faces discretamente pintadas. Ao lado dela, de preto e sem adornos, sinto que pareço velha e abatida. A expressão no rosto de Fernando, porém, diz outra coisa: ele sorri como se não me visse há meses, os olhos vivos e calorosos percorrendo meu rosto como se quisessem gravá-lo.

Sentamos no banco sob uma das janelas da sala de visitas, enquanto Marisa e César, no outro canto do recinto, tomam vinho e riem em voz alta. Seus parceiros de jogo ainda não chegaram. Eu havia perguntado sobre a identidade dos visitantes, mas ninguém, nem mesmo Fernando, quis revelar.

— Que afazeres o prenderam por tantos dias? — indago, tentando não soar implicante. O perfume da noite, uma mistura de flores e sereno, paira no ar.

— Ah, o jornal acadêmico — responde ele, pegando minha mão. — Uma chatice. E provas. E uma serenata.

Arregalo os olhos e fico ereta no banco, retirando a mão. Fernando não deixa, puxa-a de volta e ri.

— Fomos acompanhar um amigo — explica. — Está apaixonado e a garota não cede. Massacramos meia dúzia de canções chorosas debaixo de sua janela. Acho que agradamos, pois ninguém jogou água suja em nós. Só ameaçaram chamar a polícia.

Relaxo o corpo, mas a irritação não me abandona.

— Quero lhe perguntar algo muito grave — murmuro, certificando-me de que César e Marisa estão longe o bastante e bêbados o suficiente.

— Pergunte — exorta Fernando, apertando minha mão.

Respiro fundo, receosa de gaguejar.

— É verdade que você frequenta o Caresse? E que... e que já manteve relações com Marisa?

Ele pisca mais rápido, acusando o golpe, mas sua reação não é de surpresa. Devagar, pega minha outra mão, colando uma sobre a outra, entre as dele.

— Não sou santo, Glória — confessa, olhando-me nos olhos. — Sou jovem e um entusiasta do sexo feminino. Sim, já fui algumas vezes ao Caresse.

— E Marisa? Vocês...

— Não. — Ele é firme.

— Não? — repito, confusa.

— Não. Isso é um mal-entendido, e eu imagino o que o causou. Quem lhe disse isso se confundiu. Às vezes, no Caresse, os frequentadores fazem certas brincadeiras. Uma delas é levar uma convidada mascarada. Eu *brinquei* com essa moça, digamos assim. Não nego. Mas não era Marisa. A pessoa que lhe deu essas informações está equivocada.

Olho na direção de minha amiga, que está às gargalhadas, limpando o vinho que caiu em seu decote e escorreu entre os seios. Pela resposta de Fernando, entendo que Marisa ouviu, atrás da porta, toda minha conversa com Marcelo.

— Glória, acha mesmo que eu faria isso com meu irmão? — questiona Fernando, atraindo minha atenção. — Ter relações com sua esposa?

— Não o faria a pedido dele? — pergunto, erguendo uma sobrancelha.

— Ele nunca me pediu isso.

Minha cabeça dá voltas e eu puxo com força as mãos que Fernando retém. Confio plenamente em Marcelo. Não acredito que tenha mentido. Pode, de fato, ter se enganado e talvez fantasiado um pouco.

— Meu amor, as pessoas bebem quando estão num prostíbulo — argumenta ele acariciando-me o rosto, perto da orelha. — É natural que imaginem cenas. Realidade e sonho se misturam.

— E a sua... sua vida dissoluta? — tento resistir, pois seu toque embota-me a razão tal como o vinho que não tomei. — Não estou lhe cobrando nada. Apenas... apenas não consigo lidar com isso.

— Pois eu quero que você faça parte dessa vida — Fernando diz, veemente, aproximando o rosto do meu. — Nunca compartilhei meus prazeres com quem amo, porque nunca amei. Mas agora é diferente.

Tenho consciência da desfaçatez de sua proposta, mas a menção ao amor tem o efeito de vinte taças de vinho, porque minha coluna amolece. Fernando, que lê muito facilmente minhas reações, puxa-me para si, não para um beijo, mas para um abraço firme, ardente, escondendo o rosto no meu cabelo.

— Vamos para o seu quarto — pede junto ao meu ouvido. — Não posso aguentar mais cinco minutos de roupas entre nós.

Eu só faço que sim, passando os braços ao redor de sua cintura.

Fernando se levanta, levando-me junto, e saímos abraçados, ele me servindo de apoio. Marisa e César nem reparam, beijando-se entre risos, cada um segurando uma taça.

Subimos a escadaria em etapas, porque a todo instante paramos para nos beijar, eu encostada à parede e Fernando passando as mãos por meu corpo, impaciente. Mal percebo quando entramos no quarto, perdida num beijo sôfrego. Ouço a porta fechar com uma batida e no instante seguinte estou na cama, por baixo dele, sem fôlego.

Ele me deixa por um instante, e a luz da lamparina espanta a escuridão do cômodo. Retorna, e meus dedos enroscam-se nas ondas de seu cabelo enquanto ele me beija o pescoço, lutando com os botões do vestido. Estamos tão quentes que imagino, delirante, nossas roupas entrando em combustão. Obviamente, os trajes não pegam fogo, mas tampouco se sustêm em nosso corpo em brasa; em minutos, nada resta sobre nossa pele, exceto mãos e línguas.

Embora excitada, estremeço ao olhar para a ereção de Fernando, como se eu fosse virgem de novo. Ele percebe, mas nada diz. Puxa-me pelos ombros, fazendo-me sentar diante dele, e solta meus cabelos, que caem em duas tranças grossas pelas costas. Ele se deita, comigo por cima, apoiada nas mãos, meus seios roçando seu tórax. Beijando-me incessantemente, aperta minhas nádegas, mas não as pressiona contra sua virilha. Uma de suas mãos desliza entre minhas coxas e tateia gentilmente minha intimidade. Estou úmida e ele introduz um dedo, que retira molhado e usa para estimular meu ponto sensível. Meus quadris se movem involuntariamente ao ritmo de sua mão.

Sem pensar, envolvo seu membro entre meus dedos, surpreendendo-me com o calor que emana dele. Por instinto, faço movimentos de sobe e desce com a mão, e ele me morde o lábio inferior, gemendo baixinho. Ficamos nisso por alguns minutos, um acariciando o outro, até que ele me vira de costas e me prende os pulsos acima da cabeça.

— Se eu gozar na sua mão, a brincadeira termina muito cedo — justifica, ofegante.

Então seus dedos voltam à minha região úmida, agora com mais eficiência porque não há distrações. Dois dedos deslizam para dentro de mim, enquanto o polegar massageia o botão de carne. As investidas tornam-se mais vigorosas, e me entrego ao vórtice que antecede o clímax, ansiando pelo gozo, mas ao mesmo tempo querendo adiá-lo, para que não acabe tão rápido. O orgasmo explode desnorteante, assustador, arrancando-me soluços incrédulos.

Fernando me beija com volúpia, enfiando as mãos em meus cabelos, seu corpo baixando sobre o meu lentamente. Seus lábios abandonam-me por um momento, e eu abro os olhos.

— Podemos ir até o fim? — ele pergunta, a ereção roçando meu sexo.

Inspiro fundo quando finalmente entendo a intenção de Fernando ao me fazer gozar com as mãos. Seus dedos dentro de mim, preenchendo-me, eram uma preparação para a consumação, da qual ele percebera que eu sentia medo.

— Eu *morro* se não formos até o fim — declaro, apertando-lhe as nádegas.

Com isso, Fernando me cobre, encaixando-se entre minhas coxas e introduzindo-se aos poucos. Meu corpo se abre para ele, acolhendo-o, fechando-se ao seu redor, sorvendo-o. Abraço Fernando com as pernas, induzindo-o a vir mais fundo, sem cuidado; estou pronta. Ele atende e vem com força, seus quadris golpeando-me com vigor e cadência, revolvendo meu interior. O orgasmo se anuncia avassalador, mas após longos minutos ainda não o alcancei; é quando a mão de Fernando desce, e ele abre minhas dobras com delicadeza, para que seus pelos e seu peso me friccionem no ponto exato. Em instantes o orgasmo sacode meu corpo, terminando num grito de triunfo. É a deixa de Fernando, e o clímax dele irrompe ao final do meu.

Não nos largamos, ele ainda dentro de mim, eu por baixo, suados, arfantes. Passo a mão por seus cabelos sedosos e capturo com meus lábios uma gota de suor que cai de sua testa. Ele sorri, deliciado, e me beija.

Deitamo-nos lado a lado, as testas unidas.

— Fale-me da libertinagem — peço.

— Quer mesmo saber? — Fernando se espanta.

— Sim — confirmo.

— O que quer saber exatamente? — ele pergunta, resignado.

— Que tipo de mulheres? Meretrizes...?

— A maioria.

— E mulheres casadas? Além de mim?

— Raras.

— Quem?

— Não vai arrancar isso de mim — Fernando ri, todavia seu tom é firme.

Não me abato.

— No Caresse... como é? Qual é a rotina? — quero saber.

Ouço-o engolir em seco, mas ele não foge à questão.

— Bem... normalmente escolho uma das meninas e vamos para o quarto. De vez em quando, há apresentações, algumas dançam. Sempre acaba em... você sabe.

— Orgias?

— Sim.

— Como é isso? Todo mundo com todo mundo?

Ele hesita.

— Sim. Mas não homem com homem.

— Então... as meninas fazem entre si?

— Ah, sim... É lindo de ver.

Sento-me na cama, as tranças meio desfeitas cobrindo meus seios.

— Se eu lhe pedisse, abriria mão disso por mim, Fernando? — pergunto, temendo a resposta. — Tantas mulheres por apenas uma?

Fernando se senta e põe a mão na minha nuca, sob meus cabelos.

— É o que você quer?

— Sim.

— Nenhuma chance de você vir comigo e experimentar...?

— Não, nenhuma! — fico indignada. — Ou somos apenas nós dois, ou não haverá *nós*.

Ele respira fundo, examinando-me por alguns instantes, e então sorri. Tenho a impressão de que seu rosto se retesa nesse sorriso, como se seus músculos não quisessem obedecê-lo.

— Está bem — assente. — Usarei toda minha força de vontade, porque a alternativa, ficar longe de você, não é aceitável.

Ainda o estou fitando com ceticismo, então ele reforça:

— Eu me apaixonei. Quando estivemos juntos pela primeira vez, encantei-me por seu corpo, por suas reações, seu deslumbramento. Mas só percebi o que sentia depois, na outra vez, quando você me pediu paciência.

— É mesmo? — surpreendo-me, desejosa de ouvir mais. — Pensei que o houvesse afugentado nesse momento, ainda mais quando você não apareceu no dia seguinte.

— Normalmente eu teria me assustado, sim — reconhece Fernando, massageando minha nuca. — Ao perceber que, em vez de alarmado, eu estava ansioso por *cuidar* de você, entendi tudo.

— Está fazendo um bom trabalho — afirmo, beijando-o. — As feridas de dentro estão sarando tão rápido quanto as de fora.

O beijo se aprofunda e nos leva à posição horizontal novamente. Dessa vez é devagar e suave, tão perfeito que assusta.

Não consigo dormir, mesmo após uma hora da partida de Fernando.

Visto o roupão cor de creme que havia deixado no cabideiro e desço as escadas rumo à cozinha, para me abastecer de água. Antes, porém, de pisar no último degrau, ouço vozes animadas e paro. São mulheres, que emitem risadinhas infantis cada vez mais próximas de mim. Retrocedo alguns degraus e me oculto na escuridão, pronta para retornar ao meu quarto caso elas subam a escadaria. De onde estou, posso ver parte do saguão de entrada, e é nesse ponto que surge uma jovem de vestido vermelho-sangue, cabelos negros desgrenhados, pele alvíssima. Consigo ver seu rosto, que é de uma beleza espantosa, e reconheço-a de imediato: é Ariadne, a gêmea não idêntica de Pandora.

— César, você poderia convidar-nos para morar aqui! — ela exclama, o final da frase quase sufocado por um soluço. Está embriagada.

César surge no meu campo de visão. Também tem os cabelos bagunçados e usa somente calça e camisa, esta aberta deixando ver seu peito.

— E como vou explicar à sociedade o fato de hospedar em meu lar respeitável duas meretrizes? — ele responde, bem-humorado.

— Diga que nos adotou — sugere a segunda mulher, aproximando-se deles. É Pandora, adorável num vestido lilás. Parece um pouco mais composta que os outros dois, e definitivamente não está bêbada. — Somos praticamente órfãs de pai e mãe!

— Se eu morasse com vocês, logo deixaria de amá-las, minhas queridas — diz César. — O encanto se quebraria.

— Marisa sabe que você pensa assim? — Ariadne gargalha.

César belisca o queixo da moça.

— O que sinto por ela é maior que amor, minha Afrodite dos trópicos.

— Nem pode ser de outro modo — comenta Pandora. — Que mulher lhe daria essa vida livre que você tem, hein?

— E a vida livre que *eu* dou a ela? Ela está lá jogada na mesa de bilhar, recuperando-se de uma formidável orgia. Perdi a conta de quantas vezes ela gozou. A maioria das esposas nem sabe o que é um orgasmo.

— Poderia ser uma orgia ainda mais formidável se Fernando estivesse conosco — queixa-se Ariadne, fazendo biquinho como uma criança pequena. — Da próxima vez ele vem?

Um som abafado sai dos meus lábios e eu tampo a boca, temendo denunciar-me, contudo nenhum dos três olha em minha direção.

— Não sei dizer, Ariadne — responde César. — Ele está enrabichado.

— Oh! — as duas jovens exclamam.

Pandora comenta:

— Bem, se for um sentimento sincero, que ele seja feliz!

— Sincero? — César ri, e Ariadne o acompanha. — Fernando é pior que eu, Pan. Não casa antes dos cinquenta anos, quando talvez o reumatismo o convença de que precisa de uma mulher para dar-lhe banho e comida na boca.

Ele passa os braços ao redor dos ombros de ambas, conduzindo-as até a saída, onde provavelmente um coche as espera.

Subo correndo a escada, de volta para o meu quarto, e tranco a porta.

A sensação de milagre, de bem-aventurança, fica jogada lá nos degraus. Comigo, só o desapontamento, a convicção de que as preliminares de Fernando incluem, além de carícias, dissimulação.

Lentamente, com raiva, enfio em duas malas todas as minhas roupas e pertences.

É imperioso que eu volte para casa amanhã, com ou sem dona Isidora.

14

Minha partida é rápida e quase indolor. Espero César sair para o banco e só então desço com minha bagagem — é um a menos para argumentar contra minha deserção.

— Não era para daqui uma semana? — pergunta Marisa, espantada. — Vai ficar sozinha naquela casa enorme, sem dona Isidora?

— Não tenho medo de fantasma nem da maledicência do povo — respondo, mais rispidamente do que pretendia. Abrandando meu tom, acrescento: — Não quero parecer ingrata. Agradeço imensamente tudo que fizeram por mim: a hospitalidade, as providências relativas ao enterro de Erasmo, o esforço para evitar que a investigação policial me trouxesse aborrecimentos. No entanto, temos estilos de vida muito diferentes. Não me sinto à vontade aqui e não quero tolher a liberdade de vocês.

— É compreensível — diz Marisa, olhando-me com expressão pensativa.

Para minha surpresa, não tenta me dissuadir. Empresta-me seu cocheiro e um de seus veículos a fim de que eu volte para casa, garantindo que poderei retornar quando bem entender e que estará à disposição caso eu necessite. Nosso abraço de despedida é frio, desajeitado.

O palacete dos Campos Elísios não tem o ar lúgubre que se espera das casas que servem de palco a coisas terríveis. O sol brilha e o casarão continua belo e imponente. As criadas recebem-me com polidez, sem grande alegria, e pergunto a uma delas como posso contatar Angela e Anísio, demitidos por Erasmo. Ela manda um moleque atrás de ambos, e, enquanto aguardo, descubro aliviada que o cocheiro Elias abandonou o emprego sem dar explicações. Suponho que, com Erasmo morto, o homem não tenha querido tratar comigo, a mulher que fora submetida a torturas em cárcere privado por causa da deslealdade dele.

O casal atende rapidamente ao meu chamado. Fico feliz ao revê-los: ele, alto, forte, de cabelos encaracolados, filho de negra com branco; ela, baixinha, muito branca, de cabelos negros cacheados e olhos azuis. Desempregados, vivendo de favor com parentes, aceitam sem titubear meu convite para que voltem a trabalhar na casa. Acerto com Anísio um salário mais alto para que, além de faz-tudo, seja também meu cocheiro.

Sem mim e sem Angela, a criadagem portou-se bem, cumprindo seus deveres, embora haja muita poeira nos móveis e um cheiro levemente desagradável nos cômodos, cujas janelas não são abertas há dias.

Num impulso inexplicável, visito o quarto que me serviu de cativeiro e o encontro limpo, sem vestígios do que se passou, exceto pelas tábuas na janela.

Meu desejo é trancar aquele quarto e nunca mais voltar, porém minhas pernas não me obedecem. Petrificada no meio do cômodo, revejo em rápida sucessão, mas em detalhes, cada momento dos dias passados ali. Lembro-me da dor como se tornasse a senti-la, e mais forte que ela é a recordação da desesperança, da convicção da morte próxima. Sento-me na cama e passo a mão pelo lençol limpo e macio, mas diante de meus olhos vejo-o imundo, salpicado de sangue e sêmen.

O grito lacera minha garganta sem aviso e meu corpo se ergue sozinho, minhas mãos puxando o lençol e rasgando-o de um lado a outro. Chuto a mesinha de cabeceira, arranco a gaveta e a jogo na direção da janela; ela bate nas tábuas e cai no chão em dois pedaços. Passo por cima da cama, batendo a perna, e agarro as tábuas da janela, tentando puxá-las com as mãos nuas.

— Anísio! — berro. — Anísio!

Angela chega antes do marido, consternada, e se aproxima de mim, sem coragem de me tocar.

— Dona Glória? — indaga, assustadíssima.

— Anísio! — continuo bradando e tentando arrancar as tábuas.

— Senhora! — Anísio grita ao meu lado, esbaforido.

Em meu descontrole, demoro a notar sua presença e continuo chamando-o aos berros. Vencendo o medo, Anísio segura-me pelos ombros, por trás de mim, e me afasta dali.

— Estou aqui, senhora — ele diz, virando-me de frente.

— Queime! — ordeno, enxugando o rosto que finalmente percebo estar encharcado. — Queime tudo!

— Tudo o quê? — Anísio indaga, confuso.

— Tudo que tem neste quarto! E arranque essas tábuas! Hoje mesmo, agora! Não me importa que tire a janela junto, mas você vai sumir com isso. E vai levar tudo lá para baixo, e vai tocar fogo! Entendeu?

Pela hora seguinte, ouço Anísio desmontar e carregar móveis. Quando está tudo empilhado no quintal dos fundos da casa, Anísio ateia fogo. Observo as chamas crescerem, e o crepitar do fogo, sua violência contida, seu calor — tudo é estranhamente reconfortante, como um ritual que desse sentido a uma experiência caótica. "Parece a fogueira de São João!", ouço uma das criadas exclamar com um entusiasmo quase infantil.

Não sei quanto tempo dura minha contemplação, mas num dado momento sinto que já é suficiente. O cheiro de madeira queimada, que eu havia achado agradável no princípio, agora me incomoda.

— Pode apagar — murmuro, sem me importar com quem vai cumprir minha ordem, e retorno lentamente para a casa.

No fim da tarde, percebo que a ideia de ocupar os aposentos de casal é simplesmente repulsiva, então transfiro todos os meus pertences para outro dormitório, reservado a hóspedes.

Somente na hora de dormir, instalada na cama nova, permito-me pensar em Fernando. Não duvido de sua paixão e de seu interesse por mim, mas a sensação de ser especial, única, esvaiu-se quando compreendi que ele havia mentido sobre sua relação com Marisa. A incerteza de um futuro juntos não me faria recuar, mas a concorrência com outras mulheres, sim.

Sei que Fernando virá, e que argumentará, porém não sei o que lhe direi. Razão e orgulho mandam que eu o ponha para correr. Coração e corpo discordam.

A ausência de Erasmo é paz.

A ausência de Fernando é solidão.

O menino chora. Chora tanto que sou obrigada a ir até ele e pedir-lhe que pare, pois assim não durmo. Ele tem dez anos e chora feito bebê, devia ter vergonha, é um rapazote já. Não chego a concluir a bronca, pois o menino é Erasmo, e isso me desconcerta. Seu rosto é o rosto que aprendi a odiar, porém numa versão adorável, inocente, despida de raiva, sarcasmo e crueldade. "Mamãe", ele me diz, estendendo-me a mão. "Não sou sua mãe", começo a responder, mas a voz não sai porque alguém me aperta o pescoço a ponto de asfixia. Debato-me, tentando inutilmente me defender do homem que ataca por trás. Sei, sem ver, que esse homem é Erasmo, Erasmo adulto, e é, ao mesmo tempo, o pai do garotinho que continua a chorar e a chamar-me de mãe. O esganamento é implacável e me estilhaça em mil cacos. Do teto, vejo uma mulher caída no chão, o pescoço arroxeado, os lábios lívidos, e o menino com a cabeça sobre seu ventre, chorando. O estrangulador se evadiu, e de alguma forma eu sei que se refugiou no menino, para sempre.

Acordo com lágrimas nos olhos e o coração disparado, tentando me convencer da irrealidade de um quadro pintado com cores tão vivas.

Rezo pela alma de Erasmo, e agora é mais fácil, porque vejo diante de mim não o homem que me prendeu, espancou, violentou, e sim o menino do sonho.

Por mais que isso me embarace, o fato é que o silêncio de Fernando, nos dias que se seguem, deixa-me desapontada. Então saio de sua vida e ele nem percebe?

O assunto é tão recorrente em meus pensamentos que demoro a me lembrar da necessidade de mandar um novo telegrama a meus pais, já que aparentemente não receberam o primeiro. Anísio leva-me ao correio, de onde mando um telegrama para os dois endereços deixados por papai, um hotel em Paris e outro em Londres.

Em casa, o tédio me domina: como me interessar por batatas, panelas e panos de chão quando sei que, a poucos quilômetros dali, há um homem capaz de me incendiar só por roçar a pele na minha?

Felizmente, logo chega o dia em que dona Isidora bate à porta trazendo suas malas e sua tagarelice. Reclama longamente das meninas do Caresse, que deixam tudo espalhado ("como se eu tivesse obrigação de catar anáguas"), queixam-se da comida ("até ontem vendiam o almoço para comprar a janta"), brigam entre si ("nem tomo partido, pois logo estão aos beijos") e teimam que vão se casar com um cliente rico ("terão sorte se juntarem os trapos com um operário"). A única que não a apoquenta é Pandora ("pelo contrário, ajuda-me em tudo").

— Como sua filha se arranjará com essa "tropa" sem seu auxílio? — indago, sentada ao lado de dona Isidora no sofá da sala de estar.

— Tal como quando morei aqui da outra vez — responde ela, dando de ombros. — Ela dá um jeito. A casa fica mais suja e as meninas mais barulhentas, mas elas se viram.

— Aldine está bem? — pergunto. — Já superou a morte de Erasmo?

— Sim, ela está bem. — A resposta breve de dona Isidora surpreende-me, mas não tenho tempo de pedir detalhes, pois ela ajunta, desviando do assunto: — Vir para cá é um sonho, dona Glória, porque aqui tenho a vida que uma velha cansada merece. Não preciso lavar, esfregar, limpar, polir, cozinhar... E a senhora é uma patroa maravilhosa, cordata, sensata...

— Não sou sensata — comento com um riso seco. — E não me chame de *dona*, nem de *senhora*.

Num impulso, conto-lhe tudo sobre Fernando, do primeiro olhar à decepção na escadaria da casa de Marisa. Meu relato é extenso, detalhado e emotivo, e dona Isidora o acompanha com vivo interesse, como se eu estivesse lendo em voz alta uma empolgante aventura sentimental.

Balança a cabeça para cima e para baixo, sinalizando às vezes compreensão, às vezes identificação. Quando enfim me calo, à espera de um conselho, de uma frase de sabedoria, ela comenta, batendo pestanas:

— Ah, como é bom ser moça!

— É só isso? — pergunto, consternada.

Ela começa a rir e, em segundos, me contagia.

— Que quer que lhe diga, minha filha? — questiona dona Isidora, quando o riso cessa. — O que viveu com esse rapaz é para poucas. E homens como ele não há muitos. As meninas do Caresse o disputam a tapa! Veja, eu sei que as mulheres são criadas para entrar imaculadas no matrimônio. Sei que lhes ensinam que seu sexo só serve para dar filhos ao marido. E entendo que uma ligação sem compromisso, sem objetivo, sem propósito além do prazer, seja algo assustador. Mas, minha filha, você está num momento peculiar da vida: não é virgem e não é casada. Seu pai há de lhe arranjar marido daqui um tempo. Por que não *viver* um pouco antes disso?

— Pensa assim mesmo? — espanto-me.

— Queria minha opinião, não queria? — ela sorri.

— Mas ele... Fernando tem várias mulheres!

— Então exija dele que você possa ter vários homens!

— Dona Isidora!

— Minha flor, escute. Eu sou velha e posso lhe dizer o que realmente importa, porque só no fim da vida descobrimos.

— E o que importa?

— A alegria, meu bem — ela diz, inclinando-se para mim e pegando minha mão. — A alegria. Não é a mesma para todos, cada um encontra a sua num lugar diferente. Se com Fernando há alegria, minha menina, eu lhe pergunto: por que não? Como sou velha, já vi muita gente morrer. Antes que os olhos se fechem, a coisa mais linda que se pode dizer é "eu me permiti". Não é "eu me reprimi".

Suas palavras me impressionam, mas não consigo parar de fitá-la com desconfiança. Retiro devagarinho a mão que dona Isidora segura entre as dela.

— Não me dá crédito porque trabalhei num prostíbulo, não é? — ela deduz, com acerto. — Pois saiba, querida, que isso me autoriza, sim, a lhe dar conselhos. Vocês, moças de família, desconhecem a vida secreta dos homens. Eles são livres, menina. Eles buscam o prazer, *pagam* por ele. Não se dá dinheiro por algo que não vale nada.

— Mas não é à toa que homens podem ser livres e mulheres, não — retruco. — Mulheres engravidam, e se isso ocorre fora do casamento... Não que eu corra esse risco — acrescento com um riso amargo.

— Justamente! — Dona Isidora bate as mãos nas coxas. — Não percebe como sua posição é interessante? Sem marido, sem risco de engravidar... O que a segura?

— Posso sair muito ferida dessa história — defendo-me.

— Pode, realmente. Quem cavalga pode cair do cavalo, quem anda pode tropeçar, quem nada pode se afogar, quem canta pode desafinar, quem come pode se engasgar... A vida é risco, minha flor, e nisso reside uma beleza, você não acha?

Depois dessa conversa, meu desapontamento com o silêncio de Fernando torna-se franco desespero.

Nada de resposta ao telegrama, mas essa preocupação me abandona completamente quando recebo, das mãos de um moleque, um bilhete de Fernando. *Preciso vê-la. Diga-me que posso ir.*

— Ele quer me ver — digo a dona Isidora, que borda ao meu lado.

Ela dá de ombros, sorrindo.

— Já manifestei minha opinião sobre isso — comenta.

Peço ao garoto que espere, pois redigirei a resposta imediatamente.

Não há nada que eu deseje mais no mundo do que estar com Fernando, porém, como uma criança birrenta, escrevo: *Digo-lhe que pode ir ao inferno.*

Em minutos o menino reaparece com a réplica de Fernando.

Impaciente, leio: *Irei ao inferno, irei para onde mandar, mas primeiro posso passar aí?*

Então redijo a tréplica e a entrego ao menino: *Faça valer a pena.*

Quando Fernando chega, elegante como de hábito, dona Isidora o cumprimenta e retira-se dizendo que precisa terminar de rezar o terço.

— O terço? Dona Isidora? — ri Fernando.

— Ela quis dizer que ia terminar o licorzinho dela — retruco, divertida, e então cessa a trégua. Minha expressão se fecha e eu cruzo os braços na frente do corpo. — Por que não veio antes? Estava me testando?

— Pare de esperar o pior de mim! — ele me olha com terna censura. — Não vim antes porque você estava sozinha e isso não seria bom para sua reputação. Deixei para vir quando dona Isidora estivesse aqui. Foi difícil esperar, acredite.

— Ah! — Fico envergonhada, mas não devia. Ele merece minha desconfiança.

Estamos de pé no meio da sala de visitas, e não o convido a sentar. Fernando se aproxima, cauteloso, e eu noto que está deixando a barba crescer, possivelmente para que eu veja isso como um sinal de abatimento.

— Por que deixou a casa de meu irmão tão abruptamente? — questiona.

Respiro fundo, ainda de braços cruzados, e explico:

— Na noite em que estivemos juntos, seu irmão e Marisa receberam duas prostitutas, e eu as ouvi lamentarem a *sua* ausência na brincadeira. Portanto, você mentiu quando garantiu que nunca teve nada com Marisa, que jamais faria isso com seu irmão... — Minha voz sai calma e fria, o que me surpreende, porque não é como me sinto por dentro.

— Menti — ele reconhece sem hesitar, o que também me surpreende. — Menti porque queria evitar justamente esta sua reação. Porque não queria perdê-la.

— Pois com isso não posso conviver, Fernando — suspiro. — Como vou confiar em você, se é capaz de mentir assim?

— Se eu for inteiramente franco, completamente franco, você me aceitará de volta? — ele indaga, segurando-me pelos ombros.

— Fernando, a confiança já foi quebrada...

— Eu a restaurarei. — Ele fala com muita firmeza, e está sério como nunca vi. Determinado. — Mas preciso de uma chance.

Puxa-me para si e instintivamente me aconchego, então caio em mim e tento me afastar. Ele não deixa.

— Vale a primeira resposta — brinca, sorrindo seu sorriso destruidor.

— Eu não *falei* nada — pontuo.

— Não precisa. Se eu a beijar e você deixar, estará consumado.

Sua boca ataca a minha, sem espaço para resistência — que, aliás, não ocorre, pois me entrego com entusiasmo, beijando-o com furor, com raiva. Isso dura muitos minutos, a ponto de entorpecer meus lábios.

— E então? Ficará comigo? — Fernando quer saber.

— Pensei que o beijo seria a resposta.

— Eu estava provocando você. Quero a resposta de sua boca, mas em palavras.

Enquanto olho para Fernando, para seu rosto que adoro, relembro as advertências de Marcelo e os conselhos de dona Isidora. Sei que é arriscado, que Fernando pode estar mentindo. Contudo, as palavras da dama de companhia me vêm à mente como se ela as pronunciasse ali, do meu lado: *Antes que os olhos se fechem, a coisa mais linda que se pode dizer é "eu me permiti". Não é "eu me reprimi".*

— Sim — respondo, oferecendo a mão como se esperasse que ele me pusesse uma aliança.

Ele segura minha mão e encosta os lábios no dorso com fervor, com gratidão. Sua outra mão puxa-me pela cintura num beijo entusiasmado, vigoroso.

Impacientes, seguimos de mãos dadas para o andar de cima e, numa decisão súbita, abro a porta de meu antigo quarto conjugal, em vez de ir para o dormitório que agora ocupo. Fernando nada percebe, mas eu me espanto comigo mesma.

Em instantes, estou com ele na cama em que dormia com Erasmo, ambos arrancando as roupas. Estamos sentados, eu sobre Fernando, minhas pernas abertas sobre suas coxas, e com a progressão do beijo sinto seu corpo mais alerta, rijo. Minha pele, sob suas mãos, é como um tecido fino cujos fios fossem puxados um a um. Seus dedos e sua boca acionam minha sensibilidade por onde passam, do lóbulo da orelha à parte posterior dos joelhos, do tornozelo ao pulso, da nuca às nádegas. Agarro-o com vigor, apertando-lhe os músculos. Ele abaixa a cabeça para apoderar-se, com a boca, dos meus seios, numa provocação que se aproxima da tortura: ele os suga devagar, com luxúria, e quando minha excitação se torna violenta, exigente, levanta-me alguns centímetros para que eu desça sobre sua ereção. A penetração é profunda e eu solto um gemido alto, rouco, agarrando-o pelos ombros e imediatamente iniciando movimentos de vaivém.

Não sei como Fernando faz isso, mas, sem me soltar e sem sair de dentro de mim, ele se arrasta até a beirada da cama e então se ergue, comigo enganchada nele, as pernas firmemente presas ao redor de sua cintura. Encosta-me na parede e arremete com fúria, fazendo-me gemer alto a cada estocada. Forço-me a olhar para a cama que dividia com Erasmo. Estou de volta, de volta ao lugar onde fui tão infeliz, e no entanto estou gozando. Com outro homem, como se fosse outra vida, e tudo o que passei parece algo contado por uma desconhecida. É um orgasmo longo, o mais longo que já tive. Enfio a cabeça na curva do pescoço de Fernando e cravo os dentes ali, tal como as unhas já estão enterradas em seus ombros. É indescritível a sensação de recebê-lo tão fundo e tão forte, abrindo-me sem piedade para depositar em minhas estranhas aquele prazer dolorido. Aperto-o tanto que é como se sentisse seu sangue correr nas veias; ele geme, tremendo, e continua, até colher seu prazer, que prorrompe quando já estou mole em seus braços.

Fernando usa o que lhe resta de forças para me depositar na cama, e o colchão balança quando ele se joga ao meu lado. Nossa pele encharcada molha o lençol. Meu corpo estremece a intervalos, como trovões longínquos ao final de uma tempestade.

— Isso significou alguma coisa, não? — ele pergunta, deitado ao meu lado, quando nos acalmamos.

— Isso o quê? — questiono, embora imagine.

— Essa intensidade, neste quarto... É como se você estivesse... exorcizando algo.

— E estava — confirmo, virando de bruços e apoiando o queixo no ombro dele.

— Fico feliz por tê-la ajudado — comenta Fernando, espalhando meu cabelo sobre o travesseiro e retirando os grampos que restaram.

— Você me ajuda desde que nos conhecemos — confesso, num arroubo de gratidão. — Sem você, eu não sei como estaria hoje.

Ele me abraça, e percebo que toma cuidado com minhas costas.

— Não machuquei você, machuquei? — pergunta, apreensivo. — Acho que nos empolgamos um pouco...

— Não machucou — asseguro.

Nossas pernas estão entrelaçadas, sua coxa entre as minhas, me provocando, e eu me ajeito melhor, roçando propositalmente nele. Sinto seu corpo ficar tenso.

— Já? — espanto-me, reparando numa parte que, além de tensa, fica rígida.

— Quero ter vinte e poucos anos para sempre — ele graceja. — Tem mais alguma coisa para exorcizar? — indaga, beijando-me o pescoço.

— Um lugar — respondo, determinada, e me levanto, estendendo-lhe a mão. Não acredito que estou fazendo isso.

15

Abro a janela e a luz do sol ilumina o cômodo vazio, com chão de madeira e paredes nuas. Noto que a guarnição de madeira da janela está um pouco danificada, provavelmente em razão da pressa com que Anísio retirou as tábuas.

Trajado com um roupão preto de Erasmo que lhe arranjei, Fernando olha perplexo ao redor.

— Tem certeza? — pergunta, atônito.

— Sim — afirmo, voltando para junto dele com as mãos nos bolsos do meu roupão verde-esmeralda. — Quero fazer algo tão forte, tão marcante, que supere minhas lembranças deste cômodo.

Fernando ergue as sobrancelhas, surpreso.

— E o que seria esse algo? — indaga, coçando o queixo.

— Como vou saber? — digo suavemente, pondo a mão sobre seu peito, pela abertura do roupão. — Você é o depravado aqui.

Ele ri, constrangido com o ambiente, mas não me faz esperar. Beija-me com vontade, segurando-me pela nuca; quando tento abrir seu roupão, ele me vira de costas, sugando a lateral do meu pescoço e desnudando meus ombros. Meu robe cai ao redor dos meus pés; estou nua, Fernando atrás de mim, respirando em minha orelha e cobrindo meus seios com as mãos. Percebo que, rapidamente, ele se livra do próprio roupão. Quero ficar de frente, mas ele não permite. Aperta minhas nádegas, roçando nelas sua rigidez. Jogo minha cabeça para trás, apoiada no ombro de Fernando, meu cabelo grudando em seu peito, e sua língua percorre toda a lateral do meu pescoço e as vizinhanças da orelha, causando-me arrepios. Uma de suas mãos continua no meu seio esquerdo, mas a direita desce pelo meu abdome e se aloja entre minhas pernas. Já estou úmida novamente, e os dedos deslizam facilmente, dentro e fora de mim, deixando-me de pernas trêmulas.

Fernando se ajoelha devagar, sustentando-me, e me põe de quatro no chão, por cima de nossos roupões. É um pouco desconfortável, mas não me importo, capturada pela sensualidade brutal da situação. Ele vem por trás e ameaça penetrar-me. Suspiro, frustrada, mas ele segue com a provocação, alisando minhas nádegas e coxas, passando o membro quente pelas minhas dobras.

— Você quer? — ele pergunta no meu ouvido.

— Agora — respondo num gemido.

— Daqui a pouco.

Choramingo em protesto, e ele introduz três dedos em mim. Imediatamente começo a rebolar, sedenta de um estímulo mais forte, e empino os quadris. Fernando usa a mão livre para acariciar minhas nádegas, e dou um gritinho quando sinto um dedo fazer carícias ao redor do outro orifício, o *errado*.

— Fernando! — reclamo, com um início de desespero.

— Calma... — ele responde, sem interromper o que está fazendo.

Sei o que ele pretende, e deveria dizer não, debater-me, lutar, mas não o faço. Subitamente entendo que minha cura não está na fuga, mas no enfrentamento. Por isso trouxe Fernando para este quarto.

Relaxo, tranquilizada por essa descoberta e pelos dedos que trabalham incansável e eficientemente no primeiro orifício, o *correto*. Os dois estímulos, na frente e atrás, conduzem-me de modo implacável a um orgasmo indecoroso, desnorteante.

— Você está quase pronta — Fernando sussurra em meu ouvido.

Apesar do clímax, preciso ser preenchida por mais do que dedos, e meus quadris continuam para cima, à espera. Meus joelhos começam a me incomodar.

Sem aviso, ele me penetra numa única investida, e eu grito. Não de dor, mas porque a posição favorece uma introdução profunda, uma completude que eu não conhecia. As arremetidas começam lentas, torturantes, fazendo-me desejar que durem para sempre e que, paradoxalmente, acabem logo. Fernando não tem pressa. Força seu peso sobre mim, fazendo-me deitar de bruços no chão, e segura meus pulsos acima da minha cabeça. Não há urgência, apenas lascívia. Sua respiração quente em minha nuca, suas mãos segurando meus pulsos, o mergulho de seus quadris sobre minhas nádegas — tudo resulta num prazer angustiante.

— Sabe o que é sodomia? — ele me pergunta, sem parar com o vaivém.

— A Bíblia condena, não é? — respondo num riso ofegante.

— Você quer, ou tem medo do inferno? — ele ri também, rouco de desejo.

Virando-me para ele o máximo que consigo, respondo o inimaginável:

— Quero.

Consigo ver apenas parte de seu rosto, e ele arregala os olhos, mal crendo em sua sorte.

— Você será gentil? — indago, torcendo o pescoço para fitá-lo. — Porque é muito, muito importante que seja bom, Fernando.

— Serei gentil — ele promete, beijando meu rosto. — Confie em mim.

Eu confio. Se não confiasse, não o deixaria fazer isso.

Ele vira de lado, puxando-me consigo, e sai de dentro de mim. Ergue minha coxa, passando os dedos no meu sexo úmido e levando um pouco dos fluidos para a outra entrada. A introdução de seu membro é inacreditavelmente vagarosa, contida e calculada, avançando poucos centímetros e fazendo uma pausa. Segundos depois, novo avanço e nova pausa. Diferente do esperado, meu incômodo é bastante tolerável, e aos poucos começo a me mexer.

Fernando acompanha meu ritmo; quando acelero, ele também o faz, e em minutos estamos nos movendo com vigor. Ele me vira de bruços novamente e, percebendo que estou confortável, puxa meu quadril para cima. Mantenho a cabeça e os braços apoiados no chão, entregando-me por completo. Suas investidas são fortes, mas não violentas, e a sensação de recebê-lo por trás começa a ser prazerosa. Instintivamente, acaricio-me entre as pernas; estou encharcada.

— Isso mesmo, meu amor — ele aprova, enrouquecido, e me puxa pelo cabelo, seus quadris batendo nos meus num ritmo forte.

Em dois minutos, alcanço o clímax em meus próprios dedos. Meus joelhos, já doloridos e agora enfraquecidos pelo gozo, tremem, então Fernando me faz ficar de bruços novamente, baixando seu peso sobre mim. Solta meu cabelo e passa um braço pelo meu pescoço, sem apertar muito, mas o bastante para me imobilizar. É degradante, e também excitante, levando-me a um estado mental frenético, selvagem. Incapaz de prolongar aquilo, Fernando goza num longo estertor, ficando imóvel sobre mim.

— Você me suga — comenta ele após um minuto, e seu corpo sai de sobre o meu.

Ele se deita de costas no chão duro, e eu me deito por cima de seu peito, fechando os olhos.

— Podemos falar sobre o que aconteceu neste lugar? — Fernando pergunta, acariciando meu ombro.

— Podemos — digo, de olhos abertos, mas sem fitá-lo. Não quero encará-lo ao dizer o que preciso dizer. — Como você percebeu, este lugar foi meu cativeiro. Na noite em que meu marido me açoitou, perdi os sentidos e ele praticou esse *ato* enquanto eu estava desacordada.

— Glória... — ele murmura, passando os braços ao meu redor e me aconchegando mais ao peito. Seu rosto afunda no meu cabelo. — Desculpe-me — sussurra, e eu quase não compreendo o que diz. — Eu não tinha a menor ideia...

Seus braços são quentes em torno de mim, e me sinto acolhida. Do chão, observo aliviada a janela aberta, livre das tábuas.

— Você me fez um bem, não percebe? Infelizmente, memórias não podem ser reescritas, mas o fato de ter uma lembrança boa já ameniza a ruim, equilibra a balança. Isso faz parte da cura. — Finalmente ergo a cabeça para fitá-lo, e declaro: — Obrigada.

— Não deve me agradecer. — Ele parece ao mesmo tempo envergonhado e comovido. — Eu é que sou grato pela dupla honra que me concedeu hoje. Uma, por acreditar que eu poderia tratá-la com respeito durante um ato tão íntimo; outra, por me dar a chance de ajudá-la.

— Foi uma decisão totalmente instintiva, de momento. Acho que, se tivéssemos conversado antes, eu não teria feito nada isso. Só de pensar nessa prática, morro de vergonha.

— Ainda bem que não conversamos! — ele ri. — Foi tudo perfeito — garante, fitando-me com admiração. — Não deve ter vergonha. Você foi esplêndida.

Ratifica o elogio com um beijo, fazendo-me sentir grata por ser considerada "esplêndida" durante um ato que, em princípio, tem tudo para ser grotesco.

— Você não tem nojo? — indago.

Fernando ergue as sobrancelhas como se eu tivesse dito algo muito inusitado.

— Nojo? De mulher? Eu?

Dou risada, mas insisto:

— Ora, é uma parte suja do corpo, por onde saem os excrementos!

— Não diga! — ele zomba. — Glória, não é prática de rotina. É um prêmio por bom comportamento.

— "Bom comportamento"? Você?

— Não estou falando de ser santo. Estou falando de fazer você gozar. Muito.

— Ah!... Bem, hoje não foi tanto assim...

— Tem razão, preciso remediar isso. — Ele me puxa pelas pernas e as ergue, segurando-as pela parte de trás dos joelhos. Fico totalmente exposta.

— Fernando! — exclamo, mas desisto de protestar ao primeiro toque de sua língua.

—ℯ𝒾ℯ—

Recebo, enfim, um telegrama de meu pai.

Ele e mamãe tinham encontrado, em Paris, um velho amigo. A convite dele, foram conhecer o litoral do sul da França, onde o tal conhecido tem casa. Ninguém havia se lembrado de enviar-me um telegrama informando o novo destino, e nem mesmo o pessoal do hotel parisiense conhecia seu paradeiro. Agora, de volta a Paris, eles tomaram conhecimento dos telegramas e de seu teor. Embarcarão no primeiro navio com lugares disponíveis e chegarão em quinze ou vinte dias.

Não estou ansiosa pelo retorno deles; torço para que não consigam passagens tão cedo ou que tenham algum contratempo. Quero mais tempo sozinha, sem vigilância de pai e mãe. Sozinha com meu homem.

Eu já tinha ouvido falar de viciados, pessoas de moral fraca que sucumbem ao álcool e ao jogo. Nunca imaginei, contudo, que um dia as entenderia. Duas semanas, apenas, e estou viciada no prazer, na libertação física que experimento a cada encontro com Fernando. Vemo-nos quase todos os dias, em minha casa. Dona Isidora está sempre presente, e faz-nos companhia por meia hora. Então, deixa-nos só, fazendo o caminho para o andar de cima para ver se encontra alguma empregada. Quando isso acontece, inventa uma tarefa que mantenha a criada por longo tempo na cozinha ou em qualquer outro lugar que não seja o andar de cima.

Sei que os empregados devem estranhar as constantes visitas de Fernando, mas não noto, em seus olhares, nenhuma censura; ademais, não estou disposta a abrir mão de meu *affair* em nome da respeitabilidade. Respeitabilidade não é um substituto aceitável para a plenitude que essa ligação me traz. Sinto-me confiante, viva, dignificada — mulher. Todas as partes de meu corpo são ilhas de um arquipélago sensorial cuja exploração parece inesgotável.

Para Fernando, tudo em mim é adorável e tudo que fazemos é natural. Não há prática estranha, indecente ou repulsiva. Câibras, sons embaraçosos — nada o constrange. Nem mesmo minhas regras. Quando lhe disse que ficaríamos separados por cinco dias, ele riu e me mandou deixar de ser tola.

Nossa sintonia e satisfação são tão grandes que começo a acreditar num futuro juntos, em moldes tradicionais: casamento. Penso em introduzir o assunto, mas resisto, cônscia de que é muito cedo, tanto para um libertino contumaz quanto para uma viúva recente. A ideia, porém, acompanha-me constantemente, por isso meu choque é tão grande quando Fernando propõe que passemos um fim de semana na casa de seu irmão, "brincando os quatro".

— Por que isso? — indago, de pé ao lado da cama, desistindo de fechar os botões do vestido, já que minhas mãos começam a tremer.

Estamos no quarto que já foi cativeiro e agora é uma alcova, que vou decorando aos poucos, com móveis de outros quartos. Mandei trocar a guarnição da janela e pôr cortinas de renda branca. O chão tem um carpete fofo, creme, e a roupa de cama é sempre alegre e macia. Repus o espelho, e é diante dele que Fernando arruma a gravata neste momento.

— Porque é divertido e porque você deveria experimentar — responde ele, olhando-me pelo espelho. — Não tem nada a ver com amor. Meu amor é seu. Mas nós poderíamos nos divertir com outras pessoas.

— Você nunca vai mudar, não é? — pergunto, profundamente desapontada.

— Quem sabe? Talvez. Ou, em vez de somente *eu* mudar, podemos mudar os dois e nos encontrarmos no meio do caminho.

Fernando vira-se, anda até mim e enlaça minha cintura.

— Quer ser minha Marisa? — ele me pergunta. — Minha esposa e companheira de jogos adultos?

Meus olhos devem indicar o que se passa dentro de mim, pois ele imediatamente se afasta um pouco, surpreso.

— Não serei nada além de mim mesma — digo friamente, recuando para aumentar a distância entre nós.

— Perdoe-me, Glória. — Ele estende a mão, porém o ignoro. — Fui muito infeliz na escolha de palavras, perdoe-me — ele insiste.

— Quero que você morra, Fernando! — declaro com um desdém que nasce da bile e sai dos lábios como uma cusparada.

De vestido semiaberto e cabelo solto, destranco a porta do quarto, ansiosa por sair dali. Avanço pelo corredor com Fernando atrás de mim. Ele me agarra pelo braço e me faz parar.

— Solte-me! — vocifero, exasperada, e puxo meu braço. — Você quer alguém como Marisa? Então fique com ela!

— Não quero Marisa, quero você! — ele retruca. — Eu apenas... Não, não me olhe assim! Esqueça o que eu propus! Voltemos a ser nós dois...

— Nunca fomos *nós dois*, Fernando. Agora, vá embora e não volte mais.

— Não vou embora — ele diz com decisão. — Quando for apropriado, vamos nos casar — decreta, pondo as mãos em meus ombros. — Você é a mulher certa para mim. Entendemo-nos em todos os níveis. Podemos ser um casal feliz e socialmente aceito, em vez de apenas amantes.

— E...? — faço um gesto impaciente para que ele continue.

— E o quê? — Ele finge não entender.

— Fale agora da parte ruim. A parte em que você vai me pressionar a dividir nossa intimidade com Marisa e César.

Em vez de negar, ele sorri e provoca:

— Ciúmes de Marisa?

— Sim, tenho; e você não tem nenhum! — explodo. — Esse é o problema!

— Claro que tenho ciúmes de você!

— Mas quer me dividir com seu irmão?

— É diferente!

— Só porque vocês dividem os brinquedos desde pequenininhos?

Fernando respira fundo e deixa os braços penderem ao lado do corpo.

— Você não sente nada por mim? — indaga, fingindo-se desamparado.

É minha vez de respirar fundo.

— Sou apaixonada por você — confesso, forçando as palavras para fora da boca. — Justamente por isso não sei se consigo conviver com suas aventuras.

— É uma mulher ardente. Estou convicto de que sua resistência é tão somente pudor e medo do inferno. — Ele sorri daquele jeito que quase me faz sorrir junto.

Mas não desta vez.

— Que opções você tem? — questiona Fernando, irritado, e eu me espanto ao perceber que ele decidiu jogar duro. — Daqui a um ano, seu pai vai casá-la com algum barão do café, gordo e repulsivo. Você nunca mais vai gozar na sua vida, a não ser que o faça sozinha ou tenha um amante. Eu cumpriria esse papel com grande prazer, mas não é mais fácil casar-se *comigo*?

— Por que precisa tanto de mim, Fernando? — indago, pouco convencida de seus motivos. Que ele me quer e me estima, é óbvio. Que queira prender-se a mim para sempre, já não é tanto.

— Porque não consigo ficar nem dois dias longe de você — ele declara, puxando-me para si.

Não há doçura nem gentileza; nosso beijo é bruto, raivoso. Eu me desvencilho empurrando-o com toda força, como se empurrasse junto a tentação.

— Esse sentimento é doentio — retruco, as mãos tremendo enquanto esfrego a base do pescoço. — Não é amor, e sim alguma paixão mórbida...

— Talvez, porém mais excitante que se casar com um velho impotente, não lhe parece? — Fernando se afasta com ar desafiador. — Ou, pior, se casar com um velho que ainda funciona, mas que não sabe meter. Porque é isso que seu pai vai lhe arranjar, esteja certa.

— Então devo me casar com você não porque nos amamos, mas porque não posso ter nada melhor? — pergunto, a voz trêmula de indignação. Ou talvez eu não esteja de fato enfurecida, e sim apavorada ante minha perspectiva de futuro.

Fernando dá alguns passos pelo corredor, na direção da escada.

— Mas nós nos amamos; não sou eu quem duvida disso — declara.

E finalmente ele me deixa a sós.

16

Quando o doutor Pimentel me procura para tratar das pendências relativas à morte de Erasmo, atendo-o com má vontade, desanimada ante a ideia de resolver aquilo sozinha. Como viúva, porém, é necessário que eu solicite a abertura do inventário.

O advogado, um homem muito alto e magro, grisalho, que pigarreia constantemente, mostra-me um telegrama detalhado enviado por meu pai dias atrás, antes de embarcar para o Brasil. Recordo-me, envergonhada, de ter recebido um telegrama também, breve, em que papai me avisava da iminente visita do advogado de Erasmo. Os assuntos relativos a Fernando haviam apagado aquilo de minha mente.

Indago se não podemos esperar a chegada de meu pai, e o doutor Pimentel responde que não há necessidade. Com sua ajuda, posso tomar as primeiras providências. É o desejo de meu pai, e consigo imaginá-lo dizendo: "Quem começa cedo, acaba cedo".

O advogado explica que, como meu marido não teve filhos, o processo deverá ser rápido. Erasmo era um homem rico, mas de negócios pouco diversificados: basicamente a fazenda, a loja, alguns imóveis de aluguel e dinheiro investido. "Muitos ovos na mesma cesta", comenta o doutor Pimentel.

No telegrama, meu pai comunica que deseja vender tudo, incluindo o palacete dos Campos Elísios, e investir a quantia auferida, mas disso ele cuidará no futuro. Espanto-me um pouco com a decisão radical, embora, no fundo, sinta-me aliviada. Não quero ter nenhum laço com o falecido.

O telegrama é tão detalhado que, nele, papai diz ao advogado que devo voltar para casa — a casa de solteira.

Não é algo que eu queira fazer, e não pretendo obedecer.

Sem o frenesi provocado por Fernando, os dias voltam a ser monótonos. Uma carta, porém, vem quebrar o tédio, inserindo em meus pensamentos um novo e inusitado personagem: Marcelo.

Estimada Glória,

Antes que perca muito tempo a especular sobre o motivo desta missiva, já adianto: eis uma carta de amigo. Amigo que, em respeito às convenções, procura não impor sua presença na casa da amiga viúva, já que isso desencadearia comentários na vizinhança.

O amigo é médico, mas a amiga, com a graça de Deus, goza de perfeita saúde, então esse pretexto já não existe. A solução foi escrever, o que envolve apenas um menino de recados pouco interessado na natureza das relações entre adultos.

Preocupa-me não ter notícias suas, exceto boatos propagados por seus vizinhos. Eles dão conta das visitas frequentes de um rapaz solteiro — rapaz, aliás, sobre o qual eu já a alertei. Nada tenho com a vida de uma mulher adulta, que já foi até casada. A estima, porém, anda sempre de braços dados com o cuidado; e, quanto maior a estima, maior o zelo. Receio por você. Sua pouca idade e sua índole benévola não são bons escudos contra a astúcia e a falsidade.

Não sou desses que observam de longe as vicissitudes dos amigos. Se me chamar, eu me apresentarei e a defenderei com meu nome até, se necessário e se o considerar digno. Saiba que você não está só. Tem a quem recorrer.

Não tome decisões precipitadas. Se algo lhe parecer errado, não faça.

Se desejar minha presença, chame-me, e que se danem os vizinhos.

É mais que uma carta de amigo, Glória. É uma carta da mais alta estima.

Marcelo

Encerro a leitura tomada da mais pura confusão. O que ele quis dizer com defender-me com seu nome? É uma proposta de casamento? Leio a carta em voz alta para dona Isidora e faço-lhe a mesma pergunta.

— E você tem dúvida? — ela indaga, deliciada. — Ele decidiu que deveria protegê-la. É a coisa mais sensível que já vi! Lembra-se de quando ele brigou com Erasmo por sua causa?

— Como esquecer? — respondo.

— Tudo isso é muito excitante! — ela esfrega as mãos como se quisesse esquentá-las. — Fernando a quer, Marcelo também. Eu ficaria dividida!

— Ele não me quer! — protesto, afofando o penteado. — É um amigo...

— Sim, claro — dona Isidora dá uma risadinha matreira.

— Estou sem ação — confesso, fitando abobada a carta em minhas mãos. — Não sei o que responder.

— Não responda, ora. Mas pense. Ah, se eu tivesse a sua vida, minha filha...

Minha resposta, que envio no mesmo dia, é lacônica e pouco comprometedora:

Caro Marcelo,

Sua presença é sempre bem-vinda, e sim, que se danem os vizinhos. Por favor, não hesite em visitar-me.

Meditarei sobre seu conselho de não tomar decisões precipitadas.

Com carinho,
Glória

No dia seguinte, Marisa envia-me um exemplar de um jornal feminino, com um bilhete lacônico. "Meu texto, como prometido. Veja à página 12", diz. Ela disserta sobre o direito das mulheres à educação e ao voto. Sua escrita parece-se com ela: objetiva, contundente, mas um tanto gaiata. Consigo vê-la sorrir ao escrever aquele texto.

Ofereço o jornal a dona Isidora, que costura sentada ao meu lado, e ela rejeita com um sorriso constrangido.

— Isso não é para mim, filha.

Curiosamente, minutos depois me chega às mãos outro texto de Marisa, muito mais informal e interessante.

Angela aproxima-se de mim para dizer que uma senhorita chamada Ana Cecília está à porta, aguardando ser recebida. Não conheço ninguém com esse nome e olho indagadoramente para dona Isidora. Pela primeira vez desde que nos conhecemos, ela enrubesce por baixo das rugas.

— A senhora conhece essa Ana Cecília? — pergunto.

— Ah, sim — responde a idosa, enigmática.

Digo a Angela que a mande entrar, e nos poucos segundos de espera fico imaginando que seja uma das senhoras da igreja, muito piedosas, fazendo uma visita de condolências. Algumas pessoas vieram ver-me após a missa de sétimo dia, mas todas avisaram antes.

Solto uma exclamação quando Pandora entra na sala, usando um vestido verde simples e um chapéu pequeno da mesma cor. Ela o retira, revelando os cabelos presos numa trança longa e grossa que começa no alto da cabeça.

— Você é Ana Cecília? — pergunto, indo até ela e beijando-a na face.

— Eu não podia dar meu nome de guerra à empregada — responde a jovem, sentando-se na poltrona a um gesto meu.

— E qual é o nome de Ariadne? — indago de Pandora, sentando-me no sofá ao lado de dona Isidora.

— Amélia — revela a moça. — Mas é segredo!

Viro-me sugestivamente para dona Isidora, e ela ri.

— Nunca tive muita imaginação. Eu era apenas a Isinha. — Ela leva a mão ao rosto, tampando uma face, e suspira. — Faz tanto tempo!

— Suas relações não andam muito boas, Glória — graceja Pandora. — Você tem duas mulheres da vida em sua sala de estar.

— Não sou mais da vida! — protesta dona Isidora, bem-humorada. — Sou uma velha distinta agora.

— Há quem discorde, mas não vim aqui falar de sua vida sexual, dona Isidora — provoca a moça. Virando-se para mim, tira da bolsa um envelope. — Em mãos — diz ela, entregando-me —, porque pode ser motivo de escândalo se vier a público.

— Devo sair? — questiona minha dama de companhia, pondo sua costura de lado.

— Não há necessidade. — Pandora dá de ombros. — O assunto não vai surpreendê-la.

Abro o envelope e retiro de dentro uma carta. Ao desdobrá-la, reconheço imediatamente a caligrafia.

— Leia — exorta Pandora, e penso ver em seus olhos um brilho feroz.

Cogito ler em voz alta, por causa de dona Isidora, mas desisto. Tratando-se de Marisa, a leitura pode ficar embaraçosa.

Amado F.,

Escrevo-lhe porque tem sido difícil encontrá-lo a sós. Há coisas que C. não deve escutar. Se descobrir minha obsessão por G., fará sermão. Ele a deseja, claro, mas não a ama como nós. Ele simplesmente não entende.

E então, retomou sua campanha? Não deve tardar, F. Não deve esperar o sentimento de G. amainar. Penso que erramos mostrando a G., tão francamente, nossa verdadeira natureza. Ela teve uma criação por demais religiosa e convencional, como a maioria das moças, e o resultado é esse recato hipócrita, que se esfacela à menor bolinação. Felizmente os fatos de minha infância e adolescência tiveram a virtude de me curar dessa falsidade, garantindo-me o prazer pleno, sem remorso.

Mas, enfim, o fato é que erramos. Tudo que conseguimos foi assustá-la. Tivesse você sido o príncipe de contos de fadas, o cavalheiro nobre e apaixonado, o sedutor convertido, hoje estaríamos mais perto de nosso propósito.

Apesar de meu tom acusatório, não é uma carta de recriminação. Sou justa: fiz a crítica, agora faço o elogio. Você atingiu plenamente nosso primeiro objetivo, que era viciá-la no prazer, escravizá-la ao gozo. Tenho convicção de que ela faria e fará tudo por você. Afinal, conheço, por experiência, seu talento de alcova, que é ainda superior ao de C., porque além de técnica tem sentimento. Quando estamos juntos, acredito que me ama, que nunca amou nenhuma outra com tanta força. Se é assim com ela, certamente pode convencê-la de seu amor e devoção.

O próximo passo é crucial. Precisa reconciliar-se com ela, levá-la ao altar, trazê-la para nossa família. Felizmente aquele inútil morreu, e com isso G. pode ser muito mais do que nossa amante: ela pode ser nossa família. Com ela, seremos quatro, um quadrado perfeito.

Seja covarde, seja sórdido! Jogue-lhe na cara os favores que ela nos deve. As horas que C. passou convencendo a polícia a não investigar um possível crime de vingança, e sim um assalto. O dinheiro que ele gastou para comprar o silêncio dos empregados dela, a fim de que não falassem da rotina de violência naquela casa. O aborrecimento que tive organizando o enterro daquele pulha. Tudo que fizemos para preservá-la, mantê-la segura e tranquila ao nosso lado. Porque eu a amo. Eu a amo desde sempre, desde antes de entender o que é o amor. Você também a ama — do seu jeito irresponsável, desprendido, volúvel, mas ama. Vejo em seus olhos, vejo na sua falta de jeito quando falamos dela.

Como lhe disse, C. não entende esse sentimento. Para ele, G. é só uma fêmea desejável entre tantas outras. Mas até ele percebeu a oportunidade que temos em mãos, de criar para nós um pequeno mundo dedicado somente ao prazer. Nessas coisas é preciso ser discreto, porque a sociedade não perdoa, e há que ter cuidados de saúde também. Prostitutas, lindas e asseadas que sejam, trazem em si muito risco. É conveniente formarmos um grupo fechado, pequeno, exclusivo e seguro. G., juntando-se a nós, realizará nosso ideal.

Não podemos perdê-la para outro marido idiota que lhe matará o espírito e a fará ter medo — não somente do flagrante, do escândalo, mas do próprio prazer.

A hora é agora, F.

Convença-a, enfrente o pai, traga-a para nós.

Meu amor é grande; eu o divido com C., com você e com ela. Minha vida, com isso, ficará completa.

Não fracasse.

Beijos ardorosos,

M.

Solto a carta e tapo a boca com as duas mãos, enquanto a folha cai suavemente no carpete aos meus pés. Um misto de ânsia e rancor me invade. Como em tudo que diz respeito àquela família, nada é surpreendente e tudo é chocante.

As duas mulheres me observam, Pandora de semblante grave e olhos em fogo, dona Isidora sem compreender nada.

— Desde o início, fui levada a ter uma ligação com Fernando, porque Marisa assim queria — explico a ela, mas também para mim: estou dizendo em voz alta e tornando real a constatação.

— Porque ela a ama "desde sempre" — Pandora recita com desdém.

— Fernando não ama você? — indaga dona Isidora, desapontada.

— Quem sabe? — Dou de ombros. — E o que importa?

Pego a carta do chão e passo os olhos rapidamente pela caligrafia bonita de Marisa, inclinada para a direita, alongada, os Ts, os Ds, os Ls compridos, assim como a perninha dos Ps, dos Gs e dos Qs. Algumas palavras parecem saltar, dançar, acenar. *Amor. Gozo. Sórdido. Covarde. Hipócrita. Falsidade.*

Quase estendo a carta para dona Isidora, então lembro que ela não sabe ler.

— A senhora é uma defensora ardorosa de Fernando, não é? — dirijo-me a ela, sorrindo, mas meu rosto dói. — Pois saiba que ao me cortejar ele cumpria ordens, minha querida. Marisa ordena, Fernando obedece. É assim que é. Ele deve amá-la muito, e César também. Deve ser louco por essa mulher. O trabalho que teve na noite em que Erasmo morreu, só porque sua esposa me estima...

— Não é bem assim — Pandora me corta. — Ele se protegeu também, pois poderia ser considerado suspeito. Erasmo o tinha ameaçado horas antes.

— César é um bom homem — declara dona Isidora com veemência, e troca um olhar significativo com Pandora. — Nunca duvidem disso.

— Não duvido — respondo, um pouco surpresa. — Na verdade, dos três, parece ser o melhor. Ele não está envolvido na "conspiração", se posso usar essa palavra. Marisa e Fernando é que estão empenhados em me aliciar, como dizia Erasmo.

Desato numa gargalhada perturbada, sob o olhar surpreso das outras duas.

— No fim, Erasmo, em sua loucura, estava certo! — exclamo, rindo. — Ele estava *certo*! Ele queria me proteger de um perigo real... Não precisava me prender e torturar para isso, naturalmente, mas a motivação era bem fundamentada... — O riso me sacode o corpo ainda por um minuto, e luto para contê-lo, consciente da perplexidade de minha plateia.

— Vou buscar água — oferece-se Pandora, levantando.

— Não! — Faço-lhe um gesto veemente para que ela torne a se sentar, e ela obedece devagar. — Já estou voltando a mim — asseguro, tentando sorrir de um jeito que não me faça parecer insana.

— Afinal, o que aconteceu com Marisa quando era nova? — pergunta-me Pandora, referindo-se a um trecho da carta.

— Não sei — confesso, a voz e a respiração já normalizadas. — Ela nunca se deu bem com o padrasto; brigavam muito, e a mãe nunca a defendeu. Mas não me lembro de ela mencionar agressões físicas.

— Bem, o que quer que seja, mexeu com o juízo dela. Não vejo muita diferença entre seu falecido marido e a mulher que redigiu essa carta.

Aquilo cala fundo em mim, e eu balanço a cabeça, assentindo.

Dobro a carta, fecho o envelope e o devolvo a Pandora.

— Como encontrou isso? — questiono.

Ela não me responde de imediato, parecendo avaliar se estou preparada para saber. Então, revela, falando pausadamente:

— Ontem, no chão do meu quarto, depois que Fernando saiu. Deve ter caído do bolso dele.

Isso me choca, tanto quanto a carta.

— Ele foi ao Caresse ontem? — indago, a voz tremendo.

— Não só ontem — informa Pandora, seca. Ela vê minha reação, mas não vai abrandar o golpe. — Ele continua a ser bastante assíduo.

— É homem! — diz dona Isidora, como se lesse meus pensamentos.

— É um descontrolado! — respondo com aspereza, e Pandora sorri.

— Tome — ela me diz, estendendo-me de novo o envelope que lhe devolvi. — A carta é sua. Pode destruí-la ou guardar para quando precisar se lembrar de por que chutou Fernando.

— A decisão é de Glória, sua pequena mexeriqueira — lembra dona Isidora, sem agressividade.

— Tem toda razão — concorda a moça, e me encara. — A decisão é sua. Eu só quis que fosse uma decisão *informada*. Se aceitar esse casamento, entrará nele sabendo que está se unindo não somente a Fernando, mas a Marisa. Ela não será uma parceira ocasional, ela será sua sombra.

Balanço a cabeça em assentimento. Pandora está certa. Não é um casamento aberto; na verdade, é bem fechado, com quatro paredes sólidas.

Então é isso. Esse é o verdadeiro Fernando, um fantoche de Marisa, um amante dissimulado capaz de, num minuto, me fazer crer num sentimento genuíno e, no instante seguinte, provar que não tem por mim nem ao menos respeito básico. Ou os dois Fernandos eram reais? Porque eu não posso ter sido tão tola, tão ingênua. Eu sentia a emoção dele quando estávamos juntos.

No entanto, preciso ser honesta comigo mesma e admitir que percebia também sua inquietude, seus olhos curiosos perscrutando o desconhecido, as aventuras perdidas, a vida fora de nossa alcova. Fernando não pode ser feliz em equilíbrio, em uma relação estável e exclusiva. Não pode estar preso, circunscrito, por mais que ame sua gaiola.

Marisa é o amor que o deixa solto. Nunca lhe dá a liberdade completa, mas permite-lhe voos que cumprem bem sua função de recreio e loucura. Ela deve ser sua metade da alma, a mulher a quem ele realmente pertence e pertencerá para sempre. Por ela Fernando se casaria comigo, e por ela me atraiçoaria incessantes vezes.

Ela é forte, firme, dominadora. Dá-lhe segurança sem sufocá-lo. Ela lhe dá o que ele não tem. E o que eu não posso dar.

Sei agora que Fernando não é um homem, e sim um moleque. E eu não sou uma mulher, e sim um títere. Juntos, não somos um casal. Somos uma farsa.

Percebo que as duas estão me olhando, compadecidas, e que meus olhos estão marejados. Respiro fundo, trazendo as lágrimas de volta para o lugar de onde nasceram. Preciso que outro assunto venha salvar-me da onda de emoção que ameaça afogar-me, e lembro-me de mostrar a Pandora a carta de Marcelo.

Ela a lê rapidamente, com uma expressão que não consigo decifrar, mas que me parece divertida.

— Você, que é amiga dele, sabe o que ele quis dizer exatamente? — indago, inclinando-me para ela.

Pandora sorri, devolvendo-me a carta.

— Ele gosta muito de você — responde. — Você ficaria surpresa.

— Como assim, Pandora?

— Não cabe a mim dizer.

Ela não cede, e eu não insisto. Na verdade, aquela me parece uma questão de menor importância diante da enormidade da traição de Fernando. Fosse ele somente um homem infiel, não teria me chocado tanto quanto sua associação com Marisa.

Pandora foi sábia ao deixar comigo a carta de Marisa, pois recorro a ela para renovar minha convicção a cada bilhete que Fernando envia — ora insinuante, ora suplicante —, solicitando ver-me. Ele já veio pessoalmente, mas mandei Anísio barrá-lo, o que foi embaraçoso o suficiente para que ele não tentasse de novo. Passou a recorrer aos bilhetes e a rondar a casa.

Dona Isidora faz o papel de sua advogada e defende-o às vezes, com cautela para não me agastar. Ela não entende o que pode haver de tão terrível em entrar para uma família ainda mais rica e influente que a minha e ser mimada não só por uma, mas por três pessoas. Para alguém que passou boa parte da vida como prostituta, o que Fernando me oferece parece muito sedutor. Ela raramente intercede por Marcelo, a despeito de sua grande simpatia por ele, pois julga que sua condição financeira seja um fator desfavorável.

Presa de uma aversão orgânica por Marisa, não consigo mais dissociá-la de Fernando. Da janela, ao vê-lo rondar a casa, vejo a sombra dela colada nele.

Fernando me faz falta — há dez dias não o vejo —, mas Marisa me põe medo, então, entre o prazer e o risco, escolho a paz. Vou mais vezes à igreja, embora não ouse me confessar ao padre, e dedico mais atenção à rotina doméstica. Nisso, dona Isidora é de um valor incalculável: conhece todas as tarefas e o melhor modo de desempenhá-las; costura razoavelmente e me ensina alguns macetes; detesta cozinhar, mas sabe inúmeras receitas e truques de culinária. Com ela a meu lado, a casa funciona com precisão e eficiência.

O que não funciona tão bem é meu corpo. Minhas regras estão atrasadas. Cogito procurar Marcelo e, numa impressionante sincronia, ele me envia um bilhete perguntando se pode visitar-me. Após uma breve hesitação, respondo-lhe que não, pois é justamente o dia em que meus pais chegarão da Europa. Não ignoro, porém, que o motivo real da procrastinação é o medo de descobrir a verdade.

Tirando essa apreensão da mente, vou esperar meus pais na casa deles, em Higienópolis, e de pé no saguão de entrada reflito sobre tudo que vivi desde que morava ali. Recordo a moça inexperiente de dezessete anos que passava rindo, aos pulos, empolgada com bailes e com a perspectiva de se casar. A mesma perspectiva, agora, era sombria.

Observo pela janela a carruagem parar diante dos portões. Dois dos empregados, que já estão lá embaixo, ajudam o cocheiro com a bagagem, enquanto meus pais encaminham-se para a casa de mãos dadas, num gesto teatral, como se fossem valsar.

Abro a porta para que todos entrem. Meus pais chegam primeiro. Pelo semblante relaxado de ambos e pelos olhares enlevados que trocam, percebo que a lua de mel foi bastante satisfatória. Papai, um homem seco e reservado, olha para minha mãe como se ainda o surpreendesse tê-la conquistado — segundo mamãe, foi um casamento por amor, embora ela obedecesse à vontade do pai. Conveniência e sentimento tinham se apaixonado também.

Meu pai encara-me sem saber o que dizer à filha que deixou casada e que reencontra viúva. Mamãe lhe dá mais tempo ao se precipitar para mim e me envolver num abraço vigoroso e perfumado. De bochecha colada com a dela, fico espantada com a sensação profunda de alívio e conforto que me invade. Eu nem sabia que sentira tanta falta de minha mãe.

Papai também me abraça, mais acanhado, mais rápido, e noto que nenhum deles diz que sente muito.

— Fizeram boa viagem? — pergunto, enquanto os dois criados passam por nós com as malas e baús.

— Perfeita! — responde mamãe, entusiasmada. Seu vestido, certamente parisiense, é como um quadro a óleo com pinceladas de rosa e coral sobre um fundo branco. A despeito de seu orgulho da pele alva, está levemente bronzeada. — Nunca esquecerei a Côte d'Azur! — declara com olhos brilhantes. — E pensar que foi totalmente inesperado, nem estava nos nossos planos... Quer saber uma coisa incrível? Seu pai tomou banho de mar comigo, Glória! Banho de mar!

O olhar que trocam revela que fizeram bem mais que tomar banho de mar. Meu pai rapidamente se recompõe.

— Haverá tempo para relatos de viagem — diz ele, segurando-me os ombros. — Neste momento, porém, quero que me conte em detalhes sobre o falecimento de Erasmo.

— Ele foi encontrado na Várzea do Carmo, à margem do Tamanduateí — digo, e meu pai balança a cabeça impaciente, pois essa informação constava do primeiro telegrama. — Bem, aconteceram outras coisas antes — suspiro, preparando-me para o relato.

Nós nos sentamos na sala de estar, eu no sofá com mamãe segurando minha mão; meu pai na poltrona mais próxima. Ao contrário do que eu esperava, minha narrativa é breve e não dura mais que alguns minutos. Falo desapaixonadamente sobre o cativeiro, como se não fosse comigo, ou não tivesse acontecido há apenas dois meses. Não dou detalhes de tudo que se passou, mas palavras como fome, medo, estupro e açoite, ainda que ditas de passagem, provocam reações intensas. Papai se remexe na poltrona, mamãe leva a mão livre à boca, e sua cabeça não para de balançar de um lado a outro.

Omito a parte sobre ter sido levada ao Caresse, pois temo que deixe meu pai mais irado do que todos os abusos cometidos por Erasmo — afinal, como aceitar que sua filha *pisou* num bordel? Atribuo meu resgate a dona Isidora, mas dou a entender que fui direto para a casa dos Albuquerque. Meu pai torce os lábios em desaprovação — ele tem uma profunda reserva com aquela família, e agora penso que entendo o motivo.

Comento com gratidão o acolhimento de César e Marisa, principalmente os esforços do primeiro para que a investigação policial não tomasse um rumo que me trouxesse complicações. Sobre minha ligação com Fernando, nada menciono, visto que poderia me render uma nova surra de chicote.

— Agora estou na minha casa, acompanhada de dona Isidora — concluo.

Minha mãe me abraça com os olhos cheios de água.

— Ficará conosco — ela afirma, apertando-me. — Meu Deus, que pesadelo você viveu! Não consigo nem pensar nisso sem ficar nauseada. Mas agora acabou, você vem para cá e logo vai superar tudo isso.

— Venha imediatamente — ordena meu pai. — Vá pegar suas coisas. E peça que dona Isidora converse comigo. Vou recompensá-la por tudo que fez.

Eu demoro a responder, esperando que minha mãe me solte.

— Prefiro continuar naquela casa até que seja vendida — declaro, olhando firme para meu pai. — Eu me habituei a viver longe de pai e mãe, e dona Isidora é uma excelente companhia.

— Por que isso? — meu pai se inflama. — Seu lugar é aqui, agora que está sem marido. Essa situação não vai durar muito tempo, claro. Embora devamos respeitar ao menos um ano de luto, já começarei a tratar de um novo casamento para você. É muito nova e deve recomeçar a vida tão logo possível.

Sorrio sem vontade. Papai não está preocupado com meu "recomeço"; ele só não concebe a ideia de que uma mulher não tenha a tutela de um homem.

— Enquanto isso, fico nos Campos Elísios — insisto. — Há cerca de dez empregados naquela casa que não podem perder o emprego de uma hora para outra. Se eu continuar morando lá, eles terão escolha: procurar nova colocação ou permanecer à espera do novo proprietário. Lembre-se de que dois deles, Anísio e Angela, ajudaram no meu resgate.

— Eu os recompensarei também, e eles tomarão seu rumo. — Papai mostra-se tão obstinado quanto eu. — Não entendo esse afeto súbito por empregados. Não há por que manter essa despesa, se você pode viver aqui com todo conforto.

— As despesas, no fundo, são minhas, já que o ordenado deles e a manutenção da casa são custeados pelo dinheiro de Erasmo que o advogado disponibilizou-me — explico.

— Não falemos disso agora — intervém minha mãe. — Mal chegamos! Vamos nos lavar e comer alguma coisa.

É minha deixa. Ergo-me, alisando a saia, e me despeço deles, prometendo voltar no dia seguinte.

— Glória — meu pai me chama, antes que eu saia. De pé, de braços cruzados, ele me olha desconfiado. — Não fez nada que possa ter provocado seu marido a ponto de levá-lo a cometer esses atos tão bárbaros?

O questionamento é tão chocante que demoro a reagir, sentindo o ar entrar com pequenos trancos em meus pulmões.

— Por que é tão difícil acreditar que o problema estava nele e não em mim? — pergunto, a voz trêmula de raiva. Dirigindo-me a minha mãe, peço: — A senhora pode visitar-me amanhã? Não me sinto bem aqui.

Retiro-me sem esperar resposta, deixando meu pai ultrajado e minha mãe perplexa.

Meu pai terá de me trazer à força se quiser realmente que eu volte a viver ali.

Por três dias, mamãe me faz peregrinar pelas casas de amigas e parentas distantes, a fim de entregar-lhes os presentes que comprou em Paris. Perfumes, laços, fitas, babados, presilhas de cabelo, óleos para a pele, pós para o rosto, jornais de moda, suvenires — tudo provoca gritinhos e beijos, enquanto observo, enfastiada.

Nada surpreendentes, porém muito irritantes, são as observações quanto ao meu futuro. Algumas ignoram por completo meu luto e especulam abertamente, perguntam-me se não me agrado de fulano ou se conheço sicrano. Uma amiga de mamãe chega a indagar se nunca pensei em Fernando como pretendente, e eu engasgo com um pedaço de bolo de banana.

Quando a sós com mamãe no coche, queixo-me dos comentários das mulheres, e ela responde:

— Não é uma recriminação, querida, mas vê-se no seu rosto que o luto é mera indumentária, não atinge a alma. Se estivesse abatida, devastada, elas não seriam tão enxeridas. Não na sua frente.

Ensaio uma defesa, mas mamãe ergue a mão num gesto pacificador.

— Eu disse que não se trata de recriminação — diz ela. Estranho, porém, seu semblante grave. Mamãe prossegue, cautelosa: — Há, no entanto, algo que preciso conversar com você. Circulam boatos, Glória...

Algumas amigas me disseram que Fernando lhe fez visitas enquanto eu e seu pai estivemos fora. Isso é verdade?

A pergunta não me pega de surpresa, mas é de todo modo embaraçosa.

— É verdade, mãe — confirmo, respirando fundo.

— Vocês tiveram um namoro? Ainda estão juntos?

— Já terminou.

— E quão longe foi?

Suspiro, cruzando as mãos sobre as pernas, enquanto o veículo chacoalha.

— Bem longe.

Mamãe morde o lábio inferior, apreensiva.

— Não me espanta — comenta. — Você já não é nenhuma donzela, e ele... Ninguém ignora que seja um moço bastante... *ativo*.

Ativo é um eufemismo curioso.

— Por que chegou ao fim, querida? — ela quer saber.

— Quando chegarmos à minha casa, eu lhe mostrarei uma carta — informo. — Em resumo, Fernando aproximou-se de mim a mando da cunhada. Marisa queria tornar-me parte da família.

— Bem, ela sempre adorou você — lembra mamãe, acariciando meu rosto como se achasse impossível que alguém não me adorasse.

— Digamos que atualmente essa adoração tenha ganhado contornos um tanto... indecorosos.

— Não! — Mamãe tapa a boca com ambas as mãos.

— Sim.

Os olhos de mamãe vagam enquanto ela organiza os pensamentos.

— Isso é muito... muito depravado! — exclama. — Então, naturalmente você se assustou e rompeu com Fernando. Ainda o ama?

As palavras me fogem e meu rosto deve expressar alguma angústia ou anseio, pois mamãe bate carinhosamente em minha mão, consolando-me.

— Talvez o ame, não sei ainda — respondo. — Sinto falta dele. Às vezes é tão forte que preciso controlar o impulso de procurá-lo e aceitar qualquer coisa que ele queira de mim.

— Os canalhas são os mais encantadores — filosofa minha mãe. — Os homens honrados quase nunca são tão carinhosos e apaixonados quanto os patifes. Veja seu pai... Você jamais pensaria que ele é louco por mim.

— O que a senhora sabe sobre canalhas? — pergunto sem pensar.

— Fui muito assediada antes de me casar, minha filha — ela se gaba. — Mas nunca fui tola e soube escolher muito bem. Meu pai sempre foi muito empenhado em agradar-me, e eu acabei me casando com quem preferi.

— Então sou tola por ter-me envolvido com Fernando? — deduzo, aborrecida.

— De modo nenhum! — ela ri e aperta minha mão. — Afinal, não se casou com o calhorda. Mas aproveitou, não aproveitou?

— Ah... sim! — concordo, sentindo o rosto queimar.

Intimamente, receio ter aproveitado *demais*.

Não posso mais ignorar o atraso das regras.

Penso novamente em chamar Marcelo para me examinar, mas considero embaraçoso demais pedir-lhe que me examine para constatar uma gravidez. Justo ele, que me alertou contra Fernando e os demais. Eu não saberia como encará-lo.

Parte 3

O Amor

17

Após alguns dias sem ir à casa de meus pais, minha mãe me diz que papai quer oferecer-me um jantar de reconciliação. Ele pede que dona Isidora vá junto, a fim de que ele possa demonstrar sua gratidão à mulher que teve papel fundamental no meu resgate.

Ajudo minha dama de companhia a se arrumar, já que ela está receosa de não se vestir adequadamente para jantar com meus pais.

O palacete de Higienópolis é mais novo e mais imponente que o dos Campos Elísios, e percebo claramente como a intrépida Isidora está intimidada ao adentrar o *hall*.

— Minha querida — digo-lhe, segurando sua mão fria —, papai a convidou para agradecer-lhe, não para avaliá-la.

— É isso mesmo — declara minha mãe, surpreendendo-nos com sua chegada. Luminosa num vestido azul-escuro acetinado, ela se inclina para beijar dona Isidora no rosto. — Euclides e eu queremos expressar nossa gratidão. Não sei se Glória teria saído viva daquela situação sem seu auxílio.

— Como eu poderia me negar a ajudar essa menina? — pergunta dona Isidora, emocionada com a recepção calorosa. — Ela é um pouco minha filha também.

Papai chega em seguida, com um sorriso falso colado ao rosto. Não que ele não se sinta agradecido a dona Isidora — ele só gostaria de não precisar confraternizar com ela. Não é um homem sociável e decididamente não sabe lidar com velhas simplórias de classe social inferior. Numa palavra, meu pai é elitista.

Na sala de visitas, depois que nos acomodamos, ele entrega a dona Isidora um estojo grande e achatado. As mãos idosas tremem ao abrir a caixa e encontrar um terço de ouro, com pérolas no lugar das contas e uma cruz de ouro maciço cravejada de cristais minúsculos.

Não é uma joia especialmente cara, mas dona Isidora reage como se papai lhe houvesse oferecido a coroa do destronado D. Pedro II.

— Não aceito — ela diz, com uma rudeza não intencional provocada pelo nervosismo. — Meu Deus, quanto custa isto? O que uma velha como eu vai fazer com uma joia destas? Isso não foi feito para mim; veja como é delicado, vai ficar horrível na minha mão áspera e grossa de mulher da lida... Perdão, mas não posso, não!

— Seria uma ofensa inenarrável — responde meu pai, separando as sílabas de *inenarrável*, e sua voz trai sua impaciência, pelo menos para mim. — Por favor, é imperioso que aceite.

— Dona Isidora, esse terço não custa nenhuma fortuna, acredite! — argumenta minha mãe. — Glória perdeu uns quatro desses quando era menina, não perdeu, filha?

Guardo até hoje o terço que ganhei aos dez anos, mas confirmo.

— Perdi uns seis. Por favor, dona Isidora, isso não é nada, é só um mimo. Por favor? — insisto, puxando a manga de seu vestido como se eu tivesse quatro anos de idade.

— Está bem — ela capitula, e seus olhos brilham quando ela manuseia o terço.

Papai levanta o fundo do estojo e tira de lá um envelope.

— Isto complementa o presente — ele explica. — Por favor, pegue.

— Eu leio muito mal, senhor — retruca dona Isidora, sem obedecer.

— Esses papéis a senhora há de saber ler — graceja meu pai, e a piada me parece cruel, desnecessária.

Com o terço entre os dedos, dona Isidora pega o envelope, abre-o e emite um gritinho de choque misturado com deleite ao constatar que se trata de dinheiro. Não sei qual é a quantia, mas não imagino que papai tenha dado um valor muito alto. Além de elitista, ele é avarento. Contudo, para alguém como dona Isidora certamente é uma quantia considerável, pois seus olhos só faltam pular do rosto enquanto ela conta as cédulas discretamente, sem tirá-las do envelope.

— Vocês querem que eu tenha um ataque — murmura, atônita. — Estou quase me arrependendo de ter ajudado Glória!

Meu pai ri, enfim, e ri de verdade, com gosto.

A partir de então, começa a tratar dona Isidora com espontaneidade, como se ela fosse uma matriarca da família. Ele provavelmente esperava uma velhinha cobiçosa e se surpreendeu ao perceber que minha dama de companhia não me ajudara pensando em recompensas.

A noite poderia ter continuado agradável, não fosse a chegada de um visitante que até então não fora mencionado: Saulo Nóbrega, advogado, amigo de meu pai desde os tempos de faculdade. Um homem de mais de cinquenta anos, cabelos grisalhos abundantes nas laterais e escassos na frente e no alto, robusto, de bigode e suíças. Devia ter sido bonito quando jovem, mas agora era um senhor de nariz grande, orelhas ainda maiores e considerável papada. Eu o conhecia desde menina e não tinha nenhuma reserva quanto a ele, mas hoje, ao vê-lo entrar na sala, entendo que é um inimigo. Ele havia ficado viúvo seis meses antes.

Se eu tivesse alguma dúvida da intenção de meu pai ao convidar seu amigo, ela teria se dissipado em menos de cinco minutos. Ele faz questão de se sentar ao meu lado, embora haja outros lugares, e esforça-se por colar a coxa na minha, ainda que o sofá seja amplo o bastante para nos sentarmos com a distância de uma pessoa entre nós. Faz galanteios desajeitados, diz que o vestido preto vai bem com minha alvura; que para andar comigo é necessário um mapa, pois minha beleza é desnorteante; que meu marido deve ter morrido feliz por ter sido casado com um anjo...

— Não creio que morreu feliz, pois quebraram o pescoço dele — comento, recebendo um olhar irado de meu pai e horrorizado dos demais. Até dona Isidora, cujo bom humor supera de longe o senso das conveniências, parece embaraçada.

Depois disso, decido suportar calada as lisonjas, mas felizmente minha grosseria parece ter secado a cota de asneiras do amigo de papai. Durante o jantar, ele ocupa um lugar diante de mim, e seus olhos azuis não me abandonam. Não me fita com enlevo ou admiração, mas sim com lascívia, e parece-me impossível que papai não perceba.

Alimento-me pouco e mal, sem saber se a falta de apetite provém de meu desgosto com a presença do visitante ou se tem a ver com a náusea que senti de manhã e que me fez pôr para fora o desjejum. Quando as sobremesas são servidas — arroz-doce, merengue e quindim —, sinto a boca salivar, mas de um jeito ruim. Só de olhar o arroz-doce, o jantar decide fazer o caminho de volta.

Levanto-me de supetão, derrubando a cadeira, mas o primeiro jato cai sobre a mesa. Mortificada, e ainda dominada pela náusea, corro para fora da sala de jantar, tropeçando nas saias. Não vou muito longe: o segundo jato me faz ajoelhar no corredor, e inclino-me para a frente a fim de vomitar o mais longe possível do vestido. Dona Isidora surge do meu lado e se ajoelha também, amparando-me.

É minha mãe, cuja presença eu não havia notado, quem me entrega um pano úmido para que eu limpe meu rosto.

— Vão para a saleta — recomenda minha mãe, quando eu me levanto. — Pedirei a alguém que limpe isto aqui e irei ter com vocês em seguida.

Estou sufocando; uma vez na saleta, dona Isidora ajuda-me a tirar a parte de cima do vestido e a afrouxar o espartilho. Minha mãe entra em seguida, e noto sua perturbação ao ver parte das minhas costas. Ela já havia visto antes, mas ainda não se habituou.

— É a primeira vez que isso ocorre? — mamãe pergunta, parada diante de mim, a voz tensa.

— Acho que todo mundo já vomitou alguma vez na vida, mãe — respondo com ironia, para disfarçar meu medo.

— Ela vomitou hoje cedo — delata dona Isidora, sentada ao meu lado no sofá. — E antes vinha rejeitando alguns alimentos que sempre apreciou, não é? — ela se volta para mim, incisiva.

Mamãe suspira, levando a mão fechada aos lábios.

Eu poderia falar dos seios inchados e da sonolência, mas não é necessário. Nós três sabemos o que está acontecendo.

— É de Fernando? — minha mãe indaga num tom controlado. Ela não quer entrar em pânico nem permitir que eu entre.

— Sim — digo, fechando vagarosamente o espartilho.

Então ela se aboleta no sofá, entre mim e dona Isidora, e me abraça. Dona Isidora nos observa em silêncio; vejo em seus olhos um misto de divertimento e compaixão.

— Casar com Fernando — diz mamãe, afastando-se um pouco para me olhar — é a única coisa a fazer.

— Não! — Minha negativa sai aguda, raspando a garganta. — Já não lhe disse que não quero entrar para aquela família?

— Mas... o que as pessoas vão dizer da sua gravidez?

— Que o pai é Erasmo, ora! Que engravidei no dia exato da morte dele! Isso acontece. É trágico, mas acontece.

Minha mãe reflete um pouco, mas não se convence.

— Não sei, não. Gravidez de viúva é um prato cheio para maledicências... Vai ser um bebê de onze meses...

— E quem é que vai fazer contas para saber disso? — me exaspero.

— Ah, *eu* faria, se fosse com a filha dos outros! — mamãe ri, o que encobre seu desespero.

— Existe outra opção — intervém dona Isidora, séria.

Eu e mamãe a encaramos com ávida curiosidade, esperançosas de que nos revele a salvação.

— Diga! — exorta mamãe, angustiada.

— Eu tenho um preparado de ervas, lá no Caresse — ela começa, cautelosa. — Para essas coisas, sabe? As meninas estão muito sujeitas a esse tipo de ocorrência. Aí faço o chá para elas, e quase sempre dá certo. Mas tem que ser agora, neste início, quando ainda nem se tem certeza da prenhez.

Nem eu nem minha mãe dizemos nada, absorvendo a informação. Mamãe é a primeira a se manifestar, fitando-me com ar grave.

— Há que se pensar — ela me diz. — Mais que a questão da maledicência do povo, devemos levar em conta seu futuro, Glória. Encontraremos um bom pretendente para você, que aceite criar esse bebê? Um tipo como Saulo, homem de meia-idade, que já tem filhos crescidos, talvez não se importe. Já um homem jovem...

— Eu morro se me casar com esse velho, ou com qualquer outro! — declaro desesperadamente. — A senhora me trouxe para uma armadilha quando me falou desse jantar...

— Euclides não me falou da vinda de Saulo; eu também me surpreendi — defende-se mamãe. — Penso que você faria melhor aceitando Fernando, mesmo com suas excentricidades...

— Não! Já disse!

— Então tome o chá de que falou dona Isidora.

— Mas isso... isso é pecado — comento, inconformada.

— E ter um caso fora do casamento é o quê? — ela ri, um riso sardônico e irritado. — Minha filha, você já se perdeu! É jovem e pode passar o resto da vida fazendo penitência, mas neste momento está atolada até o pescoço no *pecado*. Um a mais, um a menos...

Choro em silêncio, e dona Isidora põe a mão sobre meu ombro.

— Calma — diz ela, verdadeiramente serena, ao contrário de mamãe, tão perturbada quanto eu. — Vamos encontrar uma solução. Venha, deixe-me arrumar sua roupa. Suas mãos tremem.

— Seu pai vai matá-la — murmura minha mãe, afundando no encosto do sofá e meneando a cabeça em negação.

— Dona Hortênsia! — ralha a dama de companhia. — Faça o favor de não pensar alto.

Minha mãe ergue as mãos com as palmas viradas para nós, num gesto de desculpas.

— Se você está doente, deve passar a noite aqui — determina meu pai, assim que seu amigo vai embora. Felizmente, Saulo teve a delicadeza de perceber que, se um dos convidados vomita toda a refeição, o jantar acabou.

— Não há necessidade — respondo com frieza, de pé na sala de estar. — Já me sinto melhor.

Uma empregada entra e entrega, a mim e a dona Isidora, nossos chapéus e bolsas.

— Foi um mal-estar muito estranho — comenta papai, de pé junto a uma das janelas. Ele me encara. — Vi distintamente que o arroz-doce lhe deu engulhos. Costumava ser um de seus doces prediletos.

— Os gostos mudam com o tempo — retruco. — Pegou seu presente, dona Isidora?

Ela pega no aparador o estojo; precisa levá-lo na mão porque é muito grande para sua bolsinha.

— Glória, sente-se — ordena meu pai.

Não obedeço, gelada de medo e receosa de me sentir mal novamente.

— Estou melhor, mas preciso repousar.

— Euclides — diz mamãe, de pé ao meu lado —, deixe para amanhã.

— Sente-se — ele repete, mais duro, e eu finalmente cedo. — Você também, Hortênsia. Dona Isidora, perdão. Se a senhora puder fazer a gentileza de aguardar na sala ao lado...

— Certamente — a idosa responde, retirando-se.

Meu pai fecha as portas duplas da sala de estar e volta-se para nós, eu e minha mãe, que estamos sentadas no sofá.

— O que está acontecendo? — ele pergunta, ainda de pé. Sabe que é mais intimidante, para nós, olhá-lo de baixo para cima.

— Passei mal e gostaria de descansar na minha cama, apenas isso — digo, simulando tédio.

— Seu marido a deixou grávida? — papai pergunta de chofre.

Puxo com esforço a respiração; sinto meus pulmões duros, lentos. Olho em desespero para minha mãe e parece-me que ela está tão tensa quanto eu, retorcendo seu colar, que são fios de prata entrelaçados com um pendente de rubi.

— Parece que sim — respondo, ciente de que em breve não poderei esconder minha condição.

— Isso pode atrapalhar meus planos de casá-la — ele comenta, pensativo. — Uma viúva com um recém-nascido não é uma esposa muito desejável. Muitos perderão o interesse.

— Como seu amigo Saulo? — indago, ressentida. — Por mim, se nunca mais puser os olhos nele, dou-me por feliz. O que o senhor estava pensando quando o convidou? Meu marido morreu *outro dia*, eu estou de luto!

— Você está de luto, eu não. — Ele é seco. — Devo acertar tudo o quanto antes, para que a cerimônia se dê tão logo seja conveniente. Saulo estava interessado, até você vomitar no prato dele. Eu faria muito gosto nessa união. É um advogado renomado, de família tradicional e fortuna sólida. E tem excelente caráter. Em trinta anos de casamento, foi um ótimo marido.

— Como pode saber? Talvez a mulher dele tenha morrido de desgosto. Acha mesmo que, se ele fosse violento, ela comentaria nas festas? "Ah, ele só me bate no corpo, para não marcar meu rosto!"

— Pare de inventar asneiras! — irrita-se meu pai. — Saulo é um homem de...

— Pode ser bom como São José, que criou o filho de outro, mas não o quero! — exclamo. Levanto-me de bolsa e chapéu na mão, mas não ouso sair. — Não quero um marido! Por que não me deixa em paz?

— Não está sugerindo criar esse filho sozinha, está? — Ele para na minha frente, realmente bravo.

— Por que não? — eu o desafio.

— Porque você não é uma lavadeira que não tem apoio para criar um filho de paternidade incerta — ele fala com desdém.

Estremeço e olho interrogativamente para minha mãe. Ela fez uma negativa sutil com a cabeça, indicando que não, meu pai não sabe de Fernando.

— Chega, Euclides — diz ela com firmeza, erguendo-se. — Outro dia conversaremos com calma, descansados.

— Hortênsia...

— Por favor, meu querido. — A voz dela é macia, mas não seu olhar.

Papai assente, contrariado, e vou buscar dona Isidora para irmos embora. Lá fora, Anísio nos espera no coche.

Dois dias depois, mamãe me leva a uma confeitaria da Rua Quinze de Novembro, a despeito de eu apontar a inconveniência de uma viúva recente sair para comer doces.

— Filha, você vai passar muito tempo enfurnada em casa, por causa da viuvez e de sua condição — ela argumenta. — Aproveite este momento.

À mesa, enquanto tomamos refresco de abacaxi, passo a mamãe a carta de Marisa. Durante a leitura, ela enrubesce várias vezes e sufoca exclamações. Ao final, decide ler novamente.

— O que aconteceu com Marisa quando era nova? — indaga mamãe, intrigada, quando me devolve a carta.

— Não sei — respondo de má vontade, pouco inclinada a me solidarizar com Marisa. — Talvez o padrasto tenha abusado dela?

— Talvez, coitada...

— Coitada, mamãe? — Eu quase pulo da cadeira, revoltada com o que me parece uma traição.

— Isso explicaria tanta perversão! — mamãe exclama, apontando a carta em minha mão. — Ai, filha, que infortúnio que as coisas tenham se dado dessa forma! Não fosse isso, Fernando seria um marido encantador! — ela suspira, sonhadora. Então, retoma o ar sério. — Enfim, página virada. Você deveria tomar o chá de dona Isidora. Não carregaria o filho desse moço e teria um problema a menos.

— Isso não me livraria do pateta do Saulo. Nem de nenhum outro.

— Mas abriria o leque dos patetas! Sem esse filho, aumenta a chance de encontrar um pretendente melhor, mais jovem.

Não quero dizer a ela que não desejo tirar o bebê. Foram três anos sentindo-me inútil, defeituosa, e agora que o milagre aconteceu não posso ser tão ingrata.

— Quando foi que deixou de ser católica, mãe? — indago, tentando soar bem-humorada.

— Você é muito jovem. — Ela sorri, condescendente, então fica séria novamente. — Querida, eu a chamei aqui também para lhe adiantar que Saulo não aceitou casar-se com você, por causa da criança. Seu pai ficou desolado, mas vai continuar procurando-lhe um marido, um que aceite uma viúva grávida do falecido.

Sei que minha desgraça foi apenas postergada, mas o alívio que me invade parece tornar mais doces o *éclair* e o mil-folhas de creme, que como alternadamente, feito criança. Felizmente a náusea, que me visitou de manhã, dá-me uma trégua.

— Euclides tem pressa — continua mamãe —, pois ficou abalado com a morte de Erasmo: não pela perda em si, mas pela violência. Acha que nenhum de nós está a salvo de um bandido, de um malfeitor, e que é melhor não deixar nada pendente na vida.

— Erasmo era um boêmio, estava pelo mundo de madrugada — lembro com desdém. — Além disso, seu gênio deve ter-lhe rendido inimigos. Papai não é assim.

— Você está certa, mas não tiro a razão de Euclides. — Mamãe suspira, brincando com seu pudim. — Enfim, minha querida, o fato é que seu futuro logo será definido. Estarei sempre ao seu lado, contudo não posso fazer nada que esteja além do meu poder. Nas próximas semanas, visitarei todas as minhas amigas para comunicar-lhes, em primeira mão, que você espera um filho do falecido. Uma dádiva de Deus para amenizar nossa dor. — Ela faz uma careta ao dizer isso. — Tentarei, também, abafar o boato de que Fernando andou lhe fazendo visitas. Não é algo preocupante, mas devo sufocar o mexerico antes que prospere.

Quase uma hora depois, o coche de minha mãe deixa-me diante de casa. No saguão, Angela anuncia que tenho visitas.

— *Tuo padre e...*

— E o pateta, será? — interrompo, imaginando se papai logrou convencer o amigo a aceitar-me.

Angela se atrapalha tentando explicar em português, e eu lhe faço um sinal para que não se aflija. Vou descobrir sozinha.

Ao adentrar a sala de visitas, tomo um choque. Fernando e meu pai estão sentados nas poltronas; Marisa e dona Isidora, no sofá. Minha dama de companhia olha para mim com uma expressão que traduzo como "Desculpe, não pude impedi-los, seja forte". Marisa sorri e se levanta, assim como meu pai, mas, se o sorriso dela é falso, o dele é duro, ressentido. Fernando, que me parece embaraçado, demora alguns segundos e também se ergue.

— Querida! — exclama Marisa, beijando-me no rosto. Seu vestido cor de ameixa é rendado, de mangas transparentes. Ela apertou os seios dentro do espartilho de um modo que os levanta e junta, fazendo-os parecer maiores. — Logo conversaremos — ela informa, excitada —, mas agora vou me retirar com dona Isidora para que você, Fernando e seu pai possam se falar.

Assim dizendo, ela estende a mão para dona Isidora e as duas saem.

— Como vai, Glória? — cumprimenta Fernando, sem se aproximar, mantendo-se junto a sua poltrona. Eu quase havia me esquecido de como seu rosto é bonito, um misto de virilidade e meiguice que simplesmente não pode terminar bem.

Não respondo, fitando-o com desconfiança, e meu pai me censura, sarcástico:

— Que indelicado não responder ao cumprimento de seu noivo! Surpresa com a visita? Sua mãe acabou de lhe dizer que não consegui convencer Saulo, não é? Pois a Providência veio em nosso socorro, minha filha, e agora seu futuro marido é Fernando.

Meu pai está bravo com meu comportamento após a morte de Erasmo, mas o alívio por ter-me arranjado outro marido suplanta sua raiva. A minha, porém, extravasa:

— Você procurou meu pai? — pergunto a Fernando, furiosa.

— Era meu dever, Glória — ele responde, como quem pede desculpas. — Quando soube de seu estado, percebi que a coisa honrada a fazer era pedi-la a seu pai.

— E como descobriu isso? — espanto-me, repassando mentalmente quem sabia de minha gravidez: meus pais, dona Isidora, Saulo. Quem teria sido o mexeriqueiro, o traidor?

— Saulo — diz Fernando. — Ele é amigo de meu irmão e dividiu com ele seu dilema: casar-se ou não com uma viúva grávida do marido recém-falecido? César logo desconfiou que fosse você, e Saulo não negou.

Sento-me no sofá onde estiveram Marisa e dona Isidora e passo as mãos pelo rosto, em desalento.

— Pensei que ficaria feliz com a mudança de pretendente — comenta meu pai, intrigado. Mais que isso, indignado, como se reprimisse a vontade de me dar uma surra. — Hortênsia falou-me repetidas vezes de sua aversão por Saulo, a quem você chama de "velho pateta".

— Eu só queria ser deixada em paz! — desabafo, lutando contra as lágrimas.

— Qual é o problema com Fernando, com todos os diabos? — explode meu pai, aproximando-se de mim e se inclinando para me falar mais de perto. — O moço é jovem, bem-apessoado, e você deve apreciá-lo ao menos um pouco, visto que se entregou a ele dias depois da morte de Erasmo!

— O fato de ter-me "entregado", como diz, não me obriga ao casamento! — retruco, rendendo-me ao choro de raiva. — Ele não me deflorou! Foi uma relação inconsequente, que terminou! Por que casar?

— Porque o filho é meu — diz Fernando com surpreendente calma. Ainda está constrangido, mas parece determinado. — Você foi casada por três anos e nunca concebeu. Bastou nos relacionarmos por algumas semanas e você engravidou. Qual é a conclusão lógica? Além disso, podemos pedir a um médico que estime seu tempo de gravidez. Pelos seus sintomas, dona Isidora acha que são dois meses. Se ela estiver certa, Erasmo já tinha morrido quando você concebeu.

Olho com raiva na direção da porta por onde dona Isidora saiu.

— Não a culpe! — pede Fernando, e fico impressionada com sua perspicácia, ou com o quanto me conhece. — Nós perguntamos e ela deu a informação muito inocentemente, sem saber que tentávamos deduzir a paternidade do bebê.

Balanço a cabeça em negação, inconformada. Meu pai, que se afastou alguns passos, como se eu o enojasse, comenta:

— Sua reação causa-me um desapontamento enorme. Você sofreu muito com Erasmo, e eu lhe peço perdão por ter escolhido tão mal seu marido. Compreendo que tenha se encantado com Fernando, que tenha se apaixonado, que tenha feito coisas erradas em nome desse sentimento. Mas percebo agora que não foi assim. Você é leviana, promíscua, deita-se com um homem sem estimá-lo, sem intenção de se casar com ele, e por fim o descarta. Qualquer outra moça estaria feliz por poder legitimar um relacionamento ilícito. Você errou e eu a estou recompensando unindo-a ao homem com quem cometeu esse erro. No entanto... no entanto você reage assim!

Meu choro recrudesce e Fernando, superando a hesitação, senta-se ao meu lado e me abraça. Esboço uma resistência, mas logo desisto, vencida pelo cansaço emocional. Choro em seu ombro e ele me aperta, me afaga o cabelo, me balança sutilmente como se ninasse um bebê.

As conclusões de meu pai me ferem imensamente, não apenas por serem injustas, mas porque ele entendeu tudo errado. Se há alguém leviano e insensível no meu caso com Fernando, essa pessoa é ele, não eu. Eu havia entrado naquela relação querendo amar, querendo me casar, e ele entrara para obedecer à cunhada, à amante.

Penso em mostrar a papai a carta de Marisa, mas o pensamento logo morre. A carta provará a meu pai que Fernando é dissimulado e mau--caráter, mas não me redimirá. Ele saberá que a filha criada com tanto escrúpulo é uma mulher que faz sexo não apenas por amor, mas por gostar de sexo. A carta será meu passaporte para um convento, de onde não sairei nem para criar meu filho. Meu pai o tomará e se encarregará disso. Na verdade, o convento é um cenário otimista. Meu fim talvez seja a rua, tão logo o bebê nasça.

— E então? — papai pergunta, os braços cruzados diante do peito.

— Que alternativa resta? — minha pergunta é retórica. Enxugo as lágrimas e me afasto um pouco de Fernando. — Farei o que o senhor quiser.

Numa incrível demonstração de crueldade, Marisa pede aos demais que nos deixem a sós e senta-se ao meu lado, pegando minha mão. Desvencilho-me com brusquidão, com asco, e ela não insiste, mas também não se intimida. Continua me olhando com um sorriso nos lábios.

— Temos sido amigas a vida toda e agora seremos parentes — ela começa. — Vamos cessar com as hostilidades?

— Podemos viver em paz se você esquecer minha existência — respondo com rispidez.

— Seu ódio é por ciúme de Fernando? — Marisa indaga serenamente.

— Por tudo, Marisa! Por isto!

Pego a bolsa, que está jogada atrás de mim no sofá, e tiro de lá a carta. Entrego-a a Marisa mesmo sabendo que ela pode não devolvê-la.

— Ah! — exclama ela, passando os olhos rapidamente pelo conteúdo. — Então Fernando perdeu esta carta? Ele nem se deu conta, de tanta importância que dá. Como veio parar em sua mão?

— Não importa. Como quer que eu a perdoe e seja sua amiga depois de ler isso, Marisa?

— Bem... isto prova meu amor por você. — Ela me olha séria, mas há um quê de jocoso em seus olhos e em sua voz. — Não pode me odiar por amá-la. É um bonito sentimento.

— É loucura, obsessão, doença, perversão... tudo, menos amor!

— Como sabe, Glória? — Marisa indaga com acidez. — Você enxerga dentro de mim? Meu sentimento por você, por Fernando e por César é talvez a única coisa boa e pura em minha vida. Nesta carta — ela sacode o papel —, comento sobre acontecimentos de minha infância e adolescência. Você sabe do que estou falando? Do meu relacionamento com meu padrasto e da indiferença de minha mãe. Quando eu tinha treze anos, ele me seduziu. Fomos amantes por dois anos, debaixo do nariz dela, e ela nunca se manifestou. Eu amava meu padrasto, não foi estupro; mas eu tinha treze anos! E ele me fez acreditar que era amor, que nos casaríamos, que ficaríamos juntos para sempre... Aos quinze, entendi que eu era uma recreação. Que ele nunca abandonaria minha mãe. Que ela sabia e se fazia de morta porque simplesmente detestava se deitar com ele, e estar comigo o fazia "poupá-la". A relação deles é que era doentia, insana: ela o amava, mas odiava sexo. Ironicamente, comigo deu-se o contrário: meu padrasto me fez amar o sexo e odiar o amor. Foi sua amizade, Glória, que preservou em mim um pouco de afeto, de sentimento. Graças a isso, quando conheci César, eu estava apta a ser uma mulher inteira com ele. Tão inteira, tão plena que transbordava, e abarquei Fernando no meu amor. Quanto a você... você sempre esteve dentro de mim, e agora quero que isso vá além do sentimento. Quero...

Marisa ergue a mão para tocar meu rosto, mas eu a olho com tanta repugnância que ela desiste.

— Eu lhe teria compaixão se suas atitudes fossem outras — declaro, impressionada com sua confissão, com o segredo de tantos anos, porém não o bastante para esquecer o que ela está fazendo comigo.

— Sei que parece uma violência o que estou lhe fazendo, mas com o tempo você perceberá que é por amor — justifica Marisa, veemente. — Você será feliz conosco. Faremos de tudo por você.

— Menos libertar-me.

Ela ignora o que digo e envereda por um novo tópico:

— O bebê — diz, com olhos brilhantes. — O bebê será de todos nós. Vamos criá-lo muito bem, você vai ver. Nunca sonhei em ser mãe, mas já estou feliz com a perspectiva de ter em meus braços um filho seu. César também gosta da ideia. Fernando está um pouco assustado, mas ele a ama, Glória, e vai amar o seu bebê...

— Pare com isso! — grito com a mão no pescoço, sentindo a náusea da manhã retornar. — Não ponha meu filho no meio da sua imundície!

— Vou lhe ensinar a prevenir uma gravidez — Marisa prossegue, indiferente à minha explosão. — Estamos felizes com esse bebê, mas não podemos encher a casa de filhos, isso acabaria com toda a diversão. Nunca lhe expliquei meu método, não é? Eu evito ter relações nos meus dias férteis. Quando você aprende a conhecer seu ciclo, sabe quais dias são perigosos. Foi César quem me ensinou a calcular. Ainda bem que eu nem menstruava quando estava com meu padrasto. Você sabe que, quando decidi me libertar dele, eu menstruei pela primeira vez? Foi tão simbólico, Glória... Quando assumi as rédeas de minha vida, meu corpo maturou, tornei-me de fato mulher.

Esfrego a testa e minha mão fica encharcada. Preciso vomitar, mas o ímpeto não vem, e isso está me matando. Não estou interessada nas reflexões de Marisa, quero que ela vá ao diabo.

— Claro que, se você quiser interromper a gestação, nós a apoiaremos — continua Marisa. — Dona Isidora me disse que tem um chá muito confiável. Se você não estiver preparada para ter esse filho agora, tire-o. Você é dona do seu corpo. Ninguém pode lhe dizer o que fazer com ele.

— Se sou dona do meu corpo, por que vocês não me deixam em paz? — vocifero, segurando os ombros de Marisa. Quero sacudi-la até quebrar seu pescoço, até seus olhos saltarem, mas não tenho energia para isso.

Tocá-la foi um erro, porque Marisa segura meus braços e fala junto dos meus lábios:

— Deixe-me mostrar que posso lhe fazer bem!

Ela cola a boca na minha e me puxa para si. Força a língua entre meus lábios, mas eu os fecho hermeticamente e, com uma força que arranco do íntimo, empurro-a para a outra ponta do sofá. Um bolo sobe pela minha garganta, mas não é vômito, é uma cusparada que a atinge no meio do rosto e escorre por seu queixo.

— Nunca... mais! — berro, apontando-lhe o dedo, e saio correndo, sem a carta.

Não durmo nesta noite, pois, cada vez que o sono me vence, volto ao mesmo pesadelo.

Estou no palacete da Paulista. Durante alguns minutos, o sonho é uma colagem desconexa; eu entre os irmãos, carícias, beijos, suor, cabelos grudados na pele, gemidos. As cenas são difusas, como se vapor de água nos rodeasse, borrando os rostos. Mas sei que são eles. Vejo o rosto indistinto de César mergulhar entre minhas pernas, e logo estou gozando. Quando torno a olhar, não é ele quem me fita com os lábios úmidos, e sim Marisa.

Fernando observa, de pé ao nosso lado, e sorri.

18

Na manhã seguinte, mamãe vem visitar-me e tem o bom senso de não tecer muitos comentários sobre meu futuro casamento. Mostra-se triste, solidária, e me ampara quando sou tomada por náuseas.

No final da tarde, Fernando aparece sozinho, o que não chega a me aborrecer, já que não me surpreende. Sinto-me grata por ele ter me dado aquelas horas de trégua. Se tivesse tentando falar comigo logo depois de Marisa, eu teria cometido um crime — contra ele ou contra mim mesma.

— Está melhor? — ele indaga, beijando-me na testa. Tenho a impressão de que se afasta rapidamente para evitar um golpe.

— Melhor? — rio com sarcasmo. — Eu queria morrer.

— Não pode ter tanta repulsa assim por mim! — queixa-se Fernando, segurando-me os ombros com uma gentileza que contrasta com a veemência em sua voz.

— Não é por você, é por sua cunhada — explico, olhando para o lado para não encará-lo.

— Vocês eram amigas íntimas...

— Talvez tenhamos sido íntimas demais, o que deu a ela ideias errôneas — declaro, sentando-me numa poltrona.

— Glória, ela lhe tem um afeto muito grande — argumenta Fernando, sentando-se na ponta do sofá, perto de mim. — Ela não quer lhe fazer nenhum mal.

— Bem, ela *está* fazendo. Mas você pode evitar isso, Fernando. Você pode me ajudar.

Ele se inclina para a frente, interessado.

— Diga-me o que devo fazer.

Eu me inclino também e seguro seu braço.

— Leve-me para longe dela. Vamos sair de São Paulo!

Minha proposta não vem do coração, é antes um teste. Mas, se Fernando concordasse, talvez eu considerasse perdoá-lo, resgatar o amor que já sentira.

Contudo, o interesse em seus olhos apaga-se.

— Glória, não posso fazer isso — responde Fernando, pondo a mão sobre a minha. — Logo vou me formar e provavelmente trabalharei com César no banco. Não tenho condições de me estabelecer longe daqui. Meu irmão é o patriarca da família. Nosso pai está senil, nossa mãe é muito dócil e não se interessa por nada. César é nosso esteio.

— É o homem do dinheiro — comento, amarga. Afundo na poltrona, e minha mão escapa da de Fernando. — Nem se eu mencionasse a herança de Erasmo você mudaria de ideia, estou certa?

Ele me fita em silêncio, mas a resposta é clara. De qualquer modo, eu jamais poria a mão nessa herança se fugisse com ele. Papai daria um jeito de me interditar, alegaria que enlouqueci ou que não tenho caráter.

— O fato é que você não quer ficar sozinho comigo, como um verdadeiro casal — concluo, fatigada. — Nem queria se casar, não é? Marisa é que está ordenando, e você obedece.

— Meu amor... — ele se ajoelha diante de mim para segurar-me as mãos.

— Não me chame assim! — sibilo, retraindo-me.

— Nunca mais me amará? — Fernando parece genuinamente triste.

— Como posso? — indago, perplexa. — Como posso amar o homem que está me levando para o cativeiro? Pelo menos o cativeiro de Erasmo era palpável, eram quatro paredes, e eu só precisava *sair* dali, passar pela porta. O seu cativeiro, Fernando, é mais perigoso, mais cruel. Quem olhar de fora não acreditará que se trata de uma prisão. "Mas ela tem um marido bonito e gentil, os cunhados a adoram, de que reclama? Como pode ser infeliz?"

— Você não vai ser infeliz! — protesta Fernando. — Não vou permitir. Já fomos felizes, lembra-se? Faz tão pouco tempo...

— Felizes? Você me fazia de tola e eu estava iludida. Isso é felicidade?

— Glória, eu nunca fui falso com você. — Ele continua de joelhos na minha frente e captura uma de minhas mãos. Seu toque, quente e familiar, ainda tem o poder de me perturbar, porém algo mudou. — Meu sentimento nunca foi uma invenção — ele afirma, enfático. — Não estou feliz longe de você.

— Marisa não lhe basta? — Puxo minha mão com força e o empurro pelos ombros. Ele não cai, mas me dá espaço para levantar e ir até a janela, em busca de ar.

— Marisa não é você — ele retruca, indo até mim. Colo as costas à parede, do lado da janela, para que ninguém lá fora nos veja, e ele se posta à minha frente, perto demais. — Marisa não tem essa pele — diz Fernando, acariciando meu rosto e meu pescoço. — Não tem esses olhos. Essa boca.

Permito que me beije, um pouco por inércia, um pouco por desejo, um pouco por curiosidade. Sinto o corpo arder e o espírito congelar, e pergunto-me se Fernando pode espalhar o calor até meu coração.

Seu beijo é gentil, sensual, emotivo. Insatisfeito com minha ausência de resposta, Fernando torna-se mais exigente, segurando minha cabeça, deslizando a língua ávida dentro de minha boca, apertando-me contra si e contra a parede. Ele respira alto, forte, e seu corpo todo se retesa junto ao meu. Seu desejo se avoluma e sua paixão é explícita, urgente. Abro os olhos durante o beijo e vejo a expressão profundamente concentrada e resoluta de seu rosto bonito, seu abandono... Ele é lindo e me deseja, e isso me excita, mas a volúpia sob minha pele não consegue eclodir, romper a casca. Posso deixar que ele prossiga, que me dê prazer, porém sei que não estarei inteira ali. Uma parte minha desligou-se de Fernando, e a parte que ainda o quer não consegue seguir sozinha. Percebo, com um estremecimento de horror, que nossa relação conjugal está fadada a ser assim: um estupro consentido.

Consigo virar o rosto para escapar de seus lábios, que se refugiam no meu pescoço.

— Pare, Fernando — peço com distanciamento, sem lutar.

— Você está magoada, mas vou fazê-la capitular — ele promete, procurando meus lábios novamente, mas ainda outra vez viro o rosto e evito o beijo.

— Apenas pare — repito, agora com impaciência. — Não quero chutá-lo entre as pernas.

Fernando me solta lentamente, pesaroso, fechando as mãos com força para dominar-se.

— Não me deseja mais? — indaga, confuso.

— Meu corpo o deseja, mas está em desacordo com minha alma — respondo, cansada, ajeitando o cabelo.

— Do que está falando? — ele se exaspera.

— De decepção. Uma decepção profunda, definitiva, irremediável.

Ele me olha com tristeza, com inconformismo.

— Sua decepção é porque acha que não a amo? — pergunta. — Engana-se tanto, Glória! Tanto! O que tenho com você, não tenho com Marisa. Essa troca de olhares, essa intensidade... Ela é como se fosse um camarada, com quem fumo, bebo e zombo de todos. O sexo é rude, sem sentimento. Com você é diferente. Quando estamos colados e sinto seu coração acelerado debaixo do meu, eu me emociono, me sinto pleno.

— Pensa que não percebo? — Toco seu rosto, acariciando seus lábios com o polegar. — Sei que o abalo, que atinjo algum ponto dentro de você que o deixa vulnerável e entregue. Mas você não sabe o que fazer com esse sentimento, Fernando. Se fosse um homem maduro, já estaríamos longe daqui, nós dois apenas. Infelizmente, é um moleque. É o menino que guarda a porta do cativeiro, que se apaixona pela prisioneira, mas que não tem forças para defendê-la do captor. Daí vem minha decepção, e você nem mesmo entende isso. Acha que é ciúme? Que tudo gira em torno de você? Que quero saber com quem você goza mais? Fernando, o que não perdoo em você não é seu amor por Marisa. É sua submissão a ela, tão grande que o fará entregar-me numa bandeja dourada.

— Você está dramatizando as coisas de tal modo...

— Chega — interrompo-o com aspereza, mas sem raiva. — Você não entende. Não vê que não sou um objeto ou um cãozinho de colo que você dá de presente à sua senhora. Aqui, Fernando, é o ponto em que deveríamos dizer adeus e partir levando boas lembranças. Infelizmente para nós dois, não há adeus. Estamos presos um ao outro, por escolha sua.

— Sim, chega! — ele concorda, irritado. — Chega de conversas e cobranças que não levam a nada. Vou reconquistá-la no dia a dia. Vou amá-la tanto, e com tanta força, que você se arrependerá dessas acusações.

Balanço a cabeça fingindo concordância, fechando os olhos para conter o impulso de revirá-los com desdém.

— Que seja, Fernando — suspiro. — Agora, deixe-me descansar. Tenho sentido muito sono.

Ele põe a mão em minha barriga ainda plana, num misto de reverência e receio.

— Pergunto-me se vai se parecer comigo ou com você — ele devaneia.

— Que diferença faz, meu amor? — eu rio com escárnio. — Quando me perguntarem quem é o pai do bebê, direi que não importa... Você ou César... tanto faz! Seremos uma só família, não é?

— Vou-me embora — declara Fernando, afastando-se rumo à porta. — Esses humores da gravidez a deixam intolerável! Espero que logo eu tenha de volta a Glória meiga e divertida por quem me apaixonei.

Pestanejo para ele, sorrindo, e Fernando sai aborrecido.

Tão logo ele parte, meu sorriso morre.

Tomo coragem e escrevo a Marcelo pedindo-lhe que venha. Não dou detalhes, mas peço a dona Isidora que entregue o bilhete em mãos e diga a ele do que se trata: uma consulta para confirmação de gravidez.

Angela, que sorri ininterruptamente desde que papai deu a ela e a Anísio uma soma razoável de dinheiro, vem me avisar da chegada de Marcelo. Ele sobe ao meu quarto e, para minha surpresa, está acompanhado.

— Serafina de Assis, parteira diplomada — ele apresenta sua acompanhante, uma mulher de vestido cinza, cerca de cinquenta anos, alta, magra, de busto grande e, o que me pareceu chocante, cabelos curtos.

— Boa tarde, Glória — cumprimenta-me a visitante, sorridente. O fato de ela não me dirigir nenhum tratamento cerimonioso também me estarrece, e ela percebe. — Você é jovem demais para *dona* ou *senhora*. E não gosto de salamaleques com minhas pacientes. Eu ponho a mão nas partes íntimas de vocês!

— Bem... acho que não me incomoda ser chamada só de Glória — comento, sentindo-me à vontade com a parteira. — Já que é assim... posso lhe perguntar sobre seus cabelos?

— Ah, isso? — Ela apalpa o cabelo curto, castanho-médio, farto na franja e batido na nuca. — É mais higiênico. Por que ter um cabelo na cintura, se viveria sempre preso?

— Glória — diz Marcelo, e leio preocupação em seus olhos verdes. A barba está mais cheia, o que me frustra porque gosto de ver seus traços. Contudo, acentua sua virilidade. — Você me chamou para examiná-la, mas preferi trazer-lhe Serafina. Além de ser mulher, o que a deixará mais à vontade, é uma das melhores parteiras da cidade.

— Tenho diploma do curso de partos da Faculdade de Medicina do Rio de Janeiro, mas o que realmente se mostrou decisivo em minha formação foi acompanhar o trabalho de madame Durocher e de outras parteiras experientes — ela informa, e eu movo a cabeça aprovadoramente, embora desconheça a tal madame.

— Madame Durocher foi parteira da Casa Imperial — explica Marcelo.

— Oh, que maravilha! — respondo, agora sim impressionada. — Então estou em boas mãos. Se Serafina aprendeu com a melhor...

— Está vendo? — Marcelo me sorri, o que dissipa um pouco a apreensão em seus olhos. — Você chamou um simples médico de família e recebeu uma parteira de alto gabarito, com centenas de partos atendidos. Agora vou deixá-las a sós.

Serafina me faz perguntas sobre minha saúde, meus hábitos, meus sintomas, a data em que as regras vieram pela última vez e, claro, atividade sexual — parece achar natural que, mesmo viúva, eu possa me relacionar com alguém. É melhor mentir ao padre do que ao médico, então comento o estritamente necessário sobre minhas relações com Fernando. O exame físico é rápido, mas não descuidado. Ela estima dois meses de gravidez, o que bate com as contas de dona Isidora, que não tem diploma, mas já acompanhou muitas meretrizes grávidas.

— É um filho desejado? — indaga a parteira, olhando-me nos olhos. — Pergunto porque é comum que viúvas se vejam numa situação delicada ao engravidar após a morte do marido. Se for este o caso, e se for de seu desejo não dar prosseguimento à gestação, posso assisti-la.

— É um filho que aceito — declaro, irritada com tantas sugestões para tirar aquela criança.

— Desculpe-me, querida, mas é meu dever perguntar — retruca Serafina, sem se abalar. — É um procedimento muito perigoso para ser tentado sozinha, sem orientação.

Enquanto me visto, ela faz recomendações sobre alimentação e atividade física, informando que posso ter vida sexual normal enquanto me sentir confortável, "sem estripulias, claro". Garante que não faz mal ao bebê. A informação, preciosa se eu e Fernando fôssemos um casal convencional, soa-me agora como maldição. É evidente que esconderei isso do trio Albuquerque.

Pago o valor da consulta, que não é alto, e acompanho a parteira até a porta. Ela deixa comigo um cartão com seu endereço, coloca um chapeuzinho cinza-escuro e sai dando passadas longas e firmes, levando na mão esquerda sua maletinha.

— Gostou dela? — indaga Marcelo, surgindo ao meu lado.

— Sim — respondo, sincera. — É estranha, à primeira vista, mas conduziu muito bem a consulta. Deixou-me segura e à vontade.

— Então, agora, vamos conversar como amigos, não como médico e paciente — ele propõe afável, mas sério. — Você está me devendo esse encontro há dias.

— Contratempos, Marcelo, contratempos — suspiro. — Vamos ao jardim.

É um mês de maio com muitos dias de sol e alguma chuva, o que desencadeou uma bela florada. As quaresmeiras estão coloridas de roxo e cor-de-rosa; hibiscos, azaléas, jasmins — o jardim está vivo, pulsante, com pássaros que cantam o dia todo e insetos zumbindo.

Ao me sentar no banco de ferro sob o caramanchão, cujas treliças estão cobertas por uma trepadeira de flores-de-são-joão, penso que gostaria de vir mais ali, o que tenho evitado em razão do odor das flores. Desta vez, porém, respiro fundo e nada acontece. O enjoo deu uma trégua.

— É um outono com feitio de primavera em seu jardim — elogia Marcelo, sentando-se ao meu lado. Seu perfume amadeirado penetra minhas narinas e sobrepuja o cheiro das flores.

— Se eu lhe disser que antes da morte de Erasmo nunca houve uma florada assim, nem mesmo na primavera, você me chamará de supersticiosa — respondo, sorrindo.

— Quem pode saber o que sentem as plantas? Às vezes não sabemos nem o que nós mesmos sentimos.

Fito-o com curiosidade, buscando em seu rosto algum significado oculto para suas palavras, mas ele não me dá tempo, logo inquirindo:

— Como você se sente a respeito da gravidez? E do casamento com Fernando? Quando dona Isidora disse-me que você queria se consultar comigo porque está grávida e que vai casar-se com ele, eu pensei que a encontraria mais feliz.

— Pareço infeliz? — indago.

— Mais que infeliz: atormentada.

— Sou muito transparente ou você me conhece bem, Marcelo?

Ele ergue a mão e tira da minha testa uma mecha de cabelo que se soltou, ajeitando-a atrás da minha orelha.

— Não a conheço tão bem quanto gostaria — diz ele, suave. — Mas, às vezes, quando a luz incide em seus olhos, tenho um vislumbre do que se passa aí dentro.

Os raios de sol passam pelas treliças e um deles me aquece o rosto. Não me ofusca, mas imagino que trace uma faixa de luz sobre meus olhos.

— E esse vislumbre... — minha voz falha um pouco — é agradável?

— É fulgurante — ele ri de mansinho. — Mas o que vi hoje foi um brilho triste, mortiço... Por que se unir a Fernando e ter um filho dele não é uma perspectiva feliz?

— Tenho vergonha de lhe contar — murmuro, abaixando a cabeça.

— Não vou julgá-la — ele garante. — Médicos estão habituados a ver a experiência humana em todas as cores e modalidades.

Sem fitá-lo, porque seria insuportável fazê-lo, conto-lhe rapidamente sobre Marisa, o marido e o cunhado. Com o rosto afogueado, descrevo o conteúdo da carta de Marisa. Termino explicando que, ao saber de minha gravidez, ela e Fernando procuraram meu pai, selando meu destino.

Marcelo não demonstra espanto em nenhum momento, e não sei se isso é autocontrole ou se ele já conhecia a maior parte dos fatos, pois frequenta o Caresse e deve conversar com Pandora. Ou talvez dona Isidora tenha lhe narrado tudo, a despeito do meu pedido para ser sucinta e discreta.

— Então, você repudia esse casamento, mas não a gravidez — Marcelo resume.

— Se eu tivesse escolha, jamais entraria para essa família doente — confirmo. — Quanto à criança... Por três anos eu me senti defeituosa, incapaz, e agora descubro que não sou. Não consigo me livrar da sensação de que tirar esse filho atrairá uma punição sobre mim, entende?

— Entendo. Mas deve ter concluído que possivelmente Erasmo era estéril, não você.

— Sim, é a conclusão lógica, mas... Sei que meu sentimento é irracional, porém não consigo evitá-lo.

— Tudo bem. Se está em paz com sua decisão...

— Não totalmente. — Ponho a mão em seu braço e ele se surpreende um pouco, o que é mais reação do que obtive com todo o meu relato. — Marcelo... eu preciso fugir. Como vou fazer isso grávida?

Agora, sim, uma reação inequívoca. Ele me fita com os olhos verdes arregalados.

— Fugir?

— Sim! — aperto seu braço. — Do primeiro cativeiro, fui resgatada. Deste, terei de fugir sozinha, e *agora*, antes que seja tarde. Depois que eu estiver naquela família, ninguém vai me ajudar, porque ninguém acreditará que meu casamento é abusivo.

— Glória, já ponderou a respeito das consequências? — Marcelo me pergunta com expressão grave. — Será uma desonra. Seu pai pode até renegá-la, deserdá-la...

— Não ignoro nada disso. Sei que será o fim da vida que conheço, já que papai certamente vai impedir-me de receber a herança de Erasmo. Penso em pedir asilo na casa de alguma parenta distante de minha mãe, no interior das Minas Gerais. Não sei se é uma boa opção ficar na casa de alguém conhecido, pois isso revelaria meu paradeiro, mas para onde devo ir? Aventurar-me sozinha numa cidade estranha?

Marcelo toma entre as dele a mão que pousei em seu braço.

— Esqueça Minas — declara, veemente. — Você fica na minha casa. Ninguém precisa saber por enquanto.

— Não posso ficar na casa de um homem sozinho! — exclamo, e imediatamente percebo minha tolice.

Marcelo ri.

— Glória, você terá abandonado sua casa. Ficar hospedada comigo fará realmente alguma diferença em sua reputação? Leve dona Isidora consigo, se isso a fizer sentir-se melhor.

— Não poderei pagar o ordenado dela.

— Quando você deixar esta casa, automaticamente dona Isidora estará sem emprego; portanto, sem ordenado de qualquer modo.

— Mas há algo de antiético em mantê-la comigo sem pagar-lhe. Não, Marcelo, não posso me hospedar com você, é inconveniente e embaraçoso. Sou-lhe muito grata, não calcula o quanto, mas vou declinar seu convite. A solução é deixar a cidade, ir para Minas. Ajudarei com as tarefas de casa. — Tento soar otimista, mas conheço bem minha inépcia: costuro mal, cozinho pior ainda. Criada numa casa com vários empregados, aprendi somente a mandar, delegar, fazer lista de compras.

— Não quero que vá para longe — declara Marcelo, um pouco autoritário, e eu o observo com espanto. Ele logo emenda: — Quero acompanhar sua gestação. Não confio em ninguém além de Serafina e de mim mesmo para acompanhá-la.

— Sim — concordo. — Eu também me sentiria mais segura com sua assistência. Mas para onde irei?

— Já lhe ofereci minha casa — ele reitera, os olhos cravados nos meus.

— E já recusei por considerar, além de impróprio, um abuso de sua boa vontade.

— Se nos casássemos, não seria nem uma coisa nem outra.

Ele diz isso com tal calma que me dá certeza de ter compreendido errado.

— Desculpe-me, não entendi o que disse — digo, consciente de que minha mão continua entre as dele.

— Casamento — Marcelo reitera. — É a melhor solução. Assim, poderei protegê-la. E seu filho será registrado como meu.

Oh, meu Deus!

— Casamento?

— Sim. Como minha esposa, você não pode mais ser assediada por ninguém.

— Ah, meu Deus! — rio de puro nervosismo. — Você falou a sério naquela carta, então? Sobre me defender com seu nome? Mas por que... perdoe-me o palavreado, mas por que diabos você se casaria comigo?

— Porque a estimo, porque não terei paz enquanto não a vir protegida e porque eu sou o único que pode e vai fazer isso — ele explica. Não larga minha mão.

— Marcelo, eu... — gesticulo frouxamente, buscando as palavras. — Nós... nossa amizade...

Não consigo me expressar e me calo, frustrada. Ele compreende.

— Não vou exigir nada de você — promete. — Teremos quartos separados.

— Não faz nenhum sentido! Nenhum! Que homem se casa para não ter relações com a esposa?

— Um homem que a queira salvar de um perigo iminente? Um solitário que pode muito bem dividir sua pequena casa com uma amiga querida?

Retiro com delicadeza a mão que ele segura.

— Você não quer isso — murmuro. — Não quer realmente. Está se deixando levar por um espírito cavalheiresco antiquado e desligado da realidade. — Ele abre a boca para protestar, mas eu não o deixo falar. — Pense, Marcelo! É insano estragar sua vida para me "salvar".

— Estragar minha vida? — ele se mostra quase ofendido. — Por quê? Você não me atrapalharia em nada, pelo contrário. Seria uma companhia agradável. Cansa viver só.

Companhia agradável. Eu seria uma *companhia agradável.*

— Marcelo — tento não soar despeitada —, você deveria casar-se com uma moça de que goste...

— Gosto de você. — Seu sorriso, ao dizer isso, é singelo e travesso. Meu estômago reage, e não é enjoo, é um arrepio.

— Estou falando de amor! — rebato, sem saber o que está acontecendo ali. Nem com ele nem comigo.

— São os piores casamentos, não sabia? — Ele claramente está gracejando. — Os casamentos por amor.

— Não diga isso! Marisa não se cansa de repeti-lo.

Ele fica sério.

— Sou bem diferente dela, acredite — declara. — Eu jamais coagiria você a nada. Já lhe disse: teremos quartos separados. Viveremos como irmãos. Ou como pai e filha, já que tenho quase o dobro da sua idade.

— Não parece tanto — comento, distraída, examinando seu rosto de traços fortes, seus olhos vivos, sua boca bem desenhada.

— Isso foi um galanteio? — ele indaga, seu sorriso largo mostrando os dentes brancos e proporcionais.

Fico séria, e ele também, parecendo arrependido.

— Perdão — diz Marcelo. — Não flertarei com você, já que estou lhe oferecendo um casamento de fachada.

— Ouça você mesmo! — exclamo, unindo as pontas dos dedos e balançando a mão no ar. — Casamento de fachada! Como pode achar que seja uma boa ideia?

— Estou sendo insensível, não é? — ele pergunta, pesaroso. — Nem parei para pensar no quanto isso vai estragar a *sua* vida. Você é jovem, certamente ainda sonha com grandes paixões.

Ele tem razão. Ainda sonho com a paixão. Mas essa é a Glória irrefletida que conquistou por mérito a posição de bichinho de estimação da família Albuquerque. Não quero ser essa pessoa; quero ser uma mulher que Marcelo respeite.

— Não estou à espera de nenhuma grande paixão — digo, tentando parecer digna.

— Isso é ótimo! — ele comemora. — Também não estou. Assim sendo, será uma união harmoniosa e feliz entre amigos.

A firmeza com que reafirma nossa amizade irrita-me, sem que eu entenda por quê. Acaso eu gostaria que ele me declarasse amor?

— E se você se apaixonar depois que estivermos casados? — indago num impulso, logo percebendo que a pergunta soou ambígua.

— Se eu me apaixonar? — ele repete, olhos fixos em meus lábios, e por um instante tenho certeza de que me beijará. De súbito, vejo-o como nunca o vi antes e prendo a respiração, sentindo o corpo todo acusar-me: fingida, sonsa, dissimulada! É chocante, mas desejo esse beijo, passar meus braços ao redor de Marcelo, descobrir quanto ardor existe nele. Todavia, o beijo tarda, os segundos se alongam, e solto o ar no instante em que Marcelo desvia o olhar. Sou uma idiota, mas, ainda assim, ele me respeita.

— Apaixonar-se por outra mulher, eu quis dizer — murmuro, envergonhada.

— Impossível — ele decreta, sorrindo.

— Ora, por quê?

— Porque é. — Ele volta a arrumar a mecha rebelde do meu cabelo, e há um esboço de sorriso em seus lábios bem feitos. — Mas, afinal, qual é a sua resposta?

— Não sei, Marcelo...

— *Não sei* é melhor que *não* — ele declara, bem-humorado. — Acho que fizemos algum progresso — Marcelo conclui, levantando-se do banco e dando-me a mão. — Pensará a respeito?

Estou frustrada, embaraçada, e sorrio amarelo.

— Como não pensar? — indago, consciente de minha mão entrelaçada na dele enquanto voltamos para a casa.

— Se eu lhe disser que hoje faço anos, considerará com mais carinho minha proposta? — Marcelo pergunta, sem me fitar.

— É seu aniversário? — pergunto, interrompendo a caminhada, e ele assente. Sem jeito, dou-lhe um abraço constrangido e, sentindo que é insuficiente, deposito um beijo rápido em sua face. A textura de sua barba em meus lábios arrepia-me e me faz corar. O gesto foi completamente inapropriado, mas senti que devia uma manifestação mais calorosa ao homem que acaba de me pedir em casamento.

— Isso foi... gratificante — diz Marcelo, sorrindo. — Mas você não respondeu. Considerará com mais cuidado a proposta de um aniversariante?

— Ora, por quê?

— Quando um cavalheiro pede em casamento uma dama num dia tão auspicioso, é como se Deus apontasse o dedo para a cabeça do homem e dissesse: "É este!". É um sinal.

— Sinal? — rio com gosto, tornando a andar, e ele me acompanha. — Parece-me apenas que o cavalheiro é um oportunista.

Cruza minha mente a desconfiança de que Marcelo me ame há algum tempo e tenha visto em minha situação a chance de se casar comigo.

Olhando para a frente, ele põe a mão sobre a minha enquanto caminhamos.

— Oportunista? — ele se finge de ofendido. — Minha cara, não saí de casa hoje com a intenção de me casar com você, embora tenha mencionado a possibilidade naquela carta. Você respondeu de modo lacônico e não nos falamos mais. Achei que a encontraria comprometida com Fernando e feliz. Foi surpreendente descobrir que você precisa de ajuda, e uma alegria saber que eu *posso* ajudar. Tenho um quarto vazio, estimo sua companhia... Não precisei pensar muito.

A vaidade de imaginar que Marcelo me amava em segredo dissipa-se. Discretamente retiro minha mão de sob a dele.

— Sinto-me como um cachorrinho abandonado que enternece o coração de um transeunte — comento, tentando soar bem-humorada. — "Veja só, tenho espaço no quintal e estava mesmo precisando de um cão para dar alarme!"

— Não seja tola — responde Marcelo, pegando novamente minha mão e alisando o dorso, o que me provoca curiosos arrepios. — Você não é um cachorro. É uma linda gatinha e não vai ficar no quintal.

— Com isso, você acaba de anular sua vantagem de aniversariante e será avaliado como um reles mortal — decreto, com fingido desdém.

— A vantagem de aniversariante não pode ser anulada tão facilmente, e vou lhe explicar por quê — retruca ele.

Passamos a meia hora seguinte na sala de jantar, comendo bolo de laranja e trocando frases espirituosas, o que, embora seja divertido, deixa-me confusa. Se a ideia é termos um casamento de fachada, por que flertar?

Dona Isidora sorri, encantada, quando lhe conto tudo no dia seguinte, sucumbindo à necessidade de compartilhar o acontecido.

— É perfeito, minha flor! — exclama, pondo o crochê de lado no sofá. — Perfeito!

— Por quê? — espanto-me, sentando-me a seu lado.

— Marcelo é o melhor homem que conheço.

— Mas ele... ele frequenta um prostíbulo — lembro, contrariada.

— Já foi mais assíduo — informa dona Isidora. — Da última vez que nos falamos, Aldine reclamou que ele só tem ido lá em caráter profissional, ou que às vezes aparece apenas para conversar com Pandora, saber das novidades.

— Com Pandora? — fico ressabiada.

A dama de companhia fita-me com ar divertido.

— Menina, você já entendeu Pandora, não entendeu? Ela não gosta de homem. Está lá para tão somente exercer seu ofício. Isso é comum nesse tipo de vida, sabia? Dá um fastio de homem, nojo mesmo. E, para ajudar, ela teve aquele pai dela...

— Ariadne também é assim? — pergunto por pura curiosidade.

— Engraçado... Não é, não — revela a idosa, pensativa. — Essa adora a coisa... Bem, talvez Pandora estivesse predestinada a ser como é.

— Mas sua aversão por homens não significa que ela não se deite com Marcelo — argumento, e sinto que meus lábios fazem bico como se eu tivesse cinco anos de idade. Nem aceitei o pedido de casamento e já estou com ciúme.

— Tenho convicção de que Marcelo não mais procurará o Caresse como cliente, uma vez que vocês estejam comprometidos — declara dona Isidora. — Ele é muito sério. Aldine foi estúpida quando o trocou por Erasmo. Imagine, deixar um homem afetuoso, tranquilo, respeitador, por aquele bicho?

— O amor de sua filha por Erasmo é realmente um dos mistérios do mundo — comento, balançando a cabeça.

— Na verdade, não é tão difícil de entender. Erasmo, com seus defeitos, seu gênio infernal, até que gostava muito dela. Gostava mais que Marcelo. Então eles viveram um romance daqueles ardentes, impetuosos. Aldine não tinha isso com Marcelo, eram amigos que iam para a cama, entende?

— Entendo. — Solto um longo suspiro. — Ele me propôs um casamento de aparências, dona Isidora.

Ela arregala os olhos.

— Por quê?

— Porque quer me "salvar", apenas. Afastar o assédio de Fernando e Marisa.

— Mas nenhum de vocês vai conseguir viver de aparências! Considera-o atraente, por certo?

— Considero. — A resposta pula de meus lábios antes que eu pense nela.

— Pois não ignora que ele também a deseja, não é? — dona Isidora pergunta. — É bastante óbvio.

Não acho nada óbvio, mas a convicção da dama de companhia me anima.

Ela está otimista, contente, e eu começo a me sentir assim também, apesar de minha resistência. A opressão que me fazia respirar aos soquinhos dissipou-se; naquela noite eu havia dormido bem após duas horas de elucubrações, embora não tenha chegado a nenhuma conclusão. Mas a decisão parece fácil e natural.

— Não conte ainda a sua mãe — aconselha dona Isidora. — Ela é fiel demais a seu pai.

Ela tem razão, claro.

19

Marcelo mora num sobrado amarelo de três pavimentos na Rua São João, uma construção alta e estreita, e tem como vizinhos um teatro e um cabaré. Diante de meu espanto, ele explica que a animada vida noturna torna o lugar mais seguro, contrariando o senso comum. Ademais, os trabalhadores desses estabelecimentos também são seus pacientes, o que o torna uma figura respeitada na região.

A residência não possui recuo da calçada; entra-se pela lateral, onde uma escada leva ao segundo pavimento; neste ficam a sala de estar e um cômodo pequeno que serve de sala de jantar. No térreo, uma boa cozinha e um quintal de fundos, metade horta, metade pomar e jardim; no último andar, mais dois quartos, e as janelas da frente dão para um minúsculo terraço. Não é um sobrado grande, e as escadas tomam um espaço considerável. Para mim, habituada a casarões, é mais sufocante que aconchegante.

Os móveis são poucos e simples, reduzidos ao essencial. Há dois vasos de flores mistas na sala de estar, que ele deve ter comprado numa floricultura. Diz que plantou um roseiral no jardim, mas ainda não vingou.

Admiro-me das delicadas cortinas de renda branca, com forro acetinado, em todas as janelas. No térreo, a janela da cozinha, que dá para rua, é protegida por um gradil elaborado, de trama fechada, mas ainda assim tem uma cortina, para impedir olhares indiscretos.

A organização e a limpeza da casa impressionam a mim e a dona Isidora, que passa os dedos nos móveis procurando, em vão, sinais de poeira. Uma vizinha de Marcelo encarrega-se da faxina duas vezes por semana, e ele costuma varrer o chão e tirar o pó nos intervalos. Também cozinha, e gaba-se de fazê-lo bem.

— Que casinha de sonho! — elogia dona Isidora. — Após uma vida toda passada em cortiços, na velhice fui morar no casarão do Caresse, que já foi bonito, mas está malconservado, porque o senhorio é um relapso. Os cupins ainda vão nos expulsar de lá! E o mofo, quem aguenta?

— A senhora sabe que é insalubre, não sabe? — adverte Marcelo, convidando-nos, com um gesto, a ocupar o sofá de três lugares. Ele se acomoda numa cadeira com braços, estofada. — Esta casa recebe abundantemente o sol da manhã. Não há um único pontinho de mofo, pode procurar.

— A casa é sua? — quer saber dona Isidora, indiscreta.

— Sim, é herança de família. Tenho outras duas, um pouco menores, que arrendei.

Bem, esse patrimônio não o tornava rico, mas era uma segurança financeira. Vendo-o em seu ambiente, uma casa simples, mas funcional, não posso evitar admirá-lo. Ele poderia ter sido um homem semelhante a Erasmo, que vencera condições adversas para tornar-se muito rico. Trilhara um caminho diferente, porém, e eu o respeito mais por isso. Não gostaria tanto dele se fosse "bem-sucedido". Marcelo optara pela paixão, não pelo dinheiro, e isso tinha um quê de romântico.

Conversamos meia hora sobre a casa e os arredores: o bonde elétrico passa ali perto, há um ponto de diligências e em dez minutos de caminhada — ladeira acima, é verdade — chega-se ao Triângulo, formado pelas ruas Direita, São Bento e Quinze de Novembro, onde de tudo se compra e todos se encontram. Caminhando mais um pouquinho, pela Rua Direita, alcança-se o Viaduto do Chá. É ali, naquela região, que a vida da cidade pulsa, e não nos bucólicos Campos Elísios.

Encarnando o "dono de casa", ele nos leva à pequena sala de jantar, que já tem a mesa posta, e serve-nos chá de hortelã, café, torradas e sequilhos.

— Trouxe da confeitaria — ele explica, sentando-se à mesa, de frente para nós. — Da próxima vez, farei um bolo de fubá. Ia preparar ontem, mas tive uma emergência no Brás. Uma vizinha da tia de Pandora está gravemente doente.

— Eu a conheço, é a Jacinta — diz dona Isidora, acabando com uma torrada generosa em duas bocadas. — Não creio que saia dessa. É quase tão velha quanto eu. — Ela prova o café e ergue as sobrancelhas. — Tem alguma mulher escondida lá na cozinha? Está muito bom!

— O café não distingue a mão de um homem da mão de uma mulher, minha cara — responde Marcelo, preferindo o chá.

— Decerto — intervenho, e me sirvo do café, comprovando sua virtude de não ser forte nem fraco, mas no ponto. — O espanto de dona Isidora provém do fato de que a maioria dos homens nunca sequer entra na cozinha!

— Bem, é um cômodo que frequento bastante. Até fiz uma pequena copa lá embaixo, para facilitar as idas e vindas do fogão à mesa. Só uso esta sala quando tenho visitas.

— Você cozinha de fato? — dona Isidora se espanta. — Comida mesmo, não só doces?

— De tudo um pouco — garante Marcelo, orgulhoso, e minha dama de companhia o criva de perguntas sobre o que ele costuma cozinhar, e como, para ter certeza de que não está mentindo.

Ele responde a tudo com tranquilidade, dando explicações acompanhadas de gestos de cortar, picar, besuntar, coar, ralar. Não escuto nada, aproveitando a chance que dona Isidora me dá de olhar fixamente para Marcelo sem parecer inconveniente. Seu cabelo ondulado, escuro, com raros fios grisalhos, não é tão curto que não se possa agarrar nem tão longo que sugira desleixo. Os olhos são verdes, doces, e criam ruguinhas nas laterais quando ele sorri, o que é frequente. As sobrancelhas, grossas, quase se encontram no centro e poderiam dar-lhe um ar carrancudo — se ele fosse outra pessoa. Marcelo nunca será sisudo ou rabugento.

Ele ainda fala de culinária, e nunca o considerei tão viril. Vejo como um sinal de confiante masculinidade Marcelo convidar-me para conhecer sua casa e revelar, sem pudor, seus talentos domésticos. Tento retroceder no tempo, para dias atrás, quando não o via como homem, mas como médico e amigo. É inútil, pois agora, além de achá-lo bonito, enxergo sensualidade em seus gestos, em sua voz profunda e calma, em sua risada. Quando gesticula, reparo que sua mão é grande, de dedos longos. Quando ri, joga a cabeça para trás, expondo um pescoço grosso, sólido, e deixando-me curiosa a respeito do que as roupas escondem. Quando morde uma torrada, tenho um vislumbre de sua língua e penso no quase beijo.

Dona Isidora está falando, e Marcelo a ouve atentamente. Percebo que a atenção dele tem o efeito de empolgá-la, e a idosa assume um ar coquete, passando a mão pelo pescoço enrugado enquanto tagarela ainda mais rápido. Então, os olhos dele buscam meu rosto, embora eu esteja em silêncio. O impacto sobre mim é similar ao de um trovão repentino, quando o céu está claro e nada anuncia a tempestade. Estremeço e não consigo sustentar o olhar por mais de alguns segundos. Abaixo a cabeça, certa de que estou vermelha até no couro cabeludo.

— Então imagine o que é cozinhar peixe quando se tem, como eu, nojo absoluto do cheiro desse bicho! — consigo ouvir dona Isidora dizer, agora que interrompi o contato visual com Marcelo e estou contando as migalhas de torrada sobre a toalha de mesa.

— Tudo bem, Glória? — Marcelo indaga, erguendo meu queixo com gentileza.

— Sim, claro! — respondo, simulando espanto com a pergunta. Na verdade, estou perplexa com minha reação a seu toque. É como se seus dedos tivessem marcado meu queixo a ferro. Meus Deus, é o mesmo homem que já me tocou ao me examinar? Eu havia achado seu toque perturbadoramente agradável no passado, mas agora...

— Você está muito quieta — ele observa.

— É que vocês falam demais — provoco.

— Ficarei calado, então. — Marcelo põe os cotovelos sobre a mesa e se inclina um pouco na minha direção. — Eu a chamei aqui para impressioná-la, mostrar-lhe que sou um bom partido. Diga-me: consegui? Quero muito ouvi-la.

— E eu quero muito fazer xixi! — exclama dona Isidora, erguendo-se. — Nessa idade a gente não segura quase nada, toda hora tem que se aliviar. Mostre-me onde esvaziar esta velha bexiga, meu filho, por favor.

Marcelo vai até ela e a conduz para fora da sala de jantar. Um minuto depois, retorna, encontrando-me na mesma posição.

— Dona Isidora é perfeita — ele comenta, sentando-se na cadeira ao lado da minha, virado para mim. — Pensa em trazê-la para cá? Seria muito bem-vinda.

— Trazê-la para cá? — pergunto, rindo com suavidade. — Já tem certeza de que direi "sim"?

— Estou bem confiante — Marcelo reconhece. — Você passou os últimos dez minutos avaliando-me minuciosamente, e pareceu gostar.

— Não seja presunçoso, não é do seu feitio — repreendo-o. — Você não é um conquistador.

— Como Fernando? — Os lábios dele se curvam com desdém. — Não sou mesmo.

Minhas mãos estão entrelaçadas sobre minhas pernas, por baixo da mesa, e eu as aperto tanto que começam a doer. Marcelo segura minha cadeira pelas pernas e a faz girar para que eu fique de frente para ele. A cadeira é pesada e faz um barulho formidável sobre o piso de madeira.

— O que a aflige com relação a nós? — Marcelo questiona, amável, mas decidido.

— Bem — começo, tentando verbalizar minhas angústias —, até outro dia você era meu amigo, meu médico. Agora, é um homem com quem posso vir a compartilhar a casa e a rotina. Essa transição é muito desconcertante. Estou tentando me habituar à nova imagem que tenho de você.

— Não tem medo de mim, espero.

— Medo? Não.

— Repulsa?

— De jeito nenhum.

Tenho a nítida sensação de que quer perguntar outra coisa, mas ele se mantém em silêncio, os olhos vagando por meu rosto e, como da outra vez, detendo-se em meus lábios. É agora! Vai me beijar e dizer que quer um casamento de verdade. A tensão que emana dele é palpável.

Sua mão toca meu rosto com gentileza, e ele murmura:

— Vai dar tudo certo, Glória. Seremos felizes. Eu a respeito muitíssimo.

Quase deixo escapar um gemido de desapontamento. Não quero que me respeite. Não quando espero que me beije.

— Você sofreu muito, tanto com a violência de Erasmo quanto com o egoísmo de Fernando — Marcelo continua, ainda acariciando minha face. — Ao meu lado, não sofrerá. Ao menor desconforto a respeito de qualquer coisa, reclame, converse comigo. Farei tudo para que seja feliz.

Sendo assim, beije-me, penso, mas não verbalizo. Eu não suportaria se ele negasse.

— E então? — ele pergunta, sério, segurando minha mão. — Casa-se comigo?

— Sim — respondo com decisão, e me emociono sem entender por quê.

Por que estou aceitando? Só porque Marcelo vai me proteger de Fernando e Marisa? E de onde vem a sensação inequívoca de que é a coisa certa a fazer?

Marcelo sorri e me beija no rosto, seus lábios tocando minha pele e demorando-se um pouco.

— Fico muito feliz — declara, ainda segurando minha mão.

Dona Isidora retorna, e ele deposita minha mão carinhosamente sobre minhas pernas.

— Sei que provavelmente interrompo algo muito interessante, mas vocês terão a vida toda para fazer isso — comenta ela, retomando seu lugar à mesa e pegando uma porção de sequilhos.

Quase rio de frustração. Dona Isidora achou que nos beijaríamos em sua ausência — e eu também. Sem levantar, ajeito minha cadeira, recolocando-a na posição normal.

— Fez bem, dona Isidora — elogia Marcelo, lentamente afastando-se de mim e endireitando o corpo na cadeira, ficando de frente para a mesa. — Há que ter decoro, pois trata-se de um compromisso sério. A propósito — ele se dirige a mim —, quero jantar com seus pais amanhã, em sua casa.

— Amanhã? — assusto-me. Não esperava o confronto para tão cedo.

— Por mim, seria hoje, mas não é de bom-tom convidá-los tão em cima da hora — responde Marcelo.

— Está bem — concedo, fingindo tranquilidade.

Na verdade, mal consigo respirar: estou me pelando de medo de meu pai.

O inesperado daquele jantar, mais a ansiedade, transformam o dia seguinte num pesadelo. Peço à cozinheira que, após a chegada de meu pai, frite peixe e batatas, combinação que ele apreciara na Inglaterra. Por segurança, contudo, faço-a preparar frango de cabidela com arroz, mais cuscuz, pratos que ele sempre amou. Para a sobremesa, opto por marrom-glacê e rabanadas.

Todos esses aromas misturados fazem-me vomitar três vezes, e desisto de ficar na cozinha. Deixo dona Isidora lá e vou ver a limpeza da prataria e checar as toalhas e guardanapos a serem usados mais tarde.

Não é muito animador pensar que todo esse trabalho pode ser em vão. Tenho certeza de que, ao entender que não me casarei com Fernando, e sim com meu médico, papai sairá batendo a porta — após esbravejar, espumar e me deserdar. Na noite anterior, ao convidar meus pais, eu não mencionara o motivo da reunião, muito menos a presença de Marcelo.

Arrumar-me, com ajuda de dona Isidora, é o que me toma menos tempo. Cabelos presos no alto, como de hábito; um lindo vestido cujos detalhes somem no fundo preto; nada de brincos ou joias, à exceção de um broche de prata com pérolas incrustadas.

Marcelo chega meia hora antes, muito elegante, com trajes escuros de bom caimento. Sua presença me faz sentir amparada, mas causará estranheza em meu pai desde o primeiro instante.

— Devemos revelar tudo antes ou depois do jantar? — indago, sentando-me com ele no sofá da sala de estar.

— Tão logo ele chegue — responde Marcelo. — Quem suporta tamanha tensão?

— Está nervoso? — surpreendo-me, examinando sua fisionomia tranquila.

Ele ri com suavidade.

— Logicamente! Sei que não será uma conversa fácil. Estou preparado para o pior, mas confiante no melhor.

— Estou apavorada! — confesso.

— Seu pai não é dado a violência física, espero — ele diz, divertido. — Não gostaria de ser obrigado a bater no meu futuro sogro.

Inevitavelmente me lembro de sua briga com Erasmo e sorrio para Marcelo.

— Papai só grita, bate na mesa e baba — comento.

Dona Isidora entra esbaforida e Marcelo se ergue para cumprimentá-la, mas ela mal lhe dá atenção.

— Seu pai trouxe Fernando! — ela me informa, alarmada, e já não estou tão certa de que não haverá violência física nesse jantar.

Somos seis. Eu, dona Isidora, mamãe, papai, meu futuro marido e meu ex-futuro marido. Todos de pé na sala de estar, olhando atônitos uns para os outros.

— Vocês conhecem Marcelo, primo de Erasmo e médico que vem zelando por mim desde o meu resgate — explico, diante da expressão desorientada de meus pais.

Marcelo os cumprimenta com polidez. Também cumprimenta Fernando, um pouco friamente. Percebo que meus pais olham com benevolência para Marcelo, mas continuam sem entender sua presença. Fernando, porém, não parece confuso, e sim ressabiado.

— O senhor veio atender Maria da Glória e ela naturalmente o convidou para jantar — supõe meu pai, fazendo da pergunta uma afirmação.

Experimento a tentação de corroborar a dedução de papai, postergando a revelação para algum momento dentro das próximas horas, mas Marcelo se adianta a mim:

— Fui eu quem teve a ideia do jantar, senhor Euclides. Queria falar-lhes.

Mamãe arregala os olhos, compreendendo na hora, e Fernando se empertiga, erguendo o queixo. Somente meu pai continua no escuro.

— Bem, é muita consideração sua — comenta, um pouco sem jeito. — Sempre é bom que um pai conheça o médico que atende sua filha viúva... Afinal, ela se recusa a morar conosco e fico feliz de saber quem frequenta esta casa.

— Que significa isso? — pergunta Fernando, para mim, embora não tire os olhos de Marcelo.

— Não sabíamos que você viria, Fernando — suspiro, exasperada. Virando-me para meu pai: — Por que o trouxeram?

— Ora, pensei que seria boa ideia se vocês se vissem de vez em quando, em família. — Meu pai ainda não entende. — Afinal, Fernando será seu marido.

— Não mais — diz Marcelo, resoluto. — Quem vai se casar com Glória sou eu.

— O quê? — Ouço o pescoço de meu pai estalar quando ele o vira bruscamente para encarar Marcelo.

— Desculpe-me — digo a Fernando. — Não era para dar-lhe a notícia assim.

— Notícia? — repete meu pai, ficando vermelho. — Você está apenas *comunicando* que tomou essa decisão?

— Sim — eu o enfrento, embora meus joelhos tremam. — Sou uma mulher emancipada, não estou mais sob sua tutela desde que me casei com Erasmo. Assim, posso decidir sozinha que rumo dar à minha vida.

— Por que está se intrometendo no meu compromisso com Glória? — Fernando interpela Marcelo rudemente.

— Porque ela não o quer, Fernando — responde Marcelo, sem se intimidar.

— E quer *você*, um velho?

— Velho?! — bufa dona Isidora, sentando-se num dos sofás, como quem julga que a coisa vai longe. — Velha sou eu!

— Bem, parece que ela prefere este velho a um moleque inconsequente — retruca Marcelo, sorrindo, e Fernando faz que vai para cima dele, no que é contido por meu pai, que o segura pelo ombro. Reparo que papai nem faz muita força: a explosão de Fernando é mais cênica que genuína.

— Sossegue! — ordena papai, desdenhoso. — Isso não se revolve com socos, mas com conversa. A não ser que queira confirmar ao médico sua condição de moleque.

Fernando murcha devagar, amuado.

— Muito bem, vamos nos sentar, a exemplo de nossa sábia dona Isidora — sugere meu pai, e todos nos acomodamos. Eu me sento ao lado de Marcelo num sofá, mamãe e papai sentam-se ao lado de dona Isidora no outro e Fernando ocupa uma poltrona.

Fernando retoma a palavra:

— Sou o pai da criança, portanto cabe a mim casar-me com Glória.

— Parece-me que a mãe da criança é uma *pessoa* com direito a opinião — rebate Marcelo.

— Por que o doutor Marcelo, minha querida? — indaga mamãe, e sua expressão mostra que está tentando organizar os pensamentos.

— Porque gosto mais dele — respondo de chofre e, ao trocar olhares com Marcelo, estremeço. Ele parece surpreso, quase abalado.

— Então... — minha mãe dirige-se a meu pai —, não vejo por que não. Para mim, a escolha de Glória é bastante aceitável. — Ela oferece ao marido um sorriso amável que pretende pôr fim ao assunto, mas obviamente falha.

— Mas por que a resistência a Fernando, se ela o namorou? — questiona papai, e vira-se para mim. — Maria da Glória, a troco de que desrespeitou a memória de seu marido envolvendo-se tão brevemente com Fernando? Que volubilidade é essa que me faz desconhecer minha própria filha?

— Nunca lhe ocorreu que posso ter sido seduzida e me arrependido? — pergunto com aspereza. — O que sabe o senhor dos detalhes de minha relação com Fernando? Acaso ele lhe contou como mentiu, como me aviltou?

— O que ele lhe fez? — meu pai quer saber.

Respiro fundo e desvio o rosto, consciente de que jamais lhe contarei.

— Eu deveria ter respeitado o luto de Glória — ouço Fernando dizer, mas não ouso encará-lo. — Ela não tem culpa. Como homem honrado, quero reparar meu erro. Já tivemos esta conversa, senhor Euclides. Não entendo por que estamos caminhando em círculos. Esse doutor... esse *médico de prostíbulo* intrometeu-se apenas pelo prazer de nos afligir.

— Médico de prostíbulo? — espanta-se meu pai, fitando Marcelo com estarrecimento.

— Além dos pacientes regulares, reservo uma parte de meu tempo ao atendimento de pessoas carentes, o que inclui operários e meretrizes — explica Marcelo, imperturbável.

— Isso é admirável! — comenta mamãe.

— Isso é inapropriado para o marido de minha filha, uma senhora da sociedade! — declara papai, indignado. — Como pode achar natural casar-se com um homem que examina o corpo de prostitutas imundas, Maria da Glória?

— Quem lhe disse que são imundas? — respondo, estupefata. — E o senhor bem sabe que Erasmo era assíduo desse tipo de estabelecimento.

Claro que meu pai não precisa saber que Marcelo também era.

— Aliás — continuo, sem me conter —, Fernando também não é estranho a esses lugares.

Meu ex-futuro marido fita-me com ressentimento, mas não reage. Papai o interroga:

— Isso é verdade, Fernando? Você é frequentador de bordéis?

— Desatinos da juventude, senhor Euclides — ele se defende. — Não tenho mais esse hábito.

— Desde quando? Desde cinco minutos atrás? — provoco.

— Esse daí também é cliente de prostíbulo, não apenas médico — Fernando acusa, indicando Marcelo com o queixo.

— Mas que se passa aqui? — vocifera meu pai, enterrando os dedos no braço do sofá. Ele crava os olhos de águia em mim. — O que você fez para atrair o interesse de homens desse tipo, Maria da Glória?

— Ah, obviamente a culpa é minha, já que sou mulher! — brado, erguendo-me e ficando de frente para todos.

— Calma, filha — pede mamãe.

— A menina tem razão! — diz dona Isidora, brava. — A recriminação sempre recai sobre a mulher! Os homens nunca têm culpa de nada, pobrezinhos! Estou farta de ver esse tipo de coisa nesta minha vida sofrida e...

— Obrigada, dona Isidora! — eu a corto, percebendo que vai dissertar sobre sua experiência de meretriz e de auxiliar da filha no Caresse. Nem mesmo minha mãe sabe da vida dupla de dona Isidora, e é melhor que meus pais continuem na ignorância. — Creio que devemos encerrar esta discussão.

— Sim — concorda Fernando, também desejoso de levar a conversa para longe dos hábitos sexuais de cada um. — Glória casa-se comigo e pronto. Não sei por que esse médico veio perturbar nossa vida.

— Não, Fernando — eu digo, ainda de pé. — Não me casarei com você. Aceitei o pedido de Marcelo. Sou *livre* para fazê-lo, e o fiz. Diga isso à sua família, por favor.

Meu pai abre a boca, mas eu aponto o indicador para ele, ameaçadora.

— Não, meu pai! — exclamo. — Não! A decisão é minha!

Ele se levanta e para diante de mim, furioso.

— Onde aprendeu a ser insolente? — pergunta. — Não vou permitir que se case com este homem, um médico da ralé! Um aproveitador que, não podendo usufruir da fortuna do primo rico, resolveu subir na vida à custa de minha filha! Não! Não mesmo!

— Nós nos casaremos, papai, não adianta proibir! — grito.

— Que se case! — ele grita de volta. — Que se case, então! Mas ele não vai ter nada do que é seu, nem do que é meu! Vou garantir que você não receba a herança de Erasmo!

— Euclides, isso não é justo! — brada mamãe, levantando-se e parando ao lado dele. — Ela foi esposa daquele traste, quase morreu nas mãos dele! Ela tem direito de herdar o patrimônio do falecido! E Marcelo é primo dele em primeiro grau!

— Dar a fortuna de Erasmo a esse sujeito? — papai indica Marcelo com desdém. — Não permito.

— Senhor Euclides, não sou aproveitador; tenho renda própria, do meu trabalho e de casas de aluguel — informa Marcelo, ainda sentado, quase entediado.

— Excelente! — celebra meu pai, sarcástico. — Então, doutor, ela vai viver na *sua* casa, com a *sua* renda!

— Não pode me expulsar desta casa! — protesto. — É minha por direito!

— Até acabar o inventário, não é sua! — ele se volta para mim com ira.

— Nem sua! — devolvo.

— Basta! — grita minha mãe, mais alto que todos nós. — Vamos embora, Euclides! Nem mais uma palavra!

Marcelo finalmente se levanta e diz a meu pai:

— Não precisamos discutir assim. Quero ter uma relação cordial com meus sogros. Vamos nos acalmar, jantar e conversar melhor.

— Tem muita comida, vocês precisam ficar — argumenta dona Isidora.

— Conversar sobre o quê? — papai indaga, agressivo. — Sobre a insolência de minha filha?

— Sobre minhas intenções — responde Marcelo, sem se contagiar com a virulência de meu pai.

— Mostre a nobreza de suas intenções levando Glória para morar com você — declara meu pai, rumando para a saída. — Não quero mais vê-la nesta casa. Vamos, Hortênsia!

Mamãe o acompanha a contragosto; vejo em seus olhos o desejo de falar comigo. Já Fernando ergue-se, mas permanece onde está, parado junto à poltrona.

— Precisamos conversar a sós, Glória — ele explica, visivelmente aborrecido.

— Não — respondo com frieza. — Você vai embora agora.

Marcelo para diante de Fernando e reforça:

— Vá. Faça-o com dignidade; é melhor do que sair arrastado.

Os olhos de Fernando flamejam, mas ele não reage. Furioso, segue os passos de meu pai.

A sós com Marcelo e dona Isidora, torno a sentar-me, exaurida pela discussão.

— Você está bem? — indaga Marcelo, tocando-me o ombro.

— Sim — suspiro, encostando a face em sua mão e fechando os olhos por um instante. Percebo vagamente a intimidade de meu gesto, mas não me importo.

— Na sua condição, precisa fugir desse tipo de confronto — adverte ele, acariciando meu cabelo.

— Eu sei.

Marcelo senta-se ao meu lado.

— Para evitar novos embates, vamos fazer o que seu pai mandou — ele diz. — Venha morar comigo.

— Seria um escândalo — observo.

— Ele não vai permitir que permaneça aqui. Vai despejá-la de sua própria casa.

Quero argumentar que meu pai não é assim, mas o que sei de fato sobre ele, se nunca o desafiei como hoje?

— Escândalo é a quantidade de comida que ninguém vai comer! — queixa-se dona Isidora.

— Vamos jantar — sugere Marcelo. — O que sobrar ficará para os empregados.

A refeição transcorre em melancólico silêncio. Está tudo delicioso, e, em parte, lamento que meu pai não tenha ficado para provar. Nossa desavença me entristece. Eu o perdoo por ter me dado a Erasmo, um desequilibrado, mas ele não me perdoa por querer escolher o que é melhor para mim. Não percebe que, novamente, empurra-me para um casamento doentio.

— Está arrependida de ter aceitado meu pedido? — questiona Marcelo no momento em que dona Isidora nos deixa para buscar as sobremesas.

— Não! — asseguro, surpreendida pela pergunta. — Nosso compromisso continua.

— E quanto a morar em minha casa?

— Prefiro aguardar o que meu pai fará. Talvez ele se acalme e se esqueça de mim, deixando-me ficar aqui até que nos casemos. Quero evitar o falatório do povo. Não é agradável ser chamada de amásia.

— Infelizmente, não creio que você possa evitar isso, Glória, mas façamos como preferir.

Sinto que ele parte desapontado com minha relutância em me mudar, mas, além de querer evitar mexericos, não desejo precipitar as coisas. Gostaria de conhecê-lo, construir a intimidade, habituar-me à ideia de sermos marido e mulher. Algo dentro de mim tem convicção de que estar ao lado de Marcelo é a decisão correta, o caminho natural, mesmo que seja motivo de escândalo por ainda não sermos casados. Um laivo de racionalidade, porém, lembra-me de que já julguei erroneamente os outros homens com quem me envolvi. Eu sabia muito pouco de Erasmo e de Fernando quando os recebi em minha vida, e não quero repetir o erro.

20

Não tarda a reação de meu pai à minha rebeldia.

O advogado de Erasmo procura-me para dizer, com palavras mais polidas, que agora obedece a meu pai e que serei alijada de todos os bens do falecido. Quando argumento que meu pai não pode fazer isso, que legalmente sou a herdeira de Erasmo, o doutor Pimentel saca uma procuração que devo assinar para tornar meu pai meu representante legal nas questões relativas à herança.

Recuso-me, e o advogado informa que o doutor Euclides provará na justiça minha instabilidade mental, para interditar-me. Aventa a possibilidade, inclusive, de uma internação num sanatório.

Não entendo nada de leis, mas entendo que meu pai é um dos advogados mais influentes da cidade. Ainda que eu pudesse contratar um advogado para enfrentá-lo, dificilmente esse profissional se indisporia com o doutor Euclides Cerqueira para defender-me.

Sinto-me derrotada, inepta e imbecil, mas assino a procuração.

— Seu pai pede que desocupe a casa o quanto antes — explica friamente o doutor Pimentel, guardando o documento em sua maleta. — Diz que a senhora é bem-vinda para retornar à casa paterna. Agora, vou proceder à dispensa dos empregados. A senhora pode chamá-los conforme a ordem deste rol?

Ele me passa um papel com o nome dos criados. Angela está no topo da lista, seguida de Anísio. Fecho os olhos para conter as lágrimas, inconformada com a injustiça da situação.

— Eles precisam de tempo para arranjar novas colocações ou pelo menos um teto — argumento, apertando o papel com tanta força que o amasso.

— Certamente que sim! — o advogado fita-me como se eu o tivesse acusado de um crime. — Eles terão um mês. Deverão ajudar a empacotar tudo e a fechar a casa. Receberão o que lhes é de direito e seu pai redigirá cartas de recomendação. Já a senhora deve mudar-se o quanto antes, como já informei.

Inspiro profundamente e apoio-me nos móveis enquanto caminho devagar em busca de Angela.

Marcelo havia dito que meu pai me despejaria de minha própria casa, e eu não acreditara.

Permito-me chorar livremente por dez minutos, trancada no quarto. Saio ao fim desse tempo, encontrando dona Isidora à porta, de rosto úmido.

— Estão todos arrasados, minha filha! — ela comenta, enxugando as lágrimas com um lenço bordado. — Que será dessa gente?

— Todos terão carta de recomendação e um mês de prazo para deixar a casa — explico, pondo a mão sobre seu cabelo branco. — Quanto à senhora, pelo menos tem para onde voltar. Não vou lhe pedir que continue comigo, pois não poderei pagar-lhe um ordenado. Vou penhorar minhas joias para não sobrecarregar Marcelo, mas ainda assim minha condição financeira não será a mesma.

— É para lá que vai? — ela se alegra. — Não voltará à casa de seu pai?

— Que a praga me leve se eu fizer isso! — respondo, veemente.

— Eu iria de graça com muito gosto, minha querida, mas sinto que não é adequado. — Ela pega minha mão e a aperta contra o peito. — Vocês dois precisam ficar sozinhos, e não acredito que minha presença atenue o falatório do povo. Contudo, se for de sua vontade...

— Não lhe pedirei isso, minha querida — declaro, beijando-lhe a mão. — Obrigada por seu afeto e lealdade.

Dona Isidora mostra-se novamente inestimável ficando ao meu lado o resto do dia, ajudando-me a falar com os empregados e a executar uma ideia travessa que tenho: depenar o palacete. Assim que o doutor Pimentel deixa a casa, dou permissão aos criados para que levem o que quiserem da mobília, ao longo do próximo mês. Aconselho-os a serem discretos, a fim de não atrair a atenção dos vizinhos, e a não guardarem nada em seus quartos, para não serem acusados de roubo caso o advogado decida ordenar uma revista.

Minha dama de companhia ajuda a organizar o início da operação, mediando desentendimentos e orientando a retirada das peças menores. O coche fechado, conduzido por Anísio, passa o resto do dia indo e vindo, levando móveis e objetos para as casas dos familiares dos empregados. Os móveis maiores são desmontados. As poucas coisas que ninguém quer, decido encaminhar a casas de caridade.

Em minha bagagem, além de roupas, objetos pessoais e joias, levo a prataria, que também vou penhorar. O resto — móveis, quadros, tapetes, cortinas, almofadas, panelas, louças, toalhas de mesa, enfeites — é dos empregados.

No dia seguinte, quando minha mãe aparece para visitar-me, a casa já está semivazia.

— Que aconteceu aqui? — ela se mostra perplexa, olhando ao redor na sala de estar. Já não há tapete sobre seus pés nem quadros nas paredes. Os sofás resistem, muito grandes para serem transportados, mas as poltronas já se foram, bem como as cortinas.

— Doação — respondo, de pé a seu lado.

— Mas o que está dentro da casa faz parte do patrimônio de Erasmo...

— Que se dane! Papai não está sendo correto comigo, portanto não sou obrigada a ser correta com ele.

Para meu espanto, mamãe começa a rir.

— Euclides vai ficar ensandecido — comenta com ar sapeca. — Mas não posso dizer que ele não pediu essa traquinagem.

— Meu pai deve ficar feliz por eu não pôr fogo na casa.

— Oh, querida, você tem todos os motivos para estar ressentida. — Mamãe me abraça, beijando minha face. — Euclides pode ser implacável às vezes. No entanto, agora que você voltará a morar conosco, precisará relevar esse tipo de coisa...

— Não vou morar com vocês — informo, um pouco espantada por minha mãe achar que eu faria isso depois da atitude de meu pai.

— Vai viver com Marcelo? — Surpresa, mamãe se afasta um pouco para me encarar.

— Naturalmente.

— Amasiados?

— Pode chamar assim, se quiser.

— Não, filha! — Mamãe está mortificada. — Não faça isso! Fique conosco até que possa se casar!

— Casar com quem? Com Fernando? — irrito-me. — Não seja ingênua, papai só me deixará ficar com vocês se eu aceitar a corte de Fernando. Deu um jeito de me deixar completamente desamparada e só vai me socorrer se eu fizer o que ele quer.

Mamãe comprime os lábios e passa as mãos pela testa, sem argumentos.

— Vê que não tenho saída? — pergunto.

— Sim, eu sei. — Ela aperta as mãos, angustiada. — Tentei, com jeito, lembrar a seu pai das objeções que ele fazia a Fernando no passado, em razão da fama de libertino de César, mas ele me respondeu que você também é devassa, e que já não há razão para preservá-la. Ele está muito aborrecido com você, Glória, com toda sua conduta, desde o caso com Fernando até a recusa, agora, a obedecê-lo.

— Agradeço-lhe por tentar, mãe — murmuro, ferida por saber que meu pai tem noção da armadilha para a qual me empurra. Desconhece a história completa, mas sabe que corro riscos ao integrar aquela família.

Ela se inclina para mim com ar confidente e indaga:

— Diga-me uma coisa, então: gosta de Marcelo ou vai morar com ele só para livrar-se de Fernando?

— Acha impossível que eu goste de Marcelo? — respondo com outra pergunta. Estou obviamente fugindo da questão, porque me deixa confusa.

— Impossível? — mamãe ri. — Nunca! *Eu* gostaria dele se não fosse casada!

— Pois então! — dou risada também. — Não sou casada.

Ela ri de novo, mas logo fica séria e insiste, pegando minha mão:

— Seja honesta com sua mãe. O que sente por ele?

Não, não quero examinar o que sinto por Marcelo. Já é confuso sentir, quanto mais pensar a respeito.

— Mamãe, é tudo muito recente — suspiro. — Vamos ver o que acontece.

— Ele gosta muito de você — declara minha mãe com convicção. — O jeito como a contempla não permite duvidar. E deixe-me dizer-lhe que um homem não pediria a mão de uma mulher por caridade, para salvá-la de uma situação ruim. Sabe, filha, como senhora da sociedade não posso aprovar que você viva com um homem fora do casamento, mas, como mulher, penso que esteja tomando a melhor decisão.

— Eu não daria esse passo se não tivesse essa mesma sensação, mamãe.

Ela me abraça novamente.

— Não quero que sofra — murmura no meu ouvido. — Sei que estará bem ao lado de Marcelo, mas como será da porta para fora, filha? As maledicências...

— Ser maltratada na rua e feliz em casa parece-me melhor que o contrário, mamãe — comento, divertida. — Já vivi a situação oposta, lembra-se?

Marcelo, a quem eu esperava, chega nesse momento, e mamãe, lavada em lágrimas, estende-lhe a mão.

— Meu rapaz! — ela exclama, e soa estranho, pois têm praticamente a mesma idade.

— Como vai, dona Hortênsia? — cumprimenta Marcelo, surpreso, beijando-lhe a mão sem encostar os lábios.

— Mamãe está preocupada com minha reputação — explico, enquanto ela enxuga o rosto com as mãos. Marcelo saca um lenço do paletó e o oferece.

— Sou inteiramente favorável à união de vocês, porém me pergunto se não há uma saída mais conveniente — minha mãe diz, usando o lenço de Marcelo. — Se Glória ficasse com alguma parenta minha de Minas até poder aliviar o luto...

— Eu acabaria dando à luz longe daqui, mamãe — aponto.

— Isso eu não posso admitir — declara Marcelo, com seu talento de parecer muito polido e ao mesmo tempo inamovível. — Devo acompanhar sua gestação e seu parto.

— Pode ir para Minas também e ficar na casa de outra parenta minha — sugere mamãe, entusiasmada. — Primas e tias não me faltam.

— Mamãe, nada de subterfúgios — digo, e subitamente percebo que sei bem o que quero. — Marcelo veio buscar-me, e é meu desejo ir com ele.

— Não se aflija, dona Hortênsia — pede Marcelo. — Minha ideia é casar-me com Glória o quanto antes, atropelando o período de luto. Isso também vai gerar escândalo, mas menor, espero, que o de viver juntos informalmente.

— Oh, meu Deus! — ela exclama, mordendo o nó dos dedos, sem saber o que é pior: uma filha amasiada ou uma filha viúva que se casa poucos meses após a morte do marido.

— Agradeça ao doutor Euclides, mamãe, o fato de eu não poder continuar nesta casa, mantendo as aparências de viúva inconsolável — comento com azedume.

— Euclides achou que você voltaria para nossa casa. Não acredita que você terá coragem de ir viver com Marcelo. Ele vai ter uma síncope! Acho que vou querer morar com vocês — graceja mamãe.

— Será sempre bem-vinda — garante Marcelo. E, para mim: — Vamos? Onde está sua bagagem?

— Eu gostaria de levá-los — mamãe se oferece. — Meu coche está aqui, à minha espera. Assim, fico conhecendo a nova casa de minha filha.

Como Marcelo viera num carro de aluguel, a ideia parece boa, e em menos de meia hora deixo, sem apego, a casa dos Campos Elísios, minha residência e cativeiro de mulher casada.

—eio—

Com a ajuda de minha mãe, arrumo meus pertences no quarto de hóspedes de Marcelo. Se ela estranha o fato de eu me instalar ali, e não no aposento ocupado pelo dono da casa, não comenta. Elogia a limpeza e a organização dos ambientes, "um pouco espartanos, mas condizentes com um solteirão", segundo ela.

Uma cama, um criado-mudo com uma exuberante rosa branca num vasinho comprido de porcelana; um guarda-roupa pequeno, uma cômoda com quatro gavetas: eis a mobília de meu novo quarto. Não há quadros nas paredes, não há tapetes, e a cortina da janela é igual às do resto da casa, de renda branca. A janela dá para os fundos, para o quintal dividido em horta, pomar e jardim, com uma grande jabuticabeira no centro. Sob a árvore, um banco de ferro.

— Posso ajudá-la a decorar esta casa para deixá-la mais convidativa — sugere mamãe, quando terminamos de guardar tudo e nos sentamos na cama de solteiro coberta por um lençol branco simples. — Ainda melhor: vamos procurar outra residência, um lugar mais espaçoso. Esta é pequena demais; você não pode nem ter uma criada que durma aqui.

— Devagar com o andor, mamãe — respondo, vendo alguma graça em sua inconveniência. — Acabo de chegar e nem sei... nem sei o que vai acontecer.

— Como assim? Vocês não serão marido e mulher?

— Sim... sim.

Ela me olha atônita.

— Já lhe disse que ele gosta de você — mamãe reitera. — Não entendo qual possa ser o problema.

— O problema é que talvez ele não goste de mim como mulher — comento com um suspiro. — Está me oferecendo ajuda como um bom amigo.

Mamãe ri.

— "Bom amigo"! Tolice! Foi isso o que ele lhe disse?

— Sim — confesso, desanimada.

Ela me examina atentamente, como se procurasse algo novo na topografia do meu rosto. Um sorriso lento lhe curva os lábios, e seus olhos brilham.

— Marcelo é esperto — ela declara com admiração. — Está fazendo tudo direitinho.

— O que quer dizer com isso, mãe? — questiono, em completa ignorância.

— Descobrirá logo. — Ela me abraça como se eu tivesse feito uma revelação muito auspiciosa. — Estou *feliz* por você, querida. Agora, preciso ir embora.

Eu a acompanho até a rua, onde o coche a espera, e Marcelo junta-se a mim na despedida.

— Não quer ficar mesmo? — ele pergunta. — Tem bolo de fubá... feito por mim.

Mamãe arregala os olhos e olha-me com um sorriso deliciado.

— Oh, que riqueza! — exclama. — Provarei numa próxima visita, que não tardará.

Não me passam despercebidas as cabecinhas nas janelas das casas vizinhas. Cheguei há uma hora e todos já sabem.

Voltamos para o interior do sobrado, e nem tenho tempo de me sentir deslocada, pois Marcelo pergunta, parado diante de mim:

— O que achou de seu quarto? Está a contento?

— Oh, sim! — respondo sem jeito. — É perfeito.

Minha voz soa falsa, e acho que ele percebe, pois sorri de um jeito divertido.

— Sente-se aqui — pede, conduzindo-me ao sofá da sala de estar, que também é sala de visitas. Ele se senta ao meu lado e continua, amável:
— Creio que falhei em deixar claro o quanto sua rotina mudará. Embora uma das vizinhas faça a faxina pesada, é uma casa sem criados, e isso significa que você terá de assumir algumas tarefas com as quais nunca se preocupou até hoje. Não haverá ninguém para arrumar sua cama

nem para ajudá-la a se banhar e se vestir. Também não há cozinheira, portanto faremos nossa comida e cuidaremos da louça. Roupas precisam ser lavadas e passadas. No caso dos seus trajes, isso pode ser bastante penoso, por isso aconselho que paguemos por esse serviço. Temos ainda horta, pomar e jardim. Quanto a transporte, você certamente percebeu que não há espaço externo para guardar um veículo, por isso teremos de usar carros de aluguel ou bonde. Estou esquecendo alguma coisa?

— Espero que não! — respondo, rindo de nervoso.

— Quer desistir, ir para a casa de seus pais? — ele indaga em tom brincalhão, mas percebo que aguarda uma resposta.

— Não, não quero desistir — digo com firmeza. A perspectiva de trabalho duro não me empolga, porém é aqui que desejo ficar. Sinto-o com convicção, ainda que não saiba explicar o sentimento.

Marcelo endereça-me um sorriso luminoso; contudo, ele me parece um pouco apreensivo.

— Nunca quis ter um criado, pois prezo minha privacidade, mas talvez seja o caso de reavaliar essa preferência — declara, pensativo. — Afinal, você está habituada a outro tipo de vida. E espera um filho.

— Não quero que altere seu cotidiano por minha causa — retruco, embaraçada. — Sou bastante capaz de me adaptar e de ajudá-lo a manter a casa, Marcelo. Vou penhorar minhas joias para poder contribuir financeiramente também.

— Peço-lhe que não faça isso — Marcelo diz com ar grave. — Não comprometa seu patrimônio. Você será minha esposa; eu devo e posso sustentá-la. Não faça nada com suas joias.

— Mas não quero ser um fardo...

— Você não é hóspede nem agregada. Você é minha mulher.

Sua declaração provoca uma reação física em mim, um instante fugidio de falta de ar. Ele não parece notar.

— Não vou penhorar nada, então — capitulo.

Ele pega minha mão e a leva aos lábios, beijando o dorso.

— Amanhã daremos entrada no pedido de casamento — informa. — Vamos ver se, com isso, você se convence de sua condição de dona desta casa.

—ꝏ—

As horas seguintes são, para mim, de muita estranheza. Oscilo entre o bem-estar que me causa a proximidade de Marcelo e o desconforto com a casa nova.

Jantamos cozido e sopa; de sobremesa, doce de cidra. A conversa é agradável, embora não tão íntima quanto se esperaria de um casal. Usando seu tom profissional, Marcelo repara que meus enjoos cessaram e diz que faremos caminhadas diárias, pois, como uma gestante saudável, devo ser ativa.

— Acha prudente que nos vejam juntos? — indago, preocupada.

— É inútil esconder-se, Glória — ele retruca. — Temos de assumir nossa condição.

Lavamos a louça e as panelas e arrumamos a cozinha. Às vezes, noto Marcelo olhando-me de soslaio, sorrindo de leve quando me atrapalho ou hesito.

— Aquela sua criada, a italiana — ele começa, enquanto nos dirigimos à sala. — Angela, não é? Você gostaria que ela viesse trabalhar aqui?

— Marcelo, você nunca precisou de empregados e não quero que se sujeite a aceitar um por minha causa — respondo. — Ademais, ela é casada. Onde ela for, Anísio irá junto.

— Mas será necessário. E Angela não precisa morar aqui. Ela pode passar algumas horas do dia apenas. Eu dispensaria os serviços da vizinha.

— Não sei se é uma boa ideia — murmuro, aproximando-me da janela da sala e olhando para fora.

A casa, que à luz do dia me parecera encantadora e aconchegante, ao anoitecer revela-se pequena demais e mal iluminada em comparação aos palacetes com lustres gigantescos. Uma chuva fina, prenúncio de junho, cai com a noite, trazendo consigo o frio. Sem recuo, a residência é perto demais do passeio público, e da janela da sala vejo o alto da cabeça dos transeuntes, ouvindo suas conversas como se estivessem ali comigo. No casarão dos Campos Elísios, assim como no de Higienópolis, o extenso terreno da frente isola os moradores, dando-lhes privacidade. Também o tráfego de pessoas e veículos é menor naqueles bairros;

já ali, na Rua São João, perto do Triângulo, de um teatro e de um cabaré, pessoas passam a todo instante, e parece que quanto mais tarde, mais gente.

— Você está preocupada com essa moça, não está? — insiste Marcelo, parando ao meu lado. — Dando-lhe emprego, resolveria dois problemas de uma só vez.

— Minha presença aqui, sem criada, é um problema? — pergunto, aborrecida.

— Não, mas você ficar sozinha nesta casa, enquanto passo horas na rua, é sim um problema.

Esse argumento faz algum sentido, e não o rebato. Mas tenho outra questão:

— E o ordenado dela? Eu gostaria de pagar uma parte.

— Já lhe disse que não deve pôr seu dinheiro nesta casa — reitera Marcelo, paciente, e não me deixa contestar. — Quanto ao marido da moça — continua —, creio que consigo arranjar-lhe colocação em algum dos hotéis daqui da região. Ele pode ser carregador, por exemplo.

A ideia de Marcelo é conveniente, pois isso permitiria que Anísio e Angela trabalhassem perto um do outro. Talvez conseguissem alugar um quarto nas redondezas.

— Está bem — concordo. — Falarei com Angela.

— Depois que resolvermos a questão do casamento.

Ele passa um braço ao redor dos meus ombros, e ficamos em silêncio observando a rua. Aproxima-se a hora de nos recolhermos, momento pelo qual anseio e que, ao mesmo tempo, gostaria de evitar.

— É hora de descansar — Marcelo enfim sugere. Não sei se é um convite, mas meu corpo reage como se fosse, o coração batendo forte.

Subimos as escadas estreitas, eu na frente e ele às minhas costas. Paramos diante da porta do quarto de hóspedes, olhando-nos sem jeito.

— Precisa de alguma coisa? — ele indaga.

A respiração entrecortada que eu vinha sustentando escapa-me de uma vez só, numa longa expiração frustrada. Preciso de algo que não ouso pedir-lhe: saber que tomei a decisão certa mudando-me para esta casa. A cerimônia entre nós definitivamente não é um sinal que me tranquilize.

— Não preciso — minto, falhando ao tentar sorrir.

— Se precisar, avise-me. Se tiver insônia, acorde-me. A primeira noite numa casa estranha nunca é agradável.

Chego a abrir a boca para expressar o que desejo, o que venho fantasiando a cada vez que nos vemos, mas desisto. Marcelo é um homem vivido e nós dois somos adultos. É impossível que ele não saiba o que deveria acontecer agora. A explicação mais plausível é também a mais simples: *Ele não quer.*

— Farei isso — digo, mais seca do que pretendia, e me viro para abrir a porta do quarto.

Marcelo segura-me pelos ombros, virando-me para ele, e inclina-se. Fecho os olhos, trêmula, e aguardo com os lábios entreabertos. Minha expectativa se esfacela como cristal de açúcar quando ele me beija o rosto. Nos segundos eternos em que sua boca se distancia, especulo se tornará a baixá-la, agora sobre a minha, mas o afastamento é irrevogável. Ele se endireita, fita-me ternamente e diz com polidez:

— Vou lá embaixo me certificar de que está tudo trancado e apagar as luzes. Boa noite, Glória. Durma bem.

Quando consigo responder um boa-noite gaguejado, ele já sumiu de minha vista.

No dia seguinte, apresentamos a um juiz de paz o pedido de casamento, acompanhados de duas testemunhas que conheço somente no dia: Augusto de Castro, médico como Marcelo e seu amigo de infância, e Inácio Pedroso, um vizinho já de idade. Ambos se mostram encantados com o fim da solidão do noivo. O mais velho não é tão discreto quanto o outro e graceja que Marcelo "pegou enfim um peixe grande", entre outras zombarias. Rimos sem jeito de tudo, mas, quando ele comenta que viúva moça é melhor que moça donzela, "pois o finado já lhe amaciou o couro", ficamos em constrangido silêncio. Reprimo o impulso de abrir o vestido e mostrar-lhe minhas costas; afinal, é um idoso e está nos prestando um favor — dois, na verdade, já que tanto ele quanto o médico também são testemunhas do pedido de casamento religioso.

Dispensados os amigos, Marcelo e eu vamos a uma confeitaria, onde, por desejo de grávida, almoçamos empadas, sonhos e queijadinhas. Depois, enfiamo-nos na Casa Garraux, meio livraria, meio loja de artigos importados, onde ele compra seus charutos Havana — "meu único luxo" — e caçoa de mim levando-me à seção dos livros de culinária. Aproveito a visita e cancelo, com um atendente, minha assinatura de um jornal francês de moda. É bem provável que eu não possa encomendar novos vestidos por muito tempo.

Já estamos de saída quando cruzamos com Fernando, que entra em companhia de dois rapazes, certamente seus colegas da Academia, que fica ali perto. Frente a frente, não podemos fingir que não nos vimos, então nos cumprimentamos com frieza.

— Não voltou à casa de seu pai? — pergunta-me Fernando, em tom de censura.

— Ela está em minha casa — responde Marcelo com aspereza, antes que eu o faça.

Fernando fita Marcelo brevemente, mas dirige-se a mim, com desdém:

— Amasiada feito uma mulher de baixa condição?

— Não permito que me fale assim! — exclamo, ultrajada. — Hoje mesmo fomos...

— Não dê satisfações a esse moleque — meu futuro marido me interrompe. — Ele não é nada seu.

— Sou apenas o pai do bebê que ela carrega no ventre, mas aparentemente Glória é o tipo de mulher que não se importa com minúcias como paternidade, não é? — Fernando se volta para mim e indaga num tom de voz elevado: — O que você acha, Glória, que leva uma mulher a rejeitar o pai de seu filho e ir morar com outro homem? Será uma sedutora contumaz? E o que causa a promiscuidade? Algum desequilíbrio mental? Uma patologia, por certo?

— Você deve saber a resposta, Fernando, já que promiscuidade é sua *expertise* — rebato, consciente de que outros clientes nos observam, principalmente os amigos de Fernando, que cochicham aos risos perto dali.

— E graças à minha *patologia* você teve muitas horas de diversão, não?

— Foram bons momentos, sim, que um raio me abata se eu negar. Ô, Cristiano! — Fernando chama um dos colegas. — Quer que coloque seu nome na lista de espera da viúva Galvão? E você, Fabiano?

Sua baixeza deixa-me gelada, petrificada. Parece que meu sangue corre mais lento e que o mundo desacelera. Vejo o semblante transfigurado de Marcelo, tal como no dia em que ele agrediu Erasmo, e reparo que estende a mão para, imagino, puxar Fernando pela gravata. Eles vão lutar no meio da livraria, e serão três contra um! A não ser que...

Golpeio Fernando entre as pernas com minha sombrinha, atingindo-o no lugar exato e fazendo-o curvar-se com um urro. Marcelo arregala os olhos, fitando-me como se me visse pela primeira vez.

— Vamos embora — decreta, puxando-me pelo braço —, antes que sejamos proibidos de pisar nesta loja! Não posso ficar sem meus cubanos! — exclama, rindo, enquanto saímos num passo acelerado, sob os olhares consternados dos demais e ao som das gargalhadas dos colegas de Fernando.

— Não teve graça! — queixo-me, já na rua, irritada com a risada incessante de Marcelo. — Ele me humilhou no meio da livraria, na frente dos amigos...

— Com certeza está arrependido, e Deus me livre de um dia aborrecê-la! — Marcelo responde, passando o braço ao redor dos meus ombros.

Caminhamos em silêncio, abraçados, e os transeuntes nos olham, perplexos com a intimidade demonstrada em público. A nuvem de mal-estar trazida por Fernando parece dissipar-se à lembrança da cena da livraria. Fernando, em minutos, quase havia estragado o dia delicioso que estávamos vivendo.

No momento em que paramos para esperar um bonde passar, Marcelo pergunta, de chofre:

— Ainda o ama?

Viro o rosto para ele, e seus olhos já não têm o brilho hilário de pouco antes. Ele está sério.

— Não sei se alguma vez amei — respondo com franqueza.

— Se não amou, por que foi tão longe com ele?

Embora seu tom seja neutro, identifico uma ponta de reprimenda.

O bonde já passou, mas eu não me mexo, nem ele.

— Você é homem — começo, ressentida. — Isso o torna livre para viver seus desejos e, portanto, incapaz de saber o que sente uma mulher proibida de tudo, agredida, destituída de sua dignidade e de amor-próprio.

A expressão dele se suaviza.

— Mereço um golpe de sombrinha entre as pernas, não? — indaga.

— Merece dois! — exclamo, mas não faço nada. — Fernando, ainda que irresponsável, inconsequente, *moleque*, estendeu-me a mão para tirar-me do fosso escuro — prossigo, sustentando seu olhar. — Suas intenções eram escusas? Sim, eram. Apesar disso, ele me ajudou a manter a sanidade. Mostrou-me coisas que eu desconhecia, como o prazer do sexo e o enamorar-se de si mesma, achar-se bela, desfrutar-se. Se você acha que isso me tornou uma mulher sem valor, cancelemos nosso compromisso agora mesmo. Vou para Minas e você retoma sua rotina...

— Não vamos cancelar nada — ele me corta, fazendo um gesto para que eu me cale. — Fui infeliz no que disse, peço perdão. Queria apenas entender o que sente por ele. É bastante óbvio que Fernando ainda guarda um vínculo com você...

— Não é recíproco — asseguro. — Tomei aversão por ele.

O que não digo a Marcelo é que ainda acho Fernando atraente, ainda recordo com excitação o que vivemos, mas o homem a quem me entreguei era outro. Um indivíduo único, separado, não o posto avançado do desejo de Marisa.

— Se não fosse por Marisa, você o quereria? — Marcelo pergunta, mas seu tom não é severo ou hostil. É uma pergunta genuína.

— Se não fosse por Marisa, talvez eu nem tivesse me envolvido com Fernando — argumento, pensativa. — Sempre foi ela, Marcelo, desde o início. Ele me quis por causa dela. Não existe Fernando sem Marisa. Eles se tornaram codependentes. E deixe-me dizer-lhe uma coisa, para ver se o convenço: se ela morresse hoje, Fernando ainda teria, para mim, a face dela. Prefiro morrer sozinha a voltar para ele, Marcelo.

Marcelo aperta a mão que apoio em seu braço, fazendo um sinal positivo com a cabeça.

— Não vai morrer sozinha — declara, encarando-me. — Estou com você.

— Isso é bom! — suspiro. — Agora vamos. Tenho medo de que ao falar no diabo, ele apareça. Marisa gosta de frequentar as lojas daqui.

21

A vinda de Angela causa-me um sentimento agridoce, de alívio e derrota. É conveniente tê-la comigo, assumindo as tarefas pesadas e maçantes, mas também é uma prova de minha inaptidão.

A alegria da moça, porém, compensa meu embaraço. O casal continuava em busca de colocação quando os procurei, ainda na casa dos Campos Elísios, vazia como um mausoléu profanado. O ordenado que Marcelo pode pagar a Angela é inferior ao que ela recebia de mim, mas trabalhar menos horas e poder complementar a renda com serviços de faxina a atrai, bem como o fato de sermos "buona gente".

Anísio ainda aguarda resposta de um hotel ao qual foi indicado por Marcelo, porém Angela está otimista. Agradecida, trata-me com afeto redobrado, dedicando-me cuidados de mãe, embora seja poucos anos mais velha que eu. A vizinha que fazia faxina para Marcelo foi dispensada, e Angela assumiu suas tarefas. Procuro ajudá-la, mas quase sempre sou rechaçada por causa da gravidez.

Conversamos muito, num misto de italiano com português, e tê-la ao meu lado algumas horas do dia traz para esta casa estranha um pouco de familiaridade. Sem se conter, ela pergunta se eu e Marcelo estamos apaixonados. Evito uma resposta direta, digo que "nos gostamos", e vejo a decepção em seu rosto. Louca por Anísio, Angela não quer saber de casamentos por conveniência, quer ouvir uma história de arrebatamento e entrega.

Não podendo dar-lhe o que deseja, mudo de assunto. Não quero falar da alegria que sinto quando, após horas na rua, em rondas de médico, ele abre a porta e anuncia seu retorno. Da timidez que me impede de recebê-lo com um beijo. Dos jantares íntimos, que ensejam longas conversas, reminiscências, nostalgias, e que morrem num suspiro, num boa-noite que nos torna dois estranhos novamente. Das vezes em que o flagro observando-me, e de como desvia o olhar quando é assim surpreendido.

Se eu revelasse tais coisas a Angela e ela indagasse a razão de tudo isso, eu não saberia responder. Faz duas semanas que vivemos juntos, e às vezes me parece que Marcelo deseja mais de nosso relacionamento; às vezes, não. Pergunto-me se deveria tomar a iniciativa, mas o medo de que ele seja franco e ponha fim à dúvida, deixando claro seu desinteresse, faz com que me contenha.

Nada disso digo a Angela, mas conto a minha mãe, que escuta tudo com um sorrisinho enigmático e irritante. "Seja sincera, diga o que quer", ela aconselha, e eu respondo que isso não é papel de mulher. Seu sorriso se alarga e ela enumera os meus desvios: iniciar um caso praticamente no enterro do finado, engravidar, amasiar-me. "Viver em pecado e nem mesmo *desfrutar* do pecado é que é errado, filha!", argumenta, e, apesar de seu deboche, dou-lhe razão.

Numa tarde de junho, ensolarada e fria, sozinha no jardim após a partida de Angela, decido que interpelarei Marcelo a respeito de nossa relação. Ele sacrificou seu estilo de vida por mim, e eu sacrifiquei minha reputação. Sermos verdadeiramente marido e mulher é o mínimo que poderíamos fazer para compensar os inconvenientes — até porque todos acreditam que assim vivemos.

Volto para dentro de casa animada. Talvez Marcelo me veja de fato como amiga, mas é um homem saudável, com necessidades inequívocas, como prova sua antiga assiduidade ao Caresse. Ele disse que suas visitas ao prostíbulo agora são esporádicas e de caráter profissional, e eu acredito. Isso significa que Marcelo está há algum tempo abstinente. Como considero improvável que ele faça alguma objeção a minha aparência, penso que nesta noite nos entenderemos.

Fico parada no meio da sala pensando nos preparativos. O jantar está encaminhado; eu e Angela deixamos tudo pronto, para ser esquentado na hora. A casa está em ordem, com cortinas lavadas e lençóis limpos nas camas. Estou especulando se temos um vinho melhor na minúscula adega da cozinha, ou se será necessário sair para comprar, quando tocam a campainha. Não me assusto, pois nos últimos dias as vizinhas têm se alternado em visitas rápidas para saciar a curiosidade de me conhecer. Embora façam perguntas inconvenientes, todas têm sido amistosas, e é bom conversar um pouco quando se está sozinha.

Desta vez, porém, não se trata de uma das vizinhas, e sim de alguém que jamais esperei rever. De cabelos presos, chapéu, luvas e um vestido verde-escuro justíssimo, de gola alta — provavelmente um dos mais austeros de seu guarda-roupa —, Aldine aguarda na calçada.

Desço a escada e abro o portão estreito, da largura de uma porta, deixando-a passar. Nossos olhos se cruzam, mas não nos cumprimentamos. Ela passa por mim e sobe a escada sem hesitação, e do mesmo modo entra na casa. Olha rapidamente ao redor, como a se certificar de que nada mudou, e eu me dou conta de que ela já esteve ali. De que já deve ter vindo várias vezes.

— Você e Marcelo estão vivendo juntos, então? — Aldine pergunta, tirando o chapéu e sentando-se no sofá sem que seja convidada a fazê-lo. Seu porte e sua beleza trigueira ainda me impressionam, mas sinto que já não gosto dela. Não quando sua animosidade é quase palpável.

— Sim — respondo, sentando-me numa cadeira com braços, o mais longe possível da visitante.

— E é sério? Vão se casar?

— Sim — repito, imaginando se meu laconismo a irrita.

— Nesse caso, você deveria suspender o luto — ela comenta, avaliando meu traje.

— Talvez — concedo. Apesar de impertinente, a observação tem lógica.

Aldine dá uma risadinha amarga, sacudindo os ombros.

— No fim, Marcelo é um hipócrita — acusa distraída, sem me encarar. — Toda aquela conversa sobre ser um homem simples, um médico preocupado com causas sociais... Tudo um engodo.

— Por que diz isso? — estranho.

— Porque, minha cara, ao se casar com você, ele deu um jeito de entrar para a alta sociedade — ela explica com dissimulada suavidade.

— Não é verdade! — protesto. — Meu pai tirou-me tudo. Não receberei a herança de Erasmo e possivelmente nem a herança de minha própria família.

— Qual nada! Seu pai está bravo agora, mas com o tempo se abrandará. Única filha, não é? Ele vai lhe restituir tudo. Quando perceber que Marcelo é um bom marido e um homem respeitável, estimará o genro, e então o nosso "médico do povo" será um homem rico e prestigiado. Marcelo nos enganou com perfeição, Glória.

Mal reparo no fato de ela não me chamar de *dona*, atônita com o resto do discurso.

— Somos duas tolas — ela continua, balançando a cabeça em desolação. — Mas como duvidar de um homem tão sério e ao mesmo tempo tão doce, compreensivo, respeitador? Um sujeito digno, incapaz de agredir uma mulher; um médico humano, que perde seu tempo atendendo a escória da sociedade... Um amante hábil, competente... Qual dessas facetas a conquistou? Ou foram todas?

Meu rosto queima, especialmente à menção da intimidade, e respiro fundo para não ser grosseira.

— Marcelo não é calculista como quer dar a entender, Aldine — declaro, enfastiada. — Por que veio difamá-lo? Deseja reconciliar-se com ele, agora que perdeu Erasmo?

A reação dela, empertigando-se no sofá e franzindo o cenho, revela-me que acertei o alvo.

— Marcelo não é homem para você, Glória — ela comenta, escolhendo palavras. — Ele não está à sua altura. Você pode ter um marido riquíssimo, de família influente, jovem... Fernando a ama. Ele diz isso a todos no Caresse.

— Se me amasse, ele não iria ao Caresse — rebato, bufando ao entender quem convencera a cafetina a vir me perturbar.

— Ele é jovem e muito fogoso, por isso precisa dos serviços de minha casa, mas isso não significa que não a ame. Ele vai lá porque *você* não o recebe!

Minha paciência está se esgotando.

— Aldine, era isso? Já fez o que Fernando lhe pediu? Se sim, peço que...

— Ele é o pai do seu filho! — Ela aponta para minha barriga. — Que sentido faz Marcelo assumir essa criança?

— O que você tem que ver com quem vai criar meu filho, Aldine?

— Nada, mas é injusto que você dispense um partido maravilhoso como Fernando para roubar o meu homem! — Aldine bate no peito, dramática.

Dou uma gargalhada, embora a situação não tenha nenhuma graça.

— Fernando não é um "partido maravilhoso" e Marcelo não é *seu* homem! — digo, perplexa. — Sei que você e Marcelo tiveram um caso, antes de seu envolvimento com Erasmo. Na época, você pareceu achar meu marido muito mais interessante que Marcelo.

— Eu me apaixonei por Erasmo, apesar de tudo — ela confessa, abaixando a cabeça, e sei que "tudo" não é o fato de ele ser casado, e sim o fato de ele a agredir. — Foi um amor insano. Ele me amava, sabia? — Aldine ergue os olhos para me encarar com ar de desafio.

— Pode ser. — Dou de ombros. — Não faz diferença para mim.

— Você nunca sentiu nada por ele, nunca foi mulher para ele...

— Claro que não — interrompo-a, feroz. — Eu não era mulher para Erasmo, e sim um saco de pancadas.

— Ele me bateu também, algumas vezes, e nem por isso eu o desprez...

— Se era tão perfeito, Aldine, com pancadas e tudo, por que não se mata e vai ao encontro dele? — Levanto-me e vou até a porta, indicando que ela deve sair. — Já veio desempenhar seu triste papel, agora saia.

A cafetina se ergue devagar, fitando-me com rancor. Antes de passar pela porta, ela para, põe o chapéu e me diz com expressão delirante:

— Marcelo lhe disse que a ama? Se disse, tenha cuidado! Ele perdeu a capacidade de amar; está enterrada há vinte anos no cemitério da Quarta Parada, para lá do Brás. Pergunte a ele!

— O que está dizendo? — questiono, aturdida, dirigindo-me às suas costas, pois ela desce correndo as escadas e sai deixando o portão aberto.

Cinco minutos depois, Marcelo chega, e só de olhá-lo sei que cruzou com Aldine na rua.

— Ela esteve aqui? — indaga, ressabiado, sem lhe mencionar o nome. — Quando me viu, mudou de calçada e saiu correndo.

— Sim, veio urinar no poste para dizer que você é propriedade dela — respondo, sarcástica, parando diante dele. Quero perguntar sobre a história do cemitério, mas decido esperar um pouco, deixá-lo acomodar-se.

— O que ela disse? — questiona Marcelo, jogando a maleta no sofá.

— Que você está comigo por ambição, já que ela viu o futuro e sabe que farei as pazes com meu pai.

— Acredita nela? Que minha motivação foi essa?

— Não! Ela perdeu Erasmo e quer o amante número dois de volta, é isso.

Marcelo senta-se no sofá e joga a cabeça para trás, passando a mão pelos cabelos.

— Ela insinuou que gostaria de uma reconciliação, quando estive lá da última vez para tratar a dor de garganta de uma das meninas — confessa, olhando-me cansado. — Fingi não entender e pensei que o assunto morreria.

— Talvez ela não fizesse nada mesmo, porém Fernando foi atiçá-la — observo, sentando-me ao seu lado.

— Ela foi agressiva? — indaga Marcelo, pegando minha mão.

— Insolente — respondo.

— Você está bem? Não ficou nervosa ou agitada com essa visita...?

— Estou bem. Na verdade, fiquei intrigada.

— Com o quê?

— Uma frase sem pé nem cabeça... Aldine afirmou que você não pode me amar, porque sua capacidade de fazê-lo está enterrada há vinte anos no cemitério da Quarta Parada. O que ela quis dizer?

Ele inspira fundo, sua mão apertando mais forte a minha.

— A mulher que amei está enterrada lá — revela, soturno.

Paro por um instante de respirar, fitando-o atônita.

— A... quem? — repito baixinho, a voz estrangulada.

— Aos vinte e um anos, saí de casa para viver com Camila, uma namorada de infância — Marcelo explica, com olhos distantes. — Era filha da cozinheira que tínhamos em casa; depois, tornou-se operária de uma tecelagem. Namorávamos em segredo, pois eu sabia que minha família não aceitaria. Camila ficou grávida e eu aluguei um quarto para vivermos juntos. Entramos com o pedido de casamento, mas ele nunca chegou a acontecer. Ela era de compleição um pouco frágil, como as heroínas de romances. — Ele sorri com melancolia. — Teve um aborto espontâneo e não sobreviveu à perda de sangue. Falhei em ajudá-la. Tampouco foi útil a grande experiência do doutor Lacerda, que foi meu professor e amigo.

Levanto-me e vou até a janela, tapando a boca com a mão.

— Por que não mencionou isso antes? — indago, estupefata, virando-me para ele.

— É um assunto triste — ele responde, olhando-me do sofá. — Não faz diferença para nós, aconteceu há vinte anos. No entanto, reconheço que deveria ter lhe contado antes.

Meneio a cabeça, inconformada.

— Se ocultou, deve ser importante — observo com azedume.

— Não ocultei — Marcelo retruca, erguendo-se e indo até mim. — Não é segredo. É que pouca gente sabe, e não me preocupo em alardear. "Sabe que perdi a mulher que amava porque não consegui salvá-la?"

Meu ressentimento se abranda e começo a me sentir mal por repreendê-lo, em vez de lamentar sua dor.

— Você não teve culpa — afirmo, tocando sua face.

Ele põe a mão por cima da minha em seu rosto, apreciando minha tentativa de confortá-lo.

— Eu sei, mas uma coisa é o que sabemos, outra é o que sentimos.

Os olhos dele continuam secos, porém toda sua expressão mudou. Não é o Marcelo meio zombeteiro a que me habituei.

— Amava-a muito? — pergunto, odiando-me por sentir mais ciúme da morta do que compaixão por Marcelo.

— Sim — ele responde prontamente, e isso me magoa. — O tanto que a amava e o modo estúpido como a perdi lançaram-me num luto peculiar. Não me isolei, não reneguei a vida. Pelo contrário, busquei-a como alucinado, em todos os lugares, em todos os prazeres. Bebi, joguei, forniquei. Repetidamente, a ponto de parar de trabalhar porque nunca estava sóbrio.

— E como saiu desse estado de desregramento? O que impediu que se destruísse?

— O tempo. O luto passa, Glória. Ele tem de passar um dia. A vida é cíclica e não tolera a estagnação. Então meu luto acabou, e retomei minha rotina. Recuperei pacientes antigos, conquistei novos. Cortei o jogo e a bebida, diminuí os charutos.

— E as mulheres?

— Reduzi drasticamente a quantidade e a frequência.

— E nunca mais quis se casar.

— Não até agora. — Marcelo acaricia a base de meu pescoço, e seu olhar é suave. Vendo que o observo em silêncio, mordendo meu lábio inferior, ele exorta: — Diga. O que mais quer saber?

— Pareço-me com Camila? — questiono, sentindo-me ridícula, infantil.

Ele balança a cabeça negativamente.

— Ela se parece mais com Pandora. Tinha cabelos cor de mel e sardas de sol.

Não sei se fico brava com a referência a Pandora ou se me sinto aliviada por não ter semelhança com a falecida. Seria um desapontamento descobrir que Marcelo me identifica com outra mulher.

— Camila era delicada e intangível — ele divaga, passando os dedos por minhas feições. — Você, não. A vida fulgura em você, emerge de seus poros.

Nosso rosto está próximo, e algo vai acontecer. Marcelo vai dizer que reencontrou o amor ao me conhecer e me beijar. Meu coração está tão acelerado que tenho medo de passar mal.

A intolerável expectativa se desfaz quando ele me puxa para si num abraço e me beija o alto da cabeça.

— Perdoe-me — murmura contra os meus cabelos. — Eu deveria ter-lhe contado. Foi vergonhoso que você tenha sabido por Aldine, não por mim.

Eu me afasto, irritada, e pergunto:

— Por que lhe contou, se era um assunto tão difícil? Ela foi importante assim para você?

— Éramos amigos antes de sermos amantes — Marcelo explica, calmo.

— Você a amou? — inquiro com aspereza.

— Não, apenas tínhamos um bom arranjo — revela ele, sem constrangimento. — Gostávamos da estabilidade. Depois de um tempo, variar não é tão interessante. Mas nunca foi uma paixão. Ela sempre cobiçou Erasmo, no entanto ele preferia as meninas novas. Quando ele finalmente a quis, o sentimento dela explodiu.

— Ela procurou Erasmo mesmo namorando você? — espanto-me.

— Não era propriamente um namoro; era, como eu disse, um arranjo. Não me senti traído quando rompemos. Na verdade, vendo o entusiasmo de Aldine por Erasmo, experimentei certo alívio por não ser o alvo desse amor. Era meio doentio.

— Como assim?

— Bem... você conhecia meu primo. Ele a humilhava, a agredia, e ela justificava tudo. Sentia-se valorizada. Vangloriava-se de finalmente viver uma paixão "de verdade", o que era um recado para mim. Ela me achava frio, distante.

— E você é frio? — questiono, sem me conter.

A ousadia da pergunta e o olhar que ele me dirige fazem meu coração disparar. Mais uma vez, minha mão está na dele, e nossos dedos se entrelaçam.

— Acha que sou frio? — Marcelo indaga com um sorriso surpreso.

Passo a língua pelos lábios, indecisa, e desvio os olhos ao dizer:

— Certamente não vi o lado quente.

Marcelo não responde de imediato. Não o encaro, mas percebo que me olha fixamente.

— Isso é uma queixa? — ele pergunta.

Sua voz não me dá indício nenhum de que eu esteja trilhando um caminho seguro, então me acovardo.

— É uma constatação — digo, erguendo os ombros.

— Quando for uma queixa, avise-me. Farei tudo que for possível pelo seu bem-estar.

Viro a cabeça para encará-lo e vejo que está sorrindo. Não com deboche, mas como um adulto que acha graça das falas de uma criança. Condescendente.

Sinto a pele do rosto pegar fogo; estou furiosa. Ele faz parecer que sou uma hóspede desagradável cobrando serviços sexuais de seu anfitrião.

— Talvez Aldine tenha alguma razão — digo com azedume, levantando-me e abandonando a sala.

Jantamos em incômodo silêncio — Marcelo inexpressivo e eu amuada. Recolho-me mais cedo que o costume, pisando duro e batendo portas feito uma criança birrenta.

Aos poucos as palavras de Aldine vão se infiltrando em meus pensamentos, como um veneno de ação lenta, e começo a duvidar de Marcelo, de suas boas intenções. Deitada no escuro, imagino-o em cenas de intimidade com a cafetina. Ele dissera que ela o acusava de frieza, mas a mim ela falara de um "amante hábil e competente". Portanto, mesmo não a amando, ele a quisera e a satisfizera. Quanto a mim, não era merecedora de suas atenções. Uma criada para me poupar das tarefas domésticas, uma cama quente, boa comida — eis tudo. Amar-me, por algum motivo, era ir longe demais.

Talvez porque ele realmente não pudesse mais amar, como dissera Aldine. Se seu sentimento por Camila fora tão intenso, era possível que tivesse exaurido o coração de Marcelo, não deixando espaço para nenhuma outra mulher. Vinte anos de viuvez! Ou ele a amara ensandecidamente, ou não superara as circunstâncias de sua morte.

Assola-me uma dúvida esmagadora quanto à sensatez de unir-me a Marcelo. É muito provável que ele nunca me ame. O que mais desejo, que é ter um casamento de verdade, talvez nunca se realize.

Ainda estou me debatendo com essas reflexões quando ouço passos no corredor. Pés param diante de minha porta. Ergo-me nos cotovelos, coração disparado, e tento decidir se aguardo ou se vou ao encontro dele. Levanto-me e, descalça, vou até a porta, apoiando as mãos nela e encostando a face na madeira fria. Talvez seja imaginação, mas parece que ouço Marcelo respirar, como se ele também tivesse colado o rosto ali.

Vamos, penso, fechando os olhos com força como se isso me ajudasse a penetrar-lhe a mente, influenciá-lo. *Por favor, Marcelo. Por favor.*

Um suspiro triste — meu? dele? —, e então o som de passos se afastando: ele não vai bater. Solto a respiração que estava prendendo sem perceber e retorno ao leito, desabando com uma frustração que tem o dobro do meu peso.

A ideia de ir atrás dele floresce em mim — se ele veio até aqui, se hesitou, é porque sente algo —, mas eu a sufoco, estrangulo, até que só resta o orgulho. Concluo que Marcelo cogitou oferecer o serviço completo de hospedagem, talvez para se desculpar do episódio com Aldine, e depois achou que não valia o esforço.

Preciso dormir, digo a mim mesma, enrolando-me no cobertor. Preciso desesperadamente dormir e ter sonhos desconexos, desligados daquela realidade.

Mas o sono é arredio como Marcelo, e só vem à minha cama quando o choro de raiva já secou em meu rosto.

O Caresse resplandece, como se tivesse sofrido uma reforma ou, ainda, acabado de ser inaugurado. Tem um brilho de marfim nas paredes, quadros novos, cortinas de um vermelho rutilante e tapetes nunca pisados.

Desço as escadas lentamente, sob o olhar de duas dezenas de homens no saguão. Deveria estar nervosa, mas não estou. Sinto-me confiante no espartilho justo e dourado, que me deixa com seios protuberantes e cintura muito estreita. Não uso nada além dele, à exceção das meias finas que não chegam a me cobrir as coxas e dos sapatos de salto. Meus cabelos estão presos no alto, com cachos loiros espiralando ao redor de meu rosto e roçando meus ombros. Quando chego ao último degrau, olho-me no longo espelho retangular da pa-

rede à minha esquerda e vejo um rosto mascarado, com nariz e boca expostos. A máscara é dourada tal como o espartilho, com um brilho metálico, e de cima do olho esquerdo sai uma enorme rosa artificial amarelo-cobre. Minha boca é da cor do sangue, contrastando com os dentes alvíssimos, imaculados. Estou bonita, de um modo intenso e teatral, mas também um pouco grotesco, estapafúrdio. No entanto, todos me olham embevecidos, e entendo que aquele é o rosto do desejo.

Passo os olhos pela audiência de homens em trajes de gala e percebo que estão à espera de uma palavra minha. Entre eles, cavalheiros que frequentam os salões elegantes e a igreja, bem como Fernando e César. A um canto, separado dos outros, Marcelo — e, ao vê-lo, meu coração pula. Identifico algumas das meretrizes da casa, também mascaradas e de espartilho, porém com cores diferentes. Fitam-me com admiração e reverência, não com despeito. Sou uma convidada de honra, alguém cuja passagem é celebrada, rainha de uma noite só.

Reconheço os olhos azuis de Pandora por trás de uma máscara verde-esmeralda enfeitada com penas de pavão e gesticulo para que venha até mim. Um burburinho de espanto percorre o saguão enquanto ela desvia dos demais e vence a distância entre nós. Frente a frente, entrelaçamos as mãos e, sem cálculo e sem aviso, trocamos um beijo sensual, melífluo, delicado.

Vozes masculinas incentivam-nos a prosseguir, exigem um espetáculo explícito. O beijo e o cheiro de Pandora são inebriantes, e eu não me incomodaria de continuar, apesar da plateia, mas algo está errado. "É porque não sou seu par, Glória", ela avisa, serena. "Escolha novamente."

O silêncio da expectativa é eletrizante, mas não dura muito. Meus olhos encontram os do homem que está mais distante, mais próximo da porta: Marcelo. Ergo uma sobrancelha, num convite sutil, porém compreendido por todos os presentes. Marcelo não demonstra surpresa nem comemora — num movimento rápido e decidido, sai de seu posto e aproxima-se, avançando pela passagem que os demais lhe abrem. Pandora o cumprimenta com um aceno leve de cabeça e se afasta.

Estendo a mão enluvada para Marcelo e ele a segura, depositando um beijo. Mesmo através do tecido da luva, seu toque dispara ondas de arrepio por minha pele. Subimos as escadas sem trocar uma palavra, ao som dos murmúrios dos homens lá embaixo.

Entramos no primeiro quarto do corredor ao final da escadaria, um recinto ricamente decorado em tons de creme e branco, com um carpete alto, cortinas de renda e cama com dossel. De algum modo sei que é o quarto destinado à rainha da noite e seu escolhido.

— Por que eu? — indaga Marcelo, tirando minha máscara.

— Porque você é digno — respondo, desfazendo o nó de sua gravata. — E porque assim desejo.

Essa é toda nossa conversa. Ele retira minha máscara e me beija, apertando-me tão forte junto ao peito que minha cabeça tomba para trás. Diferente do beijo de Pandora, o de Marcelo é impetuoso, faminto. Nossas bocas parecem coladas, buscando saciar uma sede inextinguível; não se desgrudam nem quando caminhamos na direção da cama, comigo de costas, nem quando nos deitamos, nem quando ele me despe. Embora dominada por um ardor urgente, minhas emoções extrapolam a luxúria: sinto-me transbordar de felicidade e bem-aventurança. É uma epifania, a constatação atordoante de que o ideal foi alcançado, de que estava o tempo todo ali, à espera de ser descoberto.

— Era você — digo, olhando-o nos olhos, quando finalmente interrompemos o beijo. — Agora eu sei. Era você...

— Houve um engano — declara Aldine, invadindo o quarto e afastando Marcelo de mim. — Este homem não podia ser selecionado. Você fez a escolha errada.

— Não seja ridícula... — começo a protestar, escondendo os seios com as mãos.

— Venha comigo — a cafetina diz a Marcelo, e ele a obedece, embora me fite com tristeza ao acompanhá-la.

Do nada, ao meu lado na cama surge Marisa, de espartilho vermelho, sem máscara. Seu batom borrado parece sangue, e a maquiagem de seus olhos escorreu pelo rosto, como se ela tivesse chorado.

— Aldine não é a dona deste lugar à toa — comenta, maliciosa. — Ela é a melhor.

— Deixe-me em paz... — peço, exasperada.

— Paz? — Marisa gargalha. — Paz? — Subitamente fica séria e murmura: — Glória, estou muito brava. Muito brava — ela repete pausadamente, e examina o rosto borrado no reflexo de uma faca de cozinha.

22

É impossível conciliar o sono quando a imagem de Marisa, perturbada e insana, surge por trás de minhas pálpebras cada vez que fecho os olhos. Não me preocupo em escovar ou prender os cabelos; visto o roupão e deixo o quarto, arrastando as chinelas degraus abaixo em busca de um chá quente.

Já da escada percebo a luminosidade fraca que vem da saleta de jantar, e à medida que desço vejo Marcelo sentado à mesa, de roupão escuro, segurando uma xícara fumegante. Seus cabelos estão desalinhados e os olhos que ergue para mim carecem da habitual serenidade. Apesar disso, ele sorri.

— Veio em busca disto? Do elixir dos insones? — pergunta, levantando um pouco a xícara, e sinto o aroma inconfundível de chá de camomila.

— Também — respondo, parando diante da mesa, mas ainda no caminho para a cozinha, no andar inferior.

— Também? — ele repete, curioso.

— Precisava mudar de cenário — declaro, esfregando o rosto. — Pesadelo.

— Daqueles tão impressionantes que se recusam a ficar no mundo dos sonhos?

— Exatamente.

— Então fez bem em descer. — Ele se ergue, ainda segurando a xícara. — Sente-se. Vou me reabastecer e aproveito para trazer-lhe o seu.

Acomodo-me na cadeira que Marcelo desocupou e que ainda está quente, cruzando as mãos sobre a mesa. Ele logo retorna, depositando diante de mim uma chávena cheia e sentando-se no lugar ao meu lado.

— Quer falar do sonho? — ele pergunta.

— É embaraçoso — respondo, esperando o chá esfriar um pouco.

— Por quê? — ele ri. — Você se viu fazendo coisas que não deveria fazer?

— De certa forma, sim. — Encaro-o, e ele sustenta meu olhar. — Você estava lá.

— Fazendo o que não deveria fazer também?

— Sim. Quer dizer, eu *nem sei* por que não deveria fazer, mas aparentemente é o que você pensa.

Marcelo fica pensativo, toma um gole de chá e pergunta sem me fitar:

— Estávamos nos beijando?

— Mais além — respondo, e é minha vez de tomar a bebida. Ainda está quente como o inferno e eu apenas beberico, mas preciso *fazer algo* nesse momento embaraçoso.

— Quão além? — Agora ele me encara, divertido.

— O tanto que Aldine permitiu, já que ela nos interrompeu e o levou embora. E você *foi com ela*.

— Você ficou frustrada?

— Furiosa. — Uso o mesmo tom de voz leve e provocativo dele, mas seguro a xícara com as duas mãos, o que as impede de tremer.

— Por quê? Despeito?

— Porque queria que você continuasse comigo!

Ele me observa em silêncio por um instante, avaliando-me.

— Não me julgue por meu duplo onírico, esse impostor — diz. — Ele não age como eu agiria.

— E como você agiria? — indago, decidindo que não tenho muito a perder, exceto o amor-próprio, evidentemente.

— Nunca deixaria você por Aldine. — Ele toma outro gole.

Estou imóvel, fitando-o atenta, e meu silêncio parece sensibilizá-lo. Marcelo abandona o ar jocoso e me olha sério. Isso me anima um pouco, e resolvo testar os limites.

— Você não faria a troca porque sou mais jovem que ela? — arrisco, brincando com uma mecha do meu cabelo.

— Não — ele responde com serenidade.

— Porque sou novidade?

— Não.

— Então... por quê?

Marcelo observa-me sem dizer nada, e não consigo desvendar sua expressão. Ocorre-me algo muito constrangedor, e eu me arrependo de ter iniciado aquela conversa.

— Não precisa dizer, eu entendi — digo, mostrando a palma da mão para ele num pedido para que não prossiga, embora ele esteja mudo. — Você não faria a troca simplesmente porque... porque nem mesmo *estaria* comigo. Você não quer estar, nunca quis. Minha presença nesta casa é realmente um ato de amizade, de *caridade*, tão somente.

Após esse desabafo, viro metade do chá pela garganta, desejando que fosse álcool.

— Talvez você devesse me *perguntar* o que quero, em vez de especular com base em sonhos ou numa interpretação errônea do meu comportamento — diz Marcelo, olhando para mim.

— Estou interpretando mal sua conduta? — espanto-me.

— Totalmente.

— Em que ponto estou errada?

— Eu disse *totalmente*. — Ele torna a sorrir.

— Então, elucide-me.

Marcelo sorri com malícia e se vira na cadeira para ficar de frente para mim.

— Você quer uma explanação teórica ou uma demonstração prática?

— Demonstração prática — respondo, tentando soar divertida e falhando. — A teoria fica para depois, sim?

— É meu método preferido — ele sussurra, antes de me puxar gentilmente pela nuca e encostar a boca na minha, pressionando de leve. A delicadeza não dura nada; logo ele encaixa a mão na parte de trás do meu joelho para me fazer girar na cadeira, ficando entre suas pernas, e segura meu rosto para aprofundar o beijo.

A sensação é mais forte e mais perfeita que no sonho, porque este Marcelo é real. Seu toque, a um só tempo terno e apaixonado, sua respiração, a intensidade com que me aperta — tudo me comove, me arrebata, me faz sentir uma alegria aterradora, porque duvido que eu a mereça, ou que possa durar.

Seus lábios são de uma firmeza macia, em contraste com o toque áspero de sua barba. Fico na ponta da cadeira, desejando colar meu corpo ao dele, e ele passa os braços ao meu redor. Estou me liquefazendo, inundada por sensações inéditas: excitada, encantada, protegida, acalentada.

Oscilo entre o desejo e a doçura, surpresa com a delicada combinação. Descanso uma das mãos em seu peito, sobre o coração, e suspiro em seus lábios ao sentir-lhe os batimentos acelerados, apesar da barreira do roupão. Não quero parar de beijá-lo — esperei tanto por isso, acreditei tantas vezes que nunca aconteceria, então não posso parar, não posso viver sem isso, devo morrer com os lábios colados ao dele. Apesar disso, quero olhar em seus olhos, quero falar do que sinto, quero ouvi-lo. Assim, separamo-nos hesitantes, Marcelo depositando beijos suaves em minha boca, como se a ideia de cessar a carícia por completo fosse dura demais. Com as testas unidas, um respirando a respiração do outro, deixo uma lágrima percorrer seu caminho até pingar em minha mão, que segura a dele. Sinto-me exultante, grata por este momento e assombrada por pensar que cada passo do caminho, mesmo o mais doloroso, tinha o propósito de me conduzir até aqui.

Marcelo seca a trilha em meu rosto com o polegar, provocando-me:

— A demonstração prática foi tão ruim assim?

— Longe disso — respondo, embevecida. — Mas falta a explanação teórica. Por que me fez acreditar que era uma união de fachada? Um ato de caridade?

— Queria certificar-me de que você não viria a mim por mera gratidão — ele explica. — Que sua entrega não seria um cumprimento de dever.

— Oh, Marcelo! — Ponho a mão dele sobre meu coração e rio mansamente. — Como me fez sofrer com sua consideração! Não sabe que eu nem mesmo estaria nesta casa se não sentisse nada por você? Eu nunca viria apenas para me livrar de Fernando. De algum modo eu começava a sentir algo... E a cada dia o sentimento crescia. Eu não entendia sua distância, sua insistência em tratar-me como amiga.

— Deu certo, não? — ele ri, e eu finjo empurrar seu ombro. — A distância que estabeleci entre nós foi, digamos, um experimento. Se você se rebelasse, é porque de fato desejava uma relação mais íntima. Se se conformasse, significaria que realmente me via como amigo, e eu teria de me esforçar mais.

— E como seria esse "se esforçar mais"? — questiono, curiosa.

— Não pensei muito a respeito, porque imaginei que não seria necessário, mas provocar ciúmes é sempre efetivo.

Ele sorri ao dizer isso, claramente me arreliando.

— Que canalhice! — exclamo, mas não puxo a mão que está entrelaçada na dele.

— Não é canalhice, é estratégia. E eu a deixei livre para escolher, até mesmo em respeito à sua condição. — Ele indica minha barriga.

— Você chama de estratégia, eu chamo de... manipulação — murmuro, mas estou sorrindo. — Induziu-me a querê-lo. Colocar algo fora do alcance é transformá-lo em alvo de desejo.

— Eu só evidenciei o que estava oculto. — Marcelo acaricia minha nuca, por baixo do cabelo. Nossos olhos não se desprendem. — Dirigi sua atenção para algo que lhe passaria despercebido.

— Obrigada, você é muito solícito — gracejo, passando os dedos por sua barba.

— Não fiz isso por você. — Ele aproxima o rosto do meu, e as pontas de nossos narizes se tocam.

— Ah, então passamos do altruísmo para o egoísmo? Você me acolheu porque sempre quis enfiar em sua casa uma mulher grávida de outro? — Faço a pergunta num tom divertido, porém aguardo atenta pela resposta.

— A criança faz parte de você. Se a quero, tenho de aceitá-la inteira.

Não é o romântico "sempre quis filhos", mas talvez seja melhor, porque soa genuíno.

— E quando soube que me queria? — indago, roçando minha face na dele e ficando arrepiada com a textura de sua barba.

— Sempre me senti atraído por você, mas era algo em que evitava pensar, já que não podia desrespeitá-la como esposa de meu primo e, depois, como paciente. Quando me disse que fugiria, grávida, abandonando tudo que conhecia, percebi que *eu* era o homem certo no momento certo. Ademais, era meu aniversário. Se no dia de seu aniversário surge a oportunidade de conquistar algo que você deseja, é preciso aproveitar. Trata-se de um presente.

— Trata-se de loucura! — exclamo, parte horrorizada, parte deliciada. — E se você se arrepender dessa decisão?

— Por que me arrependeria? — Ele reaproxima o rosto do meu. — Está dando tudo certo.

— Está? — provoco.

— Você me quer, não quer? Mostrou-se bem incomodada com nossa *amizade*.

— Mais que isso; eu estava inconformada.

— O que prova que agi corretamente. Você é uma menina mimada. Precisava de um pouco de desafio.

— Mimada? — ressinto-me. — Sabe que já sofri muito...

— Já sofreu muito, mas nunca lutou — ele me interrompe, beliscando meu queixo. — Por isso, achei muito promissor você contar-me seu sonho. Foi quase uma declaração de amor. Então decidi não torturá-la mais. Aparentemente vou continuar a mimá-la — ele suspira.

Abro a boca para queixar-me de sua condescendência, de sua ideia de que eu seja mimada, mas Marcelo impede-me pousando dois dedos sobre meus lábios.

— Estão encerrados a explanação e o debate — decreta. — Voltemos à parte prática.

Minha intenção de discutir é varrida pelo beijo esfomeado. Ele segura com firmeza um punhado do meu cabelo, perto da orelha, mantendo minha cabeça imóvel. Não é um gesto rude, mas é vigoroso, e eu me dissolvo sob seus lábios, agarrada a seus braços para me suster, já que, em algum momento do qual não tenho lembrança, nós nos levantamos.

Colada a seu peito, com tão poucas roupas servindo de barreira, percebo o perfeito encaixe entre nós e sua ânsia física por mim. O beijo me embriaga com sua mistura surpreendente de ternura e avidez; ele demanda minha entrega, minha vulnerabilidade, mas oferece-me, ao mesmo tempo, cuidado, proteção. Emociono-me, pois Marcelo está inteiro ali, gemendo em meus lábios, exigindo-me com as mãos, seu corpo inteiro vibrando contra o meu.

No breve momento em que nossa boca se separa, nossos olhos se encontram. A expressão dele tira-me o fôlego: é uma paixão sem disfarces, límpida e profunda.

— Adoro o que vejo em seus olhos agora — ele me diz, rouco, e rio ao perceber que o estou fitando com o mesmo enlevo, intensidade e urgência.

Solto um gritinho de espanto quando Marcelo me ergue nos braços.

— Não pode levar-me para cima no colo! — protesto, enquanto ele se dirige para a escada. — Vai me fazer cair!

— Que pouca fé — ele debocha, sem se abalar.

Estamos no meio do primeiro lance quando soa a campainha. Marcelo para, fazendo uma careta.

— Não! — gemo, frustrada, escondendo o rosto em seu peito.

— Se eu não estivesse em casa, eles teriam de arranjar outro médico — ele murmura, respirando fundo, mas sei que é um devaneio.

— Vá atender — exorto, desanimada. — Pode ser importante.

Devagar, com cuidado e relutância, ele me põe de pé sobre o degrau.

— Talvez não seja nada — diz, sem convicção, e desce para abrir a porta.

Da janela, vejo diante da casa um homem jovem, de chapéu na mão, roupas simples, mas alinhadas. Os dois trocam poucas palavras, e Marcelo retorna a fim de se trocar e pegar seus apetrechos médicos.

— Uma mulher que teve bebê há dois dias está com hemorragia — explica ele rapidamente, antes de subir para o quarto.

— É longe? — pergunto.

— Na Barra Funda. Não é distante, mas o caso pode ser demorado.

Menos de cinco minutos depois, desce, já vestido, e me olha com preocupação.

— Isso pode tomar a noite — comenta. — Você ficará bem?

— Sim, não se preocupe comigo — respondo. — Agora vá.

Ele me beija os lábios brevemente e vai ao encontro do rapaz, que o aguarda na rua. O moço veio num coche, e eles embarcam, partindo na noite escura.

Arrumo a cozinha, apago as luzes e subo desalentada para meu quarto. Deito-me e espero em vão pelo sono, perturbada não só pelo desejo frustrado, mas pelo receio. Não de ficar sozinha em casa, à noite, mas de ser atraiçoada pela vida.

Agora que tenho esperança de ser amada por Marcelo, a despeito da sombra de Camila, temo que essa felicidade me seja tirada. O triste destino de Erasmo, assassinado na rua, tarde da noite, faz-me temer por Marcelo. Se a morte de um, embora chocante, não chegou a me abater, a do outro seria devastadora.

Pelo que parecem horas, rezo todas as orações que conheço. Não sei se são eficazes, mas têm a virtude de, ao menos, fazerem-me dormir.

23

Após alguns pesadelos com fantasmas de mulheres, assaltantes e corpos abandonados na margem de um rio caudaloso, desfruto enfim de um sono pesado, vazio, restaurador. Quando abro os olhos, pensando ter ouvido passos na escada, um primeiro raio de alvorada atravessa o vidro da janela fechada e o tecido fino da cortina. Já conheço esses passos: foram noites escutando-os, esperando que parassem diante de minha porta, e é isso que eles fazem agora.

Estou deitada de bruços e não me movo, um pouco por sonolência, outro tanto pela paralisante expectativa. Marcelo abrirá a porta e dará continuidade ao que foi começado ontem? Ou prosseguirá em seu caminho, e ficarei especulando se mudou de ideia ou se apenas precisa descansar após uma noite de vigília?

Ouço a porta abrir devagarinho, como se ele não quisesse me acordar, e fecho os olhos, prendendo a respiração. Ele fecha a porta com cuidado e entra pisando suavemente. Percebo que para ao lado da cama e começa a se despir, as roupas caindo no chão com um ruído macio. Estou completamente desperta agora, o sangue estrondeando em meus ouvidos, e sei que é real. A noite anterior, embora interrompida, significou alguma coisa, e nossa relação deixará de ser uma pantomima para tornar-se uma união verdadeira.

Mesmo com camisola, sinto o ar frio da manhã de junho em minhas costas: Marcelo levantou o cobertor para enfiar-se debaixo dele. Inspiro profundamente ao sentir seu hálito em minha nuca e seu corpo colado ao meu. Ele afasta meus cabelos, expondo meu pescoço, e beija-me debaixo da orelha. Passa um braço por cima de minha cintura e descansa a cabeça no mesmo travesseiro que eu. Talvez vá dormir; deve estar exausto, e eu procuro controlar meu anseio.

— Está no quarto errado — ele diz, sua voz vibrando em minha nuca.

— Perdoe-me, eu não tinha essa informação — respondo, agradavelmente surpresa. Ele não parece exaurido como imaginei.

— Agora você sabe. Vamos transferir seus pertences para o meu quarto ainda esta manhã.

— Pensei que você fosse direto para lá, a fim de repousar — comento. — E sua paciente? Conseguiu ajudá-la?

— Sim — ele declara, com alívio. — Correu tudo bem, a hemorragia cedeu. Dormi uma hora no sofá da sala da família, enquanto aguardava para ter certeza de que minha presença já não seria mais necessária. Estava louco para voltar para cá, mas achei que me demorar lá era melhor que vir para casa e ser obrigado a sair novamente, caso fosse preciso.

— Fico feliz que esteja de volta, e com boas notícias — afirmo, acariciando a mão que ele mantém sobre meu abdome, por baixo do cobertor.

Viro-me para encarar Marcelo. Um misto de ternura e desejo me invade ao ver seu cabelo desalinhado como o de um garoto. Ele fica por cima, apoiando-se nos cotovelos para não baixar o peso sobre mim, e livra-se do cobertor, jogando-o no chão. Nossos quadris não estão encaixados, mas ele está nu, e sinto sua rigidez roçando minha coxa por cima da camisola. Seus ombros e peito impressionam-me: ele é mais forte do que as roupas deixem perceber, com músculos sólidos e definidos. Abraço-o, apertando suas costas para conter o tremor sutil de minhas mãos.

Ele baixa os lábios sobre os meus, num beijo que começa exploratório e logo evolui para uma carícia sedenta, primitiva. Suas mãos desfazem os laços de minha camisola, e ergo os quadris para que ele a retire por baixo, deslizando acetinada por meu corpo. Ele interrompe o beijo para contemplar minha nudez na claridade tímida do dia que nasce.

— É bom poder admirá-la livremente, sem culpa — ele murmura, os olhos indo e vindo em fascinado escrutínio.

— Também pode tocar — respondo.

Suas mãos cobrem meus seios, a princípio com gentileza, depois massageando, comprimindo. Seus lábios abandonam os meus; ele observa as próprias mãos acariciando-me os seios, como se precisasse da experiência visual para ter certeza de que está acontecendo. Então, tocar e ver já não é suficiente, e ele decide saborear. Ao sentir sua boca em meu seio esquerdo, arqueio as costas e suspiro alto, enfiando os dedos em seu cabelo.

A suavidade de seus lábios contrasta com a leve aspereza de sua língua, fazendo meus bicos ficarem túrgidos e disparando arrepios por toda a minha pele, do couro cabeludo aos dedos do pé. Ele gasta alguns minutos com cada um dos seios, deixando-me numa excitação tão intensa que beira a angústia. Quando sua boca sobe para meu pescoço, uma frustração difusa me invade, mas o efeito de sua estimulação é imediato, arrancando-me gemidos desamparados. Suas mãos exploram grandes extensões de mim — abdome, nádegas, coxas, seios —, massageando com intensidade e lascívia. Preciso dele em toda parte, e ele efetivamente está.

Sua boca atende o convite da minha, entreaberta e úmida, e eu o capturo com as pernas, sentindo seu desejo. Serpenteio sutilmente por baixo dele, meu corpo vivo, alerta e suplicante; o dele, obstinado, poderoso e sólido. Marcelo fica um pouco de lado para não me friccionar com sua ereção, e fico vagamente desapontada, embora entenda que ele faz isso para não precipitar o desfecho. Beijando-me languidamente, ele passeia a mão pela parte interna de minhas coxas, incendiando cada centímetro de pele.

— Você é toda macia, mas aqui... — ele murmura em meu ouvido, e me reteso, arfante.

Seus dedos me reconhecem sem pressa, trilhando cada reentrância, às vezes retornando quando gemo mais alto, a fim de repetir o efeito obtido. Completamente molhada, agarrada aos ombros de Marcelo e erguendo os quadris para encontrar sua mão, já estou desesperada pelo alívio, mas ele parece disposto a me fazer esperar.

— Aqui? — pergunta, encarando-me, quando seus dedos acariciam a saliência ultrassensível que me faz emitir um gemido sofrido, suplicante.

— Sim! — quase grito, balançando a cabeça enfaticamente.

É ali que ele pressiona o polegar, enquanto outros dois dedos me penetram. Trêmula, ergo a cabeça para beijá-lo — à beira de um orgasmo, não consigo olhar em seus olhos enquanto me toca tão intimamente.

Ele modula seu toque de tal maneira que não me deixa gozar, porém também não permite que minha excitação diminua. Sua boca fecha-se sobre meu seio, que lambe e mordisca de um jeito torturante, enquanto seus dedos continuam me atormentando em movimentos precisos e coordenados.

Os lábios de Marcelo descem por meu abdome, deliberadamente vagarosos, e me contorço numa agoniada expectativa. Minhas pernas já estão afastadas e naturalmente vão parar em seus ombros quando ele finalmente posiciona a cabeça entre elas. Seu polegar é substituído pela língua, porém os outros dedos permanecem dentro de mim. Arqueio as costas novamente, enterrando os dedos no lençol, mas a sensação alucinante de sua língua no meu ponto mais sensível dura poucos segundos. Ele desvia os lábios para a parte interna de minha coxa, lambendo-a e prendendo-a entre os dentes, repetidamente, num trajetória que parece ter como destino meu sexo, mas que apresenta inúmeros desvios, idas e vindas. Ele chega enfim às dobras macias e úmidas que pulsam num pré-clímax excruciante. Seus dedos, que já não estão dentro de mim, abrem-me gentilmente, e ele fica um momento imóvel, talvez em contemplação, talvez apenas brincando comigo ao retardar tanto meu gozo. O primeiro toque de sua língua numa de minhas dobras é tão leve que não tenho certeza de que seja uma carícia. Aos poucos a pressão cresce; ele me lambe com intensidade, me suga, abocanha, raspa os dentes na pele sensível e, com cuidado e um quê de perversão, morde-me no limite entre dor e prazer.

Desvairada, suspendo os quadris, empurrando-os em sua direção, e minha cabeça sobe e desce no travesseiro a cada vez que me arqueio, gemendo alto, chorando, implorando pela explosão que está tão próxima. Com sua língua atacando incessantemente meu ponto de prazer e seus dedos mais uma vez dentro de mim, investindo com força, aquilo não pode durar mais tempo. Algo tem de acontecer, o gozo ou a morte, e jogo a cabeça para trás num grito rouco quando enfim me despedaço num orgasmo brutal, assolador.

Por um ou dois minutos fico apenas deitada de olhos fechados, consciente de minha transpiração, da raiz úmida de meus cabelos, da languidez dos membros, do sexo molhado que ainda palpita nas contrações decrescentes do gozo. Então me dou conta de que Marcelo está na mesma posição, com minhas pernas em seus ombros. Quando nossos olhos se encontram, os dele têm um brilho travesso, porém muito longe de ser infantil. Ele sorri e desvia o olhar, concentrando-se, novamente, na minha intimidade. Passa os dedos em mim e leva-os aos lábios, provando meu gosto. Antes que eu me oponha, ele mergulha a cabeça ali e me lambe suavemente, limpando o excesso de fluidos. A sensação é prazerosa mesmo após o gozo tão recente.

— Você é sempre assim? — pergunto, puxando-o pelos braços para que fique por cima.

Ele me cobre, mas não joga seu peso em cima de mim. À luz alaranjada do amanhecer, noto que está coberto de suor, e seu corpo extravasa vitalidade. Uma parte sua continua tensa e de prontidão, porém Marcelo não dá mostras de que esteja no seu limite.

— Assim como? — ele questiona, beijando-me o canto dos lábios.

— Talentoso — suspiro, ainda com a sensação viva de sua boca entre minhas pernas.

Marcelo ri preguiçosamente — sensualmente — e massageia meu seio.

— Não sei ser de outro jeito — assegura, lambendo meu pescoço.

Não parecia possível, mas estou deslizando novamente para aquele estado de excitação angustiada. Agora não anseio pelo gozo, e sim por senti-lo dentro de mim, tão fundo quanto eu possa puxá-lo com minhas pernas. Estico o braço em busca de seu sexo e o envolvo com a mão cobiçosa, espantada com seu tamanho e espessura. Está extremamente rijo e quente entre meus dedos, que curvo ao redor dele para emular a cavidade de meu corpo. Faço movimentos de subida e descida, e Marcelo geme alto no meu ouvido, seu corpo inteiro reagindo à carícia.

— É maravilhoso, mas você precisa parar — ele pede, delicadamente levando meu punho na direção da cabeceira e enfiando uma das coxas entre minhas pernas. — Do contrário, não poderemos ter algo que é ainda melhor.

— Mais tarde? — pergunto, desapontada com a impossibilidade de estimulá-lo.

— Sim. No momento, porém, preciso estar dentro de você, e sei que quer o mesmo.

— Com todas as forças — confirmo, beijando-o com ímpeto.

Ele retribui avidamente, com uma das mãos em minha nuca e a outra entre nós dois, conduzindo a ereção para minha abertura. A umidade ajuda-o a entrar, mas a progressão é lenta e exige dele um autodomínio que se revela nos músculos esticados do pescoço, na expressão concentrada, nos olhos que ora se fecham, desfrutando cada centímetro ganho, ora me fitam, em chamas. Ele está muito fundo, e me pergunto, apreensiva, se há mais por vir. A resposta vem na forma de uma arremetida vigorosa — não violenta, mas forte — que me tira o fôlego. Ele está todo em mim e se move numa cadência atordoante, entrando inteiro e quase se retirando, depois fundo novamente e cada vez mais rápido.

Ele fica de joelhos em busca de mais controle e põe minhas pernas sobre seus ombros; nessa posição o impacto de seu corpo me faz balançar na cama, os seios ondulando numa visão que, para Marcelo, parece tentadora, pois ele se inclina para sugá-los. Lá embaixo, de algum modo ele consegue me tocar, e desta vez meu orgasmo vem mais rápido, um prazer indolente que se espalha até a ponta dos dedos e se prolonga até a erupção de Marcelo dentro de mim. Ele geme alto, enquanto seu líquido quente e abundante me inunda, seus dedos afundam em meus quadris e seu rosto se contrai.

Desaba levando-me consigo, as virilhas ainda coladas. Ficamos deitados de lado, encarando-nos, e ele me beija. Sem urgência, sem luxúria, um beijo langoroso, enamorado. O dia amanheceu de todo.

— Tentei ser gentil em razão do seu estado — ele murmura em meus lábios, suas mãos alisando minha barriga, depois dando a volta em minha cintura e apertando suavemente minhas nádegas. — Receio ter falhado.

— Não falhou — garanto, acariciando-o também. Ele é todo forte e firme, e ainda assim macio. — Foi intenso, mas não rude. Não que rude seja ruim — acrescento, escondendo meu rosto no pescoço dele e inalando seu cheiro.

Ele ri sua risada meio rouca e me aperta mais as nádegas.

— Teremos *rude* também, quando você já não estiver grávida — ele assevera.

— Fico ansiosa por experimentar. Se *gentil* é assim...

Beijo seu pescoço, arrastando a língua pela pele úmida de suor. Ele estremece.

— Precisava ter vinte e cinco anos para servi-la plenamente — diz Marcelo, com um sorriso pesaroso. — Mas aos vinte e cinco eu não seria um bom marido para você.

— Perdão! Não o estou provocando para uma nova sessão — respondo, cessando a carícia. — Sei que passou quase a noite inteira acordado.

— Dê-me três horas de sono, um banho e um café, e recomeçaremos — ele promete. — Talvez um pouquinho mais rude — ajunta, piscando um olho.

— *Eu* posso ser rude com você, já que não está grávido — gracejo, contendo o impulso de tocar seu pênis. *Mais tarde*, penso, suspirando.

— Acho que bastam *duas* horas de sono — Marcelo corrige, e ambos rimos.

Ele se deita de costas e procuro aninhar-me sem tocá-lo de nenhuma forma sexual, o que é um pouco difícil com suas coxas grossas grudadas nas minhas.

— Fale-me do Marcelo de vinte e cinco anos — peço, com a cabeça em seu ombro. — Foi depois de Camila?

— Sim, foi depois dela. Tornei-me um mulherengo. Um rapaz com muitos apetites e vontades.

— Saciou todos?

— O deslumbramento passou.

— Você era assíduo do Caresse — comento, com uma nota sutil de censura que me escapa.

— Glória, sou um homem que *pode* viver sem sexo, mas não *quer* — Marcelo responde, sério. — Também sou muito prático. Na falta de uma esposa, fui a um lugar que oferecia aquilo de que eu precisava. Achei mais digno e descomplicado do que seduzir moças virgens ou mulheres casadas, como alguns fazem.

Entendo a insinuação, mas decido não responder, pois isso me faria mencionar o nome de outro homem, maculando nosso momento.

— Você poderia ter se casado — observo.

— Não me interessei tanto assim por nenhuma mulher — ele responde.

Engulo em seco, tomando coragem para verbalizar o que vem me atormentando:

— Marcelo... O que há entre nós? É apenas sexo? Você nunca me amará como amou Camila?

Ele balança a cabeça de um lado a outro, espantado.

— Não sabe o que sinto por você, não é? — pergunta, sério.

— Não, não sei — admito. Quero que ele diga. Preciso das palavras.

— Não sou eloquente, Glória — ele confessa, parecendo desamparado. — É mais fácil, para mim, expressar fisicamente o que sinto, e pensei que tivesse sido bem-sucedido agora há pouco.

— Bem... — enrubesço lembrando como ele se dedicou ao meu prazer. Mas isso não prova nada. O outro, o que não quero mencionar, também era bastante atento nesse ponto.

— Atormentei você com a história do casamento de aparências para entrar com uma desvantagem menor nessa união — ele continua, paciente. — Queria que você sentisse algo por mim, porque eu já estava envolvido. O que mais posso dizer? Estou assumindo um filho que não é meu, Glória. Isso não é uma acusação, é um indício. Um indício de que a amo.

Meus olhos ficam marejados.

— Preferiria não estar grávida — murmuro, sentindo-me sórdida, repulsiva. — Não ter o filho de outro entre nós.

— É *seu* filho e será bem acolhido por mim. Não gostaria que o tirasse. A decisão é sua, obviamente, porque se trata do seu corpo, mas apavora-me a ideia.

— Por quê?

— Porque você pode morrer. Mesmo com assistência. Foi assim com Camila.

— Deve ser difícil, para você, atender casos como o desta noite — observo.

— Não mais — ele responde. — Já atendi com sucesso muitas mulheres em situação parecida e tenho consciência de que Camila foi vítima de uma fatalidade. É impossível salvar todos, e infelizmente ela foi um dos casos irrecuperáveis.

— Mas alguma marca ficou — insisto. — Você não quer que eu tire esta criança...

— Não quero que corra riscos. Talvez seja, de fato, um medo decorrente do que vivi. Acho até que convoquei Serafina com o intuito de aumentar a segurança de sua gravidez, e não apenas porque era antiético atender uma paciente pela qual eu sentia desejo. Ela é uma profissional impecável e tem a necessária distância emocional para agir num momento crítico.

— A história não vai se repetir, Marcelo...

— Provavelmente não, mas peço-lhe que tenha esse filho, se não for uma violência contra si mesma. Ele será criado de modo idêntico aos filhos que tivermos depois.

A menção a nossos futuros filhos emociona-me. Estou envergonhada de ter duvidado do que ele sentia, de considerar aquela criança uma fonte de mal-estar entre nós.

— Bem — ele solta uma longa expiração —, é isso, e não sei o que lhe dizer além do que explanei.

— Você já disse tudo — digo, abraçando-o.

— E você não disse nada — ele me acusa.

— Sobre amá-lo? — Ponho as mãos em sua nuca, os polegares debaixo de suas orelhas. — Pois amo — revelo, corando ao fazê-lo.

O sorriso de Marcelo retorna, os olhos brilhantes sem sombra da tristeza de quando relembrou o passado.

Beijamo-nos de novo, e percebo que nunca fui feliz como agora.

Deixo-o dormindo e, envolta no roupão, desço para saudar Angela, que já está entretida com suas tarefas na cozinha. Tomamos café juntas — o dela, que já comeu alguma coisa em casa, é só um café preto, mas o meu é um desjejum completo: minha voracidade de grávida conjuga-se com a necessidade de repor a energia gasta ao amanhecer.

Preparo uma bandeja com o desjejum de Marcelo e deixo-a à parte, à espera de seu despertar. Tomo banho e esgueiro-me de volta ao quarto, para separar um vestido. Quase escolho um preto, mas então percebo a inadequação daquele luto. Vivo com outro homem, com quem me casarei tão logo seja possível, e *estou feliz*. O luto deixa de significar respeito à memória de Erasmo para tornar-se uma afronta ao amor de agora.

Opto por um vestido amarelo e retiro do dedo a aliança de casamento, guardando-a com minhas outras joias. Marcelo não quer que eu as penhore, e possivelmente lhe farei a vontade, mas de todo modo a aliança de Erasmo não poderá ficar ali. Tenciono vendê-la, quiçá derretê-la, o que me parece bastante apropriado.

Quando cuidadosamente abro a porta para retirar-me, Marcelo estende o braço, sem levantar a cabeça ou abrir os olhos, chamando-me pelo nome. Não hesito: deixo o vestido sobre o encosto de uma cadeira e ajeito-me na cama ao lado de meu homem, que me envolve com um braço pesado e me puxa para seu sonho.

24

O fim dos enjoos e a insistência de Marcelo e Angela para que eu não me ocupe de tarefas pesadas acabam naturalmente destinando-me à cozinha. Assim, com a prática e com a orientação paciente da italiana, desbravo o território antes hostil da culinária.

Descasco batatas com uma destreza inimaginável semanas atrás, enquanto aguardo o cozimento de lentilhas para a sopa que teremos no jantar. Às lentilhas se juntarão, além das batatas, caldo de carne. É coisa simples, mas que faço pela primeira vez, e sinto-me orgulhosa porque tudo caminha bem. Ainda não cortei os dedos, não me queimei nem derrubei nada.

Ouço a campainha, porém deixo que Angela atenda, pois ela está limpando as vidraças da sala de estar, seu último afazer do dia.

— Glória — ela me chama, enfiando a cabeça pela porta da cozinha. Com a convivência, dispensei-a de me chamar de *dona* ou *senhora*. — É dona Emília — explica, gesticulando para indicar que assumirá o jantar.

A mãe de Marcelo havia nos visitado apenas uma vez, logo que me mudei. Mesmo antes, casada com Erasmo, Emília não era alguém de quem eu gostasse. Intrometida, eternamente desgostosa com sua situação financeira, ela não se esforçava para esconder sua desaprovação à minha presença ali. Era evidente que, grávida de outro, brigada com meu pai e destituída da fortuna dos Cerqueira, eu não era uma boa escolha para seu filho.

Enquanto subo a escada que leva à sala de estar, tiro o lenço da cabeça e o avental que protege meu vestido azul-cobalto. Num gesto que se tornou um hábito, aliso a barriga que começa a se projetar. Agora que sua presença é mais evidente, o bebê começa a assumir seu lugar em minha vida.

De preto como sempre, Emília me aguarda na sala, de pé, inspecionando tudo com olhar atento.

— Como vai, querida? — pergunta, encostando a face na minha, beijando o ar.

— Bem, e a senhora? — respondo.

Ela me examina sem pudor, balançando a cabeça em aprovação.

— Estava cozinhando? — indaga, um tanto zombeteira. — Folgo em ver que, sem suas criadas, não é uma moça inútil. Já que conseguiu romper com seu pai e ser despojada de tudo a que tinha direito, ao menos tem o pé no chão para não esperar de Marcelo uma vida de luxo.

Respiro fundo, decidindo ignorar a provocação.

— Por favor, sente-se, dona Emília — peço, indicando o sofá, e ela obedece prontamente.

— O que Marcelo lhe fala de mim? — ela pergunta de chofre.

Engulo em seco, porque Marcelo quase não fala da mãe, e quando o faz é para debochar de sua frustração com a vida: a família deles já fora abastada.

— Ele... ele a respeita muito — respondo, hesitante.

— Ele me acha ridícula — retruca Emília, ríspida. Fixa um ponto a distância, além da janela. — Fui muito dura com ele quando de seu casamento com Camila. Era uma boa moça, quase da família, mas pobre. Meu marido havia perdido a fortuna em mesas de jogo. Marcelo, filho único, era a esperança de um casamento que nos salvasse da ruína. — Ela me encara com expressão desapontada, e eu tenho dificuldade de sustentar o olhar. — Agora, ele se casa um pouco melhor, porque você é uma moça de boa família, mas que tolamente brigou com seu pai e não vai nem pôr as mãos na herança do finado.

— Então, novamente, o problema é dinheiro — deduzo, começando a me irritar.

— O problema *sempre* será dinheiro para quem não o tem, minha cara. Mas eu não vim aqui para desqualificá-la como nora. Na verdade, tinha a intenção contrária, é que me falta jeito para lidar com as pessoas. — Ela solta um longo suspiro, e me parece contrariada. — Não tive outros filhos, meu marido já morreu. Minha relação com meu filho é um tanto fria, e desejo mudar isso. Afinal, você está grávida de um neto meu, a continuidade da família. Penso que devemos nos aproximar.

Não vou desmenti-la e não me sinto culpada por isso. É minha intenção que todos acreditem que o bebê é de Marcelo. Para proteger sua honra, sou capaz até de convencer-me de que ele é o pai. Sou capaz de ver no rostinho da criança os traços dele. Sou capaz de fazê-lo nascer com olhos verdes.

— Seria uma grande felicidade esse entendimento — digo, abrandando-me. — A senhora é bem-vinda nesta casa.

— Obrigada. — Emília inclina um pouco a cabeça, seca, como se me cumprimentasse na saída da igreja. — Quero ver esse menino crescer. A outra, a que morreu, não tinha saúde para ser mãe. Que Deus a tenha, era uma boa alma.

— Não boa o bastante para ter nosso sobrenome, porém — diz Marcelo rispidamente, surpreendendo-nos com sua chegada. A porta estava aberta e ele não fizera barulho ao entrar.

— Filho! — Emília levanta-se para cumprimentá-lo. Marcelo recebe com frieza seu abraço.

— Por que não avisou que viria? — ele indaga, pondo a maleta numa cadeira.

— Resolvi vir de última hora — ela responde.

— Veio bisbilhotar, isso sim — Marcelo acusa. Inclinando-se para mim, beija-me no rosto e indaga: — Está tudo bem?

— Sim — respondo, compreendendo que ele quer saber se a mãe está sendo amistosa.

— Faço gosto no seu casamento, Marcelo — declara Emília, tornando a se sentar ao meu lado. — Glória é bem-nascida e aparentemente saudável. Quanto aos deslizes... bem, a juventude está assim hoje em dia. Os tempos são outros.

— Como está sua saúde, mãe? — Marcelo questiona, sentando-se na poltrona.

— Regular — ela responde com um muxoxo. — Aos sessenta anos, nada é como antes. Sobe-se uma escada e parece que se escalou o Himalaia.

— Não está precisando de dinheiro, está? — pergunta ele.

— É este o juízo que faz de mim? — Emília parece ofendida. — Que eu só viria vê-lo em busca de dinheiro? Não, meu filho. É antes o medo da morte, eu diria.

Como se tivesse sido invocada, ela aparece.

Uma voz de criança grita lá fora:

— Doutor Marcelo! Doutor MAR-CE-LO!

Todos nos levantamos: ele de pronto, saindo; eu, mais devagar, indo até a janela; Emília, surpresa, ficando de pé junto de seu lugar no sofá.

Vejo um moleque negro de seus dez anos, esbaforido, diante da casa. Marcelo abre o portão e o menino, agitado, dá seu recado em voz baixa. A reação física de Marcelo é imediata: seu corpo se retesa, ele fala nervosamente com o mensageiro e aponta numa direção, como se o mandasse ir a algum lugar. O menino sai correndo.

— O que foi? — indago quando Marcelo retorna, perturbado.

— Terei de sair às pressas — ele responde, sem me fitar, pegando a maleta da cadeira em que a pousara. — Um caso urgente. O menino foi buscar um carro de praça.

— De que se trata? — exijo saber. — Você está transtornado!

— Basta que *eu* fique — ele retruca, sério, os olhos fugindo de mim. — Você deve permanecer calma.

— É alguém conhecido, não é? — agarro seu braço. — É minha mãe? Diga! — Mas já me convenci de que é e estou rumando para a porta. — Devo ir com você, e nada do que disser...

— Não é sua mãe, não é parente seu. — Marcelo me segura pelo ombro. — Fique aqui.

— Mas é *alguém*! — berro, cada vez mais alterada. — Veja seu rosto no espelho! — aponto um espelho redondo entre os quadros de paisagem que decoram as paredes da sala.

— Diga! — pede Emília, impaciente. — Diga ou essa menina vai passar mal! Ela está grávida...

Marcelo segura-me pelos ombros.

— Ficará aqui, quietinha, tomando um chá para se acalmar, enquanto vou resolver o que preciso resolver?

Abro a boca para dizer que não, mas Emília se antecipa a mim:

— Sim, ela vai ficar, e eu com ela. A italiana está aí, na cozinha, mas eu sou da família. Cuidarei de sua mulher.

Não desminto, porque preciso saber quem é o doente. Ainda tenho convicção de que se trata de minha mãe.

— Pandora foi esfaqueada — Marcelo revela, respirando fundo.

Levo a mão ao pescoço; um grito morre em minha garganta. A sala não chega a girar, mas balança como um navio em alto-mar. Felizmente, Marcelo ainda me segura.

— Como... como foi isso? Q-quem fez isso? — balbucio.

— Não sei. — Marcelo fala devagar, como se achasse que isso iria me acalmar. — Estou só esperando o coche parar aí na frente. O importante é chegar o mais rápido possível e ajudá-la. Depois veremos o culpado.

— Oh, Deus! Oh, Deus! — fico repetindo, enquanto ele me abraça.

O veículo, com um condutor aboletado na frente e puxado por dois cavalos, para diante de casa. Precipito-me para a porta, no que sou contida por Marcelo.

— Você fica, Glória! Enlouqueceu se pensa que vou levá-la! Sabe-se lá o que encontrarei! Fique com minha mãe. Darei notícias assim que possível.

— Não! — brado, estendendo os braços para agarrá-lo, mas Marcelo sai ligeiro, descendo as escadas quase aos pulos e passando pelo portão aberto. O menino salta do coche e mantém a porta aberta para Marcelo, que entra num único movimento. O garoto o acompanha, fechando a portinhola, e o veículo parte.

Abro a gaveta do aparador para pegar minha pequena bolsa. Conto as moedas a fim de ver se tenho dinheiro para pagar uma corrida até o Caresse.

— O que pensa que está fazendo? — pergunta Emília, parando na minha frente.

— Vou atrás dele — explico, sem olhá-la. — A pessoa ferida é minha amiga.

— Marcelo ordenou que ficasse! Você não pode levar um choque...

— Já estou em choque! — vocifero, agora a encarando.

Emília tem olhos realmente parecidos com os do filho, mas os dela são de um verde metálico, frio. Ela não vai me deixar sair.

Confirmando minha impressão, Emília chega à porta em poucas passadas, tranca-a e enfia a chave dentro de seu vestido, entre os seios fartos.

— Ficarei quantas horas forem necessárias, até Marcelo voltar — anuncia.

— Sendo assim — digo, respirando fundo —, acho melhor tomarmos um café.

Ela ri de leve, como se eu fosse uma criança tentando engambelá-la num jogo de adultos.

— Você não sai de perto de mim.

— Nem pretendo. Venha comigo à cozinha.

À nossa entrada, Angela interrompe o que está fazendo, mas eu gesticulo para que prossiga.

— Eu mesma passo o café — declaro. — Forte, imagino? — pergunto para Emília.

— Sim — ela responde agastada, como se eu tivesse perguntado algo idiota. Ela aspira o ar. — Sopa de lentilhas?

— Sim, a senhora gosta? — indago.

— Normalmente — diz ela, insinuando que talvez não goste da minha.

— Bem, está convidada a ficar e jantar conosco.

Emília senta-se à mesa da cozinha, os olhos atentos indo de mim para Angela. Procuro fazer tudo lentamente. Quando enfim vou servi-la e ponho o açúcar na mesa, ela faz uma careta de desdém. Que ideia a minha pensar que alguém como Emília possa adoçar o café.

— Espero que esteja do seu gosto — murmuro, vertendo o líquido quente em sua xícara. Propositalmente, deixo metade cair sobre suas pernas.

— Louca maldita! — Emília salta da mesa, derrubando a cadeira, e Angela corre a socorrê-la com um pano úmido.

A essa altura, já estou passando pela porta da cozinha que dá no corredor lateral da casa, ao lado da escada externa e a poucos passos do portão.

Quando o coche para diante do Caresse, na vizinhança da Estação da Luz, surpreendo-me com o aspecto exterior do casarão. Eu não conhecia a fachada, pois entrara ali desacordada e saíra de noite, quase sem olhar para trás. Não entendo de estilos arquitetônicos, porém percebo que o palacete deve ter sido uma construção luxuosa, de um lindo tom rosado, mas hoje é só uma casa grande de janelas com vidros trincados e pintura descascada, encardida.

Pago o condutor, abro a porta e salto. Passo rapidamente pelos portões abertos e sou barrada pelo rapaz que ajudara a expulsar Erasmo, naquele longínquo dia de março.

— Conheço a senhora, mas precisa ser anunciada — ele me diz, cruzando os braços sobre o peito. É forte e usa uma camisa branca simples e calças pretas.

— Soube que Pandora foi ferida — respondo, aflita. — O doutor Marcelo veio antes porque não pude acompanhá-lo quando recebemos a notícia, mas agora estou aqui. — Vendo que o moço hesita, procuro ser mais enfática: — Sou *mulher* do médico. Ele está à minha espera.

O rapaz parece agoniado.

— Não sei... A outra dona, a que causou tudo isso, também parecia inofensiva. Eu a deixei passar e... e veja o que aconteceu!

Meu coração dá um salto.

— Deixe-a entrar! — grita uma mulher, e vejo Ariadne à porta, com o vestido branco sujo de sangue. Ela sai e caminha apressada até nós, o rosto inchado e vermelho de chorar. Ainda assim, linda. — Deixe-a entrar, seu idiota! — ela repete, aos brados, empurrando o rapaz e me puxando na direção da casa. — Não tente se redimir agora!

Ariadne leva-me para dentro do casarão, seu aperto em meu braço chegando às raias do doloroso. Bate a porta atrás de si com um empurrão e, sob meu olhar atônito, chuta a madeira algumas vezes, chorando.

— O que aconteceu? — indago, quando o frenesi de Ariadne arrefece e ela se apoia na porta, ofegante. — Como Pandora está?

— Marisa a esfaqueou! — a moça geme, inconformada. — Marcelo está lá em cima atendendo-a, com dona Isidora de assistente. Ela conversou comigo até ele chegar, revelou que foi Marisa. Disse que não doía tanto assim! — Ariadne soluça e espera alguns instantes até conseguir falar novamente. — Não posso ver sangue, por isso estava à janela, aguardando, e vi você descer da carruagem.

— Pandora disse que foi Marisa? — questiono, incrédula. — Por que ela fez isso?

— Sim! — Ariadne aperta a região sob o pescoço, como se tivesse dificuldade de respirar. — Acho que ninguém a viu entrar... exceto esse imbecil do Reinaldo, o vigia! Falou que a reconheceu e que, afinal de contas, era uma mulher!

— Mas qual foi a motivação, Ariadne? — insisto.

— Tem a ver com uma carta de Marisa que minha irmã encontrou. Pandora nunca me mostrou.

Sinto as faces afogueadas e a sensação angustiante de que a desgraça de Pandora teve a ver comigo.

Ariadne esfrega o rosto freneticamente, e faço menção de abraçá-la, porém ela recua e gesticula que não, não quer ser consolada.

— Estou bem — assegura, enxugando as lágrimas. — Só estou ansiosa, mas ao mesmo tempo não consigo acompanhar o... o procedimento, qualquer que seja.

— Que foi feito de Marisa? — pergunto. — Fugiu?

— Sim. Eu a vi sair apressada e senti que algo ruim tinha acontecido. — Ariadne dá um risinho nervoso. — Ligação de gêmeos. Corri até o quarto de Pandora e a encontrei no chão, com uma mancha enorme no abdome...

Ela se interrompe, tapando a boca como se contivesse a ânsia de vômito.

— Vocês chamaram a polícia? — quero saber.

O azul dos olhos de Ariadne escurece, e ela enrijece o maxilar.

— Aldine não permitiu — explica mordendo a unha do polegar. — Tem medo de César, diz que não quer complicações para o Caresse.

— Onde estão as outras garotas? — pergunto, estranhando que não haja ninguém à vista.

— De castigo na cozinha, pois gritavam muito — diz Ariadne, chacoalhando as mãos perto dos ouvidos como se ainda ouvisse as vozes das moças.

— Vou subir — declaro. — Eles estão no quarto dela?

— Sim. — Ela aperta violentamente meu braço, cravando as unhas. — Se tiver uma boa notícia, não tarde em vir me dizer; estou para morrer de nervoso!

Ariadne me solta, parecendo surpresa com a violência do próprio gesto, e dá-me as costas, coçando nervosamente a nuca e fazendo o cabelo solto balançar.

A escadaria é mais longa do que recordo, e, ao subi-la, subitamente me lembro do sonho que tive pouco tempo atrás. Nele, Marisa olhava-se no reflexo de uma faca suja de sangue. Tinha sido uma premonição? O que eu deveria ter feito?

Vencidos os degraus, enveredo pelo corredor dos dormitórios e deparo-me com Aldine, encostada na parede defronte à porta do quarto de Pandora. Usa um vestido cor de vinho e mechas revoltas escapam de seu coque baixo. Ao me ver, ela se afasta da parede e cruza os braços na frente do busto. Tem uma expressão feroz.

— Que faz aqui? — inquire, raivosa, parando a poucos centímetros de mim. É mais alta que eu e, tão perto assim, bem intimidante. — Não lhe dei permissão para entrar!

— Vim saber de Pandora — respondo, empertigando-me para parecer maior e lutando para manter a voz firme. — Vai me impedir porque sente ciúmes de Marcelo?

— Você é uma ave de mau agouro! — ela sibila, sua saliva respingando em mim. — Por onde passa leva a desgraça! Bem sabe que Pandora foi agredida por sua causa!

Não posso negar, por isso não me defendo. Aldine continua, exaltada, tão perto que seu nariz quase toca o meu:

— Você sabe o que significa, para mim, não poder chamar a polícia? Deixar impune aquela puta rica? O marido dela fecha esta casa com apenas uma palavra! Veja em que situação você me colocou, sua vagabunda! Sua menina rica e mimada! Por que não deu a Marisa o que ela queria, depois de atiçá-la por tanto tempo?

— Quem é você para me dizer o que fazer de meu corpo, de minha vida? — sussurro, esticando o pescoço para encará-la com menos desvantagem.

— Sou a mulher que amou seu marido como você nunca amou! — ela rebate, sua voz vindo de alguma profundeza infernal, seus olhos desmesuradamente abertos. — Sou a verdadeira viúva, sua hipócrita! Porque *eu* sinto falta dele!

— Tanta falta que está querendo Marcelo de volta? — zombo, sabendo que é imprudente, mas sem conseguir me conter.

— Porque você não o merece! — Ela agarra meus ombros e me sacode. — Você me tirou Erasmo e agora Marcelo! Você é um infortúnio em minha vida!

— Como é que eu lhe tirei Erasmo, criatura? — indago, perplexa, segurando-a pelos braços numa tentativa pífia de fazê-la me soltar.

— Ah, tão inocente! — ela ri com histeria. — A putinha rica não sabe o que fez! Ela não sabe! Pois vou lhe contar! Você saiu do Caresse e Erasmo jogou a culpa *em mim*! Veio me batendo de meu quarto, no fim deste corredor, até aqui! Bateu com gosto, e eu ladrava feito uma cadela. Então, sabe o que aconteceu, sua rameira rica? Não, você não sabe, é uma criança inocente! — Aldine ri, com um brilho delirante nos olhos. — Eu me esquivei, ali no topo da escada, e Erasmo rolou! Rolou! Sem parar... sem parar... — sua voz falha —, até bater no chão. Foi um baque surdo, horrível. O som da morte. Eu sabia que ele tinha morrido. Ouvi os ossos quebrando. Eu sabia!

Recuo um passo, horrorizada, não sei se pela história ou se pela expressão insana de seu rosto. Aldine já não é a mulher firme e racional que dirige o Caresse, é uma demente que me põe medo com sua risada histérica, com seus olhos febris.

— Venha, vou mostrar-lhe o local exato! — ela grita. Pega-me pelo braço e me puxa, sem que eu consiga me desvencilhar, por mais que tente. É uma mulher forte e está movida pela loucura.

Estamos no alto da escada e Aldine me segura pelo braço e pela nuca, fazendo-me ajoelhar. Debato-me em vão, e ela aumenta a pressão de suas garras, cravando-as em minha pele.

— Aqui, minha flor! — ela exclama, rouca. — Estávamos aqui! Desviei de um murro, assim! — Aldine me dá um soco no ouvido, e a dor é tão forte que por um instante não vejo nada. Seu aperto em meu pescoço fica mais forte. — Desviei, e ele perdeu o equilíbrio... É uma longa escada... O que será que tem no fim, Glória? O inferno? Erasmo nunca voltou para me contar. Você voltaria?

Ariadne não está à vista, portanto ninguém vê que esta louca está prestes a me atirar do alto da escada. Agarro-me às saias do seu vestido, grunhindo, e ela me repele com safanões.

— Você me fez matá-lo! — ela vocifera, forçando-me para a beirada do degrau. — Me fez matar o homem que eu amava, sua maldita!

— Não! — berro, esticando as mãos e finalmente agarrando suas pernas por cima do vestido. Ela cai, mas quando vou para cima dela sou atingida por um chute na barriga. O ar me foge e Aldine consegue erguer-se. De quatro, tento me arrastar para o lado, para longe dela, porém a cafetina desfere um chute potente em meu rosto, a ponta de seu sapato atingindo meu maxilar. Caio na beira da escada, enfiando instintivamente as unhas no tapete, contudo um novo chute de Aldine, desta vez em meu peito, faz-me despencar. Bato o corpo inteiro nos degraus, vendo o mundo girar vertiginosamente.

Ouvi os ossos quebrando... até bater no chão... um baque surdo... o som da morte.

25

Erasmo me puxa pelos pés, me arrasta, e eu quebro as unhas tentando enterrá-las entre as tábuas do chão. Ele me levanta pelos cabelos e bate minha cabeça na parede. Esmurra meu ouvido e meu rosto, e quando caio desfere inúmeros chutes que me estilhaçam o abdome. Diz que chicotadas não são o bastante e que precisa gravar seu nome em minhas costas com uma faca bem afiada. Após algumas tentativas, em que a lâmina me arranha a pele até deixá-la em carne viva, ele me desvira; é uma faca cega, reclama, e uma faca cega não serve para escrever, então ele a crava no meu ventre e me rasga o útero. Se não tive seu filho, não posso ter o de outro homem, Erasmo argumenta, revolvendo minhas estranhas para me esvaziar. Quando termina, abre as calças para depositar em mim seu sêmen, mas Marisa aproxima-se e alega que é inútil, pois estou danificada e já não sirvo para nada. "Para nada", reforça Fernando, abraçando-a por trás. "Para nada", ecoa Aldine, jogando-me da escada, e Erasmo ri, apontando-me o dedo.

Mas Erasmo está morto.

Acordo muitas vezes gritando, não sei se de dor ou de desespero com as cenas que vejo em delírio. Se não doesse tanto, preferiria manter-me consciente.

A região entre o pescoço e o ombro direito lateja incessantemente, pois fraturei a clavícula. Uso uma tipoia, já que o braço precisa ficar completamente imobilizado, e deito-me de costas, com travesseiros ao meu redor garantindo que eu não role quando durmo. Tenho o tórax enfaixado, manchas escuras dolorosas, o maxilar esquerdo machucado, e, por fim, cólicas lancinantes. Respiro superficialmente, pois se inspiro mais fundo não suporto a dor.

Não permaneço muito tempo acordada nem registro inteiramente o que me dizem, mas consigo compreender que a queda não foi o pior — além da fratura da clavícula, trinquei algumas costelas e estou coberta de hematomas, mas nada disso é grave. O problema, de fato, é a hemorragia. Estou sangrando há dias, em razão de um aborto, e a febre não cede.

Marcelo e mamãe revezam-se, e quase nunca fico sozinha. Ele tem sempre um sorriso otimista e elogios à minha recuperação, porém sinto que está representando. Suas olheiras são profundas e sua máscara serena cai quando pensa que estou adormecida. Esfrega o rosto, segura o choro. Tem medo.

Mamãe é quem disfarça pior seu desalento, com olhos e nariz constantemente vermelhos. Meu pai apareceu somente uma vez, sombrio e silencioso, com uma expressão determinada nos olhos escuros. Mamãe ficou cochichando com ele junto à porta do quarto — estou no Caresse, no mesmo quarto que ocupei ao ser resgatada da outra vez. Apesar do tom sussurrado, chega até mim a voz de papai: "minha filha num bordel", "Isidora", "decepção", "rameira velha", "cafetina". Compreendi, sem interesse, que agora eles sabiam de onde surgiu dona Isidora.

A perda da criança deixa-me quase tão zonza quanto um soco no ouvido, pois não sei o que sentir. Eu nunca a amara realmente, mas a cada contração, como num parto ao contrário, choro essa perda que foge à minha compreensão. Não consigo afastar o sentimento de que estou sendo punida pelo meu desejo de não estar grávida. Atraí a morte do inocente e a maldição sobre meu útero, pois a febre indica que há algo errado e que posso ficar estéril, se não morrer.

Marcelo traz outro médico para examinar-me — é o segundo, além de Serafina, a parteira. Às vezes compreendo o que dizem; outras vezes, seus lábios se movem e o som chega tempos depois, palavras desconexas que explodem no ar como bolhas de sabão. Registro com mais clareza a angústia nos olhos do homem que amo, a inconformação em seus gestos, a relutante aceitação dos conselhos que recebe.

Mais uma vez, Marcelo faz tudo que está ao seu alcance, e pode não ser suficiente.

Venço finalmente a névoa escura que a todo instante me rouba do estado de vigília e acordo sentindo-me melhor, sem cólicas e livre da sensação febril.

Marcelo dorme na cadeira, do lado esquerdo da cama. É uma cadeira de braços, estofada, mas ainda assim desconfortável. Estico a mão esquerda para tocar a dele, porém Marcelo não acorda. Aumento a pressão o máximo que consigo, pois o movimento irradia dolorosamente para o tórax.

Ele abre os olhos, desorientado, e então se vira para mim incrédulo. A surpresa anima seu semblante profundamente abatido, sua expressão revelando a lenta compreensão de que não está sonhando. De súbito, passa para a cama, sentando-se ao meu lado e pegando minha mão esquerda. Com olhos marejados e uma expressão do mais profundo alívio, toca minha testa e beija meus lábios com suavidade.

— A febre passou — murmura, num tom entre afirmação e pergunta.

— Sim — respondo, tentando sorrir. O rosto dói.

— Posso examiná-la? — ele pergunta, indicando meu ventre, e eu consinto.

Ele lava as mãos antes de proceder ao exame e toca-me com cuidado. É um pouco doloroso, e acho difícil não me mexer, mas ao final ele se mostra satisfeito.

— Você conseguiu — ele elogia, sorrindo.

— Com sua ajuda — respondo, a voz falhando pelo pouco uso. — Faz quantos dias?

— Cinco. Cinco longos dias.

Estendo a mão esquerda e Marcelo a segura entre as dele.

— Quando me contou sobre Camila, eu lhe disse que a história não se repetiria — comento. — Não imaginava que chegaríamos tão perto.

— Você teve medo? — ele me pergunta. — Entendia o que se passava?

— Sim e sim. Tive medo de que a morte fosse o reencontro com Erasmo. E, quando não estava delirando, compreendia as conversas, só não tinha energia para participar.

— Você perdeu muito sangue, está fraca. — Ele contempla meus dedos e acaricia as veias de minha mão. — Tem de repousar bastante e se alimentar.

— Tudo o que mandar — asseguro, fechando os olhos sob o efeito doce de seu toque. Torno a abri-los e lembro-me de uma cena da noite anterior, sem saber se foi delírio. — Pandora veio aqui?

— Sim, eu a trouxe ontem à noite — Marcelo informa, espantado por eu me recordar. — Foi a primeira vez que ela saiu do quarto e fez questão de vê-la. Está se recuperando bem.

— Graças a Deus! — suspiro. — E Marisa?

— Quer mesmo conversar, Glória? Deve descansar.

— Descansarei, mas tranquilize-me dando notícias.

— Bem... — O rosto de Marcelo demonstra contrariedade. — Marisa não será acusada. César pediu e Pandora cedeu. Em troca, ele vai indenizá-la.

— Mas isso não é justo! — protesto.

— Ninguém está mais indignado do que eu, acredite. — Marcelo parece arder com uma fúria contida. — Não só Marisa sairá impune como Aldine também.

— Por quê? — estranho. Naqueles dias todos, vagando entre a consciência e a escuridão, eu raramente pensava na causa de minha situação, no gesto de Aldine. A dor, sua intensidade e a sensação de que nunca acabaria preenchiam-me a mente. Agora, lembro em minúcias o que aconteceu.

— Aldine estava transtornada — prossegue Marcelo — e contou à polícia sobre as circunstâncias da morte de Erasmo, inclusive sobre o transporte do corpo para a margem do rio, que foi feito por César e Fernando. César desmentiu tudo e está empenhado em transferi-la para o sanatório de um conhecido, alegando que ela é doente mental. Depois quer despachá-la para Minas, ou para o Nordeste. Dona Isidora mal tem aparecido aqui no Caresse, vem só pegar roupas e objetos pessoais da filha, mas numa dessas vindas consegui falar-lhe, e ela me contou essas coisas.

Estou atordoada com as informações, mas prendo-me especialmente a uma delas.

— Foram os irmãos que jogaram o corpo de Erasmo na Várzea do Carmo? — indago.

Não é agradável a ideia de que Fernando sempre soube como Erasmo morrera e nunca me contou. Sinto que jamais o conheci, nem mesmo um pouquinho.

Então, pergunto o que vem me atormentando há dias, quando estou acordada:

— Poderei engravidar de novo? Ou estou... danificada?

Marcelo aperta minha mão, e eu contemplo com atenção, pela primeira vez em dias, as pequenas rugas ao redor de seus olhos verdes, as marcas de expressão, a barba crescida demais. Está exaurido. E lindo.

— Não posso jurar que sim, mas há grandes chances de que venha a conceber novamente — ele responde. — Ao exame, pareceu-me que está tudo bem. Quando seu ciclo normalizar e você estiver pulando corda, veremos.

— Minha brincadeira preferida de menina — murmuro, erguendo o braço para tocar seu rosto e fazendo uma careta de dor.

Ele deposita meu braço sobre a cama suavemente e beija-me com doçura.

— Precisamos descansar. Ambos voltamos dos mortos, Glória.

Agora que me sinto um pouco melhor, estar sempre de costas, fitando o teto, incomoda-me. A meu pedido, e com muito cuidado, Marcelo e minha mãe conseguem erguer-me alguns centímetros, acrescentando um travesseiro. Com o fim das cólicas, sinto uma dor residual no ventre, como se minhas entranhas tivessem se acalmado após serem violentamente reviradas. O maior desconforto passa a vir de toda a região da cintura para cima. Tórax, pescoço, braços — tudo grita ao menor movimento.

Uso uma tipoia que passa por trás de meu pescoço e dá a volta em meu peito, por cima do braço direito, mantendo-o preso ao corpo. Minha mãe ajuda-me a comer e a me vestir; também me banham no leito. De início, resisti, sentei-me sozinha na cama para mostrar que poderia recuperar-me de modo mais digno, mas foi como se minhas costelas já não conseguissem sustentar o corpo. A dor e a tontura obrigaram-me a deitar novamente, coberta de suor.

Agora, todos os dias me sento por alguns minutos, porém já não insisto para permanecer na vertical e fazer coisas que não estão ao meu alcance. Aceito a ajuda que me é oferecida e exercito a paciência. Marcelo fala-me disso frequentemente: precisamos esperar. Um tratamento malfeito deixará sequelas.

Embora eu deseje retornar à nossa casa, o deslocamento não é aconselhável. O esforço para subir na carruagem e saltar dela, o sacolejo — nada disso é bom nem necessário, por isso permanecemos no Caresse.

A estada no prostíbulo, conquanto não seja o ideal, também não me causa nenhum constrangimento. Na verdade, é bom estar ali e receber a visita de algumas das meninas, que compartilham comigo suas experiências com perda de filhos, ossos quebrados e tentativas de homicídio. São histórias tristes, angustiantes, mas entendo que a intenção das garotas seja animar-me, mostrar que passaram por coisas terríveis e sobreviveram. Surpreendentemente, sinto-me reconfortada por sua compaixão e por ver que, de fato, elas estão bem e triunfaram sobre a dor. Ariadne é figura frequente em meu quarto, entusiástica a respeito dos meus progressos diários e dos dela: de maneira informal e implícita, assumiu o comando do Caresse. Conta-me orgulhosa que está impondo uma nova rotina, ganhando o respeito das outras moças e dos clientes.

Ainda mais prazeroso é receber Pandora, quase de todo recuperada.

— Acho que Marisa queria realmente me dar "uma lição", como anunciou ao chegar — comenta, abrindo o roupão verde-água para me mostrar o ferimento. É uma linha de poucos centímetros em sua barriga, do lado esquerdo, fechada por alguns pontos. — Não perfurou nada importante, e como meu atendimento foi rápido, não perdi muito sangue.

— Você acha que Marisa não queria realmente matá-la? — indago, recostada nos travesseiros arrumados num ângulo que me permite olhar mais confortavelmente para as pessoas.

— Acho que não — responde Pandora, sentando-se na cadeira perto de mim. — Se assim fosse, teria me apunhalado no coração.

— Ela falou em lhe ensinar uma lição? Como foi esse diálogo? Como ela soube que foi você quem me mostrou a carta?

— Fernando recebeu a carta horas antes de vir ter comigo, e então ela desapareceu. Ademais, também não neguei. Marisa quis saber por que mostrei a carta a você, em vez de devolvê-la a Fernando. Respondi que para mim era mais importante proteger uma amiga do que a privacidade de gente sem caráter. "Então vou lhe ensinar a respeitar a correspondência alheia", ela declarou, e me esfaqueou. Nem vi a arma em sua mão. Foi muito rápido. Creio que o punhal, ou coisa que o valha, estava oculto na manga do vestido. Ela o levou embora consigo, porque não encontraram nada.

— Eu simplesmente não conheço essa Marisa — comento, mortificada.

— Confesso que também não vi indícios de tal loucura nela — diz Pandora. — Tivemos alguma convivência, e bem íntima. Sempre me pareceu uma pessoa sensata, embora excêntrica e egoísta. Devemos levar em conta, porém, que ela nunca viveu longe de você, Glória. Vocês sempre foram próximas. Agora, no entanto, ela foi alijada de sua vida. Isso deve tê-la transtornado.

— Não a incomoda que Marisa saia impune? — questiono.

— Sim — ela admite, entortando toda a extensão da trança para um lado e depois para o outro. — Mas a contrapartida é vantajosa. César abriu uma conta para mim na casa bancária com uma quantia que eu jamais poderia acumular, ainda que trabalhasse cem anos! Eu sempre quis ter um ateliê de costura, Glória, e agora isso será possível! Abandonarei a vida de prostíbulo, finalmente!

— Essa é uma boa notícia! — comemoro. — Pretende estabelecer-se em São Paulo?

— Sim, e serei modista de alto luxo, minha cara — ela se gaba. — No fim, essa facada saiu-me um bom negócio.

Como se todos os dias fossem dias de festa, preciso de ajuda para arrumar os cabelos. Se as mãos em minha cabeça pertencerem a Marcelo, sei que o resultado será um coque simples; no caso de minha mãe, porém, é mais provável que eu termine com um penteado elaboradíssimo, próprio de uma ocasião solene. Ela inventa alguns; outros, copia de revistas que leva consigo. O processo é demorado, às vezes doloroso, e sempre inevitável.

Nesta manhã, o penteado parece ser mais desafiador, pois ela desfaz algumas partes e recomeça, estalando a língua com impaciência. Estamos sentadas na cama, eu meio de lado e ela atrás de mim. Marcelo não veio salvar-me da tortura em meu couro cabeludo, pois foi atender um dos muitos pacientes negligenciados durante os dias em que esteve à minha cabeceira.

O lado bom das sessões de penteado é que me ajudam a ficar cada vez mais tempo sentada. Já não passo o dia na cama, feito uma inválida. Com apoio, tenho saído do quarto e caminhado pelo corredor.

Mamãe havia me dito que gostava de pentear-me porque é como se eu fosse menina de novo, mas desta vez parece distraída, realizando a tarefa mecanicamente. Vejo, com o canto do olho, ela esticar o pescoço para observar pela janela, embora da cama seja impossível ver o que se passa lá fora.

Estou de camisola e minha mãe às vezes alisa o tecido, em minhas costas, para soltar os fios de cabelos que ali caem e se prendem.

— Suas cicatrizes melhoraram muito — ela comenta um tanto aérea, puxando um pouco a camisola para inspecionar minha pele.

— Eu sei — retruco.

Antes da queda, eu gostava de me olhar nua no espelho para verificar o engrossamento de minha cintura, e às vezes virava um pouco para ver as costas. As cicatrizes eram agora fios esbranquiçados em sutil alto-relevo, uns mais grossos, outros mais finos.

— Como esse homem a fez sofrer, minha filha! — comenta mamãe, soltando e prendendo de novo uma mecha de meu cabelo perto da nuca. — E agora que encontrou um homem bom, que a ama tanto, acontece uma coisa dessas... De certa forma, é culpa de Erasmo. A mulher endoidou de remorso por tê-lo matado.

— Segundo uma das meninas aqui da casa, a culpa de Erasmo não é indireta — digo, um tanto sardônica. — Ela jura que viu o espírito dele ao lado de Aldine, sussurrando-lhe ao ouvido.

Mamãe larga meu cabelo e tenho certeza de que se persignou.

— Minha querida, eu não duvido! — exclama. — Penso que deveria deixar esta casa o quanto antes. Sinto uma sensação ruim aqui.

— Sente nada, está inventando isso porque ficou impressionada — zombo.

— Mas pensa em sair, não pensa? Você é minha filha e eu iria ao inferno para estar ao seu lado, contudo é embaraçoso visitá-la neste lugar. Já circulam mexericos, maledicências... Euclides fica muito bravo com minhas vindas. Ele tentou me proibir e eu gritei com ele, Maria da Glória. Eu *gritei* com seu pai!

— Mamãe, estou bem amparada aqui — declaro. — Pode parar de vir, não ficarei magoada. Penso que em alguns dias estarei em casa, mas não posso mudar-me agora. É Marcelo quem decide.

— "Em casa" significa na casa de Marcelo, presumo? — mamãe indaga, levantando-se para olhar à janela.

— Naturalmente — respondo, surpresa.

Ela volta de súbito à cama e com três movimentos rápidos prende a parte de meu cabelo que ainda estava solta.

— Prontinho, terminei! — anuncia, estranhamente eufórica. — Vamos pôr o roupão? Trouxe este aqui, que estava lá em casa. É lindo, não?

Para você fazer boa figura quando circular pela casa. Sei que é só um... um lugar como este, mas é bom estar elegante e composta.

Mamãe entrega-me um roupão cor-de-rosa, felpudo, do meu tempo de solteira. É de fato bonito. Ela me ajuda a ficar de pé e a colocá-lo, mas seus movimentos são um pouco estabanados, e solto um gemido ao experimentar uma dor aguda na clavícula.

— Perdoe-me, anjo! — ela suplica, dramática, e seus olhos se enchem de água.

— Foi só uma pontada, não é para tanto! — retruco, assustada com sua reação. — Sente-se bem, mamãe?

— Você tem de prometer que vai me perdoar — ela continua, frenética, ficando de frente para mim. Já estou vestida. — Não tive escolha, Glória! Seu pai não me ouve. Ele cismou...

— De que está falando? — Agora estou realmente alarmada.

— Ele está vindo com dois policiais, já passou dos portões; o vigia fugiu quando viu as fardas!

Num movimento rápido demais para meu estado, vou até a porta e a escancaro. Dou alguns passos até atingir a parte do corredor que vai dar na escada e se projeta sobre o térreo como um mezanino. Atônita, vejo meu pai avançar pelo saguão de entrada, seguido dos policiais.

— Filha... — diz mamãe, aproximando-se.

— Meu pai vai mandar me prender? — pergunto, estarrecida.

— Não, ele convocou os policiais para impor respeito, pagou para virem na folga. Você vai para casa conosco.

Fito-a como se nunca a tivesse visto antes.

— Não vou com vocês! — brado, recuando atarantada. Olho ao redor buscando algo que nem sei o que é, algo que sirva de arma, embora seja ridículo. Contando com meu pai, são três homens. Resta-me fugir. Mas a única saída é descer a escadaria, da qual meu pai se aproxima com passos lépidos. Ele olha para cima e me vê.

— Não seja imprudente, por favor! — implora mamãe, agarrando meu braço são. — Não lute! Vamos caminhar devagarinho para o coche. Se precisar ser carregada, vai ser muito doloroso e pode até prejudic...

— Solte-me! — grito com ela, puxando o braço, o que faz as costelas doerem como se fossem rebentar. Não consigo me desvencilhar e me apoio na parede do corredor. — Deixe-me ir, posso me esconder em outro quarto!

— Não seja tola, Maria da Glória! Você fica conosco e quando estiver boa poderá partir. O que seu pai deseja é apenas tirá-la deste lugar e dar-lhe um tratamento médico melhor. Você quase morreu!

Eles já estão no topo da escada, meu pai à frente, olhos fixos em mim. Atrás dele, os dois homens fardados. Certamente ninguém tentou detê-los — todos ali têm motivos para não se meter com a polícia —, portanto só lhes resta levar o que vieram buscar. Mas decido que não será fácil. Não sairei escoltada feito uma criminosa.

Consciente da irracionalidade do gesto, empurro minha mãe para o lado e invisto contra meu pai, aos berros. Ele me segura com mãos férreas, e parece que vou me estilhaçar entre seus dedos, mas não cedo, não recuo, não paro de gritar. Contra a vontade da mente, meu corpo desaba. O mundo escurece, mas não se desintegra; ouço minha mãe aos brados, pedindo cuidado, e meu pai berrando que se acalme. Nada disso tem importância, pois alguém me ergue do chão e a única sensação é a dor, a certeza de que meu corpo vai se despedaçar e desta vez não terá conserto.

26

Glória,

Eu lhe disse uma vez que não sou um homem eloquente e que prefiro expressar de forma física o que sinto. É importante lembrá-la disso, porque esta carta, na melhor das hipóteses, vai figurar entre as mais inábeis da história humana; na pior, fará você repensar se de fato ama este médico mais acostumado a escrever em receituários que em papel de carta.

Estou sendo jocoso, mas a verdade é que não sei o que lhe dizer, Glória. Como nos dias em que lutei para mantê-la viva, sinto-me impotente. Naquela ocasião, fiz tudo o que sabia e, quando já não havia providência possível, tive de confiar e esperar. Agora, devo confiar e esperar novamente.

Você me foi tirada durante minha ausência, e de certo modo foi melhor assim. Estivesse eu presente, os eventos poderiam ter culminado em morte. Se minha ou de Euclides, não sei. Portanto, é bom que estejamos todos vivos.

Meu primeiro impulso foi o de invadir a casa de seu pai e abater quantos tentassem me impedir de resgatá-la. Entretanto, há algumas vantagens em ter mais de quarenta anos, e uma delas é meditar antes de fazer coisas estúpidas. Seu bem-estar está assegurado afinal, trata-se *de seu pai e de sua mãe. Assim, não há urgência, exceto a de meu coração. Posso esperar que você se recupere e que, no devido tempo, retorne para mim. Se você está lendo esta carta, é porque sua mãe vai ajudá-la a voltar para nossa casa, o sobrado amarelo da Rua São João.*

O único obstáculo a esse final feliz seria você mesma. Se a distância e a reflexão a fizerem mudar de ideia sobre nós, é porque eu não soube conquistá-la. É uma possibilidade que levo em consideração, mas na qual realmente não acredito. Sei que construímos algo forte e singular. Sei que não me enganei.

Não me angustio nem sofro. Minha saudade não é dor, é antecipação. Quando à noite acordo convicto de tê-la na cama comigo, e então me lembro de sua ausência, não me despedaço. Todos os beijos estão aqui, à sua espera, e não perderei nenhum deles. Meu corpo guarda a memória do seu; o calor, as curvas, o gosto. Recordo-os à perfeição e os revivo em sonho. Seu rosto não é um borrão, um esboço, uma figura vaga. Lembro-me de cada traço, feição, sombra, reentrância a topografia completa. Você está comigo assim, e logo estará de outra forma, da forma para a qual fomos criados.

Não sei se acredito em destino, mas certamente acredito que o presente é o momento mais importante, e tudo que passei me preparou para amar você. A perda, o sofrimento e a solidão tornaram-me o homem que sou hoje, capaz da maior entrega. Dou-lhe minha vida, Glória, literalmente, se necessário, mas falo de alegria, de paixão, de amor e de cuidado. Porque você me devolveu à vida, e agora a tenho em tal abundância que não posso contê-la.

Escreva-me dizendo como está. Sim, quero saber da clavícula, das costelas, mas também da carne, da alma e do coração.

Marcelo

Leio a carta tantas vezes que a decoro, e recitá-la mentalmente é um conforto em meio à sensação de aprisionamento. Porque meu quarto de solteira, do qual parti ansiosa pela vida com Erasmo, agora encerra meu corpo em recuperação. O espírito não está aqui, mas no sobrado amarelo.

Faz seis dias que cheguei, desfalecida nos braços de meu pai. Se no Caresse eu já fazia caminhadas curtas, na casa de meus pais retrocedi. Um médico conhecido da família veio ver-me no segundo dia e, para desgosto de papai, não fez nenhum reparo aos cuidados que Marcelo ministrou-me. Fiz questão de dizer-lhe que eu fora trazida à força, e ele censurou meu pai. Os deslocamentos, se não fossem feitos com cuidado e gentileza, eram um sofrimento desnecessário e até prejudicial. Ele recomendou repouso mais rigoroso até que as dores diminuíssem.

Assim, foram três dias de cama, com dores. No quarto dia, mamãe entregou-me a carta, e fiquei tão excitada que precisei sentar-me para lê-la. No quinto, passei sentada quase todo o tempo, relendo linha por linha, estudando a caligrafia pontiaguda, inclinada à esquerda. Marcelo é canhoto e escreve muito rápido, mas há na carta uma hesitação em sua letra. Ele ponderou cada palavra.

Desde ontem escrevo uma resposta, sentada ao toucador, preenchendo a folha com minha letra redonda e infantil. Faço-o escondido de meu pai; cada vez que batem à porta, guardo tudo e retorno à cama. Mas meu pai não me visita. Quem passa horas comigo é mamãe, numa tentativa incessante de reconquistar-me. Sempre fomos muito amigas, e ela não pode tolerar minha frieza. Entretanto, é tudo quanto posso lhe oferecer agora.

Ela pergunta se pode ler a carta de Marcelo, e eu consinto. Antes da metade, começa a chorar, e não é pela beleza da missiva. É remorso, e eu sinto um pequeno e feroz prazer com sua reação.

É lógico que entendo seus motivos e que a perdoarei, mas não tão cedo. Preciso odiá-la antes de voltar a amá-la.

Marcelo,

É de fato a pior carta de amor de toda a história humana, porque, embora tenha 510 palavras (sim, eu contei), em nenhum momento aparece "amo você". Que grande esforço literário demanda a união dessas duas palavrinhas? Nenhum. Portanto, ou você não quis dizê-las ou, pior, não as sente.

Veja só: a exemplo de você, também iniciei minha carta em tom de gracejo, porque igualmente luto com as palavras. Queria impressioná-lo, escrever lindamente, com estilo e elegância, usando metáforas criativas e vocabulário inusitado.

Qual seria, porém, o propósito disso? Não quero que ame a escritora que não sou, e sim a mulher. Você me diz que o devolvi à vida, mas seguramente sou eu quem está mais em dívida. Quantas vezes me salvou? Cuidou de minha pele em carne viva; protegeu-me do mal; arrancou-me da morte. E mais, muito mais, nos intervalos. Pequenos salvamentos diários, a cada palavra, cada beijo, cada olhar. Eu estava perdida, e você veio me encontrar. Sozinha, e você veio me acompanhar.

Novamente estou no cativeiro, porém tudo mudou. Como um pássaro ferido, estou reunindo forças e, quando as tiver, voarei de volta para casa. Agora sei onde é.

Glória

Tenho fome de me recuperar, e meu corpo entende isso. Ainda com o braço direito preso na tipoia e o esquerdo livre para servir de apoio, forço-me a andar por toda a casa, evitando meu pai. Não é difícil, pois ele também me evita.

Faz dez dias que voltei para a casa de Higienópolis, e sinto que se aproxima o momento de partir. Não posso esperar a recuperação completa. Devo partir tão logo possa caminhar algumas quadras e arranjar transporte. Talvez minha mãe me ajudasse, se eu lhe pedisse, mas receio arriscar. Embora ela tenha se encarregado de minha correspondência com Marcelo, ainda não sei onde reside sua lealdade.

Marcelo escreve-me novamente, agora com muitas recomendações de saúde entre as confissões amorosas. Enfatiza a necessidade dos banhos de sol.

Vá devagarinho, de preferência acompanhada. Muito cuidado com degraus: desça lentamente, apoiada no corrimão, e pise macio para evitar o impacto. Na volta, suba sem pressa. Na verdade, seria boa ideia instalar-se num cômodo do térreo. Quinze minutos de sol por dia bastam. Se bater sol em seu quarto, ótimo, porém sair ao ar livre é mais saudável. Respirar fundo pode ser doloroso, mas é importante. Lembre-se de fazê-lo de hora em hora.

Sigo à risca as orientações, mandando colocar uma cama na sala de jogos, no térreo, e sentando-me no banco do jardim, às oito em ponto, todos os dias, para o banho de sol. De início, minha mãe faz-me companhia. Depois, convenço-a de que não é necessário e percebo que ela se sente aliviada. Ficar sentada observando flores não é de seu feitio, e meu silêncio a incomoda.

De olhos fechados sob a luz do sol, absolutamente imóvel, escolho memórias, ou deixo que me escolham. Há olhos verdes em todas; algumas são doces, outras excitantes, e há recordações que não sei se são verdadeiras ou fruto do delírio da febre. Levo as cartas de Marcelo dentro da roupa, como um amuleto, e nada de ruim pode se aproximar, nem mesmo em pensamento.

— Glória.

Estremeço violentamente, as costelas doendo com a respiração profunda que puxo sem pensar. Diante de mim está Marisa.

Levanto-me o mais rápido que consigo, apoiando-me com a mão esquerda no encosto do banco de ferro.

— Como entrou? — pergunto, aterrada.

Ela ri de leve.

— Toda a criadagem desta casa me conhece desde menina. E César fez um bom trabalho ao abafar o caso de Pandora.

— Quem lhe abriu a porta não chamou minha mãe?

— Não. Guiomar foi muito gentil e me disse que viesse encontrá-la no jardim.

— Guiomar! — berro, mesmo sabendo que estamos muito longe. — Guiomar!

— Pare com isso — Marisa pede num tom agastado. — Não vou esfaqueá-la. Pode me revistar; seria um prazer. — Ela gira em torno de si mesma com os braços para cima, o chapéu numa das mãos. Usa uma camisa lilás plissada, cinto e uma saia marrom reta que deixa ver a ponta de seus sapatos. É a indumentária de "mulher que escreve para um jornal", e lhe cai muito bem. Mas, apesar de bem-vestida, ela não parece bem. Tem olheiras e uma aparência abatida. Eu nunca a tinha visto assim. Meu receio se abranda; ela não parece ter ânimo bastante para me matar.

— É impossível imaginar o que você possa querer me dizer depois de tudo — murmuro, sem me mover. Embora já não me sinta tão ameaçada, não vou me aproximar.

— Estou indo para longe, para sempre. — Sua voz treme um pouco, livre de todo sarcasmo. — Fomos amigas por anos. Só peço cinco minutos.

— Se ninguém sabe o que você fez, por que diz que precisa ir embora? — questiono, sem conter a curiosidade.

— Porque meu marido tomou aversão por mim. — Ela diz isso sem sentimento aparente, sentando-se em diagonal no banco, com as pernas viradas para mim. Eu prefiro continuar de pé, querendo acreditar que isso facilitará minha fuga, caso seja necessário. Marisa pousa o braço no encosto do banco e suspira. — A faca que cravei em Pandora entrou em mim também, Glória. Jogou-me na face a abominação que sou e mostrou-a a César. Ele não me olha mais nos olhos. Quer a separação.

— Eu haveria de querer também, se fosse ele — respondo com secura.

— Eu era boa, Glória. Eu era boa. — Uma lágrima percorre seu rosto e fica dependurada no queixo por um segundo. Quando vai cair, Marisa a enxuga com a mão. — Queria voltar ao que eu era. Não lembro bem quando, mas eu era uma pessoa melhor. Aos quinze anos? Talvez não, pois já tinha sido estragada por meu padrasto. Aos treze anos, antes que tudo acontecesse? Sim, parece uma boa idade. Quando digo que estou estragada, pensa que falo de sexo? Não. Sexo não é o problema. O problema, minha cara, o problema é o sentimento. O sentimento está todo errado.

Suas palavras me perturbam. Não sei se quero ouvi-las. Pouco me interessa o tumulto interior da mulher que já foi minha confidente. Agora ela é uma estranha.

Ela ergue os olhos para mim.

— O que sinto por você... é doença. É obsessão, e a obsessão não é como o amor, que se contenta consigo mesmo, que é feliz só por amar. Obsessão é fome. Onde há fome, não há ética nem pudor. A fome só se satisfaz com o abate, com a destruição. Ainda assim, se eu tivesse só fome de você, Glória, seria mais fácil. Daria um jeito de possuí-la, e estaria acabado. Mas eu a amo também, e o amor é o cuidado por excelência. Então, sou como o condenado cujos braços são puxados por um cavalo de cada lado. A fome me diz para destruí-la, mas o amor me ordena que a proteja. No meio, meu eu despedaçado.

— Pare com isso! — ordeno, agoniada, torcendo entre os dedos da mão esquerda um punhado da saia do vestido.

— Não, deixe-me falar! — Marisa levanta-se e se aproxima; eu recuo. — Entende que nunca mais nos veremos? Preciso que compreenda o que fiz a Pandora. — Insiste na aproximação e segura meu braço são. Olho-a com tamanho horror e asco que Marisa retira a mão, porém não se mostra embaraçada. Suspira e prossegue: — Pandora mostrou-lhe minha pior face, a obsessão nua. Assim, toda a frustração da fome não saciada, eu a joguei em Pandora, como se fosse ela a culpada por você não me amar. Fiz o que fiz, e meu gesto desencadeou acontecimentos que eu não poderia prever. Soube do que lhe aconteceu no Caresse e pergunto-me se estarei tão doente quanto Aldine. Felizmente, você se recuperou, assim como Pandora. Você é carola demais para admitir, mas no seu íntimo sabe que o aborto foi uma coisa boa, que tirou do seu útero uma semente indesejada e que lhe permitirá começar uma vida nova ao lado do seu médico de puteiro. — Ela sorri do jeito que tão bem conheço, e parece um pouco mais ela mesma. — Esse favor, Glória, você pode creditar indiretamente a mim.

— Cale a boca! — exijo. — Elaborou toda essa ladainha para no final ofender-me?

— Não a estou criticando! Que mulher apaixonada ficaria feliz grávida de outro homem? Você não é diferente das outras. — Marisa torna a se sentar. — Diferente sou eu. Eu, que não desejo filhos, que não desejo nem mesmo um marido! Pensa que eu e César éramos um casal perfeito? Certamente que não! Quantas vezes você acha que ele me deu permissão para buscar meu prazer sozinha, com quem eu bem entendesse? Nunca! Fernando e as prostitutas eram os brinquedos que ele me dava, orgulhoso de proporcionar "liberdade sexual" à esposa. Que piada! Mas eu tive meu prazer, Glória, um prazer só meu. Eu fiz minhas caçadas solitárias. No entanto — Marisa estende as mãos para mim, não como se me chamasse, mas como se invocasse uma entidade —, no entanto, teria largado tudo por você. Tudo! Se você dissesse "vamos", eu teria ido. Para qualquer lugar.

— Marisa, pare! — grito, apertando as mãos. — Você mesma disse que isso é doença... Procure alguma ajuda! Um padre, um médico... alguém!

Ela sorri com tristeza, baixando os braços.

— Estou além de toda ajuda, minha querida. A obsessão levou-me longe demais, a ponto de causar em César um nojo tão grande que ele necessita pôr um oceano entre nós. Fernando também mudou comigo. Sou, para eles, como um puro-sangue que quebrou a perna. Não vão me sacrificar, mas me mandarão para Paris, onde César me pagará uma pensão pelo resto da vida. Parece um doce exílio, e talvez seja de fato. Lá serei livre! Terei os homens e mulheres que quiser. E quem sabe na liberdade esteja minha cura? Se assim for, ao final César terá me feito um bem, quando sua intenção era punir-me.

— Como ficará a situação de vocês? — pergunto, mais interessada nos aspectos práticos da questão do que nas divagações de Marisa. — Continuarão casados apesar da distância?

Em seu semblante, a insanidade dá lugar à fria sensatez que sempre a caracterizou.

— Penso que César tentará a anulação de nosso casamento, para poder contrair um novo matrimônio — responde. — Um homem da posição dele precisa ter uma esposa.

— Mas o que ele poderia alegar para isso? Decerto não vai revelar seu crime...

— Ele vai alegar *dinheiro*, Glória. Dinheiro. Com a quantia certa, pode-se obter até mesmo uma anulação de matrimônio. Não se espante se daqui um tempo César casar-se na igreja como se fosse a primeira vez. E eu estarei esquecida.

— Por culpa unicamente sua, Marisa — condeno.

— Não serei eu a negar. — Ela se ergue e para diante de mim. Não recuo porque já não vejo sinais de delírio em seu rosto. Ela está lúcida. — Não me importo que César me esqueça, Glória — ela diz. — Peço, porém, que *você* se lembre de mim. Não da Marisa adulta, mas da menina que fui. Se você fingir que morri antes de minha primeira menstruação, não estará de todo errada.

Ela não tenta tocar-me. Olha-me por alguns segundos, como se decorasse minhas feições, e parte sem dizer adeus, o chapéu balançando em sua mão.

27

Certa manhã, após um mês de minha chegada, papai decide quebrar seu silêncio e pede que conversemos em seu gabinete sobre meu futuro. Sento-me na cadeira diante de sua escrivaninha e aguardo pacientemente que se decida a falar.

Ele abre uma gaveta e pega uma caixa de charutos, mas imediatamente muda de ideia ao olhar para mim.

— Estou acostumado demais a reunir-me com homens — justifica, guardando a caixa com visível contrariedade. Reparo, pela primeira vez, que são os mesmos charutos que Marcelo aprecia.

— Agradeço-lhe a gentileza — respondo inexpressiva.

— Ainda dói? — ele aponta meu braço na tipoia.

— A *clavícula* ainda dói um pouco, bem como as *costelas* — digo, enfatizando as palavras para jogar-lhe na cara que ele nem mesmo sabe que partes machuquei. — O *braço* está ótimo, ele só deve ficar imobilizado porque seu movimento faria o osso quebrado mover-se também.

— Não precisa ser sarcástica. — À falta do charuto, papai fica enrolando a ponta do bigode. — Minha preocupação com você é genuína. Por que acha que a tirei daquele prostíbulo? Não foi para proteger sua reputação; você a enxovalhou sozinha quando se amasiou com o médico. Foi para lhe garantir um bom tratamento. Sua mãe chegava aqui aos prantos, dizendo-me que você ia morrer.

— Quando o senhor interveio, eu já estava fora de perigo — retruco com rispidez. — Ela se apavorou e o senhor se precipitou. O modo como fui arrancada de lá poderia ter agravado meu estado. Na verdade, seu gesto intempestivo causou-me isto. — Com a mão esquerda, puxo para baixo o vestido e exponho o colo. O maxilar de meu pai lateja, revelando seu constrangimento, mas seus olhos fixam-se exatamente onde quero: na protuberância do osso logo abaixo do pescoço, como um pequeno calombo. — Isto se formou depois que vim para cá.

Papai inspira fundo, visivelmente atormentado, e tenho ganas de rir. O calombo já existia antes do resgate, mas eu quero que ele se sinta miserável.

— Fiz o que considerei necessário fazer — meu pai declara, o mais dignamente possível. — Apesar de dizer a todos que você estava morta para mim, não era assim que eu me sentia. É minha única filha, e eu gostaria de ter netos.

— E eu espero ter a bênção de lhe dar esses netos — digo, emocionada a contragosto. — Mas o pai será Marcelo. Tem de aceitá-lo como genro. Já demos entrada no pedido de casamento e vamos...

— Não. — Meu pai bate as mãos na mesa, peremptório. — Esse homem é um desqualificado.

— Papai, seja racional! Depois de tudo que aconteceu, depois de eu ter *enxovalhado* minha reputação, como o senhor diz, que homem da alta sociedade haveria de querer-me? Marcelo é bom caráter, tem profissão...

— Tenho amigos no país inteiro — ele me corta. — Posso arranjar-lhe marido em Salvador, em Recife... Ou aqui mesmo, bem perto. Fernando Albuquerque talvez ainda a aceite. Ele estava muito apaixonado e é um rapaz bastante *liberal*, não vai se importar com suas cabeçadas. Eu preferiria um genro mais conservador, porém, nas atuais circunstâncias, Fernando é mais que adequado. Vou convidá-lo a vir...

— O senhor não fará nada! — vocifero, erguendo-me apoiada na mesa.

— Sente-se! — ele brada, erguendo-se também, mãos postadas no tampo da escrivaninha. — Não terminei e não lhe dei permissão para sair! Enquanto estiver sob meu teto...

— Estou aqui porque fui trazida à força! E pretendo ir embora agora mesmo!

— Você não tem condições de sair!

— Não tenho condições de *ficar*, meu pai!

Dirijo-me à porta. Quando ponho a mão na maçaneta, ele pergunta, num tom mais baixo, porém ressentido:

— Sabe que vou deserdá-la, não sabe? Não porá as mãos em nada do que é meu e em nada do que foi de Erasmo. Não terá direito nem mesmo a um único broche...

— Fique com tudo! Mas posso ao menos levar a roupa do corpo? — indago com escárnio, antes de sair.

Não serei aquela que fecha a porta; portanto, deixo-a aberta, mas parto sem olhar para trás.

Mamãe entra primeiro na carruagem e dá-me a mão, enquanto o cocheiro ajuda-me com o impulso para vencer o degrau. *Minimize o impacto*, ouço Marcelo dizer em minha mente, e tento subir o mais lentamente possível, num movimento controlado. Ainda assim, meus ossos doem e tenho a impressão de ouvir um estalo. "Não é nada, é falta de uso", digo comigo mesma, sentando-me ao lado de minha mãe.

Eu havia me recusado a usar o veículo da casa, já que meu pai fora tão claro ao dizer que eu não tinha direito a nada, mas mamãe me ignorou. Está abatida e com raiva, horrorizada por eu partir sem bagagem. Queria obrigar-me a encher duas malas com roupas, mas eu lhe garanti que as tinha em número suficiente na casa de Marcelo.

— Seu pai é um idiota — ela me diz, olhando pela janela enquanto o coche ganha a rua. — Um idiota orgulhoso. Casou-a com um desequilibrado, depois quis uni-la a um degenerado! Marcelo pode não ser um homem influente como Euclides gostaria, mas é um genro perfeitamente aceitável, ainda mais em vista de tudo que você já aprontou, Maria da Glória. E é tão óbvio o quanto ele lhe quer bem... A carta que você me mostrou... Que riqueza! Euclides nunca me escreveu nem mesmo um bilhetinho...

— Você não leu as outras... — gabo-me.

— Não quis ler. Cada linha aumentava meu remorso por ter contribuído para essa separação tão triste e desnecessária. Você me perdoou, filha? — Ela põe a mão sobre minha perna.

— Sim, mamãe — confirmo. Agora que estou partindo, não me incomodo que ela seja um cãozinho obediente para meu pai.

— Então posso visitá-la?

— Que pergunta! É evidente que sim!

Ela enxuga uma lágrima.

— Não fique triste com Euclides. Ele vai se abrandar. Quando vier um netinho...

Balanço a cabeça em concordância, mas não me importo com o que meu pai vai fazer. Nada importa agora, exceto chegar a meu destino.

Descer do veículo é quase tão difícil quanto subir, por isso não percebo que minha chegada é uma espécie de espetáculo. É minha mãe quem me mostra, sutilmente, que todas as janelas têm vizinhas curiosas, algumas ostensivas, com os cotovelos no peitoril, outras discretas, olhando por frestas das cortinas. Duas chegam a acenar, e eu retribuo.

Angela desce correndo a escada e escancara o portão, frenética. Recuo dois passos para fugir de seu abraço, mas felizmente ela repara na tipoia e consegue se refrear a tempo.

Enquanto subo vagarosamente a escada, a italiana vai à frente, falando sem parar. Entendo metade do palavrório, o suficiente para compreender que Marcelo saiu, foi atender um chamado pelas bandas da Aclimação, mas que ficará felicíssimo com meu retorno; e que a casa é preparada todos os dias para receber-me, que ela faz meus doces preferidos a cada manhã, e ao final do dia Marcelo os distribui entre os vizinhos, de modo que todos agora nos amam, exceto os amargurados, que nunca estão satisfeitos.

Já não escuto nada, encantada com os confetes dourados no chão da entrada e as serpentinas coloridas penduradas na porta.

— Temos Carnaval fora de época — diz minha mãe, erguendo as sobrancelhas.

Lá dentro, o aroma de bolo de laranja invade-nos as narinas. Serpentinas penduradas nos lustres acanhados roçam-nos o alto da cabeça e o rosto, e há outras penduradas no relógio de pêndulo e nos quadros. Em todas as superfícies planas foram dispostos vasos de flores.

Angela entrega-me um bilhete.

Então você chegou em minha ausência.

Sente-se. Sirva-se de bolo. Peça a Angela que cante uma canção italiana de amor; ela sabe todas.

Se eu me demorar muito, espere-me na nossa cama, marque-a com seu cheiro, que já está saindo. Sem ele, tem sido difícil dormir.

Voltarei tão logo consiga.

— Posso? — pergunta mamãe, e eu lhe passo o bilhete.

Ela lê rapidamente, comentando ao final:

— Euclides é um rematado idiota.

O sol ainda está alto no céu quando me deito na cama que dividi com Marcelo por apenas duas semanas. Estamos separados há pouco mais de um mês, e sinto-me frustrada como uma recém-casada cuja lua de mel foi interrompida pela guerra.

A cama tem o cheiro dele, e fecho os olhos, cobrindo-me até a cintura com a manta macia. Acomodo-me apoiada no braço esquerdo, ajeitando com cuidado o corpo até me sentir completamente confortável. O sentimento de paz é tão grande que adormeço em minutos.

Percebo vagamente que o colchão afunda sob o peso de outro corpo. Não quero acordar do perfeito sono sem sonhos, mas sinto que é importante, então abro as pálpebras. Olhos verdes brilhantes me fitam, com pequenas rugas de alegria nos cantos. Compartilhamos o travesseiro, e movo a cabeça o mínimo necessário para que nossos narizes se toquem.

— Cochilo vespertino? — Marcelo pergunta, beijando-me muito suavemente no maxilar, que desinchou, mas ainda está mais escuro que o resto do rosto. — Esse hábito é novo.

— Dormi para você chegar mais rápido — sussurro. — Ou me encontraria morta de ansiedade.

— Como foi a vinda? — Ele passa a mão por meus cabelos.

— Um pouco dolorosa. — Tento tirar meu peso de cima do braço esquerdo para poder tocá-lo também. — O coche balança um bocado.

— Você poderia ter esperado mais alguns dias — ele pondera, ajudando-me.

— Você gostaria? — provoco.

— Não.

Ele pressiona a boca contra a minha, e eu entreabro os lábios com uma fome que não tinha previsto. O beijo é intenso, um desafogo. Marcelo fica por cima de mim, sem encostar em meu corpo, sustentado pelos braços fortes. Sua língua, seu gosto, sua pele, sua barba: tudo é extremamente familiar, como se eu o tivesse beijado no dia anterior, mas ao mesmo tempo me surpreende a violência da falta que senti.

— Está mais bonita — ele me diz, quando, minutos depois, separa a boca da minha. — O que andou fazendo?

— Fiquei um mês longe — respondo, rindo. — Acho que farei isso pelo menos uma vez por ano.

— Como se eu fosse aceitar passar por tal inferno novamente! Eu estava atarantado, enlouquecido à sua espera. Não viu a casa decorada, o bilhete? Angela deve ter feito chacota de mim para a rua toda.

— Qual nada! Ela achou encantador, assim como minha mãe. Assim como eu — completo baixinho.

O segundo beijo queima-nos ainda mais que o primeiro, todavia sinto que Marcelo se reprime, e é o que faço também.

— Temos de aprender a fazer isso — murmuro junto a seu ouvido quando ele se deita ao meu lado novamente, virado para mim.

— O quê? — ele pergunta.

— Beijar sem inflamar.

— Eu consigo. — Ele me dá beijos suaves. — Consigo qualquer coisa. Sobrevivi a este mês. Posso apenas beijá-la por horas.

— Meia hora basta. Depois, quero que durma comigo, debaixo da coberta, e que finja não acordar se alguém vier chamá-lo no meio da noite.

— E deixar de salvar uma vida? — ele ri.

— Salvará a minha, que é a mais importante.

Ele me beija de novo.

— Acho que você não pode ser mulher de médico.

— É muito doce de sua parte mudar de profissão por mim.

Rimos tolamente, embebidos um no outro.

A vida pulsa dentro de mim novamente.

Agradecimentos

Este livro não existiria sem a equipe da Increasy, a agência que me representa. Nem sei dizer ao certo o que elas foram para mim, de tão multitarefa: agentes, *coachs*, psicólogas, anjos da guarda.

Agradeço a Alba Milena, que praticamente pegou na minha mão, espalhou comentários entusiasmados ao longo do livro, mas também distribuiu choques de realidade.

A Mariana Dal Chico, que fala que é brava, mas me acolheu com tanta doçura, e cuja crença no livro me contagiou.

A Guta Bauer, Lívia Martins e Graziela Reis, cada qual com seu jeito e sua contribuição especial, respaldando o trabalho nada simples de dar concretude a ideias.

A Walter Tierno, cuja coragem me abriu caminho e cujo exemplo foi uma inspiração. É um privilégio ter dentro de casa um grande autor e artista como ele.

Finalmente, à Verus Editora, que acreditou no meu sonho.